Norris von Schirach

# BEUTEZEIT

Roman

*Für meine Mutter*

Das Leben an sich ist die Wahrheit.
*Abai Qunanbajuly*


Lebe dein Leben und Amen.
*Anton Tschechow*

# I

## DAS ANGEBOT

Sie hatten also die Peripherie für ihn parat.

Unbewegt folgte Anton der schonungslosen Schilderung seiner beruflichen Optionen. Wenigstens machte es der Amerikaner kurz, Verzicht auf schmückendes Beiwerk war ein Markenzeichen der besseren Headhunter. Der Mann vermittelte den Eindruck, er sei der einzige Mensch in Manhattan, der nicht versuche, ihm etwas zu verkaufen. Den Deutschen faszinierte der Wortfluss seines Gegenübers, dieses aseptisch vorgetragene, verblüffend exakte Urteil. Angesichts der gelegentlich eingestreuten Kränkungen jetzt Widerstand zu leisten wäre töricht. Er überlegte, woher sie all diese Details über ihn kannten, während er von dem Rekruter mit den grünen Augen nichts wusste. Das demütigende Gefühl, Objekt einer peniblen Recherche gewesen zu sein, verdrängte er rasch. Stattdessen ertappte er sich dabei, wie er darüber nachsann, warum die Mister Perfect in Amerika so oft über ein markantes Kinn verfügten, das an Comicfiguren erinnerte. Der mittelgroße sportliche Mann im Brooks-Brothers-Anzug fuhr unbeirrt mit sorgfältig gefilterten Informationen zur beruflichen Herausforderung fort, für die er Anton gewinnen wollte. Das Ganze hörte sich passabel an, so wie die meisten Jobs in dieser Größenordnung, bevor dann im

Laufe weiterer Gespräche die Weichzeichner sukzessive reduziert wurden, bis eine unangenehm diffizile oder komplexe Tätigkeit übrig blieb. Anton vermochte sein anschwellendes Unbehagen über das Testosteronkinn nicht länger zu bändigen. »Neunzig Prozent der Welt sind Peripherie. Wo genau?«, fragte er.

»Zentralasien. Eines der Stans.«

In Kapitalkreisen wurde jenes Territorium nicht weiter konkretisiert, zumindest nicht aus der Perspektive des Finanzdistrikts von Lower Manhattan.

»Etwas mehr Tiefenschärfe bitte. Usbekistan, Turkmenistan, Kasachstan, Kirgistan oder Tadschikistan?«

»Irgendwo in Absurdistan. Wenn Sie interessiert sind, vereinbare ich ein Treffen mit meinem Auftraggeber.«

»Ich werde darüber nachdenken. Geben Sie mir ein paar Tage Zeit.«

»Die bekommen Sie.« Er zögerte einen professionellen Augenblick lang. »Es ist eine hervorragende Offerte, und Sie sind der Wunschkandidat.«

Als Wunschkandidat für eine solche Aufgabe bezeichnet zu werden, hätte er unter anderen Umständen als Frechheit empfunden, ähnlich wie den Teller mit Fusion Food, der unberührt vor ihm stand. Doch in seiner gegenwärtigen Situation konnte er nicht allzu wählerisch sein.

Sie verabschiedeten sich betont unverbindlich. Anton blieb auf der Dachterrasse, es zog ihn nicht zurück in das Getümmel weiter unten. Stattdessen dachte er an all die schmerzhaften Fakten, die während des Gesprächs nicht ausgesprochen, aber treffsicher vermittelt wurden. Sein Marktpreis war auf ein ernüchterndes Niveau gefallen, für einen zielführenden Lebenslauf stellten sich von den zehn Jahren in Moskau mindestens fünf als überflüssig heraus. Zu lange hatte er sich dort zwischen frivoler Kulturmast und infamen Rohstoffgeschäften treiben lassen. Seinen vierundvierzig Jahren fehlten zwei oder drei substanzielle Karrierestationen, und dass er seit über zwölf Monaten beruflich nichts mehr unternahm, war in den Augen von Corporate America ähnlich problematisch wie das, was er vorher in Russland für eine obskure Firma getrieben hatte. Wenige Orte werden so überschätzt wie New York, fuhr es ihm durch den Kopf, während er von der Balustrade auf SoHo hinunterblickte. Das traf auf alle sogenannten Weltstädte zu.

Mit der Subway fuhr er zum Central Park. Dort fand er eine Parkbank, auf der keine redseligen Rentner lauerten. Zufrieden betrachtete er die Jogger, die beharrlich ihre Runden drehten. Von ihnen drohte ebenfalls kein Sozialkontakt.

Die vergangenen zehn Monate erschienen ihm wie ein Missverständnis. Zugegeben, nach der fulminanten Zeit im Moskau der Neunzigerjahre lag es nahe, erst mal nach New York zurückzukehren, wo er einige Leute kannte, mit denen der Kontakt nie abgerissen war. Ein Maler, mehrere Banker, eine Anwältin, eine Tänzerin, ein Sänger und ein paar Liebschaften, denen noch an Umgang mit ihm gelegen war. Ihre Biografien ließen Rückschlüsse auf seine Interessen vor zehn Jahren zu, bevor er die Stadt verließ, um in den Trümmern der Sowjetunion etwas zu finden, was der Westen ihm nicht bot. Die Banker waren überrepräsentiert; Geld beschäftigte ihn inzwischen nur noch am Rande, ansonsten aber hatten sich seine Vorlieben kaum geändert. Soweit sie ausfindig zu machen waren, suchte er nach seiner Ankunft die alten Bekannten auf. Die übliche Euphorie, sich nach Jahren wiederzusehen, flachte meist rasch ab. Man erwartete von ihm Anekdoten zu Land und Leuten in Russland, die er nicht liefern wollte. Er hätte lieber über das Lebensgefühl der Zeit unter Jelzin gesprochen, über Freiheitsrausch und Abgründe, als der größte Staat der Erde aufgehört hatte zu existieren. Die Jahre im ideologischen Vakuum des Molochs, das der Untergang der Sowjetunion hinterließ, legte sich noch immer wie ein Schleier über alles, was er jetzt in New York wahrnahm. Aber niemand wollte etwas über die winterliche Nachmittagsstimmung im Tschaikowski-Konservatorium hören, stattdessen wurde er aufgefordert, den sagenhaften Reichtum Neuer Russen zu schildern. Diese Lust an Superlativen war ihm zuwider, er behauptete, keine Oligarchen zu kennen, sodass seine Zeit in Russland zumindest unter den Bankern als nutzlos galt. Überhaupt schienen seine Bekannten, nachdem sie die vierzig überschritten hatten, das Stadium der verlorenen Illusionen überwunden zu haben, um endgültig ihr Plätzchen in der wohltemperierten Öffentlichkeit New Yorks einzunehmen. Er wehrte sich eine Zeit lang erfolglos gegen die zähe, alles lähmende Langeweile und Lustlosigkeit, die ihm eine planmäßige Gestaltung seiner Zukunft lächerlich erscheinen ließ. Selbst sein Sexualhaushalt war seit Monaten nicht mehr ausgeglichen, nur gelegentlich flackerte etwas Leidenschaft auf. Ansonsten glich seine Gemütsverfassung einer Ouvertüre, auf deren *Don-Giovanni*-Akkorde in d-Moll nichts folgte. All dies führte bei Anton zur Entscheidung, den Job in Zentralasien ernsthaft in Erwägung zu ziehen.

Drei Tage später meldete er sich bei dem markanten Kinn, um den Termin mit dessen Auftraggeber zu bestätigen. Wenigstens raffte er sich auf, ein paar Country Reports zu lesen, die sich mit Zentralasien beschäftigten. Analysten, die für Banken oder Thinktanks arbeiteten, hatten kaum relevantes Material zusammengetragen. Nur an einem Bericht zum Rohstoffreichtum blieb er länger hängen, ein prosaischer Experte bei Bear Stearns schien vor Ort über Kontakte zu verfügen. In den verlorenen Weiten der kasachischen Steppe ließen sich alle Elemente aus Mendelejews Periodensystem in rauschhaftem Überfluss finden, versicherte er potenziellen Investoren.

Der Blick aus dem Corner Office ließ keine Zweifel an den Ambitionen der Investmentgesellschaft zu. Das galt auch für den Mondrian über der schwarzen Ledercouchgarnitur, auf welcher Anton Platz nahm. Bei den Möbeln schien es ihm, als hätte der Designer den Bauhausstil aufgenommen, um ihn behutsam auf Bequemlichkeit und Solidität zu trimmen. Das Ambiente zielte nicht auf Einschüchterung ab, Vertrauensbildung stand im Vordergrund. Der größte Luxus war die absolute Ruhe hier oben, an die er sich erst gewöhnen musste. Man ließ ihn eine Viertelstunde warten, während der er sich fest vornahm, nicht an der Echtheit des Mondrians zu zweifeln. Es fiel ihm kein Maler ein, dessen Bilder so vortrefflich in die Wolkenkratzer dieser Stadt passten.

Der Mann war älter, als Anton erwartet hatte, vermutlich jenseits der siebzig. Graue, zurückgekämmte Haare, weiche Züge, nubische Nase, auffallend schlank und die gelassene Souveränität ausstrahlend, die derlei Büros hervorbringen. Der Händedruck war kurz, fast beiläufig, als würde man sich schon länger kennen.

»Peter Hennessy, schön, Sie zu sehen.«

Sie hielten den üblich lapidaren Small Talk und setzten sich erst, als einer aus der Finanzabteilung mit jemandem dazukam, dessen Funktion Anton nicht verstanden hatte. Er konzentrierte sich auf den alten vitalen Mann, ohne Zweifel der Ranghöchste im Raum.

»Haben Sie schon mal von uns gehört?«, fragte Hennessy, während Anton dessen erlesene Manschettenknöpfe betrachtete.

»Nein, nicht bevor Sie mich kontaktierten. Und seitdem habe ich auch so gut wie nichts rausbekommen.«

»Aber das hat Sie nicht davon abgehalten, herzukommen. Warum eigentlich nicht?«

»Vielleicht Neugierde. Außerdem war der Headhunter penetrant überzeugend, er wusste so ziemlich alles über mich. In Moskau hätte ich auf KGB getippt. Geben Sie sich immer so viel Mühe?«

»Wir müssen bei dieser Aufgabe mehr über die Kandidaten wissen als gewöhnlich. Einblick in Ihre KGB-Akte hat man uns übrigens verwehrt, obwohl das heutzutage ohne viel Aufwand möglich ist, wie man mir versichert hat.«

Anton schwieg lächelnd und hoffte, dass Hennessy bald zur Sache käme. Er war nun sicher, dass es sich bei den Manschettenknöpfen nicht um Meeres-Topase handelte. Das blasse Blau der Tansanite spiegelte exakt die Pupillenfarbe ihres Trägers. Eine ästhetisch gelungene Entschädigung für den Small Talk, der, sobald jemand ein paar Jahre in Russland verbracht hatte, auf KGB-Witzeleien und verführerische Frauen hinauslief, die grundsätzlich Natascha hießen.

»Ehrlich gesagt wurde ich beim Lesen des Berichts über Sie ein wenig neidisch. Wenn wir jung sind, sehnen wir uns nach Abenteuern, und wenn wir alt werden, hadern wir mit den verpassten Gelegenheiten«, sagte Hennessy mit der abgeschmackten Pose eines leutseligen Patriarchen. Anton war enttäuscht, er hatte mehr Format erwartet. Das Niveau des Mondrian wurde durch derlei Banalitäten jedenfalls nicht gehalten.

»Ich war unabhängig. Und als die Mauer endlich fiel, lag es nahe, in den Osten zu gehen.«

»Nur aus der Rückschau. Die meisten wählen Sicherheit und geordnete Verhältnisse. Und später bereuen sie, nichts erlebt zu haben. Aber lassen wir das, etwas anderes in Ihrer Vergangenheit hat uns mehr interessiert.«

»Etwas anderes?«

»Loyalität. Sie haben sich in dieser zweitklassigen Firma nicht korrumpieren lassen.«

Obwohl die Moskauer Firma in der Tat zweitklassig gewesen war und er auch nicht geklaut hatte, sah Anton ihn überrascht an.

»Old School: Sie hätten den Laden dort mit sanfter Gewalt selbst übernehmen können. Noch nicht einmal Kickbacks haben Sie kassiert, was im Rohstoffbereich bei leitenden Angestellten doch die Norm ist. Sie sind einfach ehrlich. Und Sie haben ein Talent zu überleben.«

*Ehrlich* klang in diesem Kontext wie die Vorstufe von Dummheit.

»Ist Zuverlässigkeit das einzige Kriterium für Ihr Projekt in Zentralasien?« Er sehnte sich danach, etwas Konkretes zu erfahren, der Mondrian und die raffinierten Manschettenknöpfe rechtfertigten den Aufenthalt hier nicht.

»Sagen wir, es ist die Grundvoraussetzung. Die Details erläutert gleich Jack. Ich wollte Ihnen nur vorher einmal in die Augen sehen.«

Während Anton sich von Hennessy verabschiedete, verständigten sich die beiden anderen Männer im Flüsterton. Kaum waren sie zu dritt, bat er um konkrete Informationen. Der Number Cruncher Jack verzichtete auf das übliche *Lassen Sie mich zunächst ein paar Worte über mich selbst sagen*, was auf die jeweilige Ivy-League-Universität sowie bisherige Karrierestationen hinauslief, garniert mit überflüssigen Details zu Familienstand, Nachwuchs, Wohngegend und Hobbys. Der zweite

Mann schien überhaupt nicht zu existieren, seine Silhouette verschmolz mit dem aschgrauen Himmel über Brooklyn auf der anderen Seite des East River.

»Was ist Ihnen lieber, meinen kleinen Vortrag anzuhören oder dass ich gleich Ihre Fragen beantworte?«, fragte Jack.

»Gerne erst den Vortrag.«

Was folgte, war so knapp wie ernüchternd. Anton kritzelte wenige Notizen mit: Kasachstan, Aufbau eines vertikalen Stahlkonzerns über fünf bis sieben Jahre, Volumen vierhundert Millionen Dollar. Alles Neuland, keine Strukturen, keine Mitarbeiter, noch nicht einmal eine eingetragene Firma oder ein Büro.

»Danke, klingt nach Arbeit. Warum gerade Stahl in Kasachstan? Die Inder haben da doch ein sowjetisches Kombinat übernommen.«

»Die produzieren Bleche für den Export nach Korea. Kasachstan wird aber viel Baustahl benötigen, diese Freaks errichten ja eine neue Hauptstadt in der Steppe.«

»Und können sich den Irrsinn mit dem Geld aus Rohstoffexporten leisten«, stimmte Anton zu. »Aber haben Sie keine Bedenken, mit chinesischem Stahl zu konkurrieren?«

»China ist bei Stahl Nettoimporteur und wird es noch eine Zeit lang bleiben. Das sollten Sie eigentlich wissen. Wenn unser Werk anfängt zu produzieren, finden sich Möglichkeiten, Importzölle zu installieren.«

»Verstehe, patriotische Verteidigung der vaterländischen Industrie. Würde ich eigentlich bei jeder Entscheidung eine interne Kommission überzeugen müssen?«

»Nein, Sie treffen die finanziellen Entscheidungen im vereinbarten Gesamtrahmen allein, berichten nur regelmäßig an mich. Wir haben nicht so lange jemanden gesucht, um im Anschluss jede seiner Entscheidungen zu falsifizieren.«

»Sie meinen verifizieren. Wie würde mich die Zentrale hier konkret unterstützen? Auf welche Ressourcen könnte ich zurückgreifen?«

»Auf keine. Sie sind auf sich allein gestellt. Wir mögen es Low Profile, die Aktien der kasachischen Firma sollen von einer Off-Shore-Firma auf den British Virgin Islands gehalten werden.«

»Verstehe. Themenwechsel: Woher kommen die vierhundert Millionen?«

»Private Equity.«

»Konkret? Wessen Geld?«

»Das werden Sie von mir nicht erfahren. Sie könnten allerdings Mr Hennessy fragen.«

»Der ist nicht mehr hier. Stammt das Geld von Russen oder Kasachen?«

»Ich habe Ihre Frage bereits beantwortet. Wenn Sie Glück haben, nimmt Sie Mr Hennessy Ende der Woche mit in seinen Club. Möchten Sie über Ihr Package sprechen?«

Auf Antons Nicken folgten drei Sätze Marktwahrheit. Er zögerte, das Angebot war großzügig, aber nicht großzügig genug, um ihn für sieben Jahre Fronarbeit zu entschädigen. Almaty verfügte lediglich über ein tristes Opernhaus, der Unterhaltungswert dieser an einem Ausläufer des Himalajas gelegenen Stadt schien dürftig.

»Was Sie anbieten, ginge in Ordnung für einen Turnaround-Job, der nach zwei Jahren erledigt ist. Aber nicht, um mich sieben Jahre lang an dieses Land zu ketten.«

»An was denken Sie?«, fragte Jack, der kein Verständnis für Antons Zweifel aufzubringen schien.

Er ließ sich mit der Antwort Zeit. Verträumt sah er hinüber zu den drei gelben Rechtecken des Mondrians, sinnierte über deren Anordnung und Abstand zueinander. »Um Ihre und meine Zeit nicht zu verschwenden: Wir sprechen nicht von ein paar tausend Dollar mehr im Monat oder einer raffinierten Erfolgsbeteiligung. Für diesen Job solltet ihr ernsthaft darüber nachdenken, mir ein Drittel der Aktien anzubieten.«

Jack lachte irritiert, der Geist neben ihm zuckte unmerklich zusammen. Anton nickte den beiden zu, trank seinen Kaffee aus und steckte demonstrativ die Notizen ein. Er pokerte nicht, wollte aber einen Abgang ohne Gesichtsverlust hinbekommen. Fünf Prozent der Aktien war realistisch, der Rest eine Provokation. Sieben Jahre in Kasachstan für anonymes Kapital verbot ihm sein Selbstrespekt.

»Sie überschätzen Ihren Marktwert. Ihre Bilanz ist weniger grandios, als Sie denken. Ein Jahrzehnt in Russland zu verbringen beeindruckt nur auf den ersten Blick.«

»Da stimme ich Ihnen zu, allerdings ist dies nicht das Thema«, entgegnete Anton ruhig und beschloss gleichzeitig, in eines der Länder an Europas Peripherie zu ziehen, um ein malerisch gelegenes Weingut zu erwerben. Ab und zu würde er dort mittellose Künstler bewirten, und einer von ihnen könnte eine perfekte Kopie dieses herrlichen Mondrians anfertigen. Als Erinnerung an die Frechheit, hier um ein Drittel der Aktien nachgefragt zu haben.

»Wir sollten unser Treffen an diesem Punkt abbrechen«, beschied ihm Jack.

Anton nickte zustimmend, verabschiedete sich eine Spur zu höflich, warf einen letzten Blick auf den Mondrian und verließ die gepflegte Oase des globalisierten Kapitals.

Wieder unten im Lärm schmollte er ausgiebig über die einfältigen Entscheidungsträger und beschloss am folgenden Tag endgültig, nach Osteuropa umzusiedeln. Er kündigte seine möblierte Wohnung und vertiefte sich in Fachliteratur über das Führen eines Weinguts. Seine Vermutung, dass dies ein verführerisches Hirngespinst sei, welches sich allmählich auflöst, je mehr Wissen er darüber ansammelt, erwies sich als korrekt. Bald war ihm klar, dass ein großes Vermögen notwendig ist, um als Winzer ein kleines zu machen; sein Engagement im verlockenden Reich des Weins würde in einer freudlosen Form von Selbstausbeutung münden. In die Alte Welt zog es ihn trotzdem, und sei es nur, um sich in der Schläfrigkeit einer dieser zerschlissenen Hauptstädte des Ostens neu zu orientieren. Außerdem verfügten sie über günstige Altbauwohnungen, bezahlbares Personal sowie Konzert- und Opernhäuser, die mit beachtlichen Orchestern, Ensembles und Balletttruppen lockten.

Er hatte gerade ein Ticket nach Bukarest gekauft, da meldete sich Hennessy, um ihn für den folgenden Tag in seinen Club einzuladen. Unwillig erwiderte Anton, er sei quasi schon auf dem Sprung über den Atlantik. Hennessy ließ sich nicht abwimmeln, versprach, beim Lunch weder Kasachstan noch Antons Größenwahn zu erwähnen, und lockte, als dieser weiter zögerte, mit Premierenkarten für die Met.

Die altehrwürdig angestaubte Atmosphäre im Reich der Gentlemen irritierte ihn, so etwas passte nicht einmal mehr nach London. Statt Mondrians gab es hier identitätsstiftende Gemälde aus den Gründungsjahren des Etablissements, als die Mitglieder bereits mit viel Geld und noch mehr Sehnsucht nach Tradition behaftet waren. Zeitgemäßer erschien ihm sein Gastgeber, der trotz seines Alters in dieser Umgebung sehr munter wirkte. Der elegante graue Fuchs war taktvoll genug, Anton nicht mit einführenden Bemerkungen im Stil von *Die Mitglieder hier halten gemeinsam ein Achtel des Dow Jones* auf die Nerven zu fallen. Hennessy schien eine ironische Distanz zur Institution zu pflegen. Über Roastbeef und Rotwein gab er den eloquenten Weltmann.

»Das ist einer der besten Sauvignons, die ich jemals getrunken habe«, streute Anton artig ein, was der Wahrheit entsprach.

»Kalifornien, ein Screaming Eagle. Der Weinkeller hier ist qualitativ den Bildern an der Wand überlegen.«

»Besser so rum. In Moskau gibt es ein ungenießbares Restaurant mit Chagalls an den Wänden.«

Hennessy sah ihn prüfend an. »Wie, denken Sie, entwickeln sich die Dinge dort? Ich meine, seitdem der Trunkenbold Jelzin durch einen KGBler ersetzt wurde.«

»Ein weites Feld, und in jedem Land läuft es unterschiedlich mäßig. Ein paar wenige halten sich ganz gut, da gibt es Bewegung in Richtung offene Gesellschaft.«

»Sie meinen das Baltikum. Aber was ist mit dem Süden?«

»Was soll da sein? Die alten Kader spielen jetzt Demokratie«, sagte Anton.

»Das sind innenpolitische Geschmacklosigkeiten. Ich meine eine Ebene darüber, wie instabil ist die Region Ihrer Meinung nach?«

»Ob die bald Kriege gegeneinander führen werden? Denke eher nicht, das ist den entscheidenden Cliquen wohl zu riskant. Die Despoten verheiraten bereits ihre Kinder untereinander. Einzig Kasachstan könnte wegen Lage und Rohstoffreichtum Begehrlichkeiten wecken.«

»Da gebe ich Ihnen recht, die müssen Chinas und Russlands Interessen ausbalancieren.«

»Und eure. Das Öl ging sofort an Chevron.«

»War von denen damals gar keine schlechte Entscheidung, Washington wird deshalb keine Invasion dulden.«

»Regelmäßiges Rebalancing ist dort existenziell. Das Gleichgewicht bleibt fragil, wer seine Pipeline nicht bekommt, droht rasch mit Liebesentzug«, sagte Anton.

Sie wechselten ein paarmal das Thema, die Unterhaltung blieb an der Oberfläche, nur unterbrochen durch gelegentliche, von Hennessy ausgehende Abstecher in russische oder amerikanische Politik. Anton registrierte dieses Abtasten gelassen, der Nachmittag verlief recht angenehm. Beiläufig reicherte der alte Mann das Gespräch mit feinsinnigem Wissen an, zitierte Vaclav Havel oder Alexander Sinowjew. In gebrochenem Russisch gab er sogar eine Anekdote über Putin zum Besten. Nach zwei Stunden sah Anton dennoch auf die Uhr.

»Beginne ich Sie zu langweilen?«, fragte Hennessy.

»Im Gegenteil. Aber es gibt noch einiges zu erledigen, bevor ich abreise.«

»Nur noch ein Viertelstündchen, hören Sie mir einfach zu: Mit Ihrer überzogenen Forderung haben Sie Jack aus dem Konzept gebracht, so etwas ist er nicht gewohnt. Sie bekommen ein Fünftel der Anteile, über alles andere sind wir uns ja einig. Übernehmen Sie *bitte* die Aufgabe, ich habe ein gutes Gefühl bei der Sache.«

Anton unterdrückte den Reflex einer sofortigen Zurückweisung. Er war über Hennessy empört, ohne zu verstehen, warum. Mangelnde Flexibilität, ich bin in den vergangenen Monaten offenbar verblödet, fuhr es ihm durch den Kopf.

»Das ist ein großzügiges Angebot«, murmelte er.

»So kann man es sagen.«

»Aber im Gegensatz zu Ihnen habe ich kein gutes Gefühl. Jack wurde bockig, als ich nach den Geldgebern fragte. Niemand kennt eure Firma und wo ihr euch sonst noch engagiert. Und warum ausgerechnet Kasachstan? Selbst wenn alles nach Plan läuft, was nie eintritt, gibt es unkompliziertere Investments, die eine ähnliche Rendite bringen.«

»Versuchen Sie es als strategisches Engagement zu betrachten, die Hintergründe sind vielfältig.«

»Von mir aus, aber so wird die Frage nach der Herkunft der Mittel noch wichtiger. Sehen Sie das doch mal aus meiner Perspektive.«

»Seien Sie nicht albern. Es sind keine Drogengelder, und sie kommen auch nicht von irgendwelchen Diktatoren. Wir sind keine Waschmaschine. Das Geld stammt von Amerikanern, Engländern, Japanern und einem Schweizer. Private Equity eben. Davon abgesehen, ich bin persönlich auch mit zehn Prozent involviert.«

»Lassen wir das mal so stehen.«

»Weitere Bedenken?«

»Die jahrelange Einzelkämpferexistenz in einem dieser freudlosen Polizeistaaten. Da unten ist alles noch schlimmer als in Russland.«

»Wo Sie sich doch ganz wohl gefühlt hatten.«

Anton lachte. Eins musste man dem Alten lassen – er traf den richtigen Ton.

»Genau genommen waren Sie in Russland auch auf sich selbst gestellt.«

Er gab dem Kellner ein Zeichen. Anton verstand nicht, ob damit mehr Kognak oder die Rechnung gemeint war.

»Wie auch immer, einen letzten Trumpf habe ich noch. Das funktioniert aber nur, wenn Sie mir völlig vertrauen.«

Fast hätte Anton aufgelacht. *Völliges* Vertrauen war mehr Chuzpe, als er dem kultivierten Grauschimmel zugetraut

hatte. Ungläubig schüttelte er den Kopf, was Hennessy ignorierte.

»Also, wir haben in dieser Region einen exzellenten Mann
stationiert.«

»Wie wird er es mitbekommen, wenn mir das Wasser bis zum
Hals steht? Geben Sie mir die Telefonnummer von Mr Fix-it?«

»Nein, das wäre zu riskant. Er wird Sie finden. Wir haben
noch keinen unserer Leute verloren.«

Und so war er am Ende einer grandiosen Sackgasse ange-
langt. Hennessy grinste ihn väterlich an, Antons Widerstand
löste sich auf. Der einnehmende Patriarch, der Mondrian, die
groteske Clubatmosphäre – um abzulehnen, war das alles zu
originell. New York – Top of the World. Später würde er es
bereuen, da war er sich sicher. Doch leben heißt kämpfen, und
kämpfen ist das Gegenteil von Langeweile, was sein größtes
Problem war. Davon abgesehen blühten die Magnolienbäume
in Bukarest auch noch in ein paar Jahren.

»Hat Ihr Kontakt einen Namen?«

»Francis. Er nennt sich Francis. Wir sind uns also einig?«

## II

## DER PAKT

Es war ein Fehler gewesen, auf Russisch nach der Fahrzeit ins Hotel zu fragen. Als Anton unklugerweise auch noch seine Nationalität preisgab, wurde das Radio ausgemacht. Doch anstelle des üblichen Dreigestirns Beckenbauer-Mercedes-Bier folgten die Höhepunkte eines sowjetischen Soldatenlebens bei Leipzig. Nachdem er die Qualität der Bratwürste gestreift hatte, schilderte der Taxifahrer detailliert die stets blütenweiße Unterwäsche der dortigen Frauen. »Saubere deutsche Mädels«, wiederholte er immer wieder und zwinkerte Anton dabei im Rückspiegel zu. Dieser ignorierte den alten Ziegenbock, betrachtete stattdessen die schneebedeckte Gebirgskette, vor der Almaty im Smog dalag. An maroden Plattenbauten entdeckte er industriell vorfabrizierte Betonelemente mit zentralasiatischer Ornamentik. Ein zartes Stimmungshoch stellte sich ein; das verwitterte Grau der Gebäude erschien ihm zwar eine Schattierung heller als in Moskau, erinnerte ihn aber an den geliebten Moloch, aus dem er vor anderthalb Jahren geflüchtet war. Auch dreitausend südöstliche Kilometer weiter fanden sich konservierte Reste jener erbärmlichen Sowjetpoesie, der es mühelos gelang, ihn für die verbleibende Fahrzeit in eine Schwebe zwischen Sehnsucht und Abscheu zu versetzen.

Neben pompösen Autohäusern standen hinter Lattenzäunen

windschiefe Hütten, deren Bewohner den im Dauerstau Gefangenen Obst in Zinkeimern feilboten. Anton kurbelte das Fenster herunter, doch in der feuchten Junihitze war der Gestank nach Schwefel unerträglich. Problematische Industriebetriebe in Zentrumsnähe, die übliche sowjetische Hypothek. Sie fuhren an einem endlos rechteckigen Park ohne Bäume vorbei, am Rand des Ödlands wurden moderne Apartmentblocks hochgezogen. Später in der Stadtmitte dominierte wieder Sowjet-Grau, durchsetzt von Coca-Cola-Rot und Nationalflaggen-Himmelblau.

Das jüngst errichtete Hotel sah aus, als wäre ein im Westen verwirklichter Architekturplan aus den Achtzigerjahren noch einmal realisiert worden. Die Zimmer lagen nebeneinander an Galerien, die sich zu einer düsteren Lobby öffneten, die ein jurtenartiges Gebilde auflockerte, der tapsige Versuch, die spießige Atmosphäre mit ein wenig Lokalkolorit aufzupeppen. Gläserne Aufzüge schwebten bis unter die Decke des Atriums, das eine kümmerliche Glaspyramide krönte. Anton musste sich an der Rezeption gedulden, die Crew seines Flugs checkte vor ihm ein und verhandelte zäh um Upgrades.

Sein Zimmer lag hoch über der Stadt, eine leidlich luxuriöse Bleibe mit Doppelbett und Blick auf die Berge. Der Smog verunsicherte ihn; um Jetlag und eine erste Grübelattacke abzumildern, zog er das hoteleigene Schwimmbad einem Lauf da draußen vor.

Zwischen auf Liegestühlen aneinandergereihten Stewardessen kraulte er stoisch seine Bahnen. Die Anreise aus New York via Frankfurt hatte genügend Zeit geboten, sich die Aufgabe der kommenden Jahre schönzureden. Jetzt galt es, rasch die Touristenebene zu verlassen. Er hatte schlimmere Städte gesehen, und dieser Pool war nicht übel, selbst ein Tennisplatz mit Trainer würde sich finden lassen. Obwohl die eine oder andere Stewardess engagierter wirkte als während des Flugs, zog er sich übermüdet auf sein Zimmer zurück.

Wie die meisten Städte sieht Almaty nachts besser aus, stellte er fest, als er ein paar Stunden später erwachte. Auf einem der Fernsehkanäle wurde der Präsident gefeiert, auf dem nächsten der Premierminister. Zwei Sender weiter spielte ihm das Nationalorchester ein Willkommensständchen. Sofort konsultierte er das Internet, um welches Instrument es sich da handelte. *Dombra*, zweisaitig, über einen Meter lang. Das Orchester bestand aus etwa fünfzig eintönig zupfenden, in schwarze Tracht gehüllte Kasachen beiderlei Geschlechts. Er beschloss, für die kommenden Wochen den Fernseher zu meiden.

È strano!, è strano! Eine Zeit lang suchte er Trost bei der Callas, mit dem Stapel an CDs verband ihn so etwas wie Heimat. Als es ihm wieder besser ging, trat er vor die Zimmertür, um von der Balustrade aus die Lobby zu betrachten. Es war weit nach Mitternacht, und er war hungrig, doch unten drohte die verhärmte Szene aller Luxushotels auf dem Gebiet der ehemaligen Sowjetunion um diese Uhrzeit. Aus Antons Vogelperspektive war der Bereich um die Jurte mit Prostituierten drapiert, zur vorgerückten Stunde meist ältere, übrig gebliebene mit felliniartiger Mimik und Gestik. Er entschied sich für Zimmerservice.

Das Hotel könnte auch in Houston stehen, dachte er beim Anblick der vielen Amerikaner im Frühstücksraum, die hier auf dem Weg von oder zu den Ölfeldern am Kaspischen Meer abstiegen. Alle Tische waren besetzt, aber auf eine einladende Geste hin gesellte er sich zu drei Recken, die mit ihren beigen Westen an den späten John Wayne erinnerten. Wohlgenährte Landsknechte, die den Globus nach Ölvorkommen einteilten. Jovial hießen sie ihn zwischen zuckersaturiertem Orangensaft, robustalastigem Kaffee, gebratenen Eiern mit Bauchspeck, gebutterten Toasts und siruptriefenden Pfannkuchen willkommen. Redselige Gemütlichkeit, sie schienen auf Fronturlaub zu sein.

»Ja, zurück nach Hause«, bestätigte einer.

»Wo wart ihr hier?«, fragte Anton.

»Tengiz. Contracting«, sagte der mit den Pfannkuchen.

»War bis gestern in Kaschagan«, fügte der Dritte hinzu. »Und was machst du beruflich?«

»Stahl. Tengiz und Kaschagan sind Ölfelder?«

»Wir brauchen viel davon.«

Es war nicht klar, ob hiermit Stahl oder Rohöl oder beides gemeint war.

»Kashagan is a beauty. Eighteen billion barrels still down there«, präzisierte Rührei mit Bauchspeck. Die drei waren mit der obligatorischen Pepsi-Rolex ausgestattet, und das weiße Dreieck am Ende des roten Zeigers verriet auf der blau-roten Lünette wenig überraschend die Zeitzone von Texas.

An den folgenden Tagen erkundete er die Stadt. Da regelmäßig heimgesucht von Erdbeben, fanden sich kaum Gebäude, die älter als hundert Jahre waren, aber auf den Stumpfsinn üppiger Fassaden aus der Stalinzeit folgten ab Mitte der Fünfzigerjahre einige modernistische Meisterwerke. Die meisten waren allerdings baufällig und hinter Reklametafeln versteckt, andere vor Kurzem modernisiert und auf diese Weise verunstaltet worden, als wolle das neue Kasachstan seine sowjetische Vergangenheit schamvoll wegretuschieren. Überall traf er auf verwaiste Freiflächen vor desolaten öffentlichen Gebäuden. Urbanes Ödland, deren bröckelnde Betonelemente selbst Skateboarder mieden. Das Volk drängte sich in modernen Malls oder auf Märkten, die alles boten, was aus China herüberschwappte. Stände mit Elektronikgadgets und Videospielen zogen Trauben von Teenagern an, die sich optisch kaum von denen in New York unterschieden. Die Basare gefielen Anton, doch ansonsten überwog Fadheit. Trotz des Smogs joggte er täglich auf einer holprigen Tartanbahn, die, pittoresk von Bäumen eingerahmt, unweit des Zentralstadions lag, an dem ihn Statuen mit furchterregend heldenhaften Sportlern irritierten. Am Wochenende erwachte die Idylle aus ihrem Dornröschenschlaf. Junge drahtige Männer spielten dann im schattigen Oval auf hohem Niveau Cricket, wobei er nie dahinterkam, ob es sich um Inder oder Pakistanis handelte. Diese umgetopften Wesen, deren Heimat auf der anderen Seite der Gebirgskette lag, waren wohl durch Gerüchte über den märchenhaften Reichtum des neuen Staats angelockt worden. Nachdem sie festgestellt hatten, dass ihnen die Chinesen zuvorgekommen waren und die Mehrheit der Einheimischen selbst bettelarm war, blieb wenig mehr als sich hier zu treffen.

Glücklicherweise knickte Antons Knöchel auf der Tartanbahn in der dritten Woche nach seiner Ankunft um. Humpelnd begab er sich in eine staatliche Poliklinik, wo sein Anliegen aber ignoriert wurde. Nachdem er inmitten stoisch-schweigsamer Patienten zwei Stunden ausgeharrt hatte, beschloss er, eine Privatklinik aufzusuchen. Doch der angeschwollene Fuß ließ ihn nach wenigen Metern im Stich, er sackte vor der Eingangspforte zusammen. Mehrmals versuchte er, sich vom Gehsteig aufzurappeln, da packten ihn zwei Hände am Oberarm. Die erste ernst zu nehmende menschliche Berührung seit Wochen, fuhr es ihm durch den Kopf. Ohne sich umzudrehen, er tippte auf robuste Oberschwester, die ihm in einem Anflug von Mitleid gefolgt war, murmelte er etwas Unverständliches, was darauf hinauslief, bei staatlichen Krankenhäusern handele es sich um die wahren Feinde des Volkes. Der helfende Griff lockerte sich abrupt, woraufhin er wieder zusammensackte.

»So wird das nichts mit dir komischen Vogel.« Aus der Froschperspektive erkannte er zwei zierliche Frauenfüße in Ballerinas.

»Schöne Schuhe! Kann den Farbton leider nicht erkennen, ist schon zu dunkel. Bin übrigens nicht betrunken.«

»Kognak.« Die Stimme klang betont sachlich, und er fürchtete, gleich wieder allein zu sein. Alkoholisierte, im Staub der Straße liegende Exemplare wurden in Almaty rasch aussortiert, das hatte er mehrfach beobachtet.

»Nein, keinen Tropfen! Ein Sportunfall.«

»Dummchen, das bezog sich auf die Farbe der Schuhe. Interessant, deutscher Akzent, aber nicht aus der Steppe.« Sie zögerte.

»Dahinten steht mein Wagen. Könnten Sie mich vielleicht ins amerikanische Krankenhaus fahren? Oder ein Taxi rufen? Oder ...«

»Wo steckt dein Fahrer?«, fragte sie aus drei Schritten Sicherheitsabstand.

»Habe keinen. Ist ein Leihwagen, bin neu in der Stadt. Ich wohne im Hyatt.« Auf die Ellenbogen gestützt, versuchte er verzweifelt, seinen Gesamteindruck zu verbessern, was aussichtslos war. Ein hilflos gestrandeter Käfer, in abstoßend hässliche Funktionskleidung gehüllt.

»Hmm, du wohnst also im Rachat. Das Grillrestaurant ist nicht übel.«

»Wie wäre es mit morgen Abend?«

»Träum weiter, keine Chance. Hast du einen Namen?«

»Anton. Und du?«

»Alisha«, sagte das Fabelwesen, bevor die Dunkelheit es schluckte.

»Lass mich hier nicht allein, hörst du?«, rief Anton in ihre Richtung. Kurz darauf sprang ein Motor an, der schwere Wagen kam neben ihm auf dem Bürgersteig zum Stehen. Die Ballerinas tauchten abermals auf, zögerten einen Augenblick, verschwanden in der Poliklinik. Als sie zum dritten Mal erschienen, diesmal in Begleitung von einem Paar männlicher Halbschuhe, wurde er in den Beifahrersitz gehievt.

Auf der Fahrt zur Klinik, wo es gegen Devisen oder Kreditkarten keine Warteschlangen gab, fiel ihm ein, dass er weder Geld noch Ausweis bei sich hatte. Er schilderte das Problem kleinlaut.

»Du machst wohl Witze! Pah, ich lese nachts einen ungewaschenen Teutonen auf und bezahle auch noch für das Privileg.« Sie lachte ungläubig und trat ungestüm aufs Gaspedal. Zehn Minuten später hielten sie vor einer festlich erleuchteten Klinik, wo er in einen Rollstuhl gesetzt wurde. Nach einer exzellenten Behandlung durch zuvorkommende Ärzte fuhr sie ihn ins Hotel. Er humpelte auf Krücken in sein Zimmer, gab ihr das Geld zurück und verschwand unter der Dusche. Als er aus dem Badezimmer kam, stand sie mit einem Gin Tonic in der Hand am Fenster und sah hinaus.

»Nimm die Schmerzmittel und eine von denen.« Sie legte ihm eine kleine Pille auf den Nachttisch. »Vielleicht schaue ich morgen vorbei.« Sie musterte ihn nachdenklich.

»Wir müssen einen Fahrer für dich finden«, sagte sie beim Hinausgehen.

Sie kam nicht am nächsten Tag und nicht am übernächsten. Dennoch humpelte Anton motiviert im Hotel umher, er wollte das Projekt nach drei untätigen Wochen endlich anpacken. Wie hier ein Stahlkonzern entstehen könnte, blieb ihm allerdings weiterhin rätselhaft. Dieses nicht unwesentliche Detail ließ seinen Aktionismus rasch erlahmen, triviale Ersatzhandlungen lenkten leidlich von Selbstzweifeln ab. Um wenigstens irgendetwas Produktives zu unternehmen, erwarb er in einem imposanten Bang & Olufsen-Laden mit einer der zahlreichen Kreditkarten, die man ihm in New York ausgehändigt hatte, eine überdesignte Hi-Fi-Anlage.

Alisha zögerte ihren Wiedereintritt auf seine triste Umlaufbahn weiterhin hinaus. Tatenlos wartete er, längst war sie der Schlüssel zu allem hier geworden. Morgen oder in einem Monat, sie würde kommen und ihn befreien. Er gab sich lustvoll dem einfach gestrickten Erlösungsmotiv hin, was an der wagnerlastigen Musikwahl liegen mochte. Ausgedient standen die Krücken im Schrank, mit einer bedenklich hohen Ration an täglichen Liegestützen und Proust kompensierte er seine Einsamkeit. Nachts cruiste er ziellos durch das Zentrum, um nach ihrem Range Rover Ausschau zu halten. Behagliches Dahingleiten durch menschenleere Straßen, kein Detailwissen über das Fabelwesen erdete dabei seine Fantasie.

Sie hatte einen Russen im Schlepptau. Wohl kaum ihr Liebhaber, taxierte ihn Anton, während er in der Lobby Alishas Wangen küsste.

»Siehst besser aus als neulich«, sagte sie.

»Ich sehne mich seit Wochen nach deinem Comeback.«

»Ich war nicht in der Stadt. Das ist Boris, dein neuer Fahrer.«

Anton schüttelte dem Russen etwas zu herzlich die Hand, was dieser ihn durch einen frechen Blick spüren ließ. Er war schätzungsweise Mitte dreißig, weder klein noch dick noch alkoholbedingt früh gealtert; im dunklen Anzug würde er eine ordentliche Figur abgeben.

»Ich bin mir nicht sicher, ob ich einen brauche«, sagte Anton.

»Alisha meint, Sie hätten einen nötig.«

Der Kellner kam, Alisha bestellte Tee, während Anton beschloss, sich Boris gegenüber als Respektsperson zu profilieren. »Meine Fahrer in Moskau waren professionell. Für wen arbeitest du zurzeit?«

»Ich war noch nie als Fahrer tätig.«

Wenigstens ist er ehrlich, dachte Anton. Ein merkwürdiges Vorstellungsgespräch, aber würde er ihn nicht einstellen, wäre der Kontakt zu Alisha gefährdet.

»Los, Boris, lass dir nicht alles aus der Nase ziehen. Erzähl, was du bisher getrieben hast«, sagte sie.

»Ich habe hier am Institut für Theoretische und Angewandte Mathematik promoviert. Anschließend arbeitete ich für die Agronombank.«

Was folgte, war gleichermaßen typisch wie deprimierend: Die Bank ging pleite, Boris fand Arbeit in einer Wechselstube, bis Banditen diese übernahmen und er freiwillig ausschied. Jede weitere Station war prekärer als die vorherige. Kurz bevor er Regale in einem Supermarkt einräumte, unterbrach ihn Anton.

»Danke, das reicht. Wie erklärst du dir den Abstieg?«

»Russen sind aus der Mode gekommen. Als Kasache wäre er heute Professor«, sprang Alisha ihrem Schützling bei. Anton nickte verständnisvoll, als wären Russen hier schon einmal in Mode gewesen. Er erkundigte sich bei Alisha, was ein Fahrer in Almaty verdiente, und bot Boris für eine Probezeit von drei Monaten das Doppelte. Der Russe hatte sich im Griff, von freudiger Erregung keine Spur, nur ein verbindlich-korrektes Lächeln. Dann die Frage, ab wann er gebraucht werde.

»Morgen früh um neun. Du wirst mir die Stadt zeigen.«

Boris nickte, sah Alisha dankbar an und verabschiedete sich. Sie blickten ihm beide hinterher.

»Danke, dass du ihn genommen hast. Es geht ihm dreckig. Seine Frau ist mit den Kindern zu Verwandten nach Russland gezogen. Ludmilla sondiert, ob er da bessere Chancen auf eine seriöse Anstellung hat.«

»Ich habe ein ganz gutes Gefühl, vielleicht klappt es mit uns.« Er meinte damit eher Alisha als den Russen.

»Auto fahren kann er nicht besonders, aber er ist loyal und universal einsetzbar.«

Sie schwiegen einen Moment. Anton fürchtete, sie könnte ebenfalls gleich wieder verschwinden, doch sie lehnte sich zurück, den Arm entlang der Couchlehne ausgestreckt, an deren Ende er saß.

»Ich bin froh, dich wiederzusehen«, sagte er halblaut.

In Alishas Blick lag etwas Spöttisches, eine Bitte, er möge jetzt nicht in den Flirtmodus wechseln. Er lächelte resigniert zurück. Durch Schweigen die unbeschwerte Phase des Nichts-über-den-anderen-Wissens hinauszuzögern gelang. Entspannt betrachteten sie wortlos das Treiben in der Lobby, bis eine Melodie den Zauber unterbrach. Alisha hielt das Telefonat angenehm kurz, gelegentlich schimmerte etwas Türkisches durch. Doch das Anknüpfen an die sprachlosen Minuten vor dem Anruf misslang, und so schlenderten sie hinüber in das Restaurant, das dem regionalen Hang zu fleischlastiger Nahrung ohne Skrupel entgegenkam.

Während Anton in einem Salade niçoise stocherte, frohlockte Alisha angesichts eines blutigen Steaks.

»Unsere Nomadenvergangenheit! So etwas essen hier nur Magenkranke.« Sie nickte in Richtung seines Tellers und nötigte ihn, von dem eingeflogenen Stück Angusrind zu probieren.

Es wurde Zeit für einen ersten Austausch vertrauensbildender Informationseinheiten. Anton streute behutsam Splitter aus Biografie und über Vorlieben ein. Zu seiner Freude war Alisha freizügiger. Herkunft Usbekistan, und um Jura zu studieren, war sie vor zehn Jahren nach Kasachstan gekommen. Die halbe Kindheit und ganze Jugend hatte sie in einer Ballettschule mit angeschlossenem Internat in Taschkent verbracht. Mit siebzehn Jahren war dort Schluss gewesen, ihre Hüften hatten sich mehrere Zentimeter zu breit entwickelt, weshalb die vorletzte Reihe in einem provinziellen Corps de Ballet drohte. An dieser Stelle warf Anton ein, es handele sich um perfekte Hüften, für eine Solistin sei sie jedoch schlicht zu groß. Sie hochzustemmen oder aufzufangen sei daher problematisch, auf Händen zu tragen aber sicher eine Lust. Sie zögerte kurz und widmete sich dann wieder dem Steak; er hatte sich wohl nicht nur sprachlich übernommen.

»Unter den Mädels ohne Chance auf eine Solistenkarriere brach Panik aus. In der neuen Zeit galt es, Geld zu machen, stattdessen drehten wir hinter hohen Mauern brav unsere Pirouetten. Also habe ich mich an der Uni eingeschrieben. Usbekistan war allerdings auf dem Weg, ein Dritte-Welt-Land zu werden.«

»Du siehst nicht aus wie hundert Prozent Usbekin.« Das klingt auch nicht besser, dachte er.

»Mama Usbetschka, Papa Russkii.«

Sie benötigte für *Usbetschka* etwa eine Sekunde, die drei Phasen der Bewegung ihrer Lippen – halb geöffnet – geschlossen – weiter geöffnet als zu Beginn, wurde von einem Augenaufschlag auf der zweiten Silbe begleitet. Der Kontrast zwischen flankierenden Vokalen und kecken Konsonanten elektrisierte Anton. *Usbetschka*, dieses Wort aus Alishas Mund rechtfertigte alles. Es ging nicht darum, was für ein merkwürdiges Projekt er hier verfolgte oder wie hoch der Unterhaltungswert von New

York im Vergleich zu bedenklichen Orten an der Peripherie war. Für einen Moment kostete er den astralklaren Gedanken aus. Sie sah ihn fragend an. »Das erklärt deine irrwitzige Schönheit.« Er lief rot an, *Schönheit* wollte er auf keinen Fall sagen.

Zwei ihrer Finger berührten kurz seine Wange. »Danke, ich weiß, dass ich schön bin. Zögere aber nie, es mir zu sagen.«

»Wenn du mir die Gelegenheit dazu gibst.«

»Wir werden sehen.«

Selbst dies erschien ihm bereits als subtile Poesie.

Am nächsten Morgen traf er Boris vor dem Hotel. Nach einer Viertelstunde war klar, dass Autofahren tatsächlich nicht zu seinen Kernkompetenzen zählte. Was aber bereits keine große Rolle mehr spielte, Anton gefiel seine unaufgeregte Art als Fremdenführer mit einem Faible für Gesellschaftskritik.

»Links kommt gleich das Unabhängigkeitsdenkmal. Es zeigt die Skulptur des Goldenen Kriegers. Inspiriert vom Fund des Goldenen Menschen in der Nähe der Stadt. Ein Grabmal voller Skythen-Gold, entdeckt Ende der Sechzigerjahre.«

»Ziemlich misslungen«, kommentierte Anton.

»Indem mythologische Wurzeln bemüht werden, dient die moderne Skulptur der Identitätsfindung des neuen Staates«, gab Boris zu bedenken, als ob das die Fragwürdigkeit verringerte.

Sie hielten auf dem überdimensionalen Platz mit dem Denkmal, den mehrere Straßen kreuzten. Anton sah Boris fragend an.

»Platz der Republik. Ehemals Breschnew-Platz, gebaut für Militärparaden. Stört es Sie, wenn ich rauche?«

Eine Zigarette lang plauderte er über das Phänomen der mit Waffen bestatteten Skythen-Frauen, was Anton mehr interessierte als fade Details über die Hinterlassenschaften von Sowjetführern. Die Sonne glitzerte auf der gewellten Asphaltfläche. Es schien, als wollte Boris den ersten ungünstigen Eindruck Almatys auf Fremde abmildern. Für einen Reiseführer untypisch, verzichtete er dabei auf Anekdoten. Sie stiegen wieder ein, ab jetzt fuhr Anton, was der andere einsichtig akzeptierte. »Da vorne steht der Präsidentenpalast. Er wurde durch ein Schweizer Konsortium finanziert, das im Gegenzug die ertragreichsten Kupfervorkommen erhielt.«

Der Palast war medioker, die Schweizer hatten wohl lohnende Geschäfte abgewickelt. Anton kannte aus seiner Zeit in Moskau ein paar dieser Früchtchen, deren Coups mit Autokraten legendär waren.

»Warum eigentlich *Nursultan* Nasarbajew?«, fragte er.

»Vielleicht orientiert er sich an einem echten Sultan. Oman oder so.«

Anton registrierte, dass Boris an dieser Stelle darauf verzichtete, sich über den Präsidenten lustig zu machen, obwohl die Umstände dazu einluden: Ein letzter Parteichef der KPdSU erfindet sich erfolgreich neu, diesmal als Sultan.

»Den erstaunlichen Präsidenten Nasarbajew kann ich Ihnen leider nicht vorführen. Schade, der schlaue Fuchs ist die größte Attraktion des Landes.«

Das Programm wurde fortgesetzt, sie besichtigten eine Moschee, die zweitgrößte Holzkirche der Welt sowie ein furchterregendes Kriegerdenkmal, aus dessen Zentrum ein sowjetischer Hulk stürmte. Anton kannte diese Sehenswürdigkeiten schon alle, stattdessen studierte er Boris. »Was ist mit Fernsehturm, Volksmusikmuseum und Abai-Denkmal?«, fragte er schließlich.

Der Russe lachte zum ersten Mal. »Zentralstadion und Teppichmuseum habe ich Ihnen auch vorenthalten.«

»Warum zeigst du mir nicht den Lenin- und den Hochzeits-
palast? Oder wenigstens den staatlichen Zirkus?«

»Stehen Sie auf klassische Moderne? Ich dachte, Sie hätten
mit der Sowjetunion nicht viel am Hut.«

»Stimmt, aber ich kann die Architektur vom System unter-
scheiden.«

»Vergessen Sie es besser, diese Gebäude sind baufällig oder
verschandelt.«

Schließlich suchten sie sich eine schattige Parkbank. Boris
schien unter Rededruck zu stehen und plapperte über das
Mikroklima der Stadt, Umweltverschmutzung sowie das lokale
Phänomen täglichen Luftaustausches zwischen Tiefebene und
Bergkette, was Anton nur ansatzweise verstand und langweilte.
Boris verstummte allmählich. Nicht weit von ihnen sammelten
sich feierlich herausgeputzte Kinder vor einem Denkmal.

»Seid bereit!‹ – die sehen tatsächlich noch aus wie Jungpio-
niere«, sagte Anton.

Boris blickte demonstrativ in die entgegengesetzte Richtung.
Offenbar hatte er keine Lust, über die drolligen Reste des sowjetischen Erbes zu sprechen.

»Warum sind Sie konkret hier?«, fragte er nach einer Weile.

»Stahl. Für deine Funktion als Fahrer ist diese Information
unwichtig.«

»Ich bin kein Fahrer. Alles andere kann ich besser.«

»Deine letzten paar Karrierestationen sehen nicht danach
aus.«

Boris starrte ihn an, als hätte er bei der Stadtrundfahrt die
zentrale Attraktion nicht mitbekommen.

»Erzähl mir lieber noch etwas über Land und Leute. Wie halten es die Kasachen mit der Religion? Ich habe gehört, die Mehr-
zahl seien Sunniten.«

»Das waren Jobs, die man hier als Russe ohne Verbindungen noch bekommt. Mir fehlen die entscheidenden ethnischen Merkmale. Und fragen Sie jetzt bloß nicht, warum ich nicht zurück nach Russland gehe.«

»Warum gehst du nicht zurück nach Russland?«

Boris lachte gequält. »*Zurück* ist hier. Ich bin hier geboren. In Russland wartet niemand auf mich.«

Er zog seinen Pass aus einer Männerhandtasche, um ihn aufgeklappt hinzuhalten. Unter Nationalität stand *Russe*. In kasachischen Pässen lebte die sowjetische Tradition fort, ethnische Merkmale festzuhalten. Anton nickte und überlegte vergeblich das russische Wort für *Sippenhaft*.

»Steigere dich da nicht rein, so etwas wird schnell zur Lebenslüge. Außerdem hat der reichste Mann des Landes einen kasachischen Pass, in dem unter Nationalität *Jude* steht.«

Boris deutete eine Bewegung an, die auf *Sie verstehen absolut gar nichts* hinauslief. Sorgfältig verstaute er den Pass wieder in der schwarz glänzenden Männerhandtasche. Seine Mischung aus Hochmut und Betulichkeit begann Anton auf die Nerven zu gehen.

»Seit zehn Jahren trägt übrigens niemand mehr derart bescheuerte Handtaschen.«

»Was ist falsch an dieser Tasche?«

»Ein Portemonnaie reicht völlig aus. Nur Frauen führen in Handtaschen einen Großteil ihres Hausrats mit sich.« Dass ihm die korrekte Vokabel zu *Hausrat* einfiel, besserte seine Laune ein wenig.

»Hausrat? Ich verstehe Sie nicht.«

»Ja, Hausrat. Das war ein Witz.«

»Ein Witz war das? Könnten Sie den etwas präzisieren? Oder handelt es sich um einen deutschen Witz?«

Sie schwiegen eine Weile vor sich hin, Boris betrachtete
ungläubig seine Männerhandtasche und Anton die schneebedeckten Spitzen des Tian-Shan-Gebirges. Er hoffte, der Russe
würde jetzt nicht aufstehen und wortlos gehen. Aber im
Moment ging es darum, wer von ihnen zuerst blinzelte. Kurz
darauf überlegte er, ob eine versöhnliche Geste in dieser Situation nicht das Gegenteil von Schwäche wäre. Auf der anderen
Seite interpretierten russische Männer freundliches Entgegen-
kommen in Konfliktsituationen gern als Schwäche.

»Ich versuche mich gerade in Ihre Lage zu versetzen«, unterbrach Boris die Stille, was Anton zunächst befriedigt zur Kenntnis nahm, nur um sich kurz darauf zu ärgern, die Schweige-
pause nicht selbst beendet zu haben.

»Auf den ersten Blick spricht wenig für mich. Aber Sie brauchen jemanden, der hier zu Hause ist und klar denken kann.
Sonst werden Sie auch in sechs Monaten noch keinen Schritt
weiter sein mit Ihrem Projekt.«

»Ich habe alle Zeit der Welt«, log Anton.

»Den ersten Monat arbeite ich als Manager ohne Bezahlung.
Zur Probe. Bitte!«

»Ohne Bezahlung? Das ist das Geschmackloseste, was ich seit
Langem gehört habe. Sag so etwas nie wieder.«

Boris verstummte und umklammerte die Handtasche mit
beiden Händen.

»Schon gut, wir versuchen es miteinander«, beendete Anton
die jämmerliche Szene. Er zog einen Umschlag aus dem Jackett.
»Für den ersten Monat. Und glaub bloß nicht, ich mache das,
um Alisha zu beeindrucken.«

»Die halbe Stadt ist in Alisha verknallt, so etwas nimmt sie
nicht mal zur Kenntnis«, sagte Boris.

Seine Schwächephase schien überwunden, registrierte Anton

erleichtert. Die Situation hätte er gerne genutzt, um mehr über die Usbekin zu erfahren. Stattdessen fingerte Boris ein Notizbuch aus der Handtasche.

»Was steht da drin?«, fragte Anton und holte tief Luft.

»Ein paar Adressen, wir brauchen als Erstes ein Büro.«

»Das hat keine Priorität. Firma registrieren, Sekretärin einstellen, Konten eröffnen, S-Klasse kaufen und Espressomaschine leasen auch nicht. Wir brauchen einen Insider, der uns den hiesigen Stahlmarkt erklärt. Irgendeine Idee?«

»Unter den etablierten Kasachen werden Sie so jemanden kaum finden. Zu verstockt und misstrauisch.«

»Kennst du jemanden beim Zoll?«

»Nein. Das ist aber die korrupteste Behörde von allen.«

»Wir benötigen Kopien von Frachtpapieren der vergangenen sechs Monate. Aber nur Stahl in Richtung China. Kannst du da gleich hinfahren?«

Zurück im Hotel schrieb Anton eine lange Liste mit Aufgaben für Boris. Dann schwamm er eine Stunde und döste schließlich auf einer Liege zwischen frisch eingetroffenen Stewardessen. Boris weckte ihn mit einem Stapel Papier in der Hand wedelnd. Die Stewardessen musterten ihn pikiert; trotz abgewetzter Kleidung und derbem Schuhwerk war es ihm gelungen, bis hierher vorzudringen. Der Russe zischte etwas von Saftschubse und Trolley-Dolly in ihre Richtung, woraufhin mehrere empört nach dem Bademeister winkten. Da sich dieser an die Trinkgelder Antons erinnerte, zog er es vor, den Konflikt zu ignorieren. Stattdessen zitierte er lauthals aus der Badeordnung, die vorschrieb, sich im Poolbereich ruhig zu verhalten. Um dem anschwellenden Gezeter zu entgehen, verlagerten die beiden ihre Besprechung auf das Hotelzimmer.

Während der folgenden Stunden entzifferten sie Firmennamen und Adressen auf den Zollpapieren. Boris verschlang dabei mehrere Clubsandwiches. An das neue Phänomen Room Service in seinem Leben gewöhnte er sich rasch, schon bei der nächsten Bestellung fragte er nach, ob der Orangensaft *frisch* gepresst sei.

»Wir haben hier kasachische Firmen, die Stahlschrott exportieren, und chinesische als Empfänger. Die meisten sitzen in Urumtschi. Aber das bringt uns nichts, wir brauchen die Person, die das vor Ort einfädelt«, sagte Anton.

»Das ist bestimmt ein Chinese. Es gibt hier Tausende, und täglich werden es mehr. Die Filiale der Bank of China ist riesig.«

Sie gingen noch einmal alle Dokumente durch. Draußen war es längst dunkel, Miles Davis hatte auf Drängen von Boris Wagner abgelöst, da entdeckte es der Russe als Erstes: eine hingekritzelte Mobilfunknummer neben einem Namen am Rand eines Konnossements.

»Xe-nia«, murmelte er. »Vielleicht eine Ansprechperson bei Rückfragen.«

Sie addierten alle Lieferungen an den entsprechenden Empfänger. Niemand hatte in den vergangenen sechs Monaten mehr Stahl exportiert.

»Xenia? Klingt nicht sehr chinesisch«, sagte Anton zweifelnd.

»Die Chinesen geben sich hier russische oder kasachische Namen. Soll ich die Nummer wählen?«

»Nein. In Moskau konnte man Namen und Adresse jeder lokalen Nummer auf einer CD kaufen. Wo gibt's hier Raubkopien?«

»Videos, Musik, Software? An jeder Ecke.«

Sie fuhren zu einem versifften Laden, wo es Filme aus Hollywood gab, die dort noch nicht liefen oder nie laufen würden.

Im Auto durchsuchten sie auf dem Laptop die CD nach dem Namen, unter dem die Telefonnummer registriert war. Keine Xenia, aber eine Firmenadresse. »Das ist außerhalb, keine besonders gute Gegend«, sagte Boris.

»Komisch, die haben in den vergangenen sechs Monaten für achtzig Millionen Dollar Stahlschrott exportiert. Wir sollten da gleich mal vorbeifahren.« Dies war zwar sinnlos, aber Anton wollte die erfrischende Dynamik der letzten Stunden nicht abreißen lassen.

Die Peripherie der Stadt wirkte ausgestorben. Sie hielten auf einer unbeleuchteten Seitenstraße und schlichen an ärmlichen Behausungen entlang. Hinter jedem Zaun schien ein Rudel Hunde zu kläffen. Nur in einem mehrstöckigen Haus brannte in der zweiten Etage Licht. Ein heruntergekommenes Gebäude, dreimal so groß wie die anderen.

»Das ist es«, flüsterte Boris.

»Vielleicht. Ich sehe weder Hausnummer noch Chinesen.«

»Das einzige Gebäude ohne Hunde. Die haben wahrscheinlich alle gegessen.«

»Dein Humor ist auch nicht besser als meiner. Lass uns morgen diese Xenia offiziell kontaktieren,« sagte Anton.

»Ja, morgen Vormittag. Kann ich Sie nun endlich duzen?«

Auf Boris' Vorschlag hin trafen sie sich ab jetzt beim Frühstücksbuffet im Hotel, wo er bemerkenswerte Mengen an Lachs, pochierten Eiern und Plundergebäck verdrückte. Antons einzige Bedingung für das gemeinsame Frühstück war der Verzicht auf Small Talk. Eine halbe Stunde sozialverträgliches Schweigen. Wetterprognosen, Sportereignisse oder die Verkehrsdichte auf dem Weg zum Hotel waren tabu. Er überflog gerade die

Meldungen einer lokalen Zeitung, da kehrte Boris von einem weiteren Beutezug mit überladenen Tellern voller Südfrüchte zurück.

»Rufe zwischen deinen zwei Mahlzeiten bitte mal die Chinesin wegen eines Termins an.«

Boris sah verdutzt auf.

»Gib dich als mein Mitarbeiter aus und werfe eine Nebelkerze. Irgendwas mit Stahllieferung. Du sprichst doch Englisch, oder?«

»Ja, aber die Gelben sprechen hier Russisch. Die sind nicht aus Shanghai oder Peking.«

»Sondern?«

»Grasfresser aus dem Norden.«

Offenbar meldete sich bei Boris ein chauvinistisches Russen-Gen, in der lokalen Hackordnung bildeten Chinesen definitiv den Bodensatz.

»Grasfresser will ich nicht mehr hören.«

Boris nickte, vertilgte noch rasch eine Mango und griff zum Telefon. Er klang professionell, wenngleich für westliche Ohren eine Note zu schroff und angriffslustig. In Kasachstan telefonierten die Leute, wie sie Auto fuhren.

»In einer Stunde ist sie hier.«

»Ausgezeichnet, danke. Was hat sie sonst noch gesagt?«

»Sie wollte sich nicht in ihrem Büro mit uns treffen. Vermutlich halten die Hühner zwischen den Schreibtischen.«

»Schon in einer Stunde? Mist, wir haben noch keine Visitenkarten.«

Das Businesscenter bot Express-Service an, aber dem Resultat mangelte es an Seriosität. *Global Ferrous and Steel Ltd.* mit der Adresse des Travellers Club in London. *Director General* der eine, *Head of Development Central Asia* der andere. Die Chinesin würde demnächst eintreffen, da fiel Anton das prekäre Erscheinungsbild des Russen auf.

»Geh hoch aufs Zimmer und zieh einen Anzug von mir an.«

Boris weitete das Angebot auf Schuhe, Hemd, Krawatte, Zigarrenetui und Aktentasche aus. Selbst der Kellner erkannte ihn kaum wieder. Amüsiert begutachtete Anton die gelungene Metamorphose vom Tagelöhner zum weltmännischen Manager, der erwartungsfroh und hoch motiviert den Eingangsbereich im Auge behielt. Pünktlich tauchte eine Asiatin auf, die nicht nach Kasachin aussah.

»Das ist nicht unsere«, sagte Boris.

»Du hast sie doch noch nie gesehen.«

Die Frau nahm Kurs auf ihren Teil der Lobby.

»Kein Pfannkuchengesicht und zu groß«, gab Boris zurück.

»Und wenn sie keine Han ist? Du sagtest doch, die Chinesen hier stammen aus dem Norden.«

»Mag sein. Aber die da ist schwanger«, sagte Boris zu laut und beobachtete verwundert, wie Anton sich erhob.

»Xenia?«, rief ihr Boris zu. »Du hast mit mir telefoniert. Setz dich da hin.« Einladend klopfte er mit der Handfläche auf den Platz neben sich.

Sie ignorierte ihn und streckte stattdessen Anton ihre schmale Hand entgegen. Dieser bedankte sich für ihr Kommen und holte einen Stuhl für sie.

»Danke. Keine Angst, ich bin erst im achten Monat.«

Derweil winkte Boris mit einer Geste, die er wohl in einem Streifen mit Al Pacino gesehen hatte, den Kellner herbei. Ungefragt bestellte er grünen Tee für die Chinesin und wedelte den Mann dann fort. Xenia betrachtete ihn dabei nachdenklich.

»Ich habe den schon irgendwo gesehen«, sagte sie zu Anton.

»Er war bei einer Geschäftsbank tätig.«

»Nein. Warten Sie – ich glaube, der hat neulich mein Auto gewaschen.« Sie wandte sich Boris zu. ›Treibst du dich auf Parkplätzen rum, um die Leute mit derlei Diensten zu belästigen?‹ Stumm wich er ihrem Blick aus und verkroch sich eine Sitzgruppe weiter auf einen Sessel. Ein Welpe, der dabei ertappt wurde, wie er auf den Teppich pinkelte.

»Wie kurios, das hat er im Lebenslauf glatt unterschlagen«, sagte Anton, während er die Visitenkarte überreichte.

Er erwähnte seine Tätigkeit in Moskau und Reisen durch China. Xenia stammte aus Urumtschi, wo sich auch das Stahlwerk befand, welches von ihr beliefert wurde.

»Der da drüben sprach über ein Stahlgeschäft«, beendete sie die Vorstellungsrunde.

»Ich bin hier, um den Stahlmarkt zu eruieren. Sie wurden mir als Gesprächspartnerin empfohlen.«

»Von wem?«

»Die staatliche Investitionsagentur stellte uns freundlicherweise eine Liste der relevanten Akteure im Stahlsektor zur Verfügung. Angesichts der exorbitant hohen Mengen, die Ihre Organisation an Schrott exportiert, ergab sich zwangsläufig die eine oder andere Frage an Sie.«

Ihr ungläubiger Blick fror ein.

»Habe ich etwas Falsches gesagt?« Er war sich sicher, dass die Chinesin ihn nicht bloßstellen würde. Konfuzius – zugefügter Gesichtsverlust bedeutet eine Katastrophe, die auf einen selbst zurückfällt.

»Sie sagen nicht die Wahrheit. Der da drüben hat beim Zoll meine Frachtpapiere eingesehen. Illegal und durch Bestechung.«

*Illegal* hört Konfuzius sicher nicht gerne, überlegte Anton.

Er fürchtete, gleich neben Boris am Katzentisch zu sitzen. »Sollte das stimmen, wird er sich vor der internen Ethikkommission rechtfertigen müssen. Bitte akzeptieren Sie meine Entschuldigung.«

»Welche Kommission?«

»Lassen wir das lieber. Mein Mitarbeiter hat lediglich landesüblich recherchiert. Er ist übrigens promovierter Mathematiker und hat mein volles Vertrauen.« Er gab Boris ein Zeichen, sich zu ihnen zu setzen. Xenia leistete keine Gegenwehr, und Anton lenkte das Gespräch wieder auf deren Exporte nach China.

»Wie Sie ja sicher wissen, muss aus Qualitätsgründen im Schmelztiegel dem Roheisen ein hoher Anteil an Stahlschrott beigefügt werden. In China gibt es wenig davon, während in Kasachstan alles Schrott ist«, sagte sie konzentriert. Ihr Russisch war exotisch, ein reizvoller Singsang, sie sprach dreimal so schnell wie Anton.

»Alles?«

»Ehemaliges Zentrum sowjetischer Schwerindustrie. Liegt jetzt völlig brach.«

»Der eine steigt ab, der andere auf. Die Welt sucht ein neues Gleichgewicht. Ich glaube, Konfuzius hat das mal so ausgedrückt.«

»Wer? Egal. Jetzt habe ich eine Frage an Sie: Handel oder Produktion?«

Anton wurde verlegen, das Gespräch nahm eine diffizile Richtung. Er entschied sich für die Flucht nach vorne.

»Wir werden hier einen vertikal integrierten Stahlkonzern aufbauen. Business Plan, Due Diligence und Feasibility Study liegen bereits vor. Die Finanzierung ist sichergestellt, der Projektierungsprozess läuft gerade an. Selbstredend ist das alles streng vertraulich.«

»Schlecht, wir werden Konkurrenten um den Schrott in Kasachstan sein.«

»Für eine Kriegserklärung ist es noch zu früh. So ein Werk steht erst nach fünf Jahren«, beschwichtigte er sie.

»Frühestens. Eine Menge Hürden sind hier der Normalfall. Planen Sie besser mit zehn Jahren. In China bauen wir so etwas in zehn Monaten. Das war ein interessantes Gespräch. Aus welchem Land stammen Sie?«

»Deutschland.«

»Haben Sie Kontakte zum Konsulat?«

»Äh, nein. Warum?«

»Visa. Beim nächsten Treffen mehr dazu.«

Sie erhob sich, die beige Bluse über dem Babybauch ließ sie noch blasser erscheinen. Nachdem sie sich die Jeans hochgezogen hatte, vermisste sie ihre Schuhe. Anton fischte sie unter dem Tisch hervor und schob sie vor ihre Füße. Wütend schnaubte sie etwas auf Chinesisch, es gelang ihr nur mit seiner Hilfe, in die Schuhe zu schlüpfen.

»Wann soll dieses Treffen stattfinden?«, fragte er nebenbei.

»Danke. Gegen acht im Restaurant gegenüber der Bank of China.«

Er und Boris begleiteten sie bis zum Eingang, wo ihr Fahrer wartete. Sie verabschiedete sich hastig und rauschte davon, was Boris zum Anlass nahm, sich verlegen eine Zigarette anzuzünden.

»Du hast wirklich Autos gewaschen?«

Statt einer Antwort blies sein gesenkter Kopf blauen Rauch in die Richtung der geborgten Maßschuhe.

»So etwas macht sich vortrefflich in der Biografie, bei den Amis gehört das zum guten Ton.« Anton klopfte ihm lachend auf die Schulter.

»Hier nicht«, murmelte Boris, bevor er nach oben ging, um sich umzuziehen. Anton leckte derweil seine eigenen Wunden in der Lobby. Er hatte sich vor der Chinesin als ahnungsloses Leichtgewicht präsentiert und konnte heilfroh sein, dass sie bereit war, ihn nach diesem Trauerspiel noch einmal zu treffen. Die Insiderin verfügte über alle Informationen, im Gegenzug konnte er ihr kaum etwas bieten. Wenigstens hatte sie Probleme, ein Schengen-Visum zu erhalten; ihr dies zu besorgen war für ihn eine Lappalie. Die plumpen Bemühungen der Bürokraten in Brüssel, ihre Schäfchen wirksam vor konsumbereiten chinesischen Touristen zu schützen, hatte ihn schon immer amüsiert. Xenia war vermögend, sie würde zu ihrer Geldquelle zurückkehren, anstatt illegal einzuwandern. Solange China bettelarm gewesen war, hatte man das Land im Westen entweder bemitleidet oder verehrt. Aufsteiger waren dagegen unbeliebt, da schlug der Futterneidreflex verängstigter Wohlstandsbürger durch. Xenia entsprach nicht dem Ideal der verbliebenen Mao-Jünger seiner Heimat, er schätzte sie auf fünfundzwanzig Jahre, aufgewachsen in der ärmsten Ecke des Landes. Selbst bei einem Prozent Gewinnmarge ihrer Stahlgeschäfte war sie längst Millionärin. Die größte Übernahmeschlacht zwischen zwei Weltfirmen war im Vergleich zu solchen Biografien gähnend langweilig.

Ein wohliges Schaudern ergriff ihn, die vermeintliche Peripherie rückte unverhofft ins Zentrum. China probte hier die Ouvertüre für eine große Oper, das verschlafene Kasachstan als Testgelände, wohin man Speerspitzen wie Xenia entsandte, um die Lage unter realen Bedingungen zu sondieren. Er wäre gerne diesem Gedanken noch länger nachgegangen, da rief Alisha an. Sie wollte ihn sehen. Nach zwei verdrießlichen Monaten Stillstand überforderte ihn die jüngste Erhöhung der Taktzahl an Ereignissen noch ein wenig. Allerdings setzte drohender Kontrollverlust voraus, dass man diese davor ausgeübt hatte, beruhigte er sich. Jetzt zu verzagen oder sich gar gewissenhaft Rechenschaft über private und geschäftliche Entscheidungen abzuringen, erschien ihm abwechselnd so grässlich mühselig wie unbefriedigend. Da weniger anstrengend, aber genauso erfolgversprechend, entschied er nach einer weiteren Tasse Tee, um diese Uhrzeit bevorzugte er Darjeeling First Flush, sich vorläufig der Führung von Xenia und Alisha hinzugeben.

Eine halbe Stunde später saßen sie nebeneinander in ihrem Wagen. Sie erkundigte sich nach Boris, lachte über dessen Beförderung und verstieß selbst dann gegen elementare Verkehrsregeln, wenn Polizisten in Sichtweite waren. Offenbar signalisierten die Nummernschilder den Ordnungshütern Narrenfreiheit. Auf einer breiten Straße verließen sie die Stadt in Richtung Berge, an martialischen Stahlgerippen vorbei, die sich Felsbrocken auf dem Weg ins Tal entgegenstemmten. Die erdbebengefährdete Region gab sich dramatisch.

»Wird das ein alpiner Ausflug? Ich hoffe, du willst mich verführen«, sagte Anton.

Statt zu antworten, summte Alisha einen alten Schlager.

»Das ist aus *Ironie des Schicksals*«, rief er.

»Nicht schlecht! Du scheinst kein übler Typ zu sein.«

»Mir reicht es, dein Typ zu sein.« Penetrant gut gelaunt stimmte er in den Schlager ein.

Plötzlich tauchte ein Stadion vor einer Talsperre auf, die bombastische Scheußlichkeit des Ensembles verschlug Anton den Atem. »Du hättest mich ruhig warnen können, das konkurriert ja mit der Sagrada Familia«, japste er.

Weiter oben grüßten stattliche Gipfel im gleißenden Licht,

doch ihr Luxusgefährt stoppte im Schatten eines Reliefs mit spurtenden Eisläufern. Anton schluckte, wenigstens waren sie hier unter sich, an solchen Orten wurde entweder heimtückischer Mord oder ungestörter Beischlaf verübt. Er sah sie verstört an.

»Medeo, das berühmte Eislaufstadion. Hier wurden vor fünfzig Jahren mal etliche Weltrekorde aufgestellt«, sagte sie, als würde dies die Zertrümmerung eines Hochgebirgstals rechtfertigen.

»Ich habe es nicht so mit Leistungssport. Von der Talsperre haben sich bestimmt auch etliche heruntergestürzt, die perfekte Freitodarena.«

Alisha räumte bauliche Mängel ein, plädierte für Renovierung und mehr Weltrekorde. Anton setzte vehement auf Abriss.

Es vergingen ein paar Minuten, bis sie das Grauen kleingeredet hatten und der architektonische Brutalismus auf eine weitere sowjetische Kuriosität geschrumpft war.

»Ich musste dich einfach noch einmal treffen, bevor ich für ein paar Tage verschwinde.«

»Beruflich?«

»Hauptsächlich beruflich.« Offenbar wollte sie ermuntert werden, eine tendenziell missliche Situation zu schildern. Verbunden mit einem verständnisvollen Lächeln zog er fragend die Augenbrauen hoch. Alisha zögerte, zerrte ihn dann unvermittelt an sich. Er wich den überhasteten Küssen sanft aus.

»Was ist?«, fragte sie, mehr überrascht als gekränkt.

»Vielleicht warten wir, bis du zurückkommst.«

»Und wenn du keine zweite Chance erhalten wirst?«

»Das Risiko gehe ich ein«, sagte Anton, der sich wunderte, warum ihn der Gedanke, neben der tristen Sportstätte zu kopulieren, derart abstieß.

»Normalerweise bitten die Frauen um mehr Zeit«, sagte sie gespielt resigniert.

»Diesmal ist es andersrum, nimm es als Kompliment.«

»Etwas viel verlangt, sensibler Mann.«

»Verliebter Mann.« Dieser Ort ist absolut sexuntauglich. Lass mich raten: Wir sind hier, weil du mir etwas sagen wolltest. Dann überkamen dich Zweifel, und aus Verlegenheit ...«

»Das reicht«, unterbrach sie ihn.

»Was immer du mir anvertraust, ich nehme es als Liebesbeweis.«

»*Verliebt*heitsbeweis. Du musst jetzt stark sein.«

»Vielleicht hätten wir doch erst miteinander vögeln sollen.«

»Mit Sicherheit. Also, ich bin liiert.«

»Na und?«

»Mit Jurbol Bekmambetow. Er ist der Minister für Tourismus.«

Anton unterließ den Hinweis, dass es in Kasachstan keinen nennenswerten Tourismus gab.

»Deutlich unter deinem Wert, das Trophy Girl des Finanzministers wäre angemessener.«

»Ich bin seine Assistentin. Es ist kompliziert.«

»Hört sich nicht so an.«

»Wenn du mich noch einmal unterbrichst, läufst du zu Fuß zurück.«

Anton nickte gefasst, er würde der Lebensbeichte nicht entkommen. Wenigstens vergaß man bei derlei Geschichten eine Zeit lang seine eigene. Alisha drückte ihm prompt die Hand, sodass er mit dem Schlimmsten rechnete.

»Mit neunzehn kam ich nach Almaty, um zu studieren. Kasachstan war gerade unabhängig geworden, das perfekte Chaos. Jeder versuchte Geld aufzutreiben, was legal unmöglich war, und einen Sponsor wollte ich mir nicht suchen.« Sie zögerte.

»Sprich weiter, ich bin kein Moralist.«

»Sechs Monate später wurde das halbe Wohnheim verhaftet.«

»Prostitution oder Drogen?«

»Wir schmuggelten Heroin von der turkmenischen zur russischen Grenze.«

»Ich mache mich jetzt auf den Marsch ins Tal«, sagte Anton eher vergnügt als verstört.

»Jurbol arbeitete bei der Staatsanwaltschaft, die uns verhörte. Anfang dreißig, verheiratet und emotional ausgehungert. Eine Woche später war mein Name aus den Akten verschwunden, und er hatte eine dankbare Geliebte.«

»Klingt nach einem schlechten Film.« Wie jemand von der Staatsanwaltschaft ein paar Szenen später zum Minister aufzusteigen vermochte, blieb offen.

»Er besorgte mir einen kasachischen Pass und eine Wohnung. Nach dem Studium hat er mich im Ministerium untergebracht.«

»Berufliches Dream-Team mit Sugardaddy?«

»Als waschechter Kasache ist er in der neuen Zeit schnell aufgestiegen.«

»Der Klassiker: Hinter dem erfolgreichen Mann steht eine starke Frau. Vögelt ihr noch regelmäßig?«

Sie nickte, und Anton verzichtete auf weitere Details, dachte stattdessen über die Rolle als Geliebter der Geliebten eines potenziellen Premierministers nach.

»Und wie steht der Minister zu einer Ménage-à-trois?«

»Da bin ich mir nicht sicher.«

Was für eine überflüssige Frage, rügte er sich, da könnte er sie gleich bitten, das Gespräch zu dritt fortzusetzen. Sich angeschlagen durch die Einsamkeit der vergangenen Monate in die

falsche Frau zu verlieben war verzeihlich, jetzt den kleinmüti-
gen Zauderer zu geben aber nicht.

»Würde mir eigentlich auch ein zweiter Partner zustehen?«
»Erobere doch erst einmal mich«, säuselte sie bereits in sein
Ohr. Diesmal gelang es ihm, sich fallen zu lassen, um ihre Liebkosungen dankbar aufzunehmen. Mandelknospen auf Molke-
haut hoben und senkten sich vor grau melierter Landschaft.
Sein Blick folgte gebannt dem Rhythmus ihrer Hüften, da stieß
sie ihn mit beiden Armen zurück in den Sitz. So fixiert bewegte
sich nur noch Alisha, bis sie gleichzeitig kamen. Sie sah ihn
dabei an, als wäre die gelungene Choreografie synchronisierter
Orgasmen das Natürlichste der Welt.

Später schlenderten sie umschlungen entlang des ovalen
Relikts sowjetischen Medaillenwahns, dessen Grässlichkeit die
Dopaminwelle rasch abklingen ließ. Drohende Termine wurden
gegenseitig erwähnt, bei ihr etwas Berufliches, verbunden mit
einem Inlandflug. Er konterte mit der Chinesin, die ihn später
erwarten würde. Während der Rückfahrt fielen ihm derart viele
Fragen ein, dass er überhaupt keine stellte. Stattdessen machten sie sich auf den Serpentinen abwechselnd alberne Komplimente, die bereits zarte Distanz signalisierten. Mit zuneh-
mendem Alter hatte er die Gefahr einer überzogenen Fluglage
endlich begriffen, die der Grund für das frühzeitige Ende vieler
seiner Affären gewesen war.

Im Restaurant, einem Neubau, traf die chinesische Obsession für rostfreien Edelstahl auf Pagodenkitsch und Plastik-
drachen. Ein Kellner führte Anton in ein karges Separee, wo
Xenia bereits auf ihn wartete. Über einen stummen Bildschirm
an der Wand liefen Nachrichten, untermalt von einem Band
mit Devisenkursen. Durch das Fenster blinkte von der ande-

ren Straßenseite das bordeauxrote Firmenzeichen der Bank of China herüber.

»Es gibt die Möglichkeit für eine Kooperation«, sagte sie anstelle einer Begrüßung. Ihr Verzicht auf einleitenden Small Talk gefiel Anton. Von den Chinesen, mit denen er es bisher zu tun hatte, kannte er nur ein traniges Zur-Sache-Kommen, eine unerträgliche Langatmigkeit. Anscheinend gehörte Xenia einer neuen erbarmungslosen Kaste an, die geschäftliche Belange nicht mehr durch überkommene Konventionen verkomplizierte.

»Fabelhaft, ich mag Ihren Stil.«

Der Kellner räusperte sich, Anton bat um Huhn mit Zwiebeln, woraufhin Xenia auflachte und die Bestellung um sieben Gerichte erweiterte.

»Weißer oder roter Drachen?«

»Ich bleibe bei Huhn.«

»Kein Wein? Also Bier.«

»Tee bitte.«

»Gut, dann eben Tee.«

Anton überlegte, ob er ihr auf die Nerven ging oder ob sie unbewusst versuchte, ihn mit ihrer fiebrigen Ungeduld in der Defensive zu halten.

»Wir könnten unsere Probleme gemeinsam lösen«, sagte sie so lapidar, dass Antons Gedanken sofort zu Sunzis *Die Kunst des Krieges* abglitten.

»Bei Win-win-Situationen bin ich immer etwas skeptisch.«

»Ich helfe Ihnen, den Marktführer zu übernehmen, und im Gegenzug beliefern Sie nur noch mich, bis Ihr Stahlwerk fertig ist.«

Fast hätte er gegähnt über diesen neckischen Versuch, den Grad seiner Naivität zu testen. Sollte er zustimmen, würde sie selbstverständlich den Bau des Stahlwerks vereiteln.

»Was ist das für eine Firma?«

»Der größte Schrottproduzent Zentralasiens. Zwanzig Filialen, 2500 Mitarbeiter, davon 1400 überflüssig. Das sowjetische Monster wurde vor ein paar Jahren mit allen Lizenzen privatisiert.«

»Klingt nach reichlich Schrott.«

»Nur als Eigentümer von Kazmet wird man Sie hier ernst nehmen. Nach ein paar Monaten können Sie dann über Auktionen Schürfrechte an Eisenerzvorkommen kaufen. Ohne Schrott und Erz kein Stahlwerk.«

»Warum kaufen Sie Kazmet nicht selbst? Die da drüben leihen Ihnen das Geld.« Er deutete auf die andere Straßenseite.

»An Chinesen wird nicht verkauft. Politische Entscheidung wegen gelber Gefahr«, sagte sie, und es klang, als bestünde nicht der geringste Zweifel an dieser Gefahr.

»Warum sollte ich Sie brauchen, um diesen Laden zu übernehmen?«

»Weil ich der größte Kunde von denen bin und alle Probleme kenne. Und ich weiß, was die wert sind.«

»Ich könnte mir die Bilanzen besorgen.«

»In Kasachstan stehen in Bilanzen nur Verluste. Die klauen vorher alles.«

»Warum sollten die verkaufen wollen?«

»Die wissen noch nicht, dass sie verkaufen werden wollen sollen«, sagte sie holprig, etwas auf dem Fernsehbildschirm lenkte sie ab. Der Gesprächsfaden war gerissen, verwirrt starrte sie über Antons Schulter. Anstatt sich umzudrehen, balancierte er ein glasiges Stück Gemüse in Richtung Mund.

»Nicht gut«, sagte sie entrückt.

Kauend sah er sich um. Wo vorher Nachrichten geflimmert hatten, lief jetzt ein Katastrophenfilm. Brennender Wolkenkratzer aus merkwürdiger Perspektive, einem glimmenden Joint nicht unähnlich. Er drehte sich wieder um, um sich den Fleischbällchen zu widmen. Kurz erwog er, sie zu bitten, den Monitor auszuschalten, da fingerte sie an einer Fernbedienung herum, und der Ton schwoll an. Gleichzeitig gingen auf seinem Mobiltelefon mehr Nachrichten ein als in den vergangenen drei Monaten zusammen. Vielleicht eine stürmische Flut an Zärtlichkeiten von Alisha?

»Verkauf sofort alles!«

»NYSE und NASDAQ: freier Fall«

»SHUT DOWN«

Endlich verknüpfte er Xenias verblüfften Gesichtsausdruck mit dem überlaufenden Speicher in seiner Hand.

»Ein Flugzeug stürzte in ein Hochhaus«, fasste Xenia zusammen. Auf seinen fragenden Blick fügte sie »New York« hinzu. Sie zappte auf CNN, und er übersetzte wirr die Situation am Pentagon. Um zu telefonieren, stellte sie den Ton ab, was ihn dazu verführte, die Nummern von Hennessy und Jack zu wählen. Ohne Erfolg. Bis Xenia ihre Gespräche beendete, überlegte er, wie weit die Zentrale von den Twin Towers entfernt lag.

»Was glauben Sie, wie tief wird der Dollar fallen?«, fragte sie, als wolle sie sich mit derlei Kaltblütigkeit für ihr gemeinsames Projekt empfehlen. Er benötigte einen Moment, um ihre Spekulation zu verstehen. Sie kaufte in Kasachstan gegen Dollar, um in China gegen Yuan zu verkaufen.

»Keine Ahnung. Vielleicht setzen wir unser Treffen ein andermal fort.«

»Warum?«, fragte sie überrascht.

Er gab ihr recht, allein im Hotel vor dem Fernseher zu sitzen war eine Horrorvorstellung. Die Toten würden mit jeder

Stunde realer werden, für die nächsten paar Tage galt es, Nachrichten zu meiden.

»Wann kommt das Baby?«, fragte er.

»In drei Wochen.«

»Bis dahin ist der Dollar wieder, wo er gestern stand.«

Sie lachte zum ersten Mal, es war mehr ein kindliches Kichern hinter vorgehaltener Hand.

»Kazmet ist verwundbar«, sagte sie glucksend.

»Unterkapitalisiert?«

»Ja, trotz guter Geschäfte. Der Generaldirektor füllt sich die Taschen.«

»Und die Aktionäre sehen zu?«

»Verstehe ich auch nicht. Das Kontrollpaket gehört einer Firma in der Schweiz.«

»Es ist nicht verboten, sich bestehlen zu lassen«, sagte Anton lapidar, damit sie endlich mit ihrem Plan rausrückte. Aber Xenia starrte auf den Bildschirm, diesmal entsetzt. Ein paar Minuten betrachteten sie stumm, wie der Westtower immer wieder in sich zusammensackte.

»Der Wiederaufbau wird viel Stahl benötigen«, sagte sie nachdenklich. Sie zappte zurück auf einen chinesischen Kanal. Anton verstand nicht, warum der zweite Tower inzwischen ebenfalls brannte und in welchem Zusammenhang das alles mit dem Pentagon und mindestens einem weiteren Flugzeugabsturz stand.

»Sagen die was von einer offiziellen Kriegserklärung?«, fragte er.

»Eher ein Terrorakt. Dollar fällt. Prognose unmöglich.«

»Ja, ab jetzt ist alles möglich.«

Hilfloses Schweigen machte sich breit. Der Kellner brachte mehr Tee und unterhielt sich kurz mit Xenia. Anton hätte gerne gewusst, über was sich die Landsleute austauschten. Er nutzte die Situation, um auf CNN zu erfahren, dass das Telefonnetz in Manhattan nicht mehr funktionierte. Dennoch versuchte er noch einmal, seine Auftraggeber zu erreichen, als sei dies der ultimative Beweis, dass all das wirklich gerade passierte. Xenia verschwand auf der Toilette, er bat den Kellner um eine Zigarette, die er vor dem Restaurant rauchte. Boris und Alisha schickten Nachrichten, die er nur knapp erwiderte. Er hatte keine Lust auf den Austausch von Banalitäten.

Er kehrte zu Xenia zurück, der Fernseher lief nicht mehr.

»Wem Kazmet gehört, werde ich in den nächsten Tagen klären«, verkündete er energisch.

Die Chinesin rutschte schwer atmend hin und her, bis das Hohlkreuz den grotesken Bauch in der Schwebe hielt. Weder Stuhl noch runder Tisch waren für Schwangere geeignet. Ihr sibyllinisches Lächeln verwirrte ihn.

»Sie haben auch im achten Monat dreimal mehr Energie als ich.«

»Außer Schlafstörungen habe ich keine Probleme.«

»Rückenschmerzen?«

»Kaum. Haben Sie Kinder?«

»Nein. Wenn Sie möchten, können wir uns duzen.« Der Weltuntergang beschleunigte derlei Zugeständnisse.

»Chinesen werden hier grundsätzlich geduzt. Warum keine Kinder?«

»Ein weites Feld, Xenia.«

»Es gibt stattliche Frauen hier.«

»Ich weiß, wir werden sehen. Wollen wir weiter über Kazmet sprechen?«, sagte Anton, um das drohende Thema mangelnder Nachwuchs zurückzudrängen.

»China ist der einzige Absatzmarkt für Kazmet«, sagte sie,

wohl ebenfalls erleichtert, in geschäftliche Sphären zurückzukehren.

»Was planst du, damit der Hauptaktionär verkauft?«

»Einfuhrstopp nach China. Nach sechs Wochen sind die pleite. Dann machst du ein Angebot für das Kontrollpaket.«

»Du willst einen Boykott provozieren?«

»Der Volksrepublik bliebe bei radioaktiv kontaminiertem Stahlschrott keine andere Wahl.«

Ein Shrimp verharrte verlegen vor Antons Mund.

»Alle paar Wochen schlagen Geigerzähler am Grenzübergang *Freundschaft* an. Banditen versuchen, verstrahltes Material aus dem Polygon von Semipalatinsk zu exportieren. Das Problem muss dann diskret gelöst werden, sonst stoppen die chinesischen Behörden sämtliche Importe«, erläuterte sie.

»Geigerzähler?«

»Alpha-Beta-Gamma.«

Anton schob Schälchen mit Wan Tan und lackiertem Schweinenacken behutsam zur Seite.

»Ist das Polygon nach hundert oberirdischen Atomtests kein Sperrgebiet?«, fragte er arglos.

»Offiziell schon. Tatsächlich wimmelt es dort von Verrückten, die alles abmontieren.«

»Das ist ein problematisches Übernahmeschema. Ich meine, wir kennen uns erst einen halben Tag.«

»Der frühe Vogel fängt den Wurm.«

»Oder viele Würmer werden sich über die Kadaver von uns zwei Vögel hermachen.«

»Es ist nicht verboten, eine Straftat nicht zu verhindern: Bisher wurde die Ausfuhr von radioaktiv kontaminiertem Material einfach vertuscht. Wenn ich aber beim nächsten Mal nichts unternehme, kommt es zum Skandal.«

»Du wirst der Öffentlichkeit einen Gefallen tun«, sagte Anton ermattet. Zu seiner Erleichterung wirkte Xenia ebenfalls angeschlagen.

»Das Baby tritt mich, und ich muss schon wieder pinkeln. Schicke mir morgen Boris vorbei, ich werde Zahlenmaterial von Kazmet für dich zusammenstellen.«

Mit schmerzverzerrtem Gesicht erhob sie sich, hielt ihm schwankend die Wange hin und schlurfte leise fluchend den Gang entlang in Richtung Toilette.

# III

# AKKLIMATISATION

Aus einer Seitenstraße heraus und im neuen Firmenwagen observierten Boris und Anton drei bewaffnete Männer vor der Zentrale von Kazmet. Der gesichtslose Zweckbau war jüngst provokant bieder renoviert worden, durchschaubare Camouflage, um die Bedeutung der Firma herunterzuspielen. Anton las laut vor, was Xenia ihnen an Hintergrundinformationen zum hoffentlich noch ahnungslosen Übernahmeobjekt geliefert hatte. Gelegentlich unterbrach Boris ihn mit Zahlenwerk, das er aktuellen Kontoauszügen von Kazmet entnahm, die er in Eigeninitiative ergattert hatte. Seine missglückte Karriere als Banker trug so späte Früchte, was ebenfalls für den Mathematiker zutraf, der bei der Überwindung von Firewalls leidlich geschützter Firmennetzwerke auf wenig Gegenwehr stieß.

Drüben erschien ein vierter Wächter, gemeinsam mit den anderen verscheuchte er Passanten, damit kurz darauf eine Limousine im Schlepptau von zwei Geländewagen unbehelligt vorfahren konnte.

»Hoppla, da kommt unser Generaldirektor«, rief Boris, woraufhin Anton sein Opernglas zückte. Eingerahmt von Leibwächtern stieg ein untersetzter Mann mit buschigem Schnauzbart zögerlich aus, das Misstrauen derjenigen ausstrahlend, die sich ständig beobachtet wissen.

»Xenia hat recht, definitiv kein Kasache.«

»Und sonst?«, fragte Boris.

»Etwas feist, das Kerlchen. Toller Anzug, italienisch geschnitten. Krawatte auch von Brioni. Schuhe mit erstaunlich hohen Absätzen. Die Uhr scheint ebenfalls überdimensioniert, vielleicht eine Frank Muller.«

Nach zwanzig Sekunden war alles vorbei. Boris blätterte in Xenias Bericht nach dem Ausweis des Generaldirektors. Nachdenklich betrachtete er die Fotokopie.

»Ja, kein Kasache, aber kasachischer Pass«, murmelte er.

»Was steht unter Nationalität?«

»Belutsch.«

»Klingt nach Teppich.«

»Aserbaidschaner. Belutsch ist ein Bergvolk im Süden, Richtung Iran.«

Deutscher. Bayer, ein Bergvolk im Süden, Richtung Tirol, sagte sich Anton, um die Exotik zu entschärfen. Er wählte Xenias Nummer und schaltete auf Freisprechmodus.

»Wie ist der aktuelle Stand unseres Projekts?«

Sie waren dazu übergegangen, am Telefon ermittlungsrelevante Informationen wie Klarnamen zu vermeiden.

»Der Direktor hat mich gerade angerufen. Verlangt mehr Vorschuss für die kommenden Monate. Hast du es dir gut überlegt? Der Zeitpunkt scheint mir günstig.«

»Stimmt, die haben gerade weniger als zwei Millionen auf dem Konto«, mischte sich Boris ein. Xenia verstummte einen überraschten Moment lang. Anton nickte ihm zu, den aktuellen Kontostand aufblitzen zu lassen, war eine diskrete Warnung an die Chinesin, angesichts ihres Herrschaftswissens nicht übermütig zu werden.

»Das könnte hinkommen. Er hat neulich wieder zwei Villen

mit Firmengeld gekauft und sie anschließend auf ein Unternehmen seiner Frau überschrieben«, schnaubte sie.

»Du klingst erschöpft. Wann ist der Geburtstermin?«

»Gestern. Ich brauche eine Entscheidung von dir. Mein Treffen mit ihm ist in zwanzig Minuten.«

»Wir ziehen es durch«, sagte Anton betont trocken, woraufhin alle schwiegen, um die Tragweite des Startschusses zur Übernahmeschlacht auszukosten.

»Dann drehe ich ihm gleich den Kredithahn zu, bevor das Baby dazwischenkommt.« Sie hüstelte kurz und legte auf. Boris signalisierte durch bedächtiges Nicken Zustimmung, was Anton beeindruckte. Immerhin hielt sich der Russe nicht wohlfeil bedeckt; sollte der waghalsige Versuch, die Firma in ihre Gewalt zu bringen, schiefgehen, würde es auch sein Scheitern sein.

Um seine anschwellende Nervosität zu überspielen, widmete sich Anton wieder dem Aktienregisterauszug von Kazmet. Das Kontrollpaket von zweiundneunzig Prozent degradierte den spärlichen Streubesitz zur Bedeutungslosigkeit. Statt wie üblich in der Karibik war der alles bestimmende Brocken auf eine Holding mit Sitz in Sankt Gallen registriert. Vermutlich eine steueroptimierte Lösung, angelockt durch vorteilhafte Bedingungen, die einige Schweizer Kantone fragwürdigem Kapital boten. Er würde sich den Handelsregisterauszug unauffällig besorgen, die Kontaktaufnahme für das Übernahmeangebot bedurfte akribischer Vorbereitung.

»Da ist Xenia, aber wer ist der andere?«, unterbrach Boris das Schweigen. Anton hob verdutzt das Opernglas. Behutsam half ein Mann der Chinesin aus dem Wagen.

»Wow, der ist fast so schick unterwegs wie unser Belutsch. Ein junger Asiate, hast du ihn schon mal gesehen?« Er reichte

Boris das Opernglas. Der schüttelte entschlossen den Kopf, was Anton verunsicherte, da er im Chinesenhaus als Bote ein- und ausging. Sollte Xenia ein falsches Spiel treiben und Boris sie dabei decken, hätte er ein ernstes Problem. Treuebruch oder gar Verrat am Vertrag bereits in der Frühphase der Übernahmeschlacht?

»Bist du dir sicher?«

»Ja, absolut.«

Das klang aufrichtig genug, um Anton vorläufig ruhigzustellen. Dennoch beschloss er, sich ab sofort angemessen paranoid zu verhalten.

»Was hältst du von zwei dezenten Anzügen auf Firmenkosten für meinen besten Mitarbeiter?«, fragte er Boris, der zu John Coltrane döste. Anton hatte sich bereitwillig von dessen Jazzleidenschaft missionieren lassen, um rasch zu entdecken, wie trefflich ungebundene Metren und Improvisation ihre Situation spiegelten. Boris fand Gefallen an dem gelehrigen Schüler, dem er mit fundierten Vorträgen und seiner opulenten Musiksammlung eine neue Welt eröffnete. Manchmal unterbrach ihn Anton dabei frech, indem er darauf bestand, dass Beethoven im letzten Satz der 32. Klaviersonate den Jazz erfunden habe.

Sie warteten ab, bis Xenia unversehrt wieder aus dem Gebäude kam, was angesichts ihrer katastrophalen Botschaft an den Belutsch nicht selbstverständlich war. Aber sie stützte sich lächelnd auf den Arm ihres chinesischen Begleiters, die Verkündung des vorläufigen Todesurteils von Kazmet schien sie aufzumuntern.

Eine halbe Stunde später rollten Anton und Boris gemächlich auf den Boulevard zu, um sich auf dem Weg zum Herrenausstatter in das übliche Verkehrschaos einzureihen. Sie zögerten, von der Straßenecke aus waren keine sich nähernden Fahrzeuge zu erkennen. Die Innenstadt schien die Luft anzuhalten. Verdutzt sahen sie sich an.

»Verstehst du das?«

Sie ließen die Scheiben herunter, harrten in der rätselhaften Stille einen Moment lang aus. Aber alles, was sie wahrnahmen, war ein behäbiger Mann auf dem Gehsteig, der abrupt stehen blieb, einem verschreckten Murmeltier gleich, das instinktiv einfriert, bis der Schatten des Adlers weiterzieht. Anton überlegte, ob diese kauernde Haltung evolutionär oder kulturell bedingt sei, entschied sich für irrelevant, ignorierte souverän Boris' Rat, weiter abzuwarten, und fuhr schneidig los, fest entschlossen, dem Spuk ein Ende zu bereiten.

Aus der Deckung leichtfertig auf die Lichtung zu treten erwies sich als töricht. Rot-blaue Lichter blinkten hysterisch auf, untermalt von anschwellenden Sirenen über zwei Oktaven: erst wimmernd verheult, gefolgt von stoßartigem Geblöke, um kurz darauf in infernalisches Gebrüll zu münden. Ein Rammbock der Vorhut nahm Erstkontakt auf, drängte sie gutmütig durch einen Stups in die Seite aus der Ideallinie seiner Rennstrecke, ohne dabei selbst an Geschwindigkeit einzubüßen, bevor ein zweiter Titan endgültig das Fahrzeug der beiden eliminierte. Sie drehten sich um neunzig Grad, was den Blick in den herbeifliegenden Schlund eines von blutrünstigen Gefährten flankierten Monsters freigab, das ihnen aus Stroboskopen Blitze entgegenschleuderte. Gleichzeitig schrien sie das für derlei Ereignisse obligate *Fick deine Mutter* auf Russisch, was half; der Pulk der Außerirdischen verfehlte sie um wenige Zentimeter.

»Was war denn das?«, stammelte Anton benommen, der im ersten Augenblick an Hennessy dachte, welcher ihm für lebensbedrohliche Situationen unbürokratische Hilfe durch den mysteriösen Francis zugesagt hatte. Derlei Kollisionen waren hiervon offenbar ausgenommen. Boris presste stumm eine Hand gegen die rechte Gesichtshälfte, Sicherheitsgurte lehnte er als unmännlich ab.

Der Verkehr erwachte wieder, Anton steuerte den schwer verwundeten Wagen an den Rand der Fahrbahn, was von Hupen kommentiert wurde, die ihn im Vergleich zu eben an das verträumte Gebimmel alpenländischer Kuhglocken erinnerten.

»Darigas Crew«, stammelte Boris, sein Gesicht im Spiegel der Sonnenblende betrachtend. Anton verstand nicht, was er meinte, kramte stattdessen im Handschuhfach nach der Telefonnummer der Botschaft. Die Polizei würde ja von selbst auftauchen.

»Entzückende Crew, scheinen auf Nahtoderfahrung spezialisiert.«

»Töchterchen von Nasarbajew.«

»Dein Gesicht sieht nicht gut aus. Wir nehmen ein Taxi ins Krankenhaus.«

»Ich brauche nur einen Beutel mit Eis.«

»Dariga? Sollte ich der mal begegnen, werde ich den Zwischenfall zur Sprache bringen«, sagte Anton.

»In dem gepanzerten Maybach saß außer dem Fahrer niemand. Dariga weilt zurzeit in Wien.«

»Die fahren so zum Tanken? Und woher weißt du, wo sich so jemand rumtreibt?«

»Jeden Morgen läuft im Fernsehen Hofberichterstattung. Aber auf dem Weg zur Tankstelle waren die nicht. Dariga markiert so ihr Revier.«

»Merkwürdige Riten.«

»Statussymbol und Machtdemonstration: die Innenstadt für

den Verkehr zu sperren, um anschließend die Straßen für sich allein zu haben. Die Kolonne macht so jedem klar, wer zählt und wer nicht.«

»Klingt nach Kafka trifft auf Monty Python. Ich werde mich beschweren.«

»Immer sachte, mein Guter, der Mann von Dariga ist stellvertretender Leiter des Geheimdiensts. Und eine der größten Banken gehört ihm auch.«

»Hoffentlich hat der Belutsch keinen Zugang zu diesen Kreisen.«

»Unwahrscheinlich als Aserbaidschaner.«

Um Fahrzeug und Tatort im Auge zu behalten, setzten sie sich in ein Café gegenüber und warteten ratlos, aber die Polizei zeigte weiterhin kein Interesse an dem Zwischenfall.

»Sei froh, wenn die nicht auftauchen«, meinte Boris schließlich.

»Deren Desinteresse ist auffällig.«

»Mag sein, aber besser so. Wir müssen unbedingt ein offizielles Protokoll verhindern.«

»Die haben uns ohne Vorwarnung beinahe umgebracht. Wir sind definitiv unschuldig«, gab Anton trotzig zu Protokoll.

»Ein Ausländer, der die Kolonne der Präsidentenfamilie rammt, kann einpacken. Ha, die machen einen Möchtegern-Terroristen aus dir.«

»Ohne Protokoll werden wir kein Geld von der Versicherung kriegen. Sieh dir nur den Haufen Schrott da drüben an.«

Boris grinste über die krämerhafte Erregung, die verräterisch von Antons souveräner Grundhaltung abwich.

»Protokoll bedeutet tagelange Verhöre und anschließende Abschiebung«, gab er zu bedenken.

Anton stellte sich vor, wie er bereits beim Anblick der Folterwerkzeuge *alles* gestehen würde. Kleinlaut gab er sich geschlagen.

»Bitte rufe die Werkstatt an, damit sie sofort jemanden vorbeischicken.«

Die Trägheit eines späten Vormittags in dem stickigen Café absorbierte allmählich seine Empörung. Boris presste eine Plastiktüte mit Eiswürfeln gegen den Wangenknochen, mit der anderen Hand schob er sich ein Macaron in den Mund. So lief er auch hinüber, als der Abschleppwagen eintraf. Gegen ein Bündel Schweigegeld stellte der stoische Fahrer keinerlei Fragen, ihr Fahrzeug verschwand unauffällig hinter den Toren einer diskreten Werkstatt. Die Episode hatte nie stattgefunden.

Mit einem Taxi fuhren sie in das vor Kurzem angemietete Büro, wo Boris ihn daran erinnerte, dass gleich ein Vorstellungsgespräch anstand, um endlich eine Sekretärin zu verpflichten.

»Chefsekretärin«, korrigierte ihn Anton.

»Die jetzt kommt, ist vierundzwanzig und hat Ökonomie studiert.«

»Kasachin?« Nach zwei Monaten unter Russen, Usbeken und Chinesen ärgerte ihn sein spärlicher Kontakt zu Einheimischen.

»Ja, aber ich hoffe, das ist nicht dein einziges Kriterium.« Boris reichte ihm die Bewerbung. Das Porträtfoto war sympathisch misslungen.

»Sie ist für den Job überqualifiziert und hat keine Erfahrung als Tippse. Die nehmen wir«, beschied Anton.

Boris ging kopfschüttelnd ins Bad, um wieder sein Gesicht zu untersuchen.

Beim Anblick des lädierten Russen inmitten fehlender Büromöbel erschien auf Anaras Stirn eine kecke Sorgenfalte. Der positive Ersteindruck des schicken Bürohochhauses schien erstaunlich schnell zu verblassen.

»Das Firmenschild wird in den nächsten Tagen angebracht, wir sind gerade erst eingezogen«, sagte Anton mit bemühtem Charme.

»Es war ein unverschuldeter Autounfall«, versicherte Boris vorsorglich.

»Da sollte ein Eisbeutel draufgehalten werden.«

»Wir haben noch keinen Kühlschrank.«

»Und keine Espressomaschine«, ergänzte Anton.

Die Mangelsituation der beiden windigen Kaufleute weckte bei der Kasachin weder Mitleid noch ein übersteigertes Verlangen nach dem Job. Merklich desillusioniert folgte sie Antons zehnminütiger Stellenbeschreibung.

»Sie suchen also ein Mädchen für alles. Ich habe ein Wirtschaftsdiplom mit Schwerpunkt Controlling.«

»Büroleiterin«, schob er ein.

»Meine erste Stelle wäre eine Sackgasse.«

»Das ist eine legitime Befürchtung. Was halten Sie von *Personal Assistent of the General Director*?«

»Klingt schon besser. Aber wäre ich auch Ihr PA?«

»Das Büro müssten Sie schon leiten. Gleichzeitig sehen Sie mir über die Schulter.«

»Training on the Job?«

»Genau. Controlling inbegriffen.«

»Sie würden täglich eine Stunde für meine Fragen erübrigen?«

»Dreißig Minuten sollten ausreichen. Wie ist Ihr Englisch?«

»Der TOEFL-Test steckt in der Bewerbungsmappe.«

Er erkundigte sich nach ihren monatlichen Gehaltsvorstellungen, die bescheidener ausfielen als vergleichbare wöchentliche Bezüge für Berufsanfänger im Westen, obwohl die Lebenshaltungskosten ähnlich hoch waren. Offenbar wohnte Anara noch bei ihren Eltern. Anton fühlte sich unwohl bei der Sache, er wollte ihr den Job nicht durch abgeschmackte Plattitüden anpreisen, zum Beispiel, wie fabelhaft sich Büroarbeit mit Selbstverwirklichung in Einklang bringen ließ.

»Vor ein paar Monaten war ich in derselben Situation wie Sie jetzt. Das Angebot war ernüchternd, aber ich sehnte mich nach einer Perspektive.«

»Mir ging es ähnlich«, sagte Boris überflüssigerweise.

»Die Perspektive vermisse ich bei diesem Job ein wenig.«

»Du wusstest doch, dass wir eine Sekretärin suchen«, blaffte Boris.

»Entweder wir duzen oder siezen uns alle gegenseitig«, forderte Anton mit der aufgesetzten Pose eines engagierten Human-Relations-Beauftragten. Anara grinste über die Einlage, während Boris sich eine Zigarette ansteckte.

»Überlegen Sie es sich bis Ende der Woche«, schlug Anton vor.

»Sie würden mich nehmen? Das geht aber schnell bei euch.«

»Vorausgesetzt wir erhalten grünes Licht von der Sicherheitsabteilung. Und wir müssen noch das Resultat der Gespräche mit Ihren Professoren sowie der medizinischen Check-ups abwarten. Reine Routine, die DNA-Analyse ist seit zwei Jahren obligatorisch«, sagte Boris.

»Schon gut, wenn ihr wollt, kann ich gleich anfangen.«

Anaras erste Aufgabe bestand darin, ihren Arbeitsvertrag bei einer der vielen benachbarten Kanzleien im Bürogebäude zu organisieren. Anschließend erstand sie mit Anton im Zentrum der Stadt eine Espressomaschine. Der Wert der herrlichen Bezzera lag deutlich über dem der restlichen Büroausstattung. Ein

italienischer Mitarbeiter der zuvorkommenden Firma bildete
Anara und Anton innerhalb einer Stunde zu Baristi aus. Auch
eine Perspektive. Derweil besorgte Boris auf einem der halb-
legalen chinesischen Märkte vor der Stadt Möbel, Computer,
Drucker, Lampen und Kühlschrank mit Eisfach.

Der Aktionismus um ein vorzeigbares Büro half Anton leidlich, Gedanken an das Lächeln Xenias nach erfolgter Demon-
tage des Belutsch zu verdrängen. Wie der zusammengedeng-
elte Mann wohl auf die Schmach reagieren würde, als Opfer
kaltblütiger Züchtigung durch eine Chinesin dazustehen, die
sich kaum noch auf den Beinen halten konnte? Anton verweilte noch etwas bei dem grausam erquicklichen Bild, dessen Finesse wohl auch Balzac gefallen hätte. Demütig fügte
er sich der Einsicht, dass ihn früher oder später wohl das gleiche Schicksal ereilen würde, denn der Zielstrebigkeit des Teufelsbratens hatte sein Mangel an Ambitionen auf Dauer nichts
entgegenzusetzen. Es galt, diesen Moment durch besonnene
Manöver möglichst lange hinauszuzögern, ihn dann jedoch
gelassen zu akzeptieren.

Abends saß das Minikollektiv bei Take-away bereits ein-
trächtig auf ansehnlichen Plagiaten von Designermöbeln aus
Xenias Heimat beisammen, wobei Boris und Anton abwechselnd aufgefordert wurden, Darigas Rammbockbrigade zu
schildern. Sie warben um die Gunst Anaras, die sich wohl
noch keinen rechten Reim auf die zwei merkwürdigen Typen
machen konnte.

In den Wochen nach 9/11 erfasste das offizielle Kasachstan Panik:
Da das Land über kein Terrorismusproblem verfügte, drohte
globale Irrelevanz. Die Problematik berührte selbst Antons erstes Tennismatch im Kreis der lokalen Nomenklatura, welches

von Alisha eingefädelt wurde, damit er und Jurbol gegenseitig Witterung aufnehmen konnten. Bevor Anton zusagte, betrachtete er Fotos des Ministers im Internet, wo ihn ein frohgemuter Mops mit Kugelkopf und -bauch anstrahlte, dessen verschmitztes Lächeln joviale Korruptionsbereitschaft verriet. Tennis zu spielen war bei den Herrschenden populär, man äffte so die Gepflogenheiten des Kremls unter Jelzin während der Neunzigerjahre nach. Ein elitär antisowjetischer Sport, hervorragend geeignet, sich von den amorphen grauen Massen mit ihrer Eishockey- und Fußballbegeisterung abzusetzen. Beim Anblick des neuen Sportkomplexes überlegte Anton, wie die lokale Elite wohl auf den Paradigmenwechsel des Hegemons reagieren würde: Putin bevorzugte Eishockey.

Der Minister für Touristik wurde ihm von Alisha wie ein alter Bekannter vorgestellt. Antons Unbehagen ignorierte sie dabei nonchalant. Grazil stieg sie auf den Schiedsrichterstuhl, wo sie ab jetzt über ihnen thronte. Jurbol pflegte ein einem Spitzenbeamten autokratischer Herrschaftssysteme angemessenes Tennisspiel: Von der Grundlinie aus bemühte er sich redlich, die Bälle umsichtig zu retournieren, so risikolos wie einfältig, getragen von der Hoffnung auf Fehler des Gegners. Seine gelegentlichen Ausflüge ans Netz waren vorhersehbar, da zögerlich abwartend. Es fiel Anton schwer, nicht gegen ihn zu gewinnen. Alisha, die mit ihrer Rolle einer Femme fatale kokettierte, gratulierte Jurbol überschwänglich.

»Zur aktuellen Bedrohungslage im Land kann ich mich keinesfalls äußern. Aber sie ist sehr, sehr real«, raunte der Minister nach dem Match Anton zu, obwohl dieser das Thema nicht angesprochen hatte. Wie alle offiziellen Vertreter schien der Würdenträger seit den Terroranschlägen an Bedeutung gewonnen zu haben. Auf dem Weg zur Bar blieb er stehen, blickte

sich kurz um und flüsterte etwas von dringenden Antiterror-
gesetzen, die demnächst verabschiedet werden, in Antons Ohr.
Während der konspirativen Einlage tauschte er die Haltung des
legeren Tourismus- gegen die des staatstragenden Terroris-
musministers. Weitere Erläuterungen folgten keine, stattdessen bestellte Jurbol Bier vom Fass.

»Neben Tennis meine zweite große Schwäche«, zwinkerte
er Anton zu, als handele es sich um eine exquisite Leidenschaft,
vergleichbar mit dem Sammeln seltener Ammoniten. Alisha ließ
sie allein, eine Bekannte in der Nähe hatte etwas Dringendes
mit ihr zu besprechen.

»Prost!«

»Auf Alisha«, sagte Anton.

»Auf Alisha«, bestätigte Jurbol vergnügt.

Jurbol hatte für den Neuankömmling langatmigen Seiden-
straßenkitsch im Repertoire, vielleicht fühlte er sich als Reprä-
sentant des Landes dazu verpflichtet. Kein unsympathischer
Mann, die Plaudertasche schien Kasachstan selbst nicht allzu
ernst zu nehmen. Einmal streute Anton ohne erkennbaren
Zusammenhang *Marco Polo* ein, was auf eifrige Zustimmung
traf. Streng genommen handelte es sich bei Almaty um einen
unbedeutenden Abzweiger von der eigentlichen Seidenstraße,
was für Jurbols grandiosen Plan, einen gigantischen *Great Silk
Road Theme Park* zu errichten, aber keine Rolle spielte.

»Wir werden Samarkand in den Schatten stellen«, verkündete
er inbrünstig mit erhobenem Glas und fügte nach einem mops-
typischen Bäuerchen hinzu: »Peking hat bereits moralische und
technische Unterstützung zugesagt.«

Er hatte, wie er freimütig einräumte, als kasachischer Tou-
rismusminister wenig Gelegenheit, Fremde kennenzulernen.
Anton stellte ihm stupide Fragen, und Jurbol blühte über der

Schilderung landestypischer Bräuche und Sitten auf. Selbst bei Phänomenen, die einem auch nur flüchtigen Besucher der Region bekannt waren, gab Anton mal den verblüfften, mal den verzückten Ahnungslosen. Ob vergorene Stutenmilch, bizarre Madengerichte oder die Gepflogenheit, das erstgeborene Kind den Großeltern zu überlassen, Jurbol ließ nichts aus. Er schlug gerade für die kommenden Tage einen Helikopterausflug in den Scharyn-Canyon vor, den er demnächst mit einem sechssternigen Ressort aufzuwerten gedachte, da tauchte Alisha wieder auf. Jurbol strahlte sie an. Die unverblümte Freude des speckigen Wonneproppens, über solch ein Prachtexemplar zu verfügen, rührte Anton einen Moment lang. Alisha tätschelte dem Minister in seinem sorglos farbenfrohen wie knappen Outfit prompt die Hand.

Trotz der schalen Idylle blieb Anton gelassen und sezierte den Minister weiter unter der Lupe eines neugierigen Außenseiters. Fraglos bildete die wichtigste Qualifikation für dessen Position der Umstand, Kasache zu sein; ethnische Russen waren in den vergangenen Jahren durch derlei ahnungslose Glückspilze ersetzt worden. Historische Ungerechtigkeiten durch aktuelle zu sühnen schrumpfte beim Anblick von Jurbol auf einen entschuldbaren Webfehler vermeintlich gerechterer Nachfolgesysteme zusammen. Anton gab sich keinen Illusionen hin; von den neuen Eliten mehr Fairness zu erwarten, als die Sowjets bis zu ihrem Untergang für ihre Vasallenstaaten aufbrachten, wäre naiv. Ethnische Kasachen waren in Almaty in der Minderheit, weshalb die Hauptstadt in eine unwirtliche Gegend im Landesinneren verlegt worden war. Lebemänner wie Jurbol zog es verständlicherweise nicht ins staubige, tausend Kilometer entfernte Astana zu ihren von westlichen Stararchitekten entworfenen Ministerien, wo sieben Monate im Jahr Minustemperaturen herrschten. In Almaty war das Klima milder, und die Sitten waren freier. Dennoch pries Jurbol über einem weiteren Bier brav die Weisheit Nasarbajews und prophezeite, in der neuen Hauptstadt würden eines Tages wackere Kasachen glücklich arbeiten und Kinder zeugen.

Anton litt jetzt doch ein wenig darunter, wie konsequent ihn Alisha im Beisein des Kasachen ignorierte. Gleichzeitig bewunderte er ihre professionelle Loyalität zu dem verliebten Kloß, der ihr völlig verfallen zu sein schien. Je länger er die beiden studierte, desto bewusster wurde ihm, wie zweckmäßig deren Beziehung war. Neben ihrer Funktion als Gespielin glich Alisha souverän sein Intelligenzdefizit aus, sicherlich folgte er auch im Ministerium ihren Ratschlägen. Mit dieser milden Form von Pornokratie hatte sie als kriminell vorbelastete Immigrantin ihr Potenzial optimal genutzt. Er stellte sich vor, wie das Tandem den Haushalt für Tourismus plünderte, was er angesichts der tumben Seidenstraßenprojekte begrüßte. Im Grunde fand er den in seiner eigenen Mitte ruhenden Jurbol bereits recht passabel. Zumindest solange er sich nicht vorstellte, wie das verzückte Ferkel Alisha begattete. Dummerweise schien sich diese Szene aber abzuzeichnen, der Minister mahnte zur Eile, die Pflicht rufe, Sie verstehen – die neue Sicherheitslage! Krisensitzung in Astana, es galt mit staatsmännischer Miene zum Flughafen zu eilen. Seine Mätresse nahm er mit.

Anton blieb nicht lange allein am Tisch zurück, der dienstälteste Trainer verwickelte ihn in ein Gespräch, in dessen Mittelpunkt die Qualität osteuropäischer Tennisbälle zu Zeiten des Eisernen Vorhangs stand. Seine Rolle ging offenbar über die des Übungsleiters hinaus. Taktvoll motivierte dieser kaukasische Maître de Plaisir, Anton tippte auf Georgier, ausgewählte

Anwesende, sich auf einem der Plätze hinter der Glasscheibe zu betätigen. Man überließ sich hier gerne dem Charme des *Meisters des Sports*, der diesen begehrten sowjetischen Titel einst durch Siege in Ostblockstaaten verliehen bekommen hatte. Im Gegensatz zu seinen westlichen Kollegen erntete er damals nur Ruhm, und nun der neuen Oberschicht in diesem Etablissement zu dienen war nicht die übelste Überlebensstrategie. Der verlassene Deutsche kam ihm gerade recht, es galt ein gemischtes Doppel zu bestücken. Anton willigte ein, als Alternative drohte ein trister Sonntagnachmittag allein im Hotel.

Er wurde einer Kasachin Ende dreißig zugeordnet, die sich, obwohl sie erst seit ein paar Monaten spielte, wie sie Anton vorbeugend wissen ließ, auf dem Platz toll schlug. Gulenka war ehrgeizig, ihr konzentriertes Lauern auf die nächste Aktion des Gegners unterschied sich fundamental von Antons emotionslosem Mittun. Vergeblich versuchte sie, ihre überbordende Freude über jeden gelungenen Schlag im Zaum zu halten. Sie lachte dann ungläubig auf, schüttelte kurz den Kopf, als habe sie sich bei etwas Törichtem ertappt. Aussichtslosen Bällen spurtete sie prinzipiell hinterher, einmal gelang ihr dabei ein akrobatischer Kunstschlag, der die verblüfften Gegner überrumpelte. Sie quiekte vor Glück, klatschte Anton strahlend ab.

»Frech für jemanden, der noch nicht lange spielt«, tadelte er sie. Sie quiekte noch einmal, diesmal mit schamhaftem Augenaufschlag.

Nach dem Spiel traf man sich geduscht im Restaurant wieder, wo sie zusammen mit ihrer Tochter Meeresfrüchtesalat bestellte. Gulenka steckte in einem petroleumfarbenen Hosenanzug, trug Schuhe mit Blockabsätzen und an den Ohren schichtspezifische Brillanten von obszönen Ausmaßen. Ihr rundes Gesicht, die Augen so schwarz wie die herrlich dicken Haare, war geschminkt, als sei sie unterwegs zum Ball bei Nasarbajews Hof. Der Teenager mochte es nur auf den ersten Blick schlichter, unter dem Ärmel des Sweatshirts kam eine brachiale Uhr zum Vorschein, die dem Gegenwert einer Altbauwohnung im Zentrum Berlins entsprach. Sie besuchte eine lokale Privatschule, gelassen erwähnte sie das Londoner College ab kommendem Jahr und eine jüngst erworbene Bleibe in South Kensington. Zwischen Mutter und Tochter entwickelte sich eine lebhafte Diskussion, welcher Innenarchitekt für die Studentenbude zu beauftragen sei. Anton ließ sich nicht in das Gespräch hineinziehen, er litt bereits unter Schüben von Langeweile und erwog gar eine zeitnahe Flucht, entschied sich dann aber, die beiden um ihre konsumträchtige Frühphase zu beneiden, um das vibrierende Hochgefühl, ständig Neues zu entdecken, bevor garstige Übersättigung erste Zweifel nährte. Selbstversunken malte er sich aus, noch einmal das zweite Klavierkonzert von Brahms zum ersten Mal zu hören. Endlich lenkte Gulenka ein, erwähnte die Turner in der Tate und verband deren flirrendes Licht mit der Schilderung eines kürzlichen Venedigbesuchs. Dankbar nahm Anton den Faden auf, streifte launisch Brodsky und wie sich das Hotel Gritti für ein *Dirty Weekend* anbot. Gulenka lächelte verlegen, sodass er rasch die Tintorettos und San Michele nachschob. Diesmal im Ton verbindlicher, allerdings schoss er mit der Toteninsel wieder übers Ziel hinaus, sie einigten sich schließlich auf die Sammlung Guggenheim im Palazzo Venier dei Leoni. Peggys Memoiren hatten sie beide gelesen, sich ehrfürchtig deren Affären in Erinnerung zu rufen ergab endlich einen gemeinsamen Nenner.

»Es ist schwierig, meine Eltern auf dem Laufenden zu halten.«

»Ihre Eltern?«, fragte Anton verblüfft wegen derlei Sprunghaftigkeit, die verhinderte, dass er etwas unbedenklich Geistreiches über Brâncuși und Peggy absonderte.

»Ja, verstehen Ihre Eltern, wie Sie leben?«

»Ich denke schon«, murmelte er zaghaft und grübelte, was er sich zuschulden hatte kommen lassen.

»Meine Eltern sind eigentlich nicht in der Lage zu verstehen, was heute los ist«, fuhr Gulenka fort. »Aber es spielt absolut keine Rolle für sie. Die freuen sich, dass es uns prächtig geht, ich meine materiell. Das reicht denen, ist das nicht irre?«

Offenbar trieb sie dies gerade um. Ein unverhofft früher Vertrauensbeweis, lediglich das Thema überforderte Anton tendenziell.

»Vielleicht waren Ihren Eltern die vergangenen zehn Jahre zu stürmisch. Da halten sie sich lieber an die wesentlichen Dinge.« Anton hoffte, das Gespräch würde nicht lange bei den Erzeugern verweilen. Er sah ein älteres Paar vor einer Jurte sitzen. Etwas weiter stand eine minimalistische Villa, vor der Gulenka mit ihrer Familie saß. Neben der Jurte standen Pferd, Ziege und Schaf, neben der Villa SUV, Limousine und Mini Cooper. Der Vater von Gulenka hatte einen Steinadler auf dem Arm sitzen, ihr Gatte einen Staffordshire Terrier.

»Mich verwirrt, dass sich meine Eltern über nichts mehr wundern. Wir könnten ja auch arm und glücklich sein oder so, wie wir sind, aber unglücklich.«

»Sie haben recht, wir sollten nie im Leben verlernen zu staunen.«

Die müde Plattitüde ließ ihre gezupften Brauen, wie aus dem Handgelenk gezeichnete Striche, die sich zum Nasenansatz hin verdickten, nach oben zucken.

»Sorry, ich kann mich wegen Ihren Augenbrauen nicht konzentrieren.«

»Echt? Sie überraschen mich.«

»Die gleichen einer genialen Tuschezeichnung. Irgendwas von Matisse oder Cocteau. Ihr Gesicht fasziniert mich.«

»Ha, breite Gesichter lassen sich einfach gut schminken.«

Die Tochter sah kopfschüttelnd auf, fuhr dann aber fort, den Tentakel eines Oktopusses lustlos zu malträtieren.

»Staunen Sie eigentlich über unser Land?«, fragte sie auf Englisch. Anton überlegte, was verwegener war, ihre Uhr oder die Frage.

»Ja, das tue ich jeden Tag.«

»Jetzt aber bloß nicht die Landschaft preisen! Wie rückständig ist die Gesellschaft für Sie?«

Gulenka lachte über die Frage.

»Ich bin noch nicht lange hier. So ausführlich wie mit euch habe ich noch mit keinem Kasachen gesprochen. Aber auf dieser Basis bin ich hingerissen.«

Er hätte auch anmerken können, dass der Begriff *Rückständigkeit* etwas aus der Mode gekommen war. Oder dass ihm die Abwesenheit des Kriteriums *Soziale Gerechtigkeit* hierzulande durchaus behagte.

»Habt ihr Tocqueville schon durchgenommen? Dem ist dieses köstliche Paradox aufgefallen: Wo die sozialen Ungleichheiten am stärksten abnehmen, wird am empfindlichsten auf die verbleibenden Ungerechtigkeiten reagiert.« Noch während er dies sagte, stieg lähmende Scham in ihm auf. Sich hinter bildungsbürgerlich aufgeladenem Gefasel zu verstecken, statt dem Teenager ehrlich zu antworten, war unverzeihlich. Derlei Eitelkeiten verfolgten ihn anschließend tagelang. Er errötete, Mutter und Tochter grinsten ungläubig.

»Das muss ich meinem Vater erzählen«, sagte der Teenager.

»Ja, das wird ihm gefallen! Besuchen Sie uns doch mal, wir

wohnen etwas außerhalb«, sagte Gulenka, der unmöglich entgangen sein konnte, wie Anton an ihren Lippen hing.

»Unbedingt«, stimmte die Tochter zu. »Wir haben sogar eine superpeinliche Jurte im Garten!«

Anton versprach zu kommen. Auf dem Parkplatz verabschiedeten sie sich ausgelassen, eine gute Gelegenheit, um Gulenka seine Telefonnummer zu überreichen. Nachdem die zwei abgerauscht waren, suchte er den Meister des Sports, um dem Club beizutreten. Alisha hatte ihm die Pforten zu diesem gepflegten Reservoir aufgestoßen, wo verwöhnte Frauen diskrete Affären mit verantwortungsvollen Liebhabern, die sie vor Scherereien bewahrten, schätzten. Besorgt um die Sicherstellung des materiellen Niveaus der Luxusgeschöpfe, würden die Ehemänner berufsbedingt zu abgelenkt sein, um ihm auf die Schliche zu kommen. Emotional ausgedorrt nach den zurückliegenden Monaten und der durch lästige Restriktionen belasteten Affäre mit Alisha vermochte er sein Glück kaum zu fassen. Der Meister des Sports begleitete ihn zum Geschäftsführer, welcher wichtigtuerisch eine unpassierbare Warteliste erwähnte, die sich selbstredend am nächsten Tag mit Hilfe mehrerer Dollarbündel überwinden ließ, die wiederum in der New Yorker Buchhaltung unter informellen PR-Kosten ihre Entsprechung fanden. Seine bislang beste Investition.

Der Pförtner des Krankenhauses ließ Anton und Boris nicht passieren, Xenia hatte gleich nach der Geburt ausgecheckt. Auf dem Weg zum Chinesenhaus meldete sie sich von selbst.

»Hast du die Zeitung gelesen?«, fragte sie statt einer Begrüßung. Es gab etliche davon, aber nur die *Kasachische Prawda*, ein plumpes regierungsamtliches Organ, spielte eine Rolle.

»Haben wir. Wie geht es dir und dem Baby? Wir sind auf dem Weg zu dir, um Windeln abzuliefern.«

Schweigen. Er wusste um ihr Dilemma: Sie wollte über die aktuelle Entwicklung nicht am Telefon sprechen, konnte sich aber nicht mit ihm in der Stadt treffen und versuchte gleichzeitig zu verhindern, dass sie im Chinesenhaus aufeinandertrafen.

»Kommt her, Boris kennt den Weg.« Sie legte auf.

»Warum zögerte sie so lange, sich in diesem Haus zu treffen?«, fragte Anton.

»Das ist ein furchtbares Loch, in dem ich weiß nicht wie viele vor sich hinvegetieren. Außerdem haben die dort eine Aufseherin. Du verstehst schon.«

»Sag schon, oder hast du Angst vor Wanzen?«

Boris tippte mit zwei Fingern auf die Schulter, was seit russischen Urzeiten Geheimdienst signalisierte. Pragmatik traf hierbei auf Aberglauben, man sprach das Kürzel des Schreckens niemals aus. Anton nickte. Er war plötzlich hellwach, freute sich kindisch auf seinen ersten Besuch im Chinesenhaus. Das waren genau die Situationen, nach denen er sich in New York gesehnt hatte. Boris dies zu erklären erschien ihm aussichtslos. Er versuchte es trotzdem.

»Was würdest du unternehmen, wenn du das erste Mal nach Manhattan kämest?«, fragte er ihn.

»Um welche Uhrzeit? Und wo genau?«

»Sei nicht so wählerisch. Irgendwo Downtown. Nachmittags. Es nieselt, und du hast etwas Geld.«

»Zu Fuß ins Village schlendern, dort rumirren, bis ich das White Horse gefunden habe. Einen Scotch bestellen, natürlich am Platz, wo sich Dylan Thomas totgesoffen hat. Abends ginge ich ins Blue Note oder Vanguard.«

»Kompliment, nette Pilgerreise. Lach nicht, aber unsere

kleine Visite im Chinesenhaus ist so ein Höhepunkt für mich. Verstehst du das?«

»Nein, absolut nicht. Merkwürdig, du taust selten auf, dann aber zu sehr.«

Anton hoffte, dass es wenigstens Dylan Thomas verstanden hätte. Boris war nicht der Typ, mit dem man derlei zarte euphorische Schübe teilen konnte. Außerdem wollte er nicht den Eindruck erwecken, in seiner unbeschwerten westlichen Dekadenz Zentralasien als Freizeitzoo zu betrachten. Also so, wie Millionen von Asiaten in jüngster Zeit seine Heimat begutachteten und auf dem Oktoberfest in Lederhosen und Dirndl auftauchten, was ihnen allerdings vorzüglich stand. Abhängig von Herkunft und gegenwärtigem Standort sind wir jetzt alle abwechselnd Gaffer oder Begaffte, dachte er irritiert. Internet und explodierender Tourismus könnten einen Nivellierungsschub auslösen, der in grässlichen Ennui münden würde. Exotik à la Chinesenhaus, das unter der straffen Führung einer ideologisch indoktrinierten Sittenwächterin ächzte, galt es jedenfalls voll auszukosten, so etwas würde bereits in wenigen Jahren undenkbar sein.

»Vergiss es. Besser, du liest noch einmal den Artikel vor.« Er deutete auf die Zeitung hinter der Windschutzscheibe. »Ziemlich weit hinten. Und notiere dir den Namen des Journalisten.«

Boris ratterte den Artikel herunter, eine viertel Seite, versteckt zwischen Meldungen über Exporterfolge von Weizen und Aluminium. Wenig Leser blieben an derart abgelegenen Wirtschaftsnachrichten hängen, würde nicht *radioaktiv* in der Überschrift aufblitzen. Kurz und bündig wurde da Xenias Prognose bestätigt, die chinesischen Behörden seien bei Routinekontrollen am Grenzübergang Druschba auf kontaminiertes Metall in Eisenbahnwaggons gestoßen. Daraufhin wurden sofort alle Importe von Altmetall nach China gestoppt. Kasachstan weigerte sich, das belastete Material zurückzunehmen, es strahlte jetzt im Niemandsland zwischen zwei Grenzstationen vor sich hin. Der Belutsch war telefonisch nicht zu erreichen gewesen, so der Redakteur weiter. In einer offiziellen Stellungnahme wetterte Kazmet allerdings gegen chinesische Behördenwillkür. Jemand im kasachischen Umweltministerium versicherte, der Fall würde lückenlos aufgeklärt. Der Artikel endete auf einer nachdenklichen Note, schließlich sei China für den bedeutenden Arbeitgeber der einzige Markt.

Der Kontrast zwischen ihrem Fahrzeug und dem Chinesenhaus konnte zufälligen Passanten vorgaukeln, zwei vermögende weiße Männer träfen auf chinesisches Prekariat. Ein Trampelpfad folgte neben unverputzter Fassade an Kleintierstall und Gemüsegarten vorbei, bis eine schmale hölzerne Außentreppe in den ersten Stock führte. Zaghaft traten sie durch die offene Tür, der Gestank nach Hühnerdreck ging in die Ausdünstungen einer Garküche über. Es war ein ausladender Raum mit riesigem Tisch in der Mitte und Stühlen an den Wänden. Die Fenster waren verhängt, im Neonlicht tummelten sich zwei Dutzend Chinesen, die alle gleichzeitig aufsahen, die Besucher in den Fokus nahmen, um dann synchron mit ihrer jeweiligen Beschäftigung fortzufahren. Nein, nicht alle, ein Drachen trat ihnen entgegen, der Eindringlinge gleich wieder die Treppe hinunter zu den Hühnerexkrementen fauchen sollte. Boris baute sich vor ihr auf.

»Wir suchen Xenia. XENIA!«

Sie schnaubte unentschlossen, schob Boris zur Seite, um Anton näher zu inspizieren.

»Du hast es gehört: zu Xenia und dem Baby.« Er hielt ihr die Blumen vors Gesicht.

»Keine Xenia hier«, schnarrte sie verächtlich in rudimentärem Russisch. Anton vermutete, dass sie aus seinem Mund den korrekten chinesischen Namen der Gesuchten hören wollte.

»Das ist alte Schule, die zeigt uns gleich ihr Parteibuch. Kennst du den chinesischen Namen?«, fragte er Boris, da rief ihn dieser schon laut in die Runde. Der Drachen verzog grimmig den Mund, sprach den Namen demonstrativ korrekt aus, musterte sie erneut und schritt voran. Die beiden folgten ihr, vorbei an etlichen Kammern mit offenen Türen und noch mehr Chinesen. Weiter hinten kauerte Xenia lesend auf einem schmalen Metallbett, die schmutzig-weiße Farbe war am Kopfteil abgeblättert. Das schlafende Baby lag neben ihr eingeschnürt so, wie es auch in russischen Krankenhäusern üblich war. Xenia sah wie immer erschöpft aus. Da es keinen Stuhl gab, bedeutete sie Anton hustend, sich ans Bettende zu setzen.

»Dein Baby sieht besser aus als du!«, sagte Boris trocken. Anton bugsierte den Blumenstrauß durch das winzige Zimmer, um ihn auf Gesichtshöhe zu präsentieren. Xenia drehte den Kopf zur Seite, die anderen Mitbringsel beäugte sie weniger skeptisch. Anton gab Boris die Blumen, der versuchte sie dem Drachen weiterzureichen, was dieser strikt ablehnte.

»Es ist ein Mädchen! Jetzt hat mein Sohn eine Schwester.«

»Ich dachte immer, ihr bekommt nur Jungs«, sagte Boris. Anton trat ihm gegen das Schienbein, was er ignorierte. Stattdessen erkundigte er sich nach dem Vater des Mädchens.

»Der ist in China bei meinem Sohn.«

Anton versuchte verzweifelt, Augenkontakt mit Boris herzustellen, aber es war zu spät.

»Ich verstehe, außerhalb Chinas kannst du so viele Kinder bekommen, wie du willst. In neun Monaten ist Nummer drei fällig. Natürlich wieder ein Junge.«

Anton fasste sich verlegen an die Stirn. Nur die Ächtung der Prügelstrafe für Untergebene verhinderte physische Sanktionen.

»Du gehst jetzt sofort mit den Blumen in den Aufenthaltsraum, findest einen passenden Behälter, füllst Wasser hinein und stellst ihn auf den großen Tisch«, zischte er Boris zu. Dieser fügte sich, was den Drachen überforderte, da er gleichzeitig hierbleiben und dem Russen folgen wollte. Er entschied sich für Boris, Anton schloss rasch die Tür.

»Sorry, ein Rückfall. Er ist eigentlich auf einem guten Weg«, sagte Anton.

»Boris und der Vater sind jetzt unwichtig. Wir müssen über Kazmet sprechen.«

»Darf ich dir vorher eine Frage stellen?«

»Warum ich in diesem Haus wohne?«

Er nickte.

»Anordnungen: Das schreibt die Behörde vor, die mir erlaubt, im Ausland zu leben. Aber keine Sorge, alles ändert sich ständig. Vor zwei Jahren war es streng wie in einem Gefängnis, jetzt können wir uns frei bewegen, auch nach der Arbeit.«

Anton wurde allmählich klar, wie generalstabsmäßig Peking die Expansion seiner Einflusssphäre vorantrieb. Offenbar handelte es sich um eine konzertierte Aktion, bei der die kommunistischen Staatsorgane eiserne Kontrolle über ein Experiment ausübten, das sich unter der chaotischen Oberfläche von kapitalistischem Wildwuchs verbarg. Das war wirklich mal etwas Neues im globalen Konzertbetrieb um Macht und Markt.

»Aber wohnen musst du weiter hier.«

»Ich glaube, nicht mehr lange. Es ist nicht so schlimm, wie es für dich aussieht.«

»Was ist mit dem vielen Geld, das du machst? Darfst du das behalten?«

»Natürlich, liegt auf meinem Konto bei der Bank of China. In Shanghai habe ich letztes Jahr eine Sechszimmerwohnung gekauft. In China alles kein Problem, nur im Ausland sind sie streng.«

Anton blickte sie erleichtert an.

»Du bist ein Weichei«, sagte sie müde lächelnd.

»Meine Kontaktlinsen kapitulieren vor dem Staub hier drinnen.«

»Ich verrate dir ein Geheimnis«, flüsterte sie. »Eine Woche vor der Geburt habe ich in Almaty heimlich ein Haus gekauft. Solange ich noch hier wohnen muss, kannst du es haben. Umsonst. Aber du musst mir ein Schengen-Visum besorgen.«

Sie streckte sich, bis die Zehenspitze den Schalter eines Wasserkochers erreichte. Zwischen Flakons, Kosmetik und Hygieneartikeln, die auf einem handbreiten Wandvorsprung neben dem Bett aufgereiht standen, fischte sie eine Teedose hervor. Das Baby schmatzte mit geschlossenen Augen zufrieden vor sich hin, Anton nahm es auf den Arm. Es scharrte an der Tür, der Drache rief etwas zunächst Folgenloses, vermutlich die verbleibende Besuchszeit.

»Uns bleibt wenig Zeit, Länge der behördlichen Maßnahme unklar.«

Anton war sich nicht sicher, ob sie damit den Drachen oder den Importstopp meinte. Sie nahm ihm das Baby aus dem Arm, stattdessen bekam er eine Tasse unfermentierten Tee mit feinherber Note. Sie selbst trank ein kaltes Gebräu, es schauderte ihm davor, was alles in dem Glaskrug vor sich hin dümpelte.

»Wie lange haben wir Zeit?«, fragte er.

»Maximal einen Monat. Der Belutsch versucht panisch, frisches Geld aufzutreiben, was unmöglich ist. Da Konkurs droht, wird er den Hauptaktionär in der Schweiz informieren müssen. Dann gibt es zwei Möglichkeiten.«

»Sie schießen Geld nach oder wollen das Problem loswerden«, sagte Anton.

»Was meinst du?«

»Na ja, das Ding gehört Russen. Normalerweise ist deren Geduld beschränkt. Wenn Kazmet gut läuft, sehen sie kein Geld, da der Belutsch alles stiehlt. Und wenn es schlecht läuft, hält er bei denen die Hand auf. Ich werde denen in drei Wochen ein Angebot machen.«

»Wir müssen bis dahin den Druck im kasachischen Kessel erhöhen. Boris soll einen Journalisten mit kompromittierendem Material füttern.«

»Daran habe ich auch schon gedacht. Mit wem warst du neulich eigentlich bei dem Belutsch?«

»Ha, du spionierst mir nach? Ein Spezialist, nach der Übernahme müssen wir die Produktion von Kazmet modernisieren.«

»Der sah nicht wie ein Ingenieur aus.«

»Du kannst ihn treffen. Er ist mein Geschäftspartnerlover«, sagte sie gewohnt emotionslos.

Anton grinste anerkennend, Xenia hielt sich einen in ihre Geschäfte eingebundenen Liebhaber in der Stadt, bei dem es sich nicht um den Vater ihrer Kinder handelte. Oder so ähnlich. Diese Nachricht hatte das Zeug, Boris endgültig zu überfordern.

»Sehr gerne, wir sollten zusammen essen gehen. Erhole dich erst noch ein paar Tage. Kann ich etwas für dich tun?«

Sie kramte in ihrer Handtasche, bis ein Schlüsselbund zum Vorschein kam.

»Sieh dir das Haus an!«

Während Xenia die Adresse auf einen Briefumschlag kritzelte, streifte sein Blick noch einmal an den aufgereihten Habseligkeiten entlang. Ein letztes Zögern, als wollte er sie nicht mit dem Baby in diesem Loch zurücklassen.

»Geh jetzt. Wir telefonieren morgen.«

Im Gemeinschaftsraum stahl er sich an dem Drachen vorbei, um auf der Stiege über ein Huhn zu stolpern. Rauchende Chinesen lachten über das Missgeschick, unten angekommen boten sie ihm eine Zigarette an. Die meisten waren Ingenieure, winzige Schräubchen einer monströsen Staatslokomotive, die mit gigantischen Infrastrukturprojekten das Land modernisieren sollten. Boris saß bereits im Wagen, lauschte Keith Jarrett und mimte ansonsten das Unschuldslamm. Anton wollte gerade dessen Peinlichkeiten Xenia gegenüber zur Sprache bringen, da lenkte ihn eine Nachricht von Gulenka ab, die vorschlug, sich abends im Schutz einer Vernissage zu treffen.

# IV

## SANKT GALLEN

Den Auftakt zu der von Boris orchestrierten Welle an öffentlicher Empörung bildeten mehrere Zeitungsartikel, gefolgt von einer längeren Reportage im Staatsfernsehen zur besten Sendezeit, die sich mit der Misere von Kazmet beschäftigte. Für die altgediente Journaille änderte sich dabei wenig; statt wie bis vor zehn Jahren aus ideologischen Gründen die Falschmeldungen der TASS zu verbreiten, erschien jetzt, wofür bezahlt wurde. Der Belutsch geriet endgültig in die Defensive. Der Skandal um das radioaktiv verseuchte Metall wurde seiner Raffgier angelastet, drei Monate ausstehende Gehälter gingen ebenfalls auf sein Konto, was keine Zweifel an seiner Verderbtheit mehr zuließ. Angereichert wurde die Kampagne durch brisantes Bildmaterial, vor einer Villa namens Bellagio griente der feiste Großkaufmann inmitten seines exorbitanten Fahrzeugparks in die Kamera. Daneben die Abbildung einer darbenden Arbeiterfamilie in Fußlappen, Filzstiefeln und Uschanka vor ihrer kläglichen Steppenbehausung. Der Belutsch gelobte linkisch Besserung, auf einem Foto übergab ihm die besorgt dreinblickende Xenia zwei Dutzend Geigerzähler aus chinesischer Produktion. *China hilft schnell und unbürokratisch,* wurde darunter festgehalten. Boris hatte ganze Arbeit geleistet. Ein investigativer Journalist beschrieb ausführlich, was einträte, sollte kontaminiertes Material in einem Stahlwerk eingeschmolzen werden und anschließend in Shanghaier Wolkenkratzern enden. Nach Lektüre des Artikels entstand der Eindruck, der Belutsch müsse demnächst ganze Regionen Chinas persönlich sanieren. Eine nationale Schande, versicherte der Autor glaubwürdig. Gerüchte um einen Liquiditätsengpass bei Kazmet rundeten das Bild ab, und wie immer in solchen Fällen schütteten altkluge Banker mit ihren hämischen Kommentaren zusätzlich Öl ins Feuer. Auf deren Geltungsbedürfnis war Verlass, sie verlangten für derlei Unterstützung noch nicht einmal Geld. Die Festung war schließlich sturmreif geschossen, es wurde Zeit für Anton, sich in die Schweiz aufzumachen, um dem mysteriösen Hauptaktionär einen Weg aus dem unappetitlichen Debakel vorzuschlagen.

»Die Besprechung zieht sich hin, was mit Ihrem Anliegen zusammenhängt«, beschied ihm in perfektem Deutsch ein junger smarter Russe, der sich als Adjutant von Malenkow vorstellte. Es war mühsam gewesen, bis in die Gediegenheit des Ensembles renovierter Gründerzeitvillen in Sankt Gallen vorzudringen. So offenherzig Neue Russen ihren Reichtum zwischen Antibes und Courchevel präsentierten, so hermetisch schotteten sie die Schaltzentralen der Mittelherkunft ab. Anton nickte auf dem Sofa ein, in der Schweiz schlief er meist tief und fest. Nach einer Stunde weckte ihn der Sekretär pikiert.

»Warum sollten wir Kezmat an Sie verkaufen?« Malenkow gähnte ostentativ, Anton schätzte den ganz in schwarz gekleideten Koloss auf etwas über fünfzig verbrauchte Jahre.

»Weil euch der Laden nichts mehr bringt. Läuft es gut, weisen die keinen Gewinn aus, läuft es schlecht, betteln sie wie jetzt um frisches Geld.«

Der Adjutant nickte unauffällig in Richtung Malenkow, der nur höhnisch grinste. Jede Pore seiner welken Züge dünstete Faulheit und Überdruss aus. Weder der Dickwanst noch sein Adjutant hatten offenbar recherchiert, ob jemand beim Absturz von Kazmet nachgeholfen haben könnte. Oder es war ihnen gleichgültig. Wohl zu saturiert, um ihre Hausaufgaben zu erledigen, entschied Anton erleichtert, der für den Beginn der Verhandlungen mit einem derben Schlagabtausch gerechnet hatte.

»Wohl wahr, die alte Leier vom verlotterten Süden des Imperiums. Aber nun zu Ihnen. Jemand in Moskau, dem man keinen Wunsch abschlägt, hat mir eingeredet, Sie zu empfangen. Unterbreiten Sie jetzt Ihr Angebot«, sagte Malenkow. Die fleischige Masse seiner Finger vermochte eine kobaltblaue Tasse mit Goldrand kaum zu halten.

»Achtzehn Millionen Greenbacks in Cash für Kazmet mit allen Filialen wie in der letzten Bilanz aufgeführt.«

»Wenig.« Matt schwenkte er die Tasse aus dem Handgelenk hin und her. *Wenig* war in diesen Kreisen eher ein Kompliment, dreiste Angebote führten zur umgehenden Verbannung vom Anwesen.

»Viel, die gleiche Summe brauche ich noch einmal wegen der aufgelaufenen Schulden.«

»Wenig, sage ich.«

»Plus achtzehn jetzt von mir oder minus zehn in ein paar Tagen. Nichts tun bedeutet alles zu verlieren, der Konkurs wird spätestens zum Monatsende fällig.«

»Haben Sie eine Bankgarantie dabei?«

Die hatte Anton, ebenso einen Vertragsentwurf. Derlei Kleinkram überdrüssig, schob Malenkow die Unterlagen dem Adjutanten hin. Dies gehörte sich so in Moskau, wo Oligarchen gerne den genialen Napoleonbezwinger Kutusow mimten, der

regelmäßig einschlief, während seine Offiziere detaillierte Lage-
besprechungen abhielten. Überraschenderweise erhob sich nun
Malenkow.

»Kommen Sie mit«, murmelte er. Im Vorraum hielt sich vor
einer mehreren Quadratmeter großen Leinwand mit unzähligen Namensschildchen eine Sekretärin bereit.

»Wo befindet sich dieses Kez-irgendwas?«, fragte Malenkow,
so wie sich Kutusow auf einer Anhöhe bei Borodin erkundigt
haben mochte, ob Murats oder sonst irgendeine Kavallerie
bereits unterwegs zur Rajewski-Schanze war.

»Kazmet«, korrigierte Anton.

Die Sekretärin balancierte auf den Zehenspitzen, bis ein Finger den winzigen Punkt traf.

»Was ist das?«, fragte Anton.

»Eintausendzweihundert Firmen über das einstige Imperium
verstreut.« Der halslose Kopf des Russen wippte bedenklich auf
dem unförmigen Rumpf. »Von Ihrem Laden hatte ich bis gestern noch nie gehört. Ihr Glück, dass wir gerade am Ausmis-
ten sind.«

Anton nickte verständnisvoll, die läppische Kränkung hin-
sichtlich seines unbedeutenden Anliegens übersah er geflissent-
lich. Charaktere wie Malenkow mussten bei jeder Gelegenheit
durchblicken lassen, dass für sie die kleinste Einheit bei hundert
Millionen lag. Es sei denn, man mistete gerade zufällig aus, was
allerdings stets der Fall war.

»Nach dem Evaluieren kommt das Konsolidieren, wie man so
treffend in der Schweiz sagt. Wie sind Sie nur an diesen Kessel
Buntes gekommen?«, fragte Anton. Er trat zwei Schritte zurück,
um die filigrane Topografie ehemaliger Sowjetkombinate auf
sich wirken zu lassen. In welchem Land sich ein Unternehmen
befand, wurde nicht optisch hervorgehoben: eine grenzenlose

Utopie juristischer Personen von Estland bis Turkmenistan, als sei die Sowjetunion nie untergegangen.

»Kessel Buntes trifft es. Ist uns über die Jahre in den Schoß gefallen.«

Ein ungläubiges Schulterzucken ließ sich nicht kontrollieren. Er war in die Schweizer Provinz gekommen, um eine unbedeutende Firma zu kaufen, und fand sich im Dunstkreis des Kremls wieder. Malenkow war entweder der Verweser eines Oligarchen oder, noch schlimmer, diente den neuen KGB-Opritschniks, die seit dem Machtwechsel von Jelzin zu Putin die alte Garde an Magnaten sukzessive ablösten.

»Wird ziemlich lange dauern, bis Sie das alles zu Geld gemacht haben.«

»Mühsal, wohin man schaut.«

»Warum bündeln Sie nicht? Wer ein profitables Kombinat möchte, muss auch zwanzig Gurken mitkaufen. Im Diamantenhandel läuft es so.«

Der Vorschlag war nicht besonders originell, aber Malenkow schien beeindruckt.

»Sie meinen, von einem räudigen Schaf wenigstens ein Büschel Wolle.«

»Exakt, von DeBeers lernen heißt siegen lernen.«

»Du kannst lebenslang vom Staat klauen, was dir gehört, kriegst du nie wieder zurück«, bemühte Malenkow ein weiteres Sprichwort schief.

»Und anschließend haben Sie das nächste Problem: Wie werden Sie diese nicht unbedeutenden Summen reinvestieren?«

»Erinnern Sie mich nicht an das Elend des Kapitalismus. Zurück zum Thema: Legen Sie noch zwei Millionen drauf, und Sie können Ihr Kez-irgendwas haben.«

Anton überlegte, ob sich der Fleischbrocken den Namen wirklich nicht merken konnte oder einen weiteren grobschlächtigen Versuch unternahm, ihn zu demütigen. Er nahm den Koloss nur noch als Russlands Totengräber wahr. Solch einem Prachtexemplar persönlich zu begegnen war faszinierend abstoßend. Anton hätte die Inkarnation von allem, was zwischen Petersburg und Aschgabat schieflief, am liebsten umarmt und dann durch das Fenster auf den manikürten Rasen gestoßen.

Die ganz in Hermès gehüllte Antithese zur offenen Gesellschaft wartete noch immer auf eine Antwort.

»Zwanzig Millionen? Hierfür müsste ich Rücksprache halten«, sagte Anton routiniert.

»Dann sehen wir uns also morgen wieder. Wer steht eigentlich hinter Ihnen?«

»Und wer hinter Ihnen?«

Malenkow stapfte lachend eine kunstvoll verzierte Holztreppe nach oben, wo Anton prachtvolle Privatgemächer vermutete. So alleingelassen, entdeckte er ein in diesen Kreisen unvermeidliches Fabergé-Ei, wobei sich der erlesene Kitsch des Unikats auf der schützenden Vitrine aus Perlmutt und Roségold fortsetzte. Anschwellende Übelkeit trieb ihn ein Zimmer weiter, wo ein herbeigeeilter lokaler Anwalt bereitstand, um die morgige Transaktion mit ihm vorzubereiten. Die Übertragung von Aktien abzuwickeln war sein tägliches Geschäft, der Verzicht auf unnötige Fragen eine Grundvoraussetzung, um die wohldotierte Schnittstellenfunktion zwischen wildem Osten und eidgenössischem Normenkatalog nicht zu gefährden. Sie verabredeten sich für den nächsten Tag, diesmal mit Notar. Anton fuhr zurück nach Zürich, wo Welser-Möst und Wilson die Stadt mit einem *Ring des Nibelungen* beglückten. Vielleicht konnte ihn das auf andere Gedanken bringen.

Nach der Aufführung traf er in der Bar der Kronenhalle einen alten Bekannten, der sich als Banker um das Vermögen wohlhabender Zeitgenossen kümmerte, wie er sich ausdrückte. Um seine Bedeutung zu unterstreichen, folgten Längenangaben der Yachten und Privatjets seiner Kunden, was Anton langweilte. Ihn interessierte etwas anderes.

»Was hat sich seit dem 11. September für euch geändert?«, fragte er nach dem zweiten Scotch.

»Die Amerikaner bauen Druck auf, Gott sei Dank habe ich keine saudischen Klienten.«

»Was ist mit Russen? Seht ihr jetzt genauer hin, woher das Geld kommt?«

»Keine Unterstellungen, mein Herr, wir wissen exakt, mit wem wir in Geschäftsbeziehungen treten.«

Der Banker schien dies ernst zu meinen, Anton ärgerte sich bereits, den Einfaltspinsel getroffen zu haben. Ohnehin war der sportwagenfahrende Triathlet von der hiesigen Goldküste nicht ernst zu nehmen; seine Bank sponserte die Oper, er aber gab die kostbaren Freikarten seiner Putzfrau, die sie umgehend auf dem Schwarzmarkt abstieß, wo sich Anton in seiner Notlage wiederum bedienen musste.

»Schickt ihr die neuerdings weg, wenn sie mit Schrankkoffern voller Dollar auftauchen?«

»Das kann ich dir versichern. Außer es existiert schon ein Vertrauensverhältnis und sie weisen die Mittelherkunft nach.«

»Was ist mit der internen Revision?«

»Ist im Aufbau begriffen.«

Es hatte sich also nach den Anschlägen in New York noch nichts geändert. Mittelherkunft nachzuweisen bedeutete, die Rechnung einer Briefkastenfirma vorzulegen, die einem selbst gehörte. Um die dazugehörigen Frachtdokumente zu fälschen, benötigte ein ausgeschlafener Sachbearbeiter in Russland zwanzig Minuten.

»Dann habt ihr ja alles unter Kontrolle. Was machen jene Frettchen, deren Geld ihr empört ablehnt?«

»Die versuchen es woanders. Mit etwas Glück werden sie bei einer der Privatbanken fündig.«

»Und wenn nicht in Zürich, wo würdest du es versuchen? Genf oder Zug?«

»Besser in einem Kanton, der etwas abseits liegt. Wo man noch den Hut zieht, wenn jemand mit fünfzig Millionen reinspaziert.«

»Ich denke eher an ein paar hundert.«

»Bei solchen Summen bietet sich die Gründung einer eigenen Bank in Liechtenstein an. Dort verhält sich auch die Aufsicht toleranter.«

»Aber sollte der Fürst die Nase rümpfen, welcher Kanton ist günstig?«

»Hmm, also Richtung einer Milliarde fürs Asset Management? In diesen Regionen wirst du so ziemlich überall hofiert. Ich würde einen mittelgroßen wählen, etwas verschlafen, mit Filialen einiger Privatbanken. Ein kleiner Flughafen in der Nähe wäre hilfreich. Ich meine einen, wo Privatjets landen können.«

»Nenne mir schnell einen – der erste, der dir einfällt!«

Unendlich langsam rang er sich zu einem fundierten *Sankt Gallen* durch.


Anton zog es nicht zurück ins Hotel, ziellos streunte er durch die Altstadt, bis er sich zu seiner Verblüffung in der Spiegelgasse wiederfand. Er wäre hier lieber Büchner als Lenin begegnet, aus dessen Konkursmasse er sich in ein paar Stunden bedienen würde. Angetrunken setzte er sich auf einen Treppenabsatz.

Büchner starb da drüben im Haus Nummer 12, achtzig Jahre bevor Lenin aus Haus Nummer 14 nach Petersburg aufbrach. Nun, achtzig Jahre später, verscherbelten dessen Nachlassverwalter, was von dem merkwürdigen Experiment übrig blieb.

Ein Fuchs kam die Gasse entlanggeschlichen, als er Anton gewahr wurde, blieb er stehen.

»Wäre nur Lenin und nicht Büchner mit 23 Jahren gestorben.«

Der Fuchs schlich unbeeindruckt weiter.

Die Überführung ehemaligen Volksvermögens in die globalen Geldströme gestaltete sich am kommenden Tag zunächst unübersichtlich. Zu Antons Entsetzen saß plötzlich der Belutsch mit am Tisch, der Verweser in Kreml-Diensten hatte ihn nach dem gestrigen Treffen einfliegen lassen. Offenbar sträubte sich der Neuankömmling, von seiner Position als Generaldirektor zurückzutreten. Anton war ihm nicht geheuer, wieder und wieder fragte er ihn nach seinen Hintermännern. Trotzig stemmte er sich gegen das Unvermeidliche, stellte sich abwechselnd als Opfer einer Verschwörung dar oder bedrohte die Anwesenden sonderbar verklausuliert mit Racheakten, anstatt mit einem kühnen Gegengebot zu kontern. Offenbar kam der einfältige Tropf nicht auf die Idee, einen Teil des geraubten Geldes herauszurücken, um so sein Blatt zu wenden.

»Nichts unterschreibe ich!«

Malenkow und sein Adjutant sahen hierauf Anton an, der sich für die Rolle des unbeteiligten Zaungasts entschied.

»Sie verstehen, meine Herren, die Transaktion kann nur freigegeben werden, nachdem die jetzige Geschäftsführung zurückgetreten ist. Wir haben Zeit, New York öffnet erst in einer Stunde.«

Der Belutsch rief in Richtung Malenkow, die ganze Aktion

sei illegal, man solle sich mit mehr Anwälten in einem Monat wieder treffen, diesmal in Almaty.

Daraufhin grunzte Malenkow unwillig, verwundert darüber, dass ein Leibeigener wagte, ihn anzubetteln.

»Hör auf zu zittern und mach, was man dir sagt. Oder glaubst du, ich werde wegen zwanzig Millionen den halben Tag verschwenden?« Sein mitfühlendes Timbre verriet die letzte wohlwollende Aufforderung, endlich einzulenken, um überflüssige Züchtigung im Interesse aller zu vermeiden.

Der störrische Belutsch, er zitterte tatsächlich, verschränkte hierauf seine Arme.

»Ratte. Ich sage nur gie-ri-ge Ratte. Hast in fünf Jahren keine Kopeke Gewinn abgeführt. Sollst dich was schämen«, sagte Malenkow väterlich.

Anstatt einzulenken, forderte der Belutsch nun frech eine außerordentliche Aktionärsversammlung in ein paar Wochen in Almaty. Naturgemäß würde er diese Frist nutzen, das Unternehmen endgültig zu plündern. Dummdreist und daher brandgefährlich, dachte Anton alarmiert.

»Denken Sie im Ernst, wir lassen uns auf diese Farce in einem der korruptesten Länder der Welt ein?«, sagte er, um das Thema abzuwürgen, was die zwei Russen durch zustimmendes Kopfnicken bestätigten. Anwalt und Notar verstanden zwar nichts, nickten aber ebenfalls.

»Ich verlange zuerst eine Einigung über die Abfindung«, lenkte der Belutsch schließlich halbherzig ein.

Malenkow grunzte abermals, es wurde wohl langsam Zeit für seinen Mittagsschlaf. Anton betrachtete Anwalt und Notar, die seit einer Stunde kein Wort verstanden, sich aber auch nichts übersetzen ließen, obwohl eine Dolmetscherin bereitstand. Malenkow forderte bis auf den Belutsch und seinen Adjutanten alle auf, das Konferenzzimmer zu verlassen. Kaum schloss sich die Flügeltür wieder, brach hinter ihr ein infernalischer Lärm aus.

In einem Nebenraum mit Blick auf die Stadt wurden Erfrischungen gereicht, Anwalt und Notar erwähnten Anton gegenüber etwas von *andere Länder – andere Sitten*.

»Befinden wir uns nicht im Zentrum der Ostschweiz?«, fragte der Deutsche.

Die beiden ignorierten die Einlassung, lenkten die Unterhaltung stattdessen auf die Sankt Galler Kathedrale und die Stiftsbibliothek.

»Da liegt eine Handschrift des Nibelungenlieds«, murmelte Anton nachdenklich und nahm sich fest vor, die Schweiz nicht auf Geldwäsche und die Verschleierung von Raubgut zu reduzieren.

»Wenn Wagner gegeben wird, fahre ich regelmäßig mit meiner Frau nach Zürich«, rief der Anwalt, um das Gebrüll aus dem Konferenzzimmer zu übertönen.

»Obwohl dies hier keine feindliche Übernahme ist, klingt es so«, sagte Anton zunehmend verstört.

»Ich schätze, die Herren verhandeln über die Abfindung für geleistete Dienste«, sagte der Notar gelassen. Ein harter Gegenstand schlug gegen die Tür.

»Was für ein Donner! Wie beim *Fliegenden Holländer*, würde meine Frau sagen.« Der Anwalt wirkte aufgekratzt.

»Haben Sie in Zürich mal Simon Estes gehört?«, fragte ihn Anton.

»O ja, haben wir mehrmals. Der ist ja mit einer Schweizerin verheiratet ...« Wegen des Lärms nebenan verstummte er für einen Moment und fuhr dann fort: »Wo war ich? Also, der Simon Estes ist ja von Haus aus Kinderarzt. Und dann kommt er hierher und singt so famos! Und heiratet auch noch eine unserer Bankierstöchter und hat drei Kinder mit ihr. Und das alles als Neger.«

»Bariton«, korrigierte Anton.

»Genau, ein Bariton ist er. Schwarzen Gesangskünstlern gefällt es ja offenbar gut bei uns – Tina Turner eingeschlossen.«

»Bankierstochter? Welche Bank?«, erkundigte sich der Notar.

Eine Sekretärin brachte Kaffee und braunes Gebäck mit dem Aufdruck eines Bären. Nebenan schwoll der Lärmpegel wieder an.

»Bank Baer. Das lob ich mir: Sankt Galler Biber, und zwar von der besten Confiserie der Stadt!« Der Anwalt deutete auf die Lebkuchen mit weißer Mandelfüllung.

»Sehr beliebt bei unseren russischen Neubürgern«, schob der Notar ein. Die Geräuschkulisse ebbte ab, zwei Männer vom Wachpersonal eilten über den Flur.

»Die Biber?«, fragte Anton.

»Das diskrete Bankhaus. Eine erste Adresse bei Russen, die belieben ihre Biber – ääh Beute – sicherzustellen.«

»Die sind auch im Kultursponsoring aktiv«, sagte der Anwalt, offenbar bemüht, derart garstige Begriffe umgehend zu neutralisieren.

»Kunst und Kommerz schließen sich bei uns nicht aus«, präzisierte der Notar für Anton und führte als Beispiel langatmig die gelungene Restaurierung der Bauernstube eines Heimatmuseums an, deren Kosten Russen jüngst großzügig, öffentlichkeitswirksam und steueroptimiert übernommen hatten.

Die Geräusche aus dem Konferenzzimmer ließen sich weiterhin schwer deuten, Wiederbelebungsversuche oder Verbrüderungsszenen waren denkbar. Man bat sie wieder herein.

Der Belutsch saß reglos am Tischende. Malenkow war verschwunden, statt seiner stellte sich ein gepflegter Perser mit feinen Zügen und grau meliertem Schopf in Public-School-Englisch vor, was Anton aus seiner Bauernstubenlethargie holte. Leider ließ der Antipode von Malenkow keine Nachfragen zu, so blieb ungeklärt, warum er seinen Auftritt erst im letzten Akt des Kammerspiels hatte.

»Let's begin!« Auf ein Zeichen des Überraschungsgasts hin unterzeichneten dieser, Anton und der Belutsch etliche Dokumente, welche ihnen der Notar zügig zuschob. Die Übersetzerin dolmetschte im Flüsterton vor sich hin, was niemand zur Kenntnis nahm, worauf der Notar aber bestand. Anton bat die Sekretärin, einige der Schriftstücke zur Kontrolle nach Almaty zu faxen. Zwanzig Minuten später rief Boris an, einer Übertragung der Aktien stünde nichts im Weg, sobald die Originale eintrafen.

»Darf ich nun um die Überweisung bitten«, sagte der Perser mit fester Stimme, nachdem er die Originale an sich genommen hatte. Anton gab die Zahlung telefonisch frei, die Bestätigung der Liechtensteiner Bank traf eine halbe Stunde später ein. Hastig verabschiedete man sich, jeder schob eine andere Begründung vor, warum ein gemeinsames Dinner heute unmöglich sei. Der Belutsch trottete Anton auf dem Weg zum Parkplatz hinterher.

»Soll ich Sie nach Zürich mitnehmen?«, fragte Anton.

»Nein, Feind! Ich nehme ein Taxi.«

»Kopf hoch, dies war keine feindliche Übernahme. Aber wie Sie wollen, beim Empfang wird man Ihnen eines rufen.«

Anton setzte sich in den Wagen, um ungestört mit Boris zu telefonieren, da tauchte der Belutsch wieder auf.

»Die lassen mich nicht mehr ins Gebäude.«

»Dann bleibt Ihnen der Zug, oder Sie fahren doch mit mir zum Flughafen.«

Statt zu antworten, spuckte der Belutsch vor seine handgenähten Stiefeletten mit abstrus hohen Absätzen, packte seinen niedlichen Louis-Vuitton-Trolley und stieg mit einer Zigarette in der zittrigen Hand hinten ein.

»Das ist ein Leihwagen, Sie können hier nicht rauchen«, protestierte Anton. »Und schnallen Sie sich an!«

Statt zu antworten, zog sein Fahrgast heimlich eingesteckte Biber aus dem Jackett, die er sogleich schmatzend auf der Mitte der Rückbank zu vertilgen begann.

Nach einer Viertelstunde Schweigen rief Boris an, Anton meldete sich auf Englisch.

»Sprichst du im Ausland kein Russisch?«

»Der Belutsch sitzt mit im Wagen«, flüsterte Anton.

»Bist du völlig wahnsinnig? Setze ihn sofort aus.«

»Wir sind auf der Autobahn.«

»Und die Originaldokumente?«

»In meiner Aktentasche, warum?« Er sah sich panisch um. Anstelle der Biber stopfte sich der ehemalige Generaldirektor jetzt ein Blatt Papier in den Mund. Anton zog für eine Vollbremsung auf den Seitenstreifen, woraufhin ihm der Oberkörper des Belutschen zwischen den vorderen Sitzen entgegenkam. Anton sprintete um den Wagen und zerrte den Verkeilten an den Absätzen heraus. Der geschasste Generaldirektor rappelte sich hurtig auf, würgte am Papier, strich den Anzug zurecht und nahm forsch die Ausgangsposition eines Boxers ein. Anton schubste ihn rückwärts über die Leitplanke, warf den Trolley hinterher und fuhr weiter.

Boris harrte noch immer am Telefon aus.

»Er hat mindestens ein Dokument gefressen.«

»Welches?«

Anton leerte den Inhalt der Aktentasche auf den Beifahrersitz.

»Entwarnung, es war die Hotelrechnung. Aber er hat meinen Füller geklaut.«

»Was passiert in der Schweiz mit einem streunenden Belutsch?«

»Die Polizei wird ihn auflesen und außer Landes schaffen. In ein paar Tagen ist er zurück in Almaty.«

»Wir sehen uns morgen früh am Flughafen.«

Boris ließ Anton allein in der herbstlichen Landschaft entlang der perfekten Autobahn zurück. Auf schambesetztes Unbehagen über seine Rolle in der bizarren Komödie folgte Dankbarkeit für die raren Einblicke in die Welt der Barbaren. Der Abstecher in den abgelegenen Biotop der Liquidationsgewinnler erschien ihm bereits eine Sozialstudie über die Banalität von Akteuren, deren Dilettantismus die Volkswirtschaften des Ostens prägten. Den Status als Räuber unter Räubern wies Anton trotz gelegentlich aufflammender Zweifel jedoch von sich. Er sah sich eher als schlichten Fährmann, der durch Geldströme anonymen Kapitals navigierte, distanziert und ohne störende Identifikation mit der Sache. Für gewöhnlich verzieh er sich alles, solange ihm die Lächerlichkeit seines merkwürdigen Lebens bewusst blieb.

Den Wagen gab er im Parkhaus am Flughafen zurück, der Mann von der Leihwagenfirma monierte verschmierte Biberreste auf der Rückbank, um prompt eine Sonderreinigung zu einem exorbitanten Preis anzuordnen.

»Höhere Gewalt, das war ein Belutsch.«

»Sie müssen sich vorher überlegen, was Sie im Fahrzeug befördern.«

»Ich hatte Mitleid. Das können Sie doch nicht mit 500 Franken sanktionieren.«

»Die Vorschriften. Meinen Sie etwa, das macht mir Spaß?«

»Ja, das meine ich. Aber ich gönne Ihnen das Erfolgserlebnis, da es Ihre irrelevante Existenz kurz aufhellen wird.«

Er ließ den Mann stehen, konnte bereits im Aufzug nicht fassen, was er getan hatte, fuhr wieder hoch und entschuldigte sich.

»Passiert dauernd. Kein Problem!«, sagte der Mann lächelnd. Verständnisvolle Milde war die Höchststrafe.

»So etwas darf nicht passieren. Ich würde mich besser fühlen, wenn Sie das akzeptieren.« Er hielt ihm ein paar Geldscheine hin, inbrünstig hoffend, dass der Mann sie annahm.

»Ich mich auch.« Er schob die Franken in die Hosentasche und lächelte wieder, diesmal überlegen. »Ha, das passiert *nicht* dauernd. Ich muss weiterarbeiten.«

Er ließ ihn stehen, eine Spiegelung der vorherigen Situation. Zurück im Aufzug bemerkte Anton zwei Wutttränen. Er hätte gerne mit der Videokamera getauscht, die ihn souverän von der Kabinendecke betrachtete. In ihr steckte mehr Schopenhauer als in ihm.

Durch die Gebäudebrücke, die zum Terminal führte, hallte wie immer eine Panflöte. Der Musikant war ein Virtuose, die Akustik in dem Durchgang übergriffig, aber das archaische Instrument erinnerte ihn unverhofft an Böcklin. Er stockte, überlegte kurz, mit dem Zug nach Basel weiterzufahren, um sich dort dessen Bilder anzusehen. Böcklin-Sehnsucht hatte ihn schon lange nicht mehr gepackt: Rückzugsgebiete der Seele, um die vergangenen sechsunddreißig Stunden zu kompensieren. So wie der Nordteil des Englischen Gartens auf dem Fahrrad im Sommerregen. Oder ein nächtlicher Espresso im Stehen zwischen übermüdeten Fernfahrern an der Autostrada zwei Stunden vor Rom, die der Callas-*Tosca* von 1953 gehören würden.

»Sie verlassen uns schon wieder?«

Anton fragte sich, ob der vorlaute Bildschirm des Zöllners derlei Bewegungen vor dem 11. September auch registriert hatte.

»Leider ja.« Er nahm den Pass, verdrängte endgültig die Böcklins und verkroch sich in der Lounge, wo er allerdings auf den ersten flüchtigen Blick drei Gesichter wiedererkannte. Weltweit beträgt die durchschnittliche Kette, die zwei Menschen verbindet, 6,6 Personen. In einer Senator Lounge lag sie bei zwei. Hinter einer schützenden Zeitung stellte er sich wieder dem begangenen Frevel. Die Tausend-Firmen-Leinwand huschte noch einmal neben all den seriositätsstiftenden Aiwasowskis und Schischkins an den brokatbespannten Wänden der Räuberhöhle vorbei. Dreist in helvetische Gefilde verpflanzte Moskauer Herrlichkeit und Abgründe, wo lediglich derbe Prjaniki durch redliche Biber ersetzt wurden. Der gelungene Export östlicher Schurkenbräuche, dieses Amalgam von skrupellosen Oligarchen und verkommenen Bürokraten, das in Russland die Grenze zwischen Staat und organisiertem Verbrechen aufhob. Für Anton, der wie die meisten Deutschen in der direkten Demokratie der Eidgenossenschaft das wundervoll unerreichbare Vorbild für den Rest der Welt sah, glich die Enklave aus postsowjetischem Protz, Kitsch, Anmaßung und Verlogenheit dem Furunkel in einem geliebten Gesicht. Er war sich nicht mehr sicher, wer zehn Jahre nach der Zeitenwende wen mehr verändert hatte: der Westen den Osten oder der Osten den Westen. Oder ob, abgesehen von stilistischen Feinheiten, seit den Medici und Fugger alles beim Alten geblieben war. Vielleicht bestand der einzige Unterschied darin, dass die einen Raffael und Dürer, die anderen Repin, und wieder andere Mondrian den Vorzug gaben.

# V

## UNFREUNDLICHE ÜBERNAHME

»Anything to declare?«

»Never go to Saint Gall!«

Statt zu antworten, warf der Zöllner einen gelangweilten Blick in die Aktentasche. Draußen umarmte ihn Boris länger als üblich.

»Da drüben steht ein Kaffeeautomat. Ich habe während dem Flug kein Auge zugetan und muss jetzt unbedingt etwas loswerden«, sagte Anton.

»Der ist defekt. Was gibt es?«

»Um es kurz zu machen: Wir werden die Leute bei Kazmet von Anfang an fair behandeln.«

»Die Wölfe in Sankt Gallen haben dir ja übel zugesetzt! Wir besprechen das ein andermal. Jetzt drängt die Zeit, alle warten auf uns.«

Anton nickte, es war der falsche Moment, Boris mit seinen ungefilterten Überlegungen zu irritieren. Malenkow und seine Spießgesellen verfolgten ihn, aber ob die unausgegorenen Vorsätze auf schlichter Selbstachtung oder gar moralischen Bedenken beruhten war ihm nicht ganz klar. Auf jeden Fall war das Gefühl, besudelt worden zu sein, real genug, um in ihm einen trotzigen Oppositionssetzling sprießen zu lassen. Zerstreut reichte er Boris beim Verlassen der Halle eine Duty-

106

free-Tasche mit Scotch und einer Krawatte. Dieser bedankte sich flüchtig und versuchte gar nicht erst, seine Nervosität zu verbergen. Der Deutsche war mit reicher Beute aus fernen Ländern zurückgekehrt, jetzt lag es an ihm, den Feldzug siegreich zu beenden.

Auf dem Parkplatz hielt sich ein Notar bereit. Anton präsentierte die Dokumente, die Boris andächtig nebeneinander auf dem Kofferraum aufreihte. Schmucke Trophäen, die, mehrfarbig vollgestempelt und mit zierlichen bunten Schnüren geheftet, Autorität ausstrahlten. Erstaunt inspizierte der Russe purpurnen Siegellack, verspielte Wasserzeichen und wuchtig ins Büttenpapier gestanzte Kantonswappen.

»Potz Blitz, die Schweizer fertigen ordentliche Dokumente aus!«

»Legitimation durch Verfahren«, stimmte Anton zu.

Der Notar reicherte die Originale nun seinerseits mit beglaubigten Übersetzungen und mehr Stempeln an. Damit Boris nicht noch nervöser wurde, setzte sich Anton in den Wagen. Leise sagte er das bewährte Mantra auf. Dass es auch diesmal nur um Geld gehe, grundsätzlich nichts wichtig sei und für den schlimmsten Fall all die ungelesenen Bücher in einer gepflegten Pension am Mittelmeer auf ihn warteten. Da er dies im Alter ohnehin vorhatte, würde dieser Zustand lediglich rascher eintreten, sollten seine kommerziellen Eskapaden vorzeitig zum Erliegen kommen. Scheitern würde er auf jeden Fall früher oder später, gleich jetzt wäre nicht weiter tragisch. Um die idyllische Ruhestandsperspektive nicht einzutrüben, galt es an dieser Stelle, mantra-untaugliche Details wie die Möglichkeit eines längeren Gefängnisaufenthalts auszublenden. Er stemmte seine geballte Verdrängungsenergie gegen die Kerkervariante, der fürchterlichsten aller Visionen, in der er sich nach verbüßter Strafe stets allein auf einer Piazza einen Espresso schlurfen sah. Trotzdem behagte ihm der Gedanke an das bücherlastige Schicksal im Süden als Folge eines beruflichen GAUs bereits enorm. Derart ruhiggestellt, beobachtete er im Rückspiegel den wild gestikulierenden Boris, der im Gegensatz zu ihm wohl keinen Plan B hatte. Um sich die Füße zu vertreten, stieg er wieder aus. Obwohl in den üblichen Dunst gehüllt, erschienen ihm Berge und Gebäude kontrastreicher als in der Schweiz, wo meist über allem ein lieblicher Weichzeichner lag. Der kalte helle Herbstmorgen auf dem Parkplatz hatte nichts Trügerisches. In der Schweiz wirkten hundert Jahre alte Gebäude neu, hier sahen sie nach einem Jahrzehnt so verschlissen aus, wie sie waren. Das galt selbst für die Menschen, grob schätzte er ein Schweizer Jahr auf anderthalb zentralasiatische, da holte ihn Boris' hektisches Winken aus der Melancholie. Kaum waren sie unterwegs, blickte dieser unablässig in den Rückspiegel.

»Folgt uns jemand?«, fragte Anton.

»Ich hoffe nicht. Um die Übernahme zu verhindern, reicht es, uns die Originale abzunehmen.«

»Entspann dich, es ist nur ein gewöhnlicher Verwaltungsakt.«

»Pah, vielleicht da, wo du herkommst.«

Damit die Wirkung des Mantras nicht allzu schnell verblasste, kramte Anton im Handschuhfach nach einer CD mit Beethoven-Sonaten für Klavier und Cello. Zu seiner Überraschung stieß er auf ein Kinderfoto, daneben lag eine winzige Ikone. Behutsam legte er beides zurück. Boris hatte nichts mitbekommen, er schilderte gerade, wer bei Gericht jetzt gleich die Apostillen ausstellen würde und was sie im Anschluss in der Behörde erwartete, die das Aktienregister führte. Allmählich wurde Anton klar, wie professionell sein Partner die Bewäl-

tigung des administrativen Wirrwarrs durchorganisiert hatte.
Boris' lebenslange Erfahrung, korrupten wie dreisten Beamten willkürlich ausgeliefert zu sein, hatte ihn einen akribischen Plan ausfeilen lassen, der alle denkbaren Widerstände seitens der Obrigkeitsvertreter berücksichtigte. Er hatte sogar einen Experten verpflichtet, der auf die Deeskalation von Konflikten durch Behördenwahn spezialisiert war. Ein agiler Puffer zwischen den Parteien, der gleichzeitig als Clearingstelle für Bestechungsgelder fungierte. Laut Boris eilte Jermolaj Alexejewitsch sein legendärer Ruf als Beamtenflüsterer voraus: Er verstand sie, und sie verstanden ihn. Ein selbstmörderisches Überholmanöver später versicherte Boris, die Koryphäe arbeite auf Erfolgsbasis und sei so zu Reichtum gekommen. Anton kritisierte halbherzig den mit der grundehrlichen Registrierung verbundenen Bestechungsvorgang, worauf der fassungslose Boris ihn wie einen Evolutionsleugner anstarrte.

In einem japanischen Fahrzeug, genauso unauffällig effizient wie er selbst, wartete Jermolaj Alexejewitsch vor dem Ministerium auf sie. Während des Treffens mit den Behördenvertretern, die zunächst gewohnt saturiert alles zu ignorieren schienen, sich dann aber von den behutsamen Kommentaren des Beamtenflüsterers durch den Verwaltungsakt lotsen ließen, kapierte Anton wenig und schwieg ansonsten. Wie immer, wenn es jemand wagte, sie mit einer Routinearbeit zu belästigen, reagierten die Verantwortlichen ungehalten. Einer von ihnen brummte alle zehn Minuten abwechselnd »schwierig« oder »unmöglich«, um dann wieder einzunicken. Sein Kollege wandte sich derweilen zum Zeitvertreib mit Entlehnungen aus dem Deutschen an Anton. Schtempel, schlagbaum, zejtnot, schtraf, wachta, knorpelwerk, poltergeist, lager, schpion, risenschnauzer, tripper. Zu seiner Überraschung präsentierte ihm Jermolaj Alexejewitsch nach anderthalb Stunden den frischen Registerauszug; der neue Eigentümer von Kazmet residierte in einem Briefkasten unter Palmen. Die Dumpfbacke von vorhin verabschiedete Anton mit einem herzlichen: »Gitler – alles kaputt. Nicht schießen – deutscher Soldat!« Die Dummheit stand ihm dabei arglos ins Gesicht geschrieben, und Anton verzieh derart authentischen Exemplaren alles. Fasziniert betrachtete er ein höhnisches Staatsdienergesicht, dem er so oft bei Gogol, Herzen und Dostojewski in den grauenhaften Kanzleien der öffentlichen Verwaltung des 19. Jahrhunderts begegnet war.

»Danke, das lief ja reibungslos«, sagte Anton zu dem Flüsterer beim Verlassen des Gebäudes.

»Ihre Dokumente waren in Ordnung, weshalb ich den inoffiziellen Teil auf zwölftausend Dollar runterhandeln konnte«, antwortete dieser aufgeräumt.

»Für eine Selbstverständlichkeit?«, fragte Anton.

»Das ist der Basistarif, damit die einen Ausländer überhaupt vorlassen. Beim geringfügigsten Fehler in den Dokumenten hätten Sie mit einer Null mehr rechnen müssen.«

»Was passiert, wenn jemand noch eine Null mehr drauflegt, verbunden mit der Bitte, die Aktien auf ihn zu übertragen?«

»So etwas wird dauernd versucht, lässt sich mit meiner Hilfe aber meist abwehren.«

»Meist?«

»Sollte der Dieb von oben gedeckt werden, haben Sie keine Chance.«

»Oben?«

»Astana.«

Gegen eine Servicegebühr versprach der Flüsterer, den Registereintrag regelmäßig zu kontrollieren. Er eilte davon, seine Dienste wurden in einer anderen Behörde dringend benötigt. Auf der Fahrt ins Büro lamentierte Anton laut über das Phänomen, immer nur vorläufiger Eigentümer von etwas zu sein. Boris lachte, für jene, die hier aufgewachsen waren, bedeutete dies der Normalfall.

»Entspann dich und denke dabei an *Krieg und Frieden*«, sagte er einfühlsam.

Missmutig verzog Anton das Gesicht. Er hatte sich bei Boris nicht nach dem Sinn des Lebens erkundigt, der laut Tolstoi darin liegt, es zu leben. Oder doch?

»Wirf mir nicht kommentarlos solch einen Brocken hin.«

»Der Titel! Du verstehst, Krieg-Frieden-Krieg et cetera. Frieden ist immer nur die Zeitspanne zwischen zwei Kriegen. Das ist exakt unsere Situation: Dir gehört etwas nur so lange, bis es dir jemand wegnimmt. Akzeptiere das als Tatsache, dann geht es dir gleich besser.«

»Du bist da im Vorteil, mir macht diese Gratwanderung etwas zu schaffen.« Boris' Widersprüche faszinierten ihn: Von einem Augenblick zum nächsten war ein feinsinniger Gedanke zu Belinski ebenso möglich wie bizarrer Chauvinismus.

»Warum lachst du?«, fragte Boris.

»Nur so. In der Schweiz herrscht seit 150 Jahren Frieden. Ich bin froh, wieder hier zu sein.«

Er boxte Boris gegen den Oberarm, was dieser grinsend hinnahm. Ständig damit zu rechnen, alles zu verlieren, erschien gar nicht so übel. Wenigstens solange man Verbündete wie Boris und den Flüsterer hatte. Die wohlige Verlässlichkeit stabiler Verhältnisse war etwas für Bausparer, vor deren Mentalität er hierhergeflüchtet war. Wäre Boris im Westen aufgewachsen, hätte er ebenfalls ein paar Bausparverträge und würde Chinesen respektvoll behandeln. Und sich vermutlich tödlich langweilen.

Kurz darauf hielten sie Kriegsrat im Büro, das weiterhin so provisorisch wirkte wie ihr Konzept, von hier aus einen Stahlkonzern zu schmieden. Die Möglichkeiten einer optischen Aufwertung war in den vergangenen Wochen ein beliebtes Gesprächsthema gewesen. Jeder hatte seine eigene Vorstellung, welche Bilder an die nackten Wände gehörten: Boris tendierte zu Jazz-Größen in Farbe, Anton zu der Göttlichen in Schwarz-Weiß und Anara zu etwas *Positiv-Fortschrittlichem*, ohne dies näher zu erläutern. Sie hatten sich schließlich auf Gemälde junger kasachischer Künstler geeinigt und waren gemeinsam durch Galerien geschlendert, hatten sich aber auf kein einziges Werk einigen können.

»Boris, großes Kompliment! Du hast die Transaktion perfekt organisiert.« Anton musterte abwechselnd hoffnungsvoll und ratlos den Registerauszug.

»Danke, aber das war der einfachere Teil. Jetzt heißt es, die Zentrale in Beschlag nehmen«, wehrte Boris ab.

Anara rief etwas Unverständliches aus der Küche, wo sie mit der Espressomaschine hantierte. Die beiden Männer warteten, bis sie mit einem Tablett voller selbst gemachter Baursaki, einem gezuckerten Gebäck aus Hefesauerteig, zurückkam.

»Auf keinen Fall werden die uns da freiwillig reinlassen. Ich habe den Anwalt angerufen, aber der weigert sich mitzukommen«, wiederholte Anara, während sie ein Mitbringsel von Anton auspackte.

»Feigling. Was haltet ihr von einer richterlichen Anordnung, damit wir dort mit der Polizei aufkreuzen?«, schlug Anton vor.

»Bei Parfums gehst du wohl auf Nummer sicher«, sagte Anara spitz.

»Mir hat er eine Krawatte mit Blümchen mitgebracht.«

»Noch ein Wort, und ich tapeziere eigenhändig das gesamte Büro mit der Callas.«

»Das mit der richterlichen Anordnung dauert zehn Tage, uns bleibt ein halber, bis der Belutsch mit seiner Kavallerie auftaucht«, sagte Boris.

Anton wählte Alishas Nummer, die ihn nach zwei Sätzen unterbrach. »Wie viele Wächter haben die dort?«

»Vier oder fünf, keine Ahnung.«

»Am besten wären ein paar Polizisten, die gerade nicht im Dienst sind. Ihr seid nicht die Ersten, die so vorgehen. Wird aber nicht billig, die Jungs riskieren einiges.«

»Und bitte einen furchtlosen Anwalt«, bettelte Anton.

»Männlich-furchtlos? Gibt es hier nicht. Ich glaube, meine Freundin Mira ist in der Stadt, die wäre die Richtige.«

»Wir haben wenig Zeit, schaffst du das alles in einer Stunde?«

»Ich versuche es. Bleibt im Büro, bis die Combo auftaucht.«


Die stämmige Kasachin sah sich skeptisch um, ihre Miene verriet, dass das bilderlose Minikollektiv unter Generalverdacht stand.

»Mira. Zivil- und Strafrecht. Alisha erwähnte, dass die Zeit drängt.«

Zögerlich reichte ihr Anton die Hand.

»Setzen Sie sich wieder, ich habe Fragen.«

Ohne Umschweife startete sie das Verhör. Obwohl ihm die Hälfte ihrer Fragen irrelevant schienen, beantwortete er sie beflissen. Manchmal unterbrach sie ihn schroff, um auf der Suche nach Widersprüchen nachzuhaken. Anton versuchte, sich von der in schlabbrigen Textilien verhüllten und ungeschminkten Frau nicht provozieren zu lassen. Außerdem imponierte ihm, wie schnell sie ihn in einer misslich defensiven Position festgezurrt hatte.

»So weit, so schlecht. Zeigt mir jetzt alle relevanten Dokumente.«

Sie telefonierte zweimal, stellte mehrere Fragen und kritzelte Notizen in ein zerfleddertes Filofax. Das Ganze zog sich hin, endlich stopfte sie den von Anara zusammengestellten Stapel an Kopien in etwas Sackartiges. Gespannt warteten die drei auf eine Reaktion. Mira zündete sich die nächste Zigarette an.

»Und?«, fragte Boris.

»Was und? Formal scheint alles in Ordnung zu sein.«

»Wie wäre es mit einer Mandantenvereinbarung?«, fragte Anton, der ihr das Verhör nun doch ein wenig übel nahm.

»Für dieses Himmelfahrtskommando? Let's keep it simple: Alisha schulde ich einen Gefallen, und die garantiert auch für die Bezahlung.«

»Dann fahren wir jetzt alle dorthin, um Fakten zu schaffen?«, sagte Boris.

»Wir sollten erst klären, wo sich das Siegel befindet. Können Sie den abgesetzten Generaldirektor nicht zur Kooperation überreden?«, wollte Mira von Anton wissen.

Der war schon wieder in der Defensive. »Ääh, nein. Definitiv nicht. Er gilt als im Ausland verschollen. Was hat es mit dem Siegel auf sich?«

»Waren Sie etwa der Letzte, der ihn lebend gesehen hat?«

»Putzlebendig«, bestätigte Anton.

»Sind Sie sicher, dass wir es hier mit einer freundlichen Übernahme zu tun haben?«

»Freundlich, während den Verhandlungen wurden sogar Biber gereicht.«

»Selten so etwas Widerliches gehört, das wird sich in meiner Rechnung niederschlagen.«

Anton konnte sich Mira gut als Tierschutzaktivistin vorstellen, entschied sich aus Zeitgründen aber gegen weitere Details.

»Sie waren eben dabei, uns über das Siegel aufzuklären«, sagte Anara und schob ihr den Teller mit Baursaki hin.

»Hmm, hausgemacht! Das Siegel ist eine Art Stempel von entscheidender Bedeutung. Es gibt für jede Firma nur eines. Wer es hat, kann bindende Verträge abschließen, also Eigentum übertragen.«

Anton lachte nervös auf: »Herrschaftsinsignien aus Skythen-Gold?«

Die Anwältin zuckte mit den Schultern.

»O Gott, hoffentlich hat der Belutsch das Siegel nicht bei sich«, stöhnte Boris.

»Ist es mit ihm verschollen?«, fragte Mira mit vollem Mund.

»Denke eher nicht. Als der in die Schweiz flog, ahnte er nichts von seinem Schicksal«, sagte Anton.

»Dann liegt es sicher im Safe der Zentrale. Den zu öffnen wird unser erster Job sein«, sagte Anara. Sie schien ein Faible für Geldschränke zu haben, neben ihrem Schreibtisch stand bereits am Tag nach ihrer Einstellung auch einer. Die Anwältin lächelte ihr zu, verschlang die restlichen Baursaki und schritt schon wieder rauchend zum Fenster.

»Dafür müssen wir erst mal reinkommen! Auf geht's, Alishas Jungs sind eingetroffen.« Sie drückte die Zigarette hastig aus, Anara zwinkerte sie dabei zu.

Auf dem Parkplatz informierte Mira die sechs Uniformierten in zackiger Amtssprache zur diffizilen Operation, was beruhigend legitim nach Vollstreckung eines hoheitlichen Akts klang. Die

Männer nickten ihr kollegial zu, keiner war älter als drahtige dreißig Jahre alt. Anton fragte sich, wo Alisha die aufgetrieben hatte, gewöhnliche Polizisten sahen anders aus. Mit routiniert konzentrierten Mienen zwängten sie sich in einen olivgrünen UAZ, jenen putzigen sowjetischen Kleinbus, der niemandem auffallen würde. Die vier folgten ihnen in Antons Wagen bis vor den Eingang von Kazmet. Zu ihrer Überraschung ließ sich vor dem Gebäude kein Wächter blicken.

»Typisch, der Belutsch ist im Ausland, da nehmen die ihren Job nicht so ernst«, sagte Boris. Mira stieg als Erste aus. Ohne den Eingang aus den Augen zu lassen, klopfte sie zweimal gegen den UAZ. Die Männer sprangen heraus, rasch folgten Anton, Anara und Boris dem Pulk, der Mira jetzt einrahmte. Sie holten die Anwältin in der Eingangshalle ein, wo die übertölpelte Wachmannschaft sich gerade hastig formierte. Mira konfrontierte sie mit einem Ausweis auf Augenhöhe, der sofort wieder zuklappte.

»Ich vertrete die neuen Eigentümer. Führen Sie uns ins Zimmer des Generaldirektors.«

»Halt's Maul, du größenwahnsinnige Schlampe!«, brüllte der Dienstälteste. Die Polizisten schienen ihn nicht zu beeindrucken. Verächtlich musterte er die anderen Zivilisten, da klatschte Miras flache Hand gegen seine Wange. Er hob schwerfällig die Faust, zögerte, Verblüffung löste Empörung ab, worauf sich die Hand dann doch für die Pistole entschied. Mira sprang zur Seite, die Uniformierten schnellten nach vorne, übelste Flüche wurden von einem Schuss überstimmt. Eine Minute später lagen die fünf Wächter in Handschellen nebeneinander. Ein Polizist erkundigte sich sachlich, ob jemand verletzt worden sei.

»Den hier hat's am Arm erwischt«, rief sein Kollege. Er zeigte auf den Dienstältesten.

»Meine erste unfreundliche Übernahme«, flüsterte Anara in Antons Ohr.

Verwirrte Mitarbeiter von Kazmet trauten sich zögerlich in die Eingangshalle vor, der Anwältin erklärten sie, wo das Büro des Belutsch lag. Mira schnaufte bereits hinter einem Polizisten die Treppen hoch. Kurz darauf standen alle wieder versammelt vor einem in der Wand eingelassenen Safe.

»Ein edles Teil – verdammt hohe Brandschutzklasse«, murmelte Anara.

»Wo ist seine Sekretärin?«, rief Boris.

Kurz darauf kehrte er mit drei gefasst wirkenden Frauen zurück. Anara wechselte mit ihnen ein paar einfühlsame Worte von Sekretärin zu Sekretärin. Anton ließ derweil die massiv plumpe Einrichtung des Chefzimmers auf sich wirken. Unübersehbar prangte auf dem Sideboard hinter dem Schreibtisch eine Fotografie. Der Belutsch, damals noch mit zwei Reihen Goldzähnen, stand angespannt neben Nasarbajew, der seinen devoten Untertanen musterte. Im Hintergrund der blaustichigen Aufnahme türmte sich ein Gebirge an Metallschrott vor schneebedeckten Wipfeln. Neben dem Sideboard hing eine überdimensionierte kasachische Flagge an einer mit Adlerköpfen verzierten goldfarbenen Stange. Das Azurblau strahlte hoffnungsvoll in den düsteren Raum, der wie ein voller Aschenbecher stank.

»Na los, sagen Sie denen, warum wir hier sind«, flüsterte ihm Mira zu.

»Verzeihen Sie unser ungestümes Eindringen, wir vertreten die neuen Eigentümer. Im Anschluss informieren wir Sie im Detail. Doch zunächst zu unserem dringlichsten Anliegen: Bitte öffnen Sie den Safe!«

Die drei Sekretärinnen betrachteten ihn reglos.

»Den verfluchten Schlüssel!«, brüllte Boris in die Stille.

Sie sahen sich kurz gegenseitig an, bevor ihn die Mittlere rausrückte. Flink öffnete Anara den Safe, wo neben dem Firmensiegel ein paar Goldbarren sowie knapp zwei Millionen säuberlich gestapelte Dollar zum Vorschein kamen. Eine Sekretärin zählte sie, ihre Kollegin fertigte derweil eine Liste über den restlichen Inhalt des Geldschranks an. Die dritte brachte Tee mit Keksen, Boris durchsuchte den Schreibtisch, und Anton steckte unauffällig einen Füllfederhalter mit Widmung von Nasarbajew ein.

»In einer Stunde will ich alle Direktoren und Abteilungsleiter sehen«, wies er die Sekretärinnen an und schickte sie hinaus. Die vier setzten sich, um Tee zu trinken, was in kasachischen Büros die Haupttätigkeit zu sein schien.

»Was werdet ihr als Erstes hier tun?«, fragte die Anwältin.

Anton deutete auf die Tischmitte. »Das reicht hoffentlich für die ausstehenden Gehälter.«

»Kein übler Einstand, das schafft kurzfristig Loyalität. Es geht mich nichts an, aber ich würde die Wächter nicht rausschmeißen«, sagte Mira.

»Auch nicht den Kotzbrocken? Ich meine den mit der Ohrfeige?«, fragte Anton überrascht.

»Nein, gerade den nicht. Jedenfalls nicht sofort. Ihr habt euch schon genug Feinde gemacht.«

»Einverstanden. Was passiert eigentlich als Nächstes?«, fragte Anton, dem gerade einfiel, jetzt für über zweitausend Mitarbeiter verantwortlich zu sein.

»Die Polizisten wollen ihr Geld, bevor sie verschwinden«, sagte Mira.

Auf sein Zeichen hin nahm Anara ein Bündel Scheine vom Stapel neben dem Teeservice. Auf dem Gang händigte Mira jedem der Männer tausend Dollar aus.

Sie gingen alle nach unten, wo die fünf Unglücksraben noch immer auf dem Boden kauerten, wenngleich ohne Handschellen. Boris baute sich mit verschränkten Armen vor ihnen auf.

»Na los, schwöre das Häufchen Elend auf uns ein«, sagte Anton zu ihm. »Wir sind nicht nachtragend, die haben nur ihren Job getan. Ha, Gott sei Dank miserabel. Das Großmaul soll sich schleunigst bei Mira entschuldigen.«

Diese verdrehte die Augen, verabschiedete sich von Anara und gab Anton ein Zeichen, er möge sie nach draußen begleiten, wo ein Taxi auf sie wartete.

»Danke, Sie sind ab jetzt meine Lieblingsanwältin.«

»Mit Juristerei hatte das nichts zu tun.«

Anton überlegte, was genau die Funktion der Anwältin bei der Aktion gewesen war, da tauchte das Großmaul auf.

»T'schuldigung! Ich konnte ja nicht wissen, was vorging«, stammelte er.

Mira grinste kopfschüttelnd. »Ach so, bei neuer Situation mit unbekannter Frau brüllst du instinktiv was von größenwahnsinniger Schlampe?«

Großmauls grober Schädel schüttelte sich, nickte aber auch ein wenig, als wolle er auf Nummer sicher gehen.

»Ich interpretiere das jetzt mal als Entschuldigung. Wie geht's deinem Arm?«

»Ist nur 'ne Schramme.« Sein erleichtertes Schmunzeln über den Themenwechsel war dämlich genug, um Mitleid bei den beiden zu wecken. Resigniert schickten sie ihn wieder rein.

»Tippe auf schwere Kindheit«, sagte Anton.

»Die hatte ich auch.«

»Meine war famos.«

Sie prusteten los vor Lachen, konnten damit nicht aufhören. Wenn es einem gelang, steckte der andere ihn wieder an.

»So zu lachen bleibt uns angesichts der Umstände immer! Unter dieser Nummer bin ich zu erreichen. Vermutlich werdet ihr nun öfters Hilfe benötigen.« Sie steckte ihm ihre Visitenkarte ins Revers.

»Ich werde mich melden, schon um Sie zum Essen einzuladen.«

»Warum nicht. Aber zahlt jetzt erst mal die ausstehenden Gehälter!«

Anton winkte ihr nach und stieg in seinen Wagen ein paar Meter weiter, um ungestört mit Alisha zu telefonieren. Sie war in Eile, ihre Stimme gleichgültig. Wenigstens versprach sie, abends im Hotel vorbeizukommen. Zurück im Gebäude nickten ihm die Wächter unangenehm huldvoll entgegen, bevor sie sich wieder Boris zuwandten, der ihnen Instruktionen für den Fall gab, dass der Belutsch auftauchen sollte. Ein Loyalitätskonflikt schien sich nicht abzuzeichnen. Unschlüssig, wer von den beiden das neue Alpha-Männchen war, lugten sie in Richtung Anton. Er schüttelte jedem die Hand und stellte sich vor, als begegnete man sich zum ersten Mal. Gelöst spielten sie mit, die Machtübernahme war an der Oberfläche vollzogen.

Anara fand er allein im Sekretariat über einer Liste mit Waggonnummern. Fragend sah er sie an.

»Die Lieferungen vom Vortag. Möchtest du mal sehen?«

»Nein. Ich verstehe schon, du hoffst auf eine Aufgabe als Controllerin hier. Aber ich brauche dich woanders.«

Sie wich seinem Blick aus, um zu den Listen zurückzukehren.

»Anara, wir werden jetzt einen feinen Konzern schmieden. Das ist deine Chance, ich bringe dir alles bei.«

Zu seiner Verblüffung schüttelte sie langsam den Kopf. »Es ist verdammt langweilig bei uns«, sagte sie leise.

»Du willst doch nicht in einem Back-Office verschimmeln. Bleib bei mir, dann leitest du in ein paar Jahren selbst so eine Firma. Traust du dich nicht, oder hast du so wenig Ambitionen?«

»Wie fandest du Mira?«, fragte sie.

»Klasse, tolles Weib. Hatte erst ein wenig Angst vor ihr.«

»Unser Büro ist schrecklich.«

»Dann ändere es sofort. Besorge Bilder und Lampen, die dir gefallen.«

»Und ein Sofa.«

»Klar. Mit einem Mondrian drüber.«

»Fuck Mondrian!«

»Ja, fuck Mondrian! Ich bin einverstanden: fragwürdige Bilder und Kuschelecke. War es das?«

»Zwei weitere Mitarbeiter. Wir suchen sie gemeinsam aus.«

»Und finden anschließend eine Aufgabe für sie? Von mir aus.«

Auf dem Weg ins Chefzimmer hoffte er, Boris würde ihm weniger Schwierigkeiten bereiten. Anara hatte ihn zappeln lassen, ihren gestiegenen Marktwert ausgereizt. Dies beeindruckte ihn so, dass er sich für eine üppige Erfolgsprämie entschied. Plus Firmenwagen und -kreditkarte, er würde seine Gang hier fürstlich entlohnen. Ein verschworenes Team, das besser verdiente als irgendjemand Vergleichbares in der Stadt.

Boris sprang aus dem Chefsessel auf.

»Kein Problem, bleib, wo du bist.« Anton setzte eine ironisch überlegene Miene auf. Sobald Boris es sich wieder bequem gemacht hatte, fügte er hinzu: »Willst du den Job haben?«

Der Russe erstarrte für einen Augenblick. Stumm sah er auf einen Kalender mit Terminen, die der Belutsch nicht mehr wahrnehmen würde. Anton lächelte ihm aufmunternd zu.

»Du als neuer Generaldirektor, und ich übernehme den Posten des Aufsichtsratsvorsitzenden.«

Verdattertes Schweigen, nach der jahrelangen Dürreperiode drohte er offenbar in einer Endorphinwoge zu versinken. Nichts ist erfolgreicher als der Erfolg, dachte Anton beim Anblick von Boris, der zwar weiterhin schwieg, aber bereits stattlich breit im Sessel thronte.

»Operativ ist die Aufgabe nicht allzu anspruchsvoll, da läuft vieles von selbst. Das neue Zauberwort heißt Modernisierung: Hier kommen auf einen Arbeiter vier in der Administration. Du wirst die Verwaltung sofort um zwei Drittel reduzieren und gleichzeitig die Zahl der Arbeiter verdreifachen. Alles wird auf Akkord umgestellt, und in der Verwaltung darf keiner mehr verdienen als ein Facharbeiter.«

»Damit habe ich kein Problem. Ich werde dich nicht enttäuschen.«

»Das wird sich zeigen. Das übliche Gerede von Loyalität, Motivation und Dankbarkeit sparen wir uns besser. Doch, nur ein Wort zur Dankbarkeit: Du schuldest mir nichts!« Um ein Haar hätte er eine abgefeimte Geschmacklosigkeit wie *Nur dir selbst bist du etwas schuldig* hinzugefügt.

Boris nickte ergriffen, die Situation wurde Anton eine Spur zu pathetisch. »Na, dann kann's losgehen! Eine Aktionärsversammlung bestätigt dich nächsten Monat. Du wirst hervorragend verdienen, wenngleich nicht so wie der Belutsch, da du nicht klaust. Stattdessen versuche ich, ein paar Aktienoptionen für dich durchzusetzen.«

»Danke. Du bist ein komischer Typ.«

»Freu dich nicht zu früh, ich werde dich nicht schonen. Und Anara bleibt bei mir, schlag dir das aus dem Kopf. Aber jetzt zu deinem ersten Auftritt. Die höheren Chargen scharren vor der

Tür. Ich werde ein paar einleitende Sätze sagen, dann legst du los.«

»Die werden eine Menge Fragen haben«, meinte Boris zögerlich.

»Bloß keine Fragestunde heute, wir haben noch keine Antworten.«

Anton öffnete die Tür und blieb dort stehen, bis die sieben Männer und drei Frauen an dem Konferenztisch Platz genommen hatten. Dann setzte er sich zu ihnen. An ihrer Mimik war schnell abzulesen, wer dem Belutsch nachtrauerte, neutral gesinnt oder erfreut über die Entwicklung war. Er stellte sich vor, sprach ab dann von *wir* und *uns*, einmal gar von *unserem* Kollektiv, was ihm zwar albern erschien, aber gut ankam. Einem westlichen Ausländer, der sich in ihrer Sprache ausdrückte, wurde unweigerlich ein unverdienter Vorschuss an Sympathie entgegengebracht. Um glaubwürdig rüberzukommen, brauchte es noch eine überprüfbare Zusage.

»Bevor sich unser neuer Generaldirektor an Sie wendet, liegt mir noch etwas auf dem Herzen. Die seit Monaten ausstehenden Gehälter sind zweifelsohne der größte Missstand hier. Sagen Sie allen Mitarbeitern, dass sie ihr Geld innerhalb der kommenden Tage erhalten werden.«

Unverständliches, tendenziell abschätziges Gemurmel, im Gegensatz zum Fußvolk strich der Kader sein Gehalt wohl pünktlich ein. Ein angegrauter Mann mit dem Drang, ungefragt Lebensweisheiten abzusondern, setzte wohlgefällig an, etwas »im Namen des Kollektivs« zu sagen, was Boris mit einer Handbewegung verhinderte.

»Nicht jetzt, setzen Sie sich wieder. Ihr habt gehört, was der Vertreter des neuen Eigentümers zugesagt hat. Ich habe ihm davon abgeraten, mindestens so lange ungeklärt ist, wer die Misere zu verantworten hat.«

»Welche Misere?«, fragte eine Matrone vom Typ *Man wird doch wohl noch fragen dürfen.*

»Kazmet ist praktisch pleite. Es wird hier alles auf den Prüfstand kommen. In den nächsten Tagen mehr dazu.« Boris' Stimme hatte sich ebenso geändert wie seine Körperhaltung, stellte Anton vergnügt fest. Ein stählern vitaler Russe, der zu einer orthodoxen Blut-Schweiß-und-Tränen-Rede ansetzte. Dem Cocktail aus Gordon Gecko und Komsomolsekretär wurde aufmerksamer gefolgt als ihm zuvor. Nicht allzu lange, dann kam Boris zur zentralen Losung, dass sich die Zukunft für Kazmet grausam, aber fair gestalten werde.

Der Raum leerte sich rasch, auch Anton wäre gerne verschwunden. Boris sprühte vor Energie, den Rest des Tages würde er ihn nur bei der Arbeit stören.

»Eine feine Rede, Boris!«

»Besser, man wird hier gefürchtet als geliebt. Eine andere Sprache verstehen diese Parasiten nicht.«

»Bevor ich gehe: Der Belutsch hatte Leibwächter.«

»Ich kenne jemanden, den sie beim Speznas entlassen haben.«

»Warum wurde der entlassen?«

»Keine Ahnung. Ich glaube, Dmitri war Scharfschütze.«

»Ruf ihn sofort an. Wir beide treffen uns hier morgen um zehn. Am besten mit Xenia, die hat sicher schon ihren eigenen Masterplan ausgeheckt.«

»Was ist mit dir, willst du keinen Personenschutz?«, fragte Boris.

Anton winkte dankend ab, rund um die Uhr bewacht zu werden vertrug sich nicht mit seinen diskreten Affären.

»Dafür schätze ich meine Freiheit zu sehr. Du könntest mir

allerdings die Lizenz für eine Makarow besorgen.« Natürlich würde er sich eine Baby-Glock zulegen, aber Makarow klang in diesen Breitengraden besser.

Auf dem Weg zu Xenias Haus, das er sich endlich einmal ansehen wollte, bedrückte Anton die Gefahr, die ab jetzt von Boris ausging. Der Russe mochte ihm eine Zeit lang dankbar sein, den neuen Status und Wohlstand auskosten. Sicher würde er seine Frau mit den Kindern aus Russland zurückholen. Aber bald darauf würde die Schmach an ihm nagen, dem Ausländer als gedemütigter, am Boden liegender Wicht begegnet zu sein. Die meisten Menschen hassen früher oder später ihre Wohltäter. Um das Gleichgewicht wiederherzustellen, hoffte Anton auf eine Situation, aus der ihn Boris rettete. Notfalls ließe sich etwas Opernhaftes inszenieren, bei der sich die blassen Helden nach bestandener Gefahr ewige Treue schwören. *Don Carlos*, zweiter Akt oder so. Doch vielleicht war es besser, sich ausnahmsweise für die Wahrheit zu entscheiden. Boris seine Überzeugung zu beichten, noch nie etwas Erreichtes *wirklich* verdient zu haben. Die allermeisten, die seinen Weg kreuzten, waren kompetenter, fleißiger, zielstrebiger und smarter als er. Aber weniger erfolgreich. Zufall und Glück wurden grotesk unterschätzt, er hoffte, Boris könnte akzeptieren, dieses eine Mal kein Pech gehabt zu haben.

Bei Xenias Haus handelte es sich um eine Villa oberhalb der Stadt, die für das hübsch gelegene, wenngleich kleine Grundstück deutlich zu üppig geraten war. Anstelle eines Gartens hatte sich der Bauherr, er war laut der Chinesin ein hoher General, für ein ausladendes, repräsentativ ellipsenhaftes Treppenhaus hinter einer turmartigen Glasfront entschieden, die den

Blick auf eine vier Meter hohe Betonmauer freigab, die die Parzelle umschloss. Anton zählte ansonsten elf winzige Zimmer, ein klitzekleines Bad sowie eine Außenküche. Offenbar waren für den Militär bei der Errichtung seines Wehrturms Treppe und Anzahl der Räume im Vordergrund gestanden. Wenigstens bot eine Kammer im dritten Stock Ausblick auf Almaty, allerdings glich das Fenster einer Schießscharte. Außerdem schreckte Anton vor den 48 Treppenstufen bis in das im Erdgeschoss gelegene Badezimmer zurück. Wie Xenia das mit ihrem Baby schaffen wollte, blieb ihm ein Rätsel.

# VI

## DAS BASISLAGER

Es hatte die ganze Nacht geschneit. Schlaftrunken betrachtete Anton vom Bett aus die graublaue Decke vor dem Fenster; die Verhüllung stand der Stadt gut. Alisha war bereits aufgestanden, sie wollte mit Jurbol zu einer Tourismusmesse und auf dem Weg zum Flughafen in ihrer Wohnung vorbeisehen. Ihre Beziehung hatte sich eingepegelt: Kumpels, die gelegentlich miteinander schliefen und ansonsten ihre Chance auf echte Freundschaft gegen die Widrigkeiten da draußen verteidigten.

Obwohl sie kaum zwei Stunden ineinander verwoben gedöst hatten, erschien ihm die Usbekin in der behaglichen Geruchsmelange aus Bergamotte, Patschuli, abgestandenem Champagner und klebrigen Körpern bereits erschreckend vital. Sie pickte zwischen Flaschen und Gläsern ihr Kleid auf, um damit im Bad zu verschwinden. Matt folgte er ihr unter die Dusche. Zwanzig Minuten später umarmte sie ihn ungeschminkt zum Abschied.

»Was wirst du am meisten an mir vermissen?« Sie stand bereits in der Tür.

»Deinen Geruch, Alisha. Bitte rieche so nur für mich.«

Sie schob ihn zurück ins Zimmer, um wortlos Strumpfhose und Slip von den milchweißen Hüften zu streifen. Trotz des langen Mantels war dies eine balanciert-flüssige Abfolge an Gesten, die Ballettausbildung schimmerte wie immer durch.

Kniend verabschiedete er sich von ihrer Scham, den Slip durfte er behalten.

Unsichtbar, da am Tisch hinter ihm, besprach eine Frau mit zwei Männern beim Frühstücken die Lage in Zentralasien. Land für Land wurde abgehakt, Kreditwürdigkeit, politisches Risiko, Korruptionsindex, Wahrscheinlichkeit von Naturkatastrophen. Das fundierte Wissen war beachtlich, er siedelte die drei irgendwo zwischen Rückversicherer und Weltbank an.

»Tadschikistan ist definitiv raus, hinter Usbekistan setze ich mal ein Fragezeichen.«

Anton erwog kurz, sich für Usbekistan einzusetzen, da streiften sie bereits die Nachbarrepublik.

»Und streiche Kirgisien, erinnert mich fatal an Burundi.«

»Schon geschehen. Was ist mit Turkmenistan?«

»Ausgeschlossen. Kategorisch. Turkmenbaschi lässt seine Mutter mit Statuen aus Gold verewigen.«

»Und finanziert dies, indem er das Gesundheitspersonal rauswirft.«

»Echt jetzt?«

»Theater, Kinos, Zirkus, Bibliotheken, Ballett und Oper mag er auch nicht. Wird alles per Dekret abgeschafft.«

»Nee, das geht ja gar nicht.«

Stumm schloss sich Anton der Empörung an.

»Dann sind wir uns einig. Bleiben Kasachstan und Aserbaidschan.«

»Ich glaube, der Fahrer ist da. Wie heißt noch mal der Finanzminister?«

Er hätte den Experten gerne seine verlorenen Illusionen von 1989 geschildert. Bevor sich die Sowjetunion zu zersetzen begann, bedeutete Politik für ihn gediegene Langeweile. Der Westen war mit Fehlern behaftet, aber grundsätzlich lebenswert. Es herrschte dort ein ständiger Wettbewerb um die besten Ideen, wie die Zukunft zu gestalten sei. Der Osten hingegen war ein zeitlos-unverrückbarer Bleiquader im Niemandsland parolengegerbter Kader, die in Anzügen steckten, deren Stoff an Jugendherbergs-decken erinnerte. Gähnende Banner wie *Je stärker der Sozialismus, desto sicherer der Frieden* an totgrauen Fassaden festgezurrt, bis der beglückend konfuse Gorbatschow als verzweifelter Konkursverwalter ins Lager der Guten überlief. Anstatt am Frühstückstisch saß Anton jetzt wieder auf der Mauer, schemenhaft huschten Wałęsa, Havel und Horn vorbei. Und Rostropowitsch mit Bachs Cello-Suiten vor dem schwer gezeichneten antikapitalistischen Schutzwall. Das verblüffende Happy End eines katastrophalen Jahrhunderts, an dessen Ende die Erkenntnis stand, die beste Form menschlichen Zusammenlebens sei in liberalen, marktwirtschaftlichen Demokratien möglich. Anton haderte mit seiner damaligen Euphorie, die Woge freiheitlicher Aufbruchsstimmung mündete wegen seinesgleichen in Tausenden Kazmet-Desastern. Allerdings könnte er vielleicht seinen Verrat an der Morgenröte von 1989 durch Reformen bei Kazmet ein wenig sühnen. Der Kellner weckte ihn taktvoll aus dem Tagtraum, verspätet raffte er sich zu seinem ersten Termin auf.

Boris hatte die Nacht in einem Nebenzimmer seines neuen Büros verbracht, nebst Bad noch vom Belutsch komfortabel ausgestattet. Er trug ein frisches, unförmiges Hemd.

»Sonst noch persönliche Dinge von deinem Vorgänger gefunden?«, fragte Anton.

Boris zeigte auf einen Karton. »Ein Fahrer wird ihm das Zeug bringen.«

»Bravo, eine versöhnliche Geste. Was sind das für Typen im Vorzimmer?«

»Irgendwelche Bittsteller. Und ein paar Direktoren aus der Provinz mit Dollarbündeln.«

»Damit sie ihren Job behalten?«

»Ja, die zahlten monatlich an den Belutsch. Ich habe ihnen gesagt, sie sollen mit ihrem Geld heimgehen. Das gefiel ihnen gar nicht.«

»Wirst du sie rauswerfen?«

»Alle zwanzig auf einmal? Besser, wir führen eine offizielle Erfolgsbeteiligung ein und sehen, wer dann immer noch betrügt.«

»Jede Filiale ein transparentes Profit Center? Exzellent!«

Eine Sekretärin brachte Kaffee, meldete mehr Bittsteller und kündigte Xenias Besuch in einer halben Stunde an. Dann ließ sie sie wieder allein.

»So, wie ich es verstehe, existieren hier parallel ein schwarzer und ein weißer Kreislauf. Wie hoch ist der schwarze?«, fragte Anton.

»Darüber brütete ich die ganze Nacht.« Boris hielt zwei handgeschriebene Listen hoch, die er im Schreibtisch gefunden hatte. »Die Kosten für Güterwaggons des letzten Monats. Zugeteilt von einer Agentur, die dem Schwiegersohn des Eisenbahnministers gehört.«

»Das Ministerium überlässt die Waggons einer privaten Agentur?«

»Ja, für etwa zehn Dollar pro Waggon. Uns stellen sie dann hundert in Rechnung.«

»Wie viele Waggons sind für die unterwegs?«

»Zu wenige, rund fünfzigtausend im ganzen Land. Sie halten die Zahl künstlich knapp.«

»Wow, macht schlappe fünf Millionen im Monat für unseren wackeren Minister.«

»Schön wär's. Anschließend müssen wir noch mal dreißig Dollar in Cash für jeden tatsächlich erhaltenen Waggon abliefern.«

»Ha, schamlose Brut.«

»Dazu gesellt sich noch jede Behörde, die die Möglichkeit hat, uns Schwierigkeiten zu bereiten.«

»Wie viel Schwarzes pro Monat, Boris?«

»Schwer zu schätzen, ich sitze hier noch keine vierundzwanzig Stunden. Als Hausnummer drei Millionen?«

»Xenia wird es wissen. Frage mal, wie viel Bares sie hier monatlich reinträgt«, sagte Anton. Er zögerte, die brenzligen Fakten ließen seinen geplanten Ethikvortrag bereits lächerlich erscheinen.

»Mir ist schon klar, was dir unter den Nägeln brennt. Wir arbeiten mit anderer Leute Geld, die eine aussagekräftige Buchhaltung einfordern.«

Das war nicht exakt, was Anton im Sinn hatte, ging aber in die richtige Richtung.

»Bei Licht betrachtet kombinieren wir Geldwäsche mit Bestechung der Ministerialbürokratie. Regierungskriminalität weltweit ist in Washington jetzt das große Thema, die erhöhen den Druck auf die Banken«, sagte er.

»Habe davon gehört. Wer rumstottert, wo das Geld herkommt, dem schließen sie die Konten.«

»Schlimmer. Da alles in Dollar via New York abgewickelt wird, haben die Amerikaner das perfekte Druckmittel. Die Banken könnten demnächst in vorauseilendem Gehorsam die Staatsanwaltschaften mit belastendem Material füttern.«

»Solange du ihn schmierst, eröffnet in Kasachstan kein Staatsanwalt eine Untersuchung. Die sind fair.«

»Toll, dann müssen wir ja nur für den Rest unseres Lebens hierbleiben.«

»Intern kann ich den Korruptionssumpf weitgehend austrocknen. Aber die Behörden werden immer die Hand aufhalten.«

»Drei Millionen im Monat? Im Westen verschwindest du für jede ein Jahr im Gefängnis.« Das stimmte zwar nicht, bot sich jedoch als Orientierungshilfe an.

»Hier schlachtet niemand die Kuh, die er melken möchte. Aber wenn wir aufhören, die Offiziellen zu mästen, sind wir einen Monat später pleite. Ohne Waggons bricht alles zusammen.«

»Jaja, wir leben in keiner perfekten Welt.« Er hoffte, Boris würde ihn nicht darauf aufmerksam machen, dass andere die Regeln diktierten.

»Mal was Positives: Ein ausgeschlafener Buchhalter ist zu mir übergelaufen. Der Laden scheint profitabler, als wir vermuteten.«

»Bitte fasse das alles auf einer Seite zusammen.«

»Klar, kriegst du in ein paar Tagen. Xenia kommt gleich, hast du sonst noch etwas für mich?«

Das hatte Anton, doch er wollte Boris nicht mit seiner Empörung über das postsowjetische Elend belästigen, die ihn seit Sankt Gallen verfolgte. Boris hatte andere Probleme, konkretere, und dieses garstige Korruptionsgestrüpp hier zu lichten und dabei am Leben zu bleiben gehörte dazu. Er beschloss, dem Russen bei der Bewältigung der Drecksarbeit vorläufig freie Hand zu lassen.

»Hast du genug Geld für die ausstehenden Gehälter gefunden?«, fragte er ihn, um wenigstens ein Ärgernis loszuwerden.

»Bis Ende der Woche ist das erledigt«, versicherte Boris mit seinem *Wir ziehen alle an einem Strang*-Lächeln.

Xenia schlüpfte durch die Tür. Anton hatte sich angewöhnt, nur auf ihre Augen zu achten. Berührungslose Kommunikation zwischen Blau- und Braunauge, sie schien seinen Verzicht auf ein Begrüßungsgrinsen oder einen Händedruck zu schätzen. Boris stemmte sich wichtigtuerisch aus dem Sessel, um ihr die Hand entgegenzustrecken, ohne Augenkontakt aufzunehmen. Sie konterte mit einem unverwundbaren Lächeln. Bevor sie sich an den Konferenztisch setzten, musterte sie den pompösen Schreibtisch.

»Danke, dass du Zeit für uns gefunden hast«, sagte Anton.

»Jederzeit ohne Probleme. Wer hat hier jetzt eigentlich die Macht? Man sagte mir, Boris.«

»Das ist korrekt, er wird die Geschäfte führen, was für alle Vorteile hat.«

Ein schneidender Singsang folgte, Anton tippte zunächst auf Mandarin oder Kantonesisch mit türkischem Einschlag, von russischen Flüchen durchsetzt, deren Endungen sie ausspie. Als Furie wäre sie eine fabelhafte Besetzung.

»Was willst du uns sagen?«, unterbrach er sie, um den drohenden Gesichtsverlust abzuwenden.

»Wer entscheidet ab jetzt strategische Dinge?«

»Wir drei *gemeinsam*, Xenia. Du bist unsere wichtigste Verbündete«, sagte Anton.

Boris nickte, wenngleich wenig überzeugend. Xenias verengte Pupillen setzten zum Sprung an.

»Wie viele Waggons sind für mich unterwegs?«, wandte sie sich an Boris.

»Stell keine Fragen, deren Antwort du kennst. Meine erste Anweisung war hier, dir absolute Priorität einzuräumen.«

»Ihr liefert also noch anderen?«

»Sei doch nicht so gierig, das sind alte Verpflichtungen.«

»In Zukunft also nur noch an mich?«

»Klar, Xenia, du wirst uns ja den besten Preis zahlen.«

»Der Preis ist kein Problem – die Menge muss erhöht werden! MEN-GE!« Die Intonation der letzten Silbe erinnerte Anton an das glutrote hohe Es der wildkatzenartigen Callas. Mexiko-Stadt im Juni 1951, »Gloria all'Egitto« – *Aida*, Ende zweiter Akt, das Publikum tobte minutenlang.

Boris schüttelte den Kopf, er fand, dass solche Töne Xenia nicht zustanden.

»Gut, dann haben wir das ja geklärt!«, ging Anton dazwischen. Die Vorstellung, von den beiden ab jetzt in das tägliche Feilschen um Liefermengen integriert zu werden, verstörte ihn. Derlei Niederungen waren zu meiden, er würde sich nicht zwischen Zahlenreihen aufreiben lassen. Adam Smiths unsichtbare Hand der Wohlstandsvermehrung schüttelte er gerne, verbissenes Profitstreben, schnöde Ränkespiele oder rechtswidrige Handlungen galt es an Ehrgeizlinge wie Boris abzutreten. Die uigurische Vergangenheit und das Weltbild des neben ihm schon wieder schachernden Teufelsbratens reizten ihn mehr.

Das Gezeter zwischen den beiden nahm kein Ende, er folgte dem Rhythmus von Xenias nachgezogenen Brauen, derweil sich Boris unverzagt gegen ihr Energiefeld stemmte. Aus den Augen der Chinesin gleißte ein unersättlicher Wurm nach marktbeherrschender Stellung. O Ricardo, was hast du vor zweihundert Jahren mit deiner Idee von komparativen Kostenvorteilen nur losgetreten! Die Konstruktion war unwiderstehlich in seiner Schlichtheit, selbst dem rückständigsten Land verspracht du, vom Warenaustausch zu profitieren. Die Container der Welt preisen deinen Namen, wie köstlich hat uns alle der profane Handel mit Gütern verwoben. Du veränderst die Welt mehr als Kriege und Ideologien, wer dich ignoriert, verkümmert in freudloser Isolation.

Anton war sich nicht sicher, warum er angesichts der keifenden Kontrahenten derartigen Gedanken nachhing. Ricardos These ließ sich kaum auf Kasachstan anwenden, das Land produzierte nichts, der tumbe Export seiner Bodenschätze war das Gegenteil schöpferischer Tätigkeit. Je älter er wurde, desto parasitärer erschienen ihm Länder, in deren Erdkruste zufälligerweise vorkam, was der Rest der Menschheit dringend benötigte. Längst lagen etliche Studien vor, die den Zusammenhang zwischen dem Rohstoffreichtum von Nationen und ihrer rückwärtsgewandten Entwicklung nachwiesen. Exemplarisch Kasachstan, wo sich im Parlament eine Mehrheit für die Einführung der Vielehe abzeichnete. In diesem Wettlauf fielen die einen mental zurück, während die anderen ihre sauer verdienten Devisen opferten. Wie Ricardo sich wohl zu dieser Misere geäußert hätte? Um Verzerrungen vorzubeugen, böte sich an, die unterirdischen Kostbarkeiten der ganzen Menschheit zu gleichen Teilen zur Verfügung zu stellen. Doch selbst dies, schien es Anton, wäre unfair, da Länder wie die Schweiz ihren Wohlstand einem Mangel an eigenen Rohstoffvorkommen verdanken. Die Eidgenossen waren vor zweihundert Jahren so bettelarm gewesen, dass sie im spärlichen Licht endloser Winter ihre Hirne zermarterten, um bald darauf veritable Zeitmesser zu konstruieren. Mechanische Wunderwerke, deren Abkömmlinge heute an den Handgelenken rohstoffpotenter Oligarchen prangten.

Xenia schickte sich an aufzubrechen, Boris sah etwas zerzaust aus, hatte sich aber wacker geschlagen. Anton beendete seine Grübeleien und begleitete Xenia nach unten. Erfrischt vom Schlagabtausch über Liefermengen hatte sich ein himbeerfrohes Rot auf ihre Wangen gelegt, wovon die Augen profitierten. Sie schien eher aufgekratzt als grimmig, was ihn dazu verleitete, ihr ein gemeinsames Mittagessen vorzuschlagen, um ihr Nachglühen voll auszukosten. Sie ignorierte seine Einladung.

»Warum ausgerechnet Boris? Russen sind noch schlimmer als Kasachen«, zischte sie ihm vor dem Eingang zu.

»Mag sein, aber am schlimmsten sind definitiv Chinesen. Solltest du inhaltliche Einwände gegen ihn haben, können wir uns unterhalten. Für ethnische bin ich nicht zuständig.«

»Er ist ein Risiko.«

»So wie du mit deinen paar Millionen Dollar Bargeld jeden Monat aus ungeklärter Herkunft. Schlucke also gefälligst die Entscheidung. Gehst du jetzt mit mir essen oder nicht?«

Sie schnaubte zweimal »Fashion Café«. Einmal zu Anton und kurz darauf an den Fahrer gerichtet.

Im Lokal liefen auf unzähligen Bildschirmen Modeschauen, denen Frauen folgten, die wiederum von den anwesenden Männern beobachtet wurden. Regelmäßig wurde das hiesige Café oder eines seiner weltweit verstreuten Schwestern live eingespielt, was jedes Mal infantile Begeisterung auslöste. Im Fashion Café, das selbst einem Catwalk glich, saß man überall gleichzeitig auf der Welt, vorausgesetzt es gab dort einen Doppelgänger. Eine weitere Folge von Ricardos globalen Kühnheiten.

»Gibt es in Shanghai auch so einen Laden?«, fragte Anton.

»Klar, nur zehnmal größer. Ich brauche ein Visum für Europa.«

»Später. Warst du schon einmal in der Peking-Oper?«

»Meine Versuche prallten an den Konsulaten ab.«

»Ist Da-Hong-Pao-Tee wirklich so gut?«

»Peking-Oper ist für Grufties und der Tee vorzüglich.«

»Verstehe. Hast du das Visum-Formular dabei?«

»Ich war in sechs EU-Vertretungen – keine hat eines rausgerückt. Peking-Oper-DVDs und ein Kilo Hong-Pao-Tee werde ich dir nächste Woche bringen.«

Anton schämte sich fremd. Europa geizte mit Formularen, um die gelbe Gefahr in Form einer jungen Selfmademillionärin abzuwehren.

»Du musst mich nicht bestechen. Wenn du willst, fahren wir gleich zum deutschen Konsulat.«

»Ich will. Meinst du, dreitausend Dollar reichen? Sonst muss ich vorher zur Bank.«

»Auf keinen Fall wirst du da drin jemanden bestechen!«

»Warum nicht?«

»Ist unüblich.«

»Ich habe anderes gehört.«

»Lass mir meine Illusionen. Sollten die jetzt auch schon die Hand aufhalten, dann nur wegen eurer Neigung, jeden zu kaufen.«

Vor dem Konsulat trafen sie auf die Hierarchie unterschiedlicher Warteschlangen für Bundesbürger, Spätaussiedler und sonstige. Ein Bayer mit Uigurin stieß beim Sicherheitsmann auf Konfusion. Anton möge die Begleiterin zurücklassen, dann könne er das Gebäude sofort betreten, sagte er auf Deutsch. Die Chinesin müsse sich bei den Sonstigen einreihen. Im Warteraum würde es zur Wiedervereinigung kommen, dann könnten sie gemeinsam ihr Anliegen vorbringen. Voraussetzung sei ein Termin. Ohne Termin kein Zutritt, Bundesbürger seien von dieser Regelung ausgenommen. Da Xenia verdutzt dreinblickte, wiederholte es der Mann auf Kasachisch. Als er fertig war, sah sie Anton verzweifelt an.

»Du verstehst ihn?«, fragte er.

»Klar, ich bin doch aus Urumtschi.«

»Ihr sprecht in Xinjiang kasachisch?«

»Nein, die Kasachen sprechen Uigurisch.«

»Ich hatte immer den Eindruck, die unterhielten sich auch untereinander auf Russisch.«

»Was ist jetzt mit Visum?«

»Ich glaube, Präsident Nasarbajew versucht, dies aus identitätsstiftenden Gründen zu ändern. Kasachen sollen wieder Kasachisch sprechen. Es handelt sich wohl um eines seiner Langzeitprojekte.«

»Visum!«

»Warte im Wagen, ich gehe allein rein. Und gib mir deinen Ausweis«, sagte Anton.

Sie reichte ihm zwei abgeschabte rote Pässe. »Für meinen Geschäftspartnerlover auch ein Visum.«

Nach einer halben Stunde kam er mit Formularen sowie umfangreichen Anweisungen für deren korrekte Handhabung zurück. Xenias Augen leuchteten.

»Die waren umständlich nett. Es galt, eine Vorprüfung zur Aushändigung der Formulare zu absolvieren. Ich werde für euch bürgen müssen.«

»Bürgen?«

»Kostenübernahme bei Krankheit oder Asylmissbrauch.«

»Gelbe Gefahr lauert überall. Und jetzt?«

»Fahren wir in mein Büro und füllen das alles aus. Kann dein Partner dazukommen? Und Passfotos mitbringen?«

An ihrem Mobiltelefon baumelte kindischer Zierrat, der zu den herrischen Anweisungen wippte, die sie ihm sogleich erteilte. Da Xenia keine Fotos hatte, klapperten sie Automaten ab, bis einer funktionierte. Ein übermotorisiertes Geländefahrzeug gesellte sich zu ihrem Wagen, dem wie in einer Werbekampagne ein betörend eleganter Chinese entstieg.

»Das ist Bo«, stellte sie ihn vor.

»Sie können mich Sergei nennen«, sagte der Adonis auf Russisch.

»Ich bleibe gerne bei Bo.«

Im Büro von Anton stießen sie auf mehr Hürden. Die Behörden bestanden auf der notariell beglaubigten Einladung einer in Deutschland registrierten Firma. Dies zog die Prozedur in die Länge, da erst eine Moskauer Agentur beauftragt werden musste, die sich auf die Fälschung von derlei Firlefanz spezialisiert hatte.

»Wir haben es bei mehreren Visa-Agenturen versucht, aber deren Kontingent für chinesische Bürger war aufgebraucht«, entschuldigte sich Bo.

»Mach dir keine Sorgen, ihr bekommt eure Visa.«

»Schengen-Visa?«, fragte Xenia.

»Klar, ihr reist über Frankfurt ein und könnt von dort weiter in die anderen Länder.«

»Kann ich einen Ferrari mieten?«, wollte Bo wissen.

»Warum nicht? Du wirst dafür ein paar Kreditkarten benötigen.«

»Beckham?«

»Beckett?«

»Manchester United!«

»Nein, das ist kein Schengen-Staat.«

»Champions League mit Beckham?«

»Klar, solange die auf dem Festland spielen.«

»Tickets sind kein Problem?«

»Entspann dich, Bo. Jemand mit Auto, Uhr und Anzug wie du treibt auch Eintrittskarten für ein Fußballspiel auf.«

Bo nickte zufrieden über die Bestätigung, dass in Europa die gleichen Regeln galten wie in seiner Welt. Ein kapitalistischer

Recke, der Deng Xiaopings *Bereichert Euch!* trefflich verinnerlicht hatte. Als Paar schienen die beiden unschlagbar. Ein Heißhunger nach Waren und Weite, dessen Befriedigung durch keine finanziellen Einschränkungen gefährdet war. Die Rundreise würde ihre Mägen lustvoll verstimmen. In der Fülle des Wohllauts einer Ducati liegt ein völkerverbindender Moment, war er sich beim Anblick von Bo sicher, der ihm prompt ein halbes Dutzend Kreditkarten zur Inspektion hinhielt. Xenia lächelte über diese lüsterne Demonstration von Virilität.

»Die sind ganz nett, Bo, wenngleich für jemand wie dich nicht elitär genug«, sagte Anton.

»Ich habe noch mehr.«

»Steck sie wieder ein, ich spreche von Klasse statt Masse.«

»Klasse?« Er sah sich fragend nach Xenia um, die ihn ignorierte. Sie lag Anara in den Ohren, damit sich diese bei Boris um höhere Liefermengen einsetzte.

»Drei Utensilien, die dich vom Fußvolk abheben«, erläuterte Anton, der gleichzeitig versuchte herauszuhören, was Xenia seiner Assistentin für illegal geleistete Dienste versprach. Bo zückte sein Notizbuch.

»Eine Amex Centurion-Karte, ein Sac à dépêches von Hermès und eine Newman-Daytona.«

Akribisch notierte sich Bo die erlesenen Peinlichkeiten.

»Die Daytona sollte aus den Sechzigern stammen«, fügte Anton gemeinerweise hinzu. Um die beiden zu einem Museumsbesuch zu verleiten, erwog er, die aktuellen Marktpreise von dem einen oder anderen Impressionisten zu erwähnen. Einen Moment später verwarf er die gönnerhafte Geste, diese Raubtiere sollten ihren eigenen Trieben bei der Eroberung des Westens folgen. Sich Impressionisten im Musée d'Orsay zu widmen war genauso einfallslos, wie mit dreihundert Stundenkilometern die Autobahnen seiner Heimat abzufahren.

Da keine weiteren Anregungen folgten, schlug Bo vor, zu einem Restaurant zu fahren, was Anton ablehnte. Er hatte genug von den beiden.

Später im Fitnessbereich des Hotels betrachtete er im Spiegel gegenüber das Klischee eines Expats, der vergeblich versuchte, seine Zweifel wegzustrampeln. Die für das Überleben von Kazmet unverzichtbaren Korruptionsexzesse ödeten ihn an. Hier in diesem Land war das Naturrecht der Staatsdiener auf Bereicherung anscheinend sakrosankt, er musste sich wohl oder übel dieser normativen Kraft des Faktischen unterwerfen. Regelkonformes Verhalten in einer Kleptokratie galt ihm als schmachvolles Armutszeugnis.

Er keuchte gegen die Frustration an, bis Jurbol auf einem Nachrichtenmonitor die Hand eines ausländischen Kollegen schüttelte. Die Kamera verweilte einen Augenblick auf der im Hintergrund stehenden Alisha, dann folgte ein origineller Schnitt; aus Almaty gab es Neuigkeiten von einer Hundeausstellung, die der Anatolische Hirtenhund *Emir*, er kauerte neben einem Pokal, gewonnen hatte. Anton identifizierte sich ein paar virtuelle Kilometer lang mit Emir, der mehr Sendezeit erhalten hatte als Jurbol, und beschloss, am nächsten Tag in den Bergen über der Stadt eine Auszeit zu nehmen. Er brauchte Ablenkung von seinen Selbstzweifeln. Vorher galt es lediglich noch, Jack in einer verschlüsselten Nachricht über die jüngsten Entwicklungen zu informieren, die dieser meist nach ein paar Tagen mit einem lapidaren *noted. keep up the good work* beantwortete.

Nachdem er die Skiausrüstung erstanden hatte, das Geschäft orientierte sich mit seinen Preisen bereits an Sankt Moritz, gab er im Konsulat die Anträge ab. Beschwingt stellte er auf Höhe der letzten Häuser das Mobiltelefon aus. Beim Anblick der Mittagssonne über den Gipfeln griff er zum *Ring ohne Worte*, Maazels Montage, der Wagners fünfzehn Stunden auf die Dauer der Fahrtzeit zum Skigebiet kürzte. Vorausgesetzt, man fuhr so beschaulich wie Anton, der die mit im Alpenraum vergleichbaren architektonischen Verbrechen kaum mehr wahrnahm. Der schneebedeckte Parkplatz vor dem Eislaufstadion verleitete ihn dazu, an jener Stelle zu halten, wo ihn Alisha vernascht hatte. Während Sieglinde Siegmunds Hoffnungslosigkeit zerstreute, stellte er die Musik ab und beschloss, Alisha nicht durch einen Anruf mit seiner larmoyanten Sinnkrise zu belasten. »Dies ist das falsche Land für ausgedehnte Schwächephasen«, murmelte er vor sich hin, da sah er einen Hund durch den Schnee tollen. Anton stieg aus, rief Emirs Namen, woraufhin das herrliche Tier bellend um den Wagen sprang. Ein Paar um die Sechzig näherte sich. Emir ließ sich streicheln und trabte dann zu seinen Besitzern, die sich als Franzosen herausstellten.

»Ich habe ihn im Fernsehen gesehen.«

»Unser Weiterflug ist erst morgen. Da wollten wir ihm etwas Schnee gönnen.«

»Jettet der Prachtkerl etwa von Ausstellung zu Ausstellung?«

»Ist das erste Mal. Die verrückten Kasachen haben alle Kosten übernommen, das wollten wir uns nicht entgehen lassen«, sagte der Mann.

»Wir waren noch nicht oft außerhalb Frankreichs«, fügte die Frau hinzu.

Anton tippte auf Oberförster im Vorruhestand und Schulleiterin aus einer Kleinstadt in den Vogesen. Während sie über den Parkplatz schlenderten, schilderte das Paar ihr *Abenteuer Kasachstan*, wie sie es nannten. Charlotte war im Internet auf die Veranstaltung in Almaty gestoßen. Pierre unterbrach sie immer wieder, um irrelevante Details wie Flugnummern einzuflechten. Anton genoss die Warmherzigkeit der beiden. Bevor sie sich verabschiedeten, holte er seine Kamera aus dem Wagen, damit sie ihn mit Emir vor dem monströsen Stadion fotografierten, das sie *très originel* fanden.

Obwohl die Anlagen in einer Stunde schließen würden und der Schnee bereits sulzig war, ließ er sich von altertümlichen Liften einsam zur höchsten Stelle ruckeln. Er schnallte die Skier ab, um zu einem exponierten Felsbrocken zu stapfen und sich hinzusetzen. Aus Richtung China wehte eine leichte Brise, weiter südlich vermutete er Kirgisien. Für gewöhnlich neigte er dazu, in solchen Höhen dem üblichen Zarathustra-Kitsch zu verfallen, doch die Rückkehr zu den Gedanken, bevor Emir aufgetaucht war, gelang. Du musst dich ändern, ernsthafter werden und die launenhafte Sorglosigkeit eindämmen, das wäre zumindest ein Anfang. Er blickte sich um, der Sessellift war schon nicht mehr in Betrieb, er würde der Einzige auf der Piste sein. Das seifige Einerlei an Besserungsvorsätzen ebbte ab. Die Sonne leckte nur noch die höchsten Gipfel, gegen die Stille wehrte er sich mit einer Kantate aus dem iPod.

*Leichtgesinnte Flattergeister*
*Rauben sich des Wortes Kraft.*
*Belial mit seinen Kindern*
*Suchet ohnehin zu hindern,*
*Dass es keinen Nutzen schafft.*

Fürwahr, Selbstzweifel waren ein Kind des Teufels. Er lachte über sich selbst und fingerte die Kopfhörer unter die Mütze, entschlossen, die Abfahrt voll auszukosten. Musikalisch blieb er beim Thomaskantor, der Aria mit dreißig Variationen, die er mit seinen moderaten Temposchwüngen auf der miserabel präparierten Piste synchronisierte. Wegen der langsameren Tempi schien ihm hierfür Glenn Goulds Aufnahme von 1981 der aus den Fünfzigerjahren überlegen. Als vor ein paar Jahren Carving aufkam, überzeugte ihn das tänzerische Element sofort. Die Skispitzen flatterten leicht, dennoch versuchte er sich beim Schwungansatz von der 32-taktigen Basslinie führen zu lassen. Gleichzeitig nahm er sich vor, die Reformen bei Kazmet genauso konsequent durchzuziehen.

Als er ein kurzes, spät einsehbares Flachstück durchquerte, das zwei Pistenabschnitte verband, sah er aus den Augenwinkeln im Halbdunkel eine flüchtige Kontur. Durch jähes Herumreißen der Ski wich er aus, aber der Sturz zu Beginn der sechsten Variation, des zweiten Kanons, war unvermeidlich. Beide Bindungen öffneten sich gleichzeitig, er schlitterte ein paar Meter auf ruppiger Fläche und blieb dann liegen. Ein Hämatom auf Höhe der linken Hüfte, mehr wohl nicht, dachte er erleichtert. Die Kopfhörer hatten sich gelöst, Schritte kamen näher. Regungslos harrte er auf dem Rücken aus und beschloss, auf das übliche Gezeter um die Schuldfrage zu verzichten. Das Knirschen verstummte auf Kopfhöhe. Bevor er die Augen öffnete, hoffte er auf eine abenteuerlustige Frau mittleren Alters.

»Sind Sie verletzt?«, fragte eine männliche Stimme auf Russisch mit amerikanischem Akzent.

Anton stützte sich auf die Ellbogen. Der Typ war höchstens dreißig Jahre alt, seine Kleidung eher für einen Spaziergang im Tal geeignet.

»Nein. Aber warum gehen Sie mitten auf der Piste spazieren?«, sagte Anton auf Englisch.

»Weil ich nicht Ski fahren kann. Wollte es trotzdem mal ausprobieren.«

»Ha, klingt nach texanischem Größenwahn. Sehen Sie meine Kopfhörer irgendwo?«

Anton benötigte ein paar Minuten, bis er sich und die Ausrüstung sortiert hatte. Die Hüfte schmerzte, aber wenigstens hielt ihm der andere die Kopfhörer hin.

»Danke! Das ist hier nicht Aspen. Es kommt kein Pistendienst, um Sie aufzulesen. Und zu Fuß runter in der Dunkelheit ist auch Mist.«

»Schaffe ich schon.«

Der Kerl hatte Pioniergeist.

»Schnallen Sie die Dinger wieder an. Dann fahren Sie mir wie eine Scheibe Pizza hinterher.«

»Pizza?«

»Bilden Sie ein Dreieck – Knie aneinander, das bremst.«

Der Ami leistete keinen Widerstand. Anton half ihm in die Bindung, und eine halbe Stunde später erreichten sie in der einbrechenden Dunkelheit die Talstation.

»Ich bin Phil.« Er streckte ihm mit letzter Kraft seine Hand entgegen.

»Anton. Du hast dich gut gehalten!«

Der Amerikaner grinste erschöpft, seine Jeans waren patschnass. Sie staksten zum Skiverleih, einem modrigen Loch, das auf Beleuchtung verzichtete. Phil hatte dort seinen Rucksack deponiert und zog sich schlotternd um.

»Ich habe Hunger, und du brauchst heißen Tee«, sagte Anton.

Oberhalb der Talstation thronte ein Betonblock, der teilweise mit Holzlatten verkleidet war, um eine Skihütte zu simulieren.

145

Auf der Terrasse wurde gegrillt, an weißen Plastiktischen vertilgten ausgelassene Einheimische enorme Mengen an Fleisch. Die Idylle wurde durch lokale Après-Ski-Hits abgerundet. Einmal kam ein deutscher Stimmungsaufheller zum Einsatz, der prompt mitgesungen wurde. Auf Brüder, sauft Brüder, rauft Brüder.

»Fröhlicher Schuppen«, meinte Phil zuversichtlich.

Anton musterte sein Gegenüber. Ein erschöpfter Rotschopf mit fliehendem Kinn und gedrungenem Körper, der auf geschwollenen Füßen wankt, stellte er nüchtern fest.

Draußen war es zu kalt, sie bestellten in der Gaststube Schaschlik vom Lamm, Tee und Bier. Bevor er sich über das Essen hermachte, schob Phil zwei Tabletten in den schmalen Mund. Die Frontzähne, zweifelsfrei Keramik-Veneers, bildeten in ihrer Perfektion einen argen Gegensatz zum speckigen Gesichtsteint.

»Was bringt dich nach Kasachstan?«, fragte Anton den bedächtig Kauenden.

»Baikonur.«

»Das Kosmodrom?«

»Genau. Bin für die NASA als Beobachter hier.«

Anton blickte verblüfft auf, die Unterhaltung schien unverhofft gehaltvoll zu werden.

»Wow, direkt aus Houston auf die Piste?«

»Bin in Moskau stationiert. Der Start der Sojus ist verschoben worden, da wollte ich mir mal Almaty ansehen.«

Auf Antons fragenden Blick reagierte Phil mit einem ausführlichen Bericht. Nachdem die Weltraumstation MIR im Frühjahr planmäßig durch Wiedereintritt in die Atmosphäre entsorgt worden war, werkelten nun Amerikaner, Russen und Europäer an einer internationalen Raumstation.

»Famos – überirdisch-völkerverbindend!«, sagte Anton.

»An dem Projekt mag ich zwei Aspekte: die Gemeinschaft der Beteiligten und das technische Neuland.« Wenn Phil mit seiner melodiösen Stimme derartige Banalitäten aussprach, war es, als hörte man sie zum ersten Mal.

»Grenzenlos! Sorry, ich denke bei so etwas nur in Klischees.«

»Das tun selbst wir. Die Raumfahrt ist das ultimative Klischee. Alle, die da oben waren, sagen anschließend ähnliche Dinge.«

»Wunderbarer, verletzlich-blauer Planet?«

»In Variationen, ja. Und was machst du hier, wenn du keine leichtsinnigen Zeitgenossen rettest?«

»Stahl. War schon einmal ein Dichter da oben?«

»Ha, das hat Jodie Foster in *Contact* gefordert.«

»Walt Whitman hätte uns stapelweise neue Einsichten geliefert.«

»Vermutlich. Stahl? Mein Vater schuftete in einem Stahlwerk.«

Anton hoffte, Phil würde jetzt nicht in die triste Welt der Eisenlegierungen abdriften.

»Wir werden hier wohl eines bauen. Träumst du davon, selbst in einer Raumkapsel zu reisen?«

»Klar. Du nicht?«

»Sofort. Flucht ist mein Leitmotiv.«

»Ich schätze dich auf Anfang vierzig. Mit etwas Glück nimmt dich ein kommerzielles Raumschiff mit, dann wirst du Mitte sechzig sein.«

»Spätestens dann fliegen auch Poeten ins All.«

»Wenn sie das Geld aufbringen, es wird nicht billig werden.«

Mehrere Stimmungskanonen am Nachbartisch bemühten sich hartnäckig, die beiden Ausländer in ihren schunkelnden Frohsinn einzubeziehen. Um der akuten Bedrohung zu entkommen, zahlten sie überstürzt. Erleichtert saugten sie auf der Terrasse die klirrend kalte Luft ein, welche über dem glänzenden Schnee der klaren Mondnacht stand.

»Etwa dort fliegt die ISS alle 93 Minuten auf vierhundert Kilometern Höhe vorbei.«

»Wann genau?«

Der Amerikaner fingerte an seiner Quarzuhr herum.

»Das nächste Mal in 54 Minuten, knapp neunzig Sekunden lang.«

»Können wir sie mit bloßem Auge erkennen?«

»Obwohl sie hundert Meter lang ist, wäre dies reiner Zufall.«

Anton wollte nicht mehr zurück in die Stadt fahren, aber hier oben gab es kein Hotel.

»Vielleicht können wir eines der protzigen Chalets an der Straße mieten.«

»Sorry, aber die NASA ist eine Non-Profit-Organisation. Ich suche mir eine Absteige in der Stadt.«

»Mein Job kommt mit unbeschränktem Spesenkonto. In 49 Minuten zeigst du mir die ISS.«

Phils Bedenken, die Einladung anzunehmen, verflogen beim Anblick von Antons Fahrzeug. Sie hielten vor einer Werbetafel, die im Scheinwerferlicht Villen am Straßenrand anpries. Ein umtriebiger Verwalter tauchte auf, nur eines der Häuser war vermietet. Er bestand darauf, Phils Rucksack von der Einfahrt bis in eine Art Zirbelstube zu tragen. Dort, wo sich sonst der Herrgottswinkel befand, hing ein Porträt Nasarbajews. Das luxuriöse Anwesen war nur für mindestens drei Nächte zu mieten, Anton bezahlte in bar und bat den Mann, mit ein paar Flaschen Bier und etwas zum Frühstücken wiederzukommen. Phil musterte so lange von der Terrasse aus den Himmel.

»Etwa dort erscheint sie. Wie ein Flugzeug, aber schneller.«
Eine Sternschnuppe und zwei blinkende Jets, mehr zeigte sich
nicht. Phil sah auf seine Uhr.

»Sie ist vorbei.«

Ohne den Kopf zu senken, begann er über Hubble zu sprechen. Um einen durch die Erdatmosphäre ungetrübten Blick zu
ermöglichen, schwebte das Teleskop etwa hundert Kilometer
oberhalb der ISS. Technische Details verwoben sich mit Spe-
kulationen, wohin das führen mochte. Sonnensegeln in Richtung Omeganebel? Phil rückte mit seinem Amalgam aus lebens-
feindlicher Unendlichkeit, wissenschaftlichen Phänomenen und
altertümlichem Pioniergeist in die Nähe des Evangelisten aus
der *Matthäus-Passion*. Das war alles so stimmig und wahr, dass
Anton ihn um seine ungekünstelte Leidenschaft beneidete.
Nichts an Phil war plump positiv oder bemüht charismatisch.
Er stand schlicht in seiner eigenen kosmischen Mitte. Das Merkwürdige war, dass Phil, obwohl sein Metier hauptsächlich aus
Zukunftsvisionen bestand, höchst gegenwärtig schien. Gleichzeitig verfügte er über eine gelassene Haltung in Bezug auf die
Zeit. Selbst eine bescheidene Marskolonie würde er wegen des
Schneckentempos, mit der die Erdlinge die Raumfahrt voran-
trieben, kaum erleben.

Der Verwalter unterbrach sie, er hielt zwei Plastiktüten hoch.
Diesmal hatte er seine Frau mitgebracht, die mit Bettzeug
und Handtüchern hantierte. Anton zündete die vorbereiteten
Scheite im Kamin an, öffnete ein Bier und wartete, bis Phil aus
der Dusche zurückkam.

»Steht schon fest, wann die Sojus startet?«, fragte ihn Anton.

»Jemand aus Swoskny Gorodok gibt mir Bescheid. Bei den
Russen kann es schnell gehen.«

»Bei der NASA nicht?«

»Dort haben wir diese penible Countdown-Prozedur mit T minus 43 Stunden. Die Russen sind flexibler.«

»Ob das wohl mentalitätsbedingt so ist? In meiner Branche improvisieren sie auch gerne.«

»Die sind in Swoskny Gorodok und Baikonur lässiger als in Cape Canaveral. Ein Grund, warum ich Russisch lernte, war der Lift-off-Dialog der Kosmonauten.« Phil deutete lachend mit der Flasche in Richtung Kamin, als freute er sich selbst auf die gute Story. »Wie es auf Cape Canaveral abläuft, weißt du ja. Super steril, die Flaggen und das ganze Pathos. In Baikonur holpern Sergei, Iwan und Vlad fluchend in ihren grauschleierigen Raumanzügen im verbeulten Bus durch Schlaglöcher zur Abschussrampe mit der Sojus. Nach einer Ewigkeit liegen sie endlich eingezwängt ganz oben in der Kapsel.«

»Wahrscheinlich hat der Aufzug wieder geklemmt.«

»Genau! Sie führen also missmutig ihre Checks durch, dazwischen Small Talk. Vlads Moskwitsch braucht schon wieder einen neuen Kolben, Sergei hatte kein warmes Wasser zu Hause, und Ivan musste die Waschmaschine reparieren, anstatt mit seinen Kumpeln ins Banja zu gehen. Dazwischen will Ground Control bei Moskau immer wieder etwas wissen. Irgendwann sind sie durch mit den Listen. Eine autoritär-väterliche Stimme erkundigt sich mal eben, ob die drei bereit wären. Die Antworten kommen mit Verzögerung, Vlad klopft noch einmal gegen eine Druckanzeige. Plötzlich ein *Macht's gut, Jungs,* und vier Millionen Newton werden gezündet.«

»Aber es funktioniert!«

»Funktioniert? Die Sojus ist die zuverlässigste Rakete überhaupt.«

»Warum bekamen die Sowjets Raumfahrt auf die Reihe?«

»Die Schlichtheit ihres Designs ist genial.«

Es folgten Beispiele für bodenständige Konstruktionen russischer Bauart und warum amerikanische Technik oft *over-engineered* sei. Anton gefiel, wie wohltuend unpatriotisch Phil die Dinge betrachtete. Es ging ihm um Lösungen technischer Herausforderungen, ideologische oder gesellschaftliche Aspekte blieben in seiner Wunderwelt irrelevant. Phil war glücklich, wenn er die Eigenheiten der Erststufenbooster einer Sojus beschreiben konnte. Er hatte sich trefflich in dieser Nische eingerichtet, und Anton war dankbar, dass Phil ihn bisher mit Fragen verschonte, was er denn ganz konkret in Zentralasien treibe. Der Amerikaner schlief im Lehnstuhl ein, Anton legte ein Plaid über ihn und ging nach oben in eines der Schlafzimmer.

Als er aufwachte, erkannte er vom Bett aus eine diesige Brühe aus tief hängenden Wolken vor verwaschenen Felsen. Früher Nachmittag, er hatte zwölf Stunden geschlafen. Phil traf er lesend in einem dampfenden Whirlpool auf der Terrasse an. Sie wechselten wenige Worte, der lösliche Kaffee in der Küche schmeckte verstaubt, dazu fanden sich Sandkuchen und ein Glas Sauerrahm. Anton zündete wieder den Kamin an. Es gab zwar keine Bücher, aber er entdeckte ein Radio mit CD-Spieler. Einzig die mangelnde Versorgung mit Lebensmitteln gefährdete die Idylle. Er wählte Anaras Nummer.

»Ich bin in die Berge gefahren. Könntest du einen der Fahrer mit Essen hochschicken?«

»Kein Problem. Wo bist du genau?«

Sie schrieb seine Einkaufsliste mit und legte auf. Die Ereignislosigkeit am Kaminfeuer führte ihn zurück zu Phils Eintracht mit sich und der Welt, die ihn gleichzeitig bezauberte und seine Neugier weckte. Skifahren gab hierfür den falschen Rahmen ab, stattdessen bot sich ein längerer Spaziergang an. Phil, der noch immer im Whirlpool lag, war sofort einverstanden.

Ein paar hundert Meter hinter der Talstation schlängelte sich eine schmale, unbefestigte Straße an Tannen und Findlingen entlang. Im Nieselregen stapften sie über Schneereste und durch Pfützen, es roch nach Kalk und Moos, manchmal drangen Sonnenstrahlen durch silbergrauen Bodennebel bis an einen träge dahinfließenden Bach. Phil machte Anton darauf aufmerksam, dass die Höhe der Baumgrenze weltweit temperaturbedingt variiert und nicht etwa aufgrund des abnehmenden Sauerstoffgehalts. Derweil summte Anton etwas aus Schuberts Streichertrios, also dem trüben Wetter angepasst. Nach einer Biegung tauchten auf der anderen Seite Bauwagen und Container auf. Ein Trampelpfad führte hinunter zum Gewässer, über dem ein bedrohlich wackeliges Brett lag, was offenbar den Zugang zu den Behausungen erschweren sollte. Die beiden blieben neugierig stehen, Anton vermutete ein Provisorium aus Sowjetzeiten, die gerne an ausgesucht pittoresken Stellen errichtet wurden, um dann vergessen zu werden. Doch die heruntergekommene Siedlung wurde fraglos bewohnt, dünner Rauch stieg aus einem klobigen Bauwagen auf, dessen olivgrüne Farbe auf ausrangierte Armeebestände hinwies. Einzig zwei orange-türkise Farbkleckse stemmten sich gegen die Tristesse.

»Sieht aus wie Rucksäcke«, sagte Phil.

»Touristen würden da kaum absteigen.«

Sie balancierten über den Steg, auf der anderen Seite wurden sie von einem zotteligen Streuner begrüßt, der sie schwanzwedelnd bis ins Lager begleitete. Sie klopften gegen das Blech des Bauwagens. Drinnen rumpelte es, die Türe klemmte, ein Tritt öffnete sie halb.

»Was gibt's?«, fragte ein verschwollenes, unrasiertes Gesicht.

»Grüß dich, das ist der Phil, und ich bin der Toni«, rief Anton à la Luis Trenker.

»Habt ihr was zu rauchen dabei?«

Anton hielt eine Schachtel Zigaretten hin, im Gegenzug ließ man sie passieren. An einem Tisch saß eine lesende Frau, ein zweiter Mann stocherte im Kanonenofen herum, weitere schnarchten unsichtbar in verhangenen Stockbetten. Bei den Sichtbaren handelte es sich um sehnige Leichtgewichte, deren schlanke Muskeln phänomenale Ausdauer signalisierten. Die Zigaretten wurden umhergereicht, jeder zündete sich eine an. Die Frau öffnete wortlos ein winziges Fenster, in der Räucherkammer wurde viel gehustet.

»Ich bin Irina. Setzt euch doch«, forderte sie die beiden endlich auf. Kaum saßen sie, erkundigte sich eine Stimme aus dem Off der im diffusen Licht verborgenen Schlafnischen, ob sie etwas Essbares mitgebracht hätten. Anton verneinte und fügte eine Erklärung hinzu, die niemand hören wollte.

»Ich fasse es nicht, ihr kommt aus der Stadt ohne Essen?«, sagte Irina. Als Vergeltung verschwand die Schachtel Zigaretten in ihrer Hosentasche.

Anton betrachtete verlegen ihre Lektüre. Abai, *Das Buch der Worte*. Er war beschämt über seine Ignoranz; täglich fuhr er am Denkmal des kasachischen Dichters und Philosophen vorbei und war doch noch nie auf den Gedanken gekommen, sich mit ihm zu beschäftigen. Phil studierte ein Foto an der Wand.

»Damir und Igor, sie sind seit Wochen am Khan Tengri. Nordroute«, erläuterte jemand.

»*Winter*besteigung Nordroute«, ergänzte Irina streng.

»Ich bin aus Texas«, streute Phil ein.

»Und ich aus Petersburg. Was machst du hier?«, fragte Irina zurück.

Phil erwähnte Baikonur, was auf allgemeines Interesse stieß. Mehrmals erklang ein *kruta!*, was hier oben eher *steil* als *geil* bedeutete und den phlegmatischen Ersteindruck des Kollektivs verblassen ließ. Der Amerikaner beantwortete ihre Fragen in seiner unprätentiösen Art, der Anton schon am Vortag erlegen war. Nach einer Weile lenkte Phil das Gespräch auf das Leben im Camp, er wirkte verlegen und wollte wohl nicht länger im Mittelpunkt stehen.

»Über unser Basislager gibt's wenig zu sagen. Kommt im Sommer wieder, da ist mehr los.«

Jemand nahm ein gerahmtes Farbfoto von der Wand, um es vor den Besuchern auf dem Tisch zu präsentieren. Fünf ernste junge Männer in Trainingsanzügen neben einem gelben Zelt vor verschneiter Bergkulisse.

»Der junge Anatoli Bukrejew, das hier war sein Camp.«

Um Phil und Anton auf die Sprünge zu helfen, schilderte Irina die Tragödie vom Mai 1996 am Mount Everest, als Bukrejew trotz Heldentaten zunächst verleumdet, dann rehabilitiert wurde, nur um anderthalb Jahre später unter einer Lawine an der Annapurna zu verschollen. Sich als Bergführer von kommerziellen Expeditionen anwerben zu lassen, um reiche Touristen auf den überfüllten Gipfel zu führen, war eine der wenigen Möglichkeiten, Geld für eigene Besteigungen aufzutreiben.

»Warum seid ihr im Winter hier oben?«, wollte Phil wissen.

»Wir trainieren auch jetzt«, sagte jemand zögerlich, »Akklimatisierung«, ein anderer.

»Blödsinn«, erklang es aus dem Off, »keiner hier hat einen Ort, wohin er sonst könnte.«

Die beiden Eindringlinge schwiegen verlegen, halb aus Ehrfurcht, halb aus Skepsis, vermieden aber ratlose Blicke auf die in einer Biwakschachtel überwinternden Alpinisten. Es blieb offen, ob diese für die Zivilisation verloren waren oder andersherum.

»Halt du da hinten die Klappe! Ich trainiere jeden Tag vier

Stunden für die Speedklettermeisterschaften«, rief Irina und zündete sich eine weitere Zigarette an.

Anton fragte, ob jemand bereit sei, ihn im Sommer auf einen der Gipfel zu führen. Das waren alle, vorausgesetzt, er könne eine Anzahlung leisten. Irina musterte ihn belustigt.

»Pik Komsomol könntest du packen. Dritter Grad, 4400 Meter, eine Nacht im Zelt – macht 9000 Tenge.«

»Zweihundert Dollar, und du wirst das Zelt schleppen.«

»Dreihundert.« Sie blies ihm blauen Rauch ins Gesicht.

Er legte das Geld auf den Tisch. Irina grinste, sie war sich wohl sicher, ihn nicht wiederzusehen. Dann empfahl sie ihnen, zurück einen anderen Weg zu nehmen, der Hund würde sie führen.

In der Abendsonne gingen sie in einem Bogen durch Spuren im Schnee zunächst weiter bergauf, bis zu einer runden Lichtung, wo auf Findlingen Plaketten mit Namen von im Tian-Shan-Gebirge verunglückten Bergsteigern angebracht waren. An einigen hingen makabre Souvenirs, gerissene Seilenden, gebrochene Felshaken, sogar eine glaslose Nickelbrille. In der Mitte des Rondells lagen Baumstämme als Sitzgelegenheit um eine Feuerstelle.

»Originelle Kultstätte«, murmelte Anton.

Sie entzifferten die verwitterten Inschriften. Neben Ort und Ursache der Tragödien wurde Kurioses erwähnt.

»Bei dem riss das Fixseil am Khan Tengri, während er fotografierte«, rief Anton und beschloss, sein eigenes mitzubringen.

»Wettersturz dominiert als Ursache bei den meisten Unfällen«, stellte Phil nüchtern fest.

Der Hund trollte sich Richtung Camp, die beiden machten sich ebenfalls auf den Rückweg.

»Ich fand Irina apart«, sagte Anton nach einer Weile.

»Sie profitierte von deinem Spesenkonto.«

»So etwas macht man, um sich besser zu fühlen. Wenn die nur nicht so bettelarm wären.«

»Die haben, was sie zum Leben brauchen, und tun, was sie wollen. Nur darauf kommt es an.«

»Vielleicht hast du recht, sie beschwerten sich über nichts.«

»Über was auch? Du hast doch die Fotos gesehen. Die erleben unfassbare Höhepunkte.«

»Sie hocken entweder in diesem engen Loch oder stehen auf Gipfeln«, sagte Anton.

»Ha, du beneidest sie!«

»Vermutlich. Dich übrigens auch.«

»Bullshit, in Bezug auf Status, Position und Einkommen ist bei mir Fehlanzeige.«

»Auf dieser Höhe sollten wir derlei Albernheiten ausklammern.«

»Gerne. Dumm nur, dass die NASA meinen Vertrag im Frühjahr kaum verlängern wird.«

»Und dann?«

»Ich kann mich wohl eine Zeit lang mit Artikeln für Fachzeitungen durchhangeln. Irgendwas ergibt sich immer, Hauptsache Raumfahrt.«

»Du machst, was dir gefällt, und bleibst arm. Bei mir ist es andersrum.«

»Wahrscheinlich bist du zu geldgierig.«

»Lief bisher ganz gut, aber jetzt habe ich mich verrannt. Was ich da unten treibe, ist ein Graus.«

»Ha, das fette Spesenkonto kompensiert es wohl nicht mehr. Konkret?«

»Korruption, wir machen da im großen Stil mit. Das ist epi-

demisch hier. Unmöglich, nicht an die hoheitliche Parasiten-
brut zu zahlen.«

»Soll ich dich etwa bemitleiden? Es war dir doch klar, was
dich in so einem Land erwartet.«

»Vielleicht hat es mich in Russland einfach weniger gestört.«

»Skrupel wegen Korruption? Du?«

»Ich bin kein Moralist, will aber auch nicht Teil von etwas
sein, das alles in Trümmer legt. Es gibt keinen einzigen unabhängigen Richter im ganzen Land. Selbst für Mord haben die
einen Tarif, damit sie dich laufen lassen.«

»Klingt systemimmanent.«

»Wenn wir nicht schmieren, bricht das operative Geschäft
sofort zusammen. Aber vom Tagesgeschäft einmal abgesehen,
Korruption ist für mich auch ein ästhetisches Problem. Sie ist
das Grundübel, von dem sich alle anderen ableiten lassen. Der
*homo sovieticus* wurde abgelöst von einem *homo corruptus*.«

»Korrupt sind wir doch auch. Nur nennen wir es *homo oeco-
nomicus*.«

»Für sonderlich korrupt halte ich dich nicht.«

»Danke für das Kompliment. Wo reihst du dich ein?«

»Das ist ja mein Problem: Typen wie ich sorgen dafür, dass
sich hier keine offene Gesellschaft entwickelt.«

»Mein Gott, wollen die überhaupt so etwas?«, fragte Phil arglos, was die erhoffte Wirkung zeigte. Anton sah ihn ungläubig
an, woraufhin der Amerikaner ungerührt fortfuhr: »Deine auf-
klärerische Pose finde ich problematisch. Glaubst du denn wirklich, dass es sich hier oder zu Hause um vernunftbegabte Menschen handelt, die frei über ihr Schicksal entscheiden?«

»Ich sprach konkret über Korruption.«

»Ja, aber auch über offene Gesellschaft. Das war eher naiv.
Sage mir doch mal, was *die Gesellschaft* hier will.«

»Okay, Sokrates, die wollen, was alle wollen: höherer Lebensstandard, Sicherheit, Freiheit.«

»Fehlt nur noch Selbstverwirklichung! Ich hatte mehr von dir erwartet.«

»Wow! Give me the magic: The world according to Phil.«

»Wie du willst. Die allermeisten Menschen sind vollauf damit beschäftigt, die herrschende Meinung ihrer Umgebung herauszufinden, um sie dann zu übernehmen. Ist evolutionsbedingt, hat die Überlebenschancen erhöht. Wenn ihnen das gelingt, fühlen sie sich pudelwohl. Das siehst du schon daran, dass unabhängig denkende Typen zur nächsten Dinner-Party nicht mehr eingeladen werden. Wer die Harmonie der Gleichgesinnten stört, wird ausgestoßen. Das stärkt den Zusammenhalt der Gruppe.«

»Stimmt alles. Bitte noch ein Wort zur Korruption«, unterbrach ihn Anton, besorgt, Phil würde als Nächstes die Illusion eines freien Willens erörtern.

»Korruption wird in den USA heute drakonisch bestraft. Hier ist sie noch der Normalfall. Jeder, der die Möglichkeit hat, lässt sich bestechen. Wer es könnte, aber nicht tut, wird verspottet. Irgendwann wird Korruption auch hier gesellschaftlich geächtet werden, bis dahin gehören Leute wie du allerdings ausgesondert. Ha, sie werden nicht zulassen, dass du Unglück über sie bringst.« Inzwischen waren sie in Sichtweite des Chalets gekommen. »Kennst du die Frau in der Einfahrt?«, schloss Phil seine Ausführungen.

Anton hatte keine Ahnung, warum Anara dort stand.

»Toll, dich zu sehen! Darf ich dir Phil vorstellen?«

Sie hielt ihm die Wange hin, Phil reichte sie die Hand. »Hatte Lust selbst hochzukommen.«

»Fabelhaft, wir werden zusammen kochen«, entschied Anton.

Ein Fahrer lud Einkaufstüten aus dem Kofferraum. Da Phils

Russisch etwa so mäßig war wie Anaras Englisch, fielen sie von einer Sprache in die andere. Sie inspizierte das Haus, derlei Luxus kannte sie nur von Fotos oder aus Erzählungen.

»Der Whirlpool ist cool.«

»Ich habe darin den halben Tag verbracht«, sagte Phil.

»Etwa nackt mit meinem Chef?«

»Äh, nein. Selbstverständlich nicht. Allein, *mit* Badehose.«

Der Hauch Prüderie stand dem Amerikaner ausgezeichnet.

»Relax, we Kazakhs run around naked all the time.«

Sie gingen in die Küche, wo Anara eine Dose Kaviar vom russischen Teil des Kaspischen Meers präsentierte. Sie stülpte den roten Gummiring nach oben, löste vorsichtig den Deckel und betrachtete die blanke Innenseite. Anton grinste; nur Dilettanten verzichteten auf diesen Frischetest.

»Ossietra, leicht gesalzen.«

»In Moskau ist der Mangelware. Die mischen gefärbte Styroporkügelchen darunter«, sagte Phil.

Sie verteilte Blini auf Teller und stellte ein Glas Smetana dazu.

»Crepes and Crème fraîche«, flüsterte sie in Richtung des Amerikaners.

Phil schien das nussig-cremige Aroma des silbergrauen Fischrogens mit dem goldenen Schimmer zu verzücken. Übermütig hielt er eine Flasche Wodka in die Höhe.

»Stolichnaya ist mein Favorit! Bis 1918 gehörte die Cristal-Brennerei Wladimir Smirnow. Auf dem Etikett ist übrigens nicht die Fabrik, sondern das Hotel Moskau abgebildet.«

»Okay, okay, bist ja richtig in Russland angekommen«, sagte Anara, »wenigstens besteht der im Gegensatz zum lokalen Fusel aus Roggen und Weizen.«

»Schenk mir noch fünfzig Gramm Stoli ein, dann fang ich an zu kochen«, sagte Anton.

Phil nahm dies zum Anlass nachzusetzen: »Die Mengenbezeichnung in Gramm stammt von Mendelejew. Er hatte über die Vereinigung von Spiritus und Wasser promoviert.« Selbst euphorisch wirkte er authentisch.

»Unter den Zaren machte die Steuer auf das Wässerchen bis zu vierzig Prozent der Staatseinnahmen aus«, streute Anton ein. Banalwissen und Wodka waren bei ihm untrennbar miteinander verbunden.

In der Küche entwickelten sich kleinfamiliäre Wärmeschübe. Anton zerquetschte Knoblauch, Anara schnitt Zwiebeln und beobachtete aus den Augenwinkeln Phil, der am Kamin unentschlossen CD-Cover betrachtete.

»Ist er ein Freund von dir?«, fragte sie leise.

»Hab ihn gestern beim Skifahren aufgelesen. Interessanter Typ, sieht nur die relevanten Dinge im Leben.«

»Eigentlich ganz süß, ein schüchterner Schlaukopf.«

»Erst schüchtern, seit du aufgetaucht bist.«

Sie lächelte keck, drehte sich in Richtung Phil und rief: »Ey Gringo, wo bleibt die Musik?«

Der Amerikaner entschied sich für Brian Ferry, um dann an die Wand gelehnt zu beobachten, wie die beiden den Hauptgang zubereiteten. Anton schnitt halb gefrorene Scampi in Würfel.

»Esst ihr immer so gut?«, fragte Phil.

»Wenn wir es uns leisten können«, grinste Anara. »Stimmt es eigentlich, dass in Amerika die Armen das Gleiche wie die Reichen essen?«

»Ja, auch der Präsident bevorzugt Hamburger«, bestätigte Phil nach kurzem Nachdenken.

»In New York gibt es Gourmet-Hamburger zum Preis eines hiesigen Wochenlohns«, ergänzte Anton wohlfeil.

»*Kruta*, in Kasachstan warten wir noch auf den ersten McDonald's.«

»Be careful what you wish for«, warnte Phil.

»Essen würde ich da wohl kaum. Aber ich will die Wahl haben, es nicht zu tun.«

»Ein Starbucks wäre nicht schlecht«, sagte Anton.

»Starbucks ebenfalls! Und Yolki-Palki! Und EasyJet! Wer entscheidet eigentlich darüber, was wir bekommen und was nicht?«

Keiner der Männer antwortete mit *der Markt*. Sich im größten, aber nur spärlich besiedelten Binnenland der Erde abgehängt zu wähnen war verständlich. Auch sagte keiner, woanders sei das Gras stets grüner. Unwirsch warf Anara die Rigatoni in das brodelnde Salzwasser, da klingelte es erlösend an der Haustür. Phil eilte hinaus und öffnete die Türe. Draußen stand der Fahrer und erkundigte sich, ob er noch benötigt würde. Sie blickten Anara fragend an, die zögerte.

»Du kannst über Nacht bleiben, wenn du willst, es gibt hier jede Menge Schlafzimmer«, sagte Anton.

»Ja, dann fahren wir morgen zu dritt zurück«, bestätigte Phil.

Sie zögerte weiterhin. Anton begriff erst jetzt, dass sie das Risikopotenzial einer Nacht mit zwei Männern in einem abgelegenen Haus abschätzte. Die Stimmung fror für einen Moment ein. Sie würde ihnen ausgeliefert sein, was immer sie mit ihr anstellten; wenn sie jetzt bliebe, würde man ihr später die Schuld dafür geben.

»Wir werden uns benehmen«, versprach Phil treuherzig.

»Er soll weiter warten«, sagte Anton, dem die Situation unangenehm wurde.

»Wir könnten ihm etwas zu essen anbieten«, schlug Phil vor.

»So etwas isst der nicht«, unterbrach ihn Anara. »Ich schlafe hier, wäre ja gelacht.« Sie ging zum Eingang, um den Mann nach Hause zu schicken. Zurück in der Küche grinste Anton sie an.

»Jetzt, da du dich uns unwiderruflich ausgeliefert hast, muss ich dir sagen, dass nur Phil über eine Zahnbürste verfügt.«

»Da täuschst du dich, ich habe auch eine dabei.«

Sie deckten den Tisch im Wohnzimmer, öffneten eine Flasche Pinot Grigio und machten sich über die Pasta her. Phil erwähnte das Camp der Bergsteiger, philosophierte darüber, wie sich Aussteiger überall ähnelten und ob Nomadentum nicht die Lebensform der Zukunft sei.

»Ich würde mich schon mit einer Weltreise begnügen«, sagte Anara, des Themas überdrüssig.

»Lass dich von deiner Jahresprämie überraschen«, sagte Anton.

»Das werde ich, *big boss*. Was hat euch da draußen sonst noch beschäftigt?«

»Deinen Vorgesetzten quält die hiesige Korruption«, sagte Phil.

Anara blinzelte voller Mitgefühl. Anton stöhnte leise, in die Rolle des Tugendwächters wollte er sich nicht abdrängen lassen. Sie registrierte seine bebende Oberlippe, entschied sich aber gegen Schonung.

»Korruption bedrückt dich zu Recht …«, feixte sie.

Wäre Anara eine beliebige Bekannte, hätte er sich wegen des fürsorglichen Tons beschwert. Aber er hatte zu lange um ihr Vertrauen gebuhlt, um es jetzt in alkoholisierter Dünnhäutigkeit zu verspielen.

»… aber mir scheint, du kaprizierst dich allzu sehr auf Korruption und verlierst so die Gesamtlage aus dem Blick.«

»Soll heißen?«, fragte er.

»Dass du ihre Bedeutung überbewertest. Auch finanziell, ich habe das für Kazmet mal überschlagen. Grob gerechnet schmieren wir das Beamtengesocks mit einem Drittel des Bruttogewinns.«

»Mir wird schlecht«, sagte Anton.

»Aber wenn du dir die Bilanzen der letzten drei Jahre ansiehst, wirst du feststellen, dass Kazmet keine Gewinnsteuern abgeführt hat.«

Phil nickte zustimmend, Anaras Ausführungen bestätigten offenbar sein Weltbild.

»Aber ich würde lieber Steuern zahlen, statt Offizielle mästen.«

»Wer nicht! Ich wollte dir lediglich zeigen, dass es auf Unternehmensebene in etwa ein Nullsummenspiel ist. Davon abgesehen machst du einen Denkfehler.«

»Hör auf nachzutreten, ich liege bereits am Boden. Also sag schon.«

»Das Staatsbudget wird von denen doch auch zur Hälfte geklaut.«

»Fein. Dann können wir ja sorglos das Grundübel hier weiter sponsern«, maulte Anton.

»Auf absehbare Zeit bleibt uns nichts anderes übrig.«

»Ich verstehe Antons Bedenken, man fühlt sich scheiße, wenn man mitmacht«, murmelte Phil.

Anaras Kopf wiegte bedrohlich hin und her. »Du jetzt auch? Pah, da sehe sich einer euch zwei Heuchler an! Niemand zwingt euch hierherzukommen, damit ihr euch über unsere Traditionen empört.«

»Das Trinken von lauwarm vergorener Stutenmilch finde ich problematischer, als Beamte bestechen«, rief Phil, der sich den Rest des Wodkas in ein Wasserglas schüttete.

»Ihr seid da drüben etwas zartbesaitet, in Kalifornien ist selbst Rohmilchkäse verboten«, sagte Anton.

»Kumys ist köstlich«, kreischte Anara.

Anton hatte genug, er trug das Geschirr in die Küche, spülte Töpfe und Teller, bis Anara neben ihm stand, um schweigend abzutrocknen. Manchmal berührten sich dabei ihre Oberarme, dann wich jeder gespielt überrascht nach seiner Seite aus, nur um kurz darauf wieder anzudocken. Nachdem sie in der Küche fertig waren, fanden sie Phil auf dem Sofa dösend vor. Er bot an, Tee zuzubereiten, welchen sie bald darauf zu einer eintönigen Orchesterversion von *Una Cosa Rara* schlürften. Anara saß in das Sofa versunken zwischen ihnen. Ihre Füße lagen flankiert von den männlichen auf dem Tisch vor dem Kaminfeuer, dessen züngelnde Flammen sich dem Takt der kurzen Musikstücke anzupassen schienen. Sie stellte den beiden Fragen zu deren Familie oder Vergangenheit und erteilte oder entzog das Wort durch eine Berührung mit den Zehenspitzen. Linker Fuß Anton, rechter Fuß Phil. Wurde jemand ertappt, eingenickt zu sein, holten die anderen ihn auf dieselbe Weise zurück, um die Reihe an Campusanekdoten aus Boston, Schymkent und Cambridge fortzusetzen. Von irrelevanten lokalen Besonderheiten abgesehen waren diese identisch, was die rasche Kokonisierung der drei auf dem engen Sofa begünstigte. Ihr Glück lag in der Zufälligkeit der Begegnung, der Unmöglichkeit, so etwas geplant herbeizuführen oder gar zu wiederholen. Die Wissenschaft beziffert das *Jetzt* auf etwa drei Sekunden, in ihrem Zustand tendierte Anton zu zehn. Möglich, dass er sich in sechs Monaten nicht mehr an Phils Namen erinnern, Anara dem Amerikaner in drei Monaten einen Heiratsantrag machen oder eines dieser opulenten Erdbeben, die hier oben ständig drohen, sie in dreißig Minuten alle auslöschen würde. Anara und Phil waren endgültig eingeschlafen. Er ließ sie aneinandergelehnt zurück, um die Treppe hinaufzuwanken.

Sein erster Gedanke galt am späten Vormittag dem Whirlpool und der Frage, ob die beiden gemeinsam darin liegen würden. Stattdessen schlummerten sie in unterschiedlichen Betten, sodass er sich allein mit einer Tasse Kaffee im Nieselregen in den sprudelnden Riesenbottich legte. Grau melierte Wolkenbündel hingen über pumpernickelbraunem Geröllschutt, der sich bis in die Talsohle ergoss. Beim Gedanken an die Tristesse im Basislager ein paar Kilometer weiter meldete sich ein zaghaftes Schuldgefühl. Von Irina jetzt neben sich über Abai aufgeklärt zu werden, das wäre famos. Das *Buch der Worte* verfolgte ihn seit gestern. Noch mehr interessierte ihn, ob die Zukunft für sie irgendeine Rolle spielte. Er traute ihr zu, ausschließlich im Jetzt zu leben. Was hatte sie für einen Risikobegriff? Auch wäre es aufregend, von ihr zu hören, wie sie mit Angst umging. Kannte Irina überhaupt Angst? Nietzsche hätte sich für die Petersburgerin begeistert, Schopenhauer weniger.

»Versunken im Warmen?« Anara stand hinter ihm.

»Du kannst dich gerne dazusetzen. Ich schließe die Augen, bis dich der Schaum verhüllt.«

»Bald haben wir gar keine Geheimnisse mehr voreinander«, murmelte sie und glitt neben ihm in die sprudelnde Gischt. Sie rutschte das Rund entlang, bis sie sich gegenübersaßen.

»Ich liebe diese Zuber. Früher hat sich das ganze Dorf einmal die Woche im Badehaus versammelt. Bei Oskar von Wolkenstein ist man verblüfft, wie wenig prüde es da im Mittelalter zuging«, sagte Anton, wohl um die Situation aufzulockern.

»Ich mag, wenn du den geistreichen Bildungsprotz gibst.«

»Wenn ich zu viel plappere, dann weil ich mich in deiner Gegenwart wohlfühle.«

»Danke, dann seid ihr schon zu zweit. Boris hat sich vorhin gemeldet.«

»Ziehe mich nicht in diese Niederungen, da unten ist sicher etwas Furchtbares passiert.«

»Wir haben die ausstehenden Gehälter gezahlt. Als Dank ist am nächsten Tag die halbe Belegschaft nicht zur Arbeit erschienen. Er sagt, es wäre deine Schuld.«

»Na ja, sollen wir die Leute etwa nicht bezahlen, damit sie kommen? Was gab es sonst noch?«

»Er erwähnte Tschetschenen, wollte am Telefon aber nicht mehr sagen.«

»Kenne ich aus Moskau. Immer wenn die Umstände angenehm sind, taucht mit Sicherheit ein Tschetschene auf.«

»Oder ein Deutscher.«

»Ha, du setzt mich mit dieser Kriegerkaste gleich?«

»Bei dir und Phil denkt man mehr an wurzellose Kosmopoliten.«

Ihr schwarzes Drahthaar legte sich für einen Augenblick flach auf das Wasser. Wiederaufgetaucht, lachte sie ihn breit an.

»Das nehme ich als Kompliment. Meinst du, ich sollte Boris zurückrufen?«

»Es war kein Kompliment. Boris kann warten. So wie hier oben alles. Erzähl mir noch etwas über Oskar.«

»Er war ein armer Ritter, der …«

Anara winkte über ihn hinweg in Richtung Balkon, wo sich offenbar Phil zeigte. Sie richtete sich kurz auf, um auf die Lücke zwischen ihr und Anton zu deuten, sorglos wippende Brüste bekräftigten die Einladung.

»So werden wir den Gringo nie mehr los!«, lachte Anton.

»Phil ist schwer in Ordnung, er darf mit in den Bottich.«

In eine rote Wolldecke gehüllt stakste ihnen der Amerikaner

166

auf der glitschigen Terrasse entgegen. Erste Windböen kamen auf, die Schaumkronen vom Beckenrand vor sich her und über die Brüstung hinweg bliesen, um sich in Richtung Tal aufzulösen.

»Kaum bist du hier, wird es ungemütlich«, rief Anton. Die drei kauerten bis auf Kinnhöhe unter Wasser.

»Sieht nach einem Gewitter aus«, meinte Phil.

»Anton sagt, du würdest nur die relevanten Dinge sehen.«

Phil nickte abwesend: »Ein Blitz könnte uns exekutieren.«

»Ich dachte, mein Gewaltsoll für diese Woche sei erfüllt«, stöhnte Anton.

»Kein übler Tod. Ich würde allerdings die Sojus verpassen.«

»Im Winter gibt es keine Gewitter«, blubberte Anara.

»Im Winter regnet es auch nicht«, sagte Phil.

»Mit dem Klima stimmt etwas nicht«, sagte Anara.

»Ein störrischer Rivale wurde misshandelt«, sagte Anton.

»Von dir?«, fragte Phil.

»Ich habe davon profitiert. Anschließend übernahmen wir gewaltsam die Firma.«

»Das waren milieubedingte Ausrutscher, Anton«, stöhnte Anara.

»Gewalt bedeutet Kontrollverlust«, sagte Phil, der weiter das Wetter beobachtete.

»Anton hielt sich für smart genug, ohne Gewalt auszukommen. Jetzt ist er gekränkt«, sagte Anara.

»Derlei Zivilisationsbrüche sind schmerzhaft«, sagte Phil.

»Nein, Waffengleichheit«, sagte Anara. »Auf Gewalt zu verzichten ist in diesem Land Luxus.«

»Aus Luxus wird schnell Dekadenz«, sagte Phil.

Anton hoffte, zu dekadent für zukünftige Gewaltexzesse zu sein. Sie schwiegen in schwereloser Einmütigkeit, betrachteten abwechselnd die Wetterfront oder die monochrom verwischte Kulisse der Felsformationen. Dreimal Sapiensglück, dahingerekelt in einem vierzig Grad warmen Elixier, das Seelenverwandtschaften zu begünstigen schien. Nach einer halben Stunde wurde entferntes Grollen übereinstimmend als Donner identifiziert, drei Nackedeis flüchteten ins Haus.

Etwas später bahnte sich der schwere Wagen den Weg durch Schneematsch zurück in die Stadt. Statt *Alpensinfonie* bestand Anara auf Oasis, dem gemeinsamen Nenner für derlei Situationen. Bevor sie Phil vor seinem Hotel absetzten, er plante, am nächsten Morgen nach Baikonur zurückzufliegen, saßen sie noch in einem usbekischen Restaurant zusammen. Vertrautheit stellte sich nicht mehr ein. Drei flüchtige Bekannte tauschten abschließende Nettigkeiten aus, verunsichert, ob man da oben nicht etwas verpasst hatte.

# VII

## DER TENDER

Abgesehen von dem morgendlichen Aufeinandertreffen in der Küche bereute es Anton keine Minute, seit über einem Jahr bei Mira zu wohnen. Der ärmliche Eindruck ihres Elternhauses blieb nach der monatelangen Renovierung zwar erhalten, er hatte den Umbau ohne ästhetisches Mitspracherecht finanziert, aber es gab jetzt zwei Bäder, eine brauchbare Küche und neue Fenster. Um daran zu erinnern, dass selbst in Kasachstan Fortschritt möglich war, ließen sie das Klohäuschen im Garten stehen, einem Mahnmal gleich.

»Wie wollt ihr den Maulwurf finden?«, fragte Mira.

Ihren allmorgendlichen Redeschwall ignorierte er, statt über das Debakel vom Vortag nachzudenken, konzentrierte er sich auf sein frisches Croissant.

»Anara sollte sich in Astana umhören«, sagte sie.

Er nickte unwirsch, Anara saß bereits im Flieger in die Hauptstadt.

»Was sagt eigentlich Alisha zu der Sauerei? Immerhin ist Jurbol jetzt Wirtschaftsminister.«

Er nahm sich vor, in seinem Reich unter dem Dach eine Teeküche einzubauen. Eine Zeit lang hatte er unbehelligt im Büro gefrühstückt, aber da wimmelte es mittlerweile von Mitarbeitern, die ebenfalls kein Erbarmen mit ihm kannten.

169

»Es besteht hier übrigens kein Redeverbot«, sagte sie.

»Mir fällt nichts ein, worüber ich reden möchte. Aber wenn du darauf bestehst, könnte ich das Wetter kommentieren.«

»Komisch, abends redest du ohne Ende. Und so geistreich.«

»Nur Idioten sind während des Frühstücks brillant«, sagte er wie jeden Morgen an dieser Stelle.

Sie beugte sich in ihrem schmuddeligen Bademantel über den Tisch, um ihm durch die Haare zu fahren, wobei der Ärmel kurz in seinem Milchkaffee verweilte. Er liebte Mira wie eine große Schwester, die er sich immer gewünscht hatte. Im Grunde war Epikur sein Philosoph. Dummerweise bildete dessen Empfehlung, man möge Freunde als Lebensmittelpunkt wählen, lange eine unüberwindbare Barriere für Anton: Bis Mira aufgetaucht war, hatte er keine.

Ein rätselhaftes, wenngleich in diesem Teil der Welt nicht untypisches Ereignis war der Grund für seine Übersiedelung zu Mira gewesen. Eines Nachts war ein Fremder vor seinem Bett im Hotelzimmer gestanden. Bevor der verschlafene Anton den Lichtschalter ertastete, war er wieder allein im Zimmer. Am nächsten Tag nötigte er den Sicherheitsbeauftragten des Hotels, eine Liste herauszurücken, aus der hervorging, wann in den vergangenen Wochen mit welcher Magnetkarte seine Zimmertür geöffnet worden war. Wie sich zeigte, verschaffte sich neben ihm und dem Zimmermädchen alle paar Tage noch jemand mit einer weiteren Karte Zugang. Anton forderte mit Nachdruck Aufklärung, woraufhin das Hotel eine Sicherheitsfirma einschaltete, dessen Mitarbeiter sich auf Englisch mit »Ex-Mossad« vorstellte. Innerhalb weniger Minuten zauberte dieser in dem arglosen Zimmer derart viele Wanzen und zwei winzige Videokameras zum Vorschein, dass Anton ernsthaft in Erwägung zog,

Ex-Mossad habe sie dort selbst installiert. Der Verdacht erhärtete sich, prompt wurde ihm ein kostspieliges Angebot für ein individuelles Sicherheitsprofil unterbreitet. Im Mittelpunkt von Ex-Mossads Akquisitionsprosa stand eine diffuse Bedrohungslage aus organisierter Kriminalität und internationalem Terrorismus. Klassische Geheimdienstlogik in kommerzieller Sphäre: Vor der Lösung eines Problems stand dessen Schaffung. Anton suchte umgehend bei Mira juristischen Beistand, die den sofortigen Umzug auf ihre Couch anordnete. Dort blieb er dann, bis das unbequeme Möbel seine Wirbelsäule zu martern begann. Da kaum drei Räume bewohnbar waren, schlug er den Umbau ihrer windschiefen Behausung vor. Mira stimmte unter Auflagen zu, den Deutschen hatte sie längst in ihr großes Herz geschlossen. Außerdem übernahm dieser klaglos die Kosten des Umbaus. Alisha und Anara witzelten eine Zeit lang über die von Ex-Mossad ausgelöste Idylle zweier bindungsunfähiger Wesen und schauten ansonsten alle paar Tage bei ihnen vorbei.

Es zog ihn an diesem Morgen nicht ins Büro, wo Ingenieure mit langweiligen Fragen zur Projektierung des Stahlwerks lauerten. Die Bombe war geplatzt, nachdem am Vortag die versiegelten Umschläge des staatlichen Tenders im Ministerium geöffnet worden waren. Statt ihnen erhielt bei der Versteigerung ein Kirgise den Zuschlag für das dringend benötigte Eisenerzvorkommen: Anton hatte 26 Millionen Dollar geboten, die anderen 26 000 010. Anara war fassungslos, sie hatte den verantwortlichen Mann im Ministerium bestochen, damit dieser *nicht* wie üblich die Umschläge illegal vor Ablauf der Frist öffnete, um die alles entscheidende Information meistbietend zu verkaufen. Dies war Antons Idee gewesen, der sich in den Kopf gesetzt hatte, den Tender ohne die landesüblichen Betrügereien

zu gewinnen. Zehn Dollar mehr zu bieten glich einer Kriegserklärung; jemand musste der Gegenseite ihr Gebot gesteckt
haben, damit diese im letzten Moment einen Hauch mehr
bot. Das Desaster schürte ungutes Misstrauen, entweder hatte
Anara das Schmiergeld nicht weitergegeben, oder der Mann im
Ministerium kassierte zweimal. Beides war unwahrscheinlich,
Anton vermutete den perfiden Verräter in seinem Umfeld, was
die Sache verkomplizierte.

Als Ausrede vor Büroarbeit konkurrierte die Orchesterprobe
einer patriotischen, von Präsident Nasarbajew in Auftrag gege-
benen Nationaloper mit den Leichtathletinnen im Zentralstadion. Der wolkenlose Himmel gab den Ausschlag. Er schlich
durch die Katakomben, um aus dem Schatten eines Gangs
unweit der Hochsprunganlage zu treten. Abgeschottet von
den Augen der Öffentlichkeit tummelte sich das nationale Team
beim morgendlichen Training in der Ruine aus der Stalinzeit.
Für Anton war die ungezwungene Atmosphäre vor morbi-
der Kulisse reizvoller als die Wettkämpfe selbst. Raya erspähte
ihn sofort. Sobald ihr Trainer abgelenkt war, winkte sie ihm
aus dem Handgelenk zu. Der Ostdeutsche war Antons Feind;
wurde er von ihm entdeckt, hetzte er das Wachpersonal auf
ihn. Die Vertreibung aus dem Paradies der Astralkörper erfolgte
dann durch eine unwürdige Treibjagd rund um das Oval. Das
Spektakel wurde jeweils von den Athletinnen durch Pfiffe und
Johlen begleitet, wobei deren Sympathien eindeutig bei dem
Gejagten lagen. Raya trieb zwanzig Meter von ihm entfernt hinter dem Rücken der spitzbauchigen Respektsperson im knappen
Trainingsanzug riskanten Schabernack. In einem unbeobach-
teten Moment deutete sie mit zwei Fingern auf ihre Hüftkno-
chen, deren endlose Liebkosungen sie Anton bei ihren Rendez-

vous immer wieder befahl. Jede ihrer Gesten da drüben war von erotischem Geknister unterlegt. Wie zur Strafe schickte sie der Trainer für ein paar Runden auf die Tartanbahn. Bis zum Beginn des Stretching-Programms überflog Anton den wöchentlichen Bericht von Boris. Die Stahlpreise stürmten weiter gen Norden, China schien den ökonomischen Verstand zu verlieren. Noch zwei solche Monate, und sie hatten den Kaufpreis von Kazmet zurückverdient. Um jedoch maximal am Jahrhundertboom zu profitieren, fehlte ihnen ein üppiges Eisenerzvorkommen. Die zehn Dollar mehr der obskuren Firma hatten das Potenzial, sich in hundert Millionen an entgangenen Gewinnen zu verwandeln. Um endlich zu erfahren, was gestern schiefgelaufen war, wählte er Anaras Nummer, aber sie antwortete nicht.

Der Höhepunkt seiner voyeuristischen Besuche im Stadion näherte sich, Raya dehnte bereits ihre schlaksigen Glieder. Die Silhouette einer Sprinterin schob sich unbarmherzig vor den gebeugten Rücken der am Boden Kauernden. Ab nächster Woche würde er von Raya nur noch wenige Minuten auf einem Spartensender erhaschen, der Leichtathletikmeetings übertrug. Die Sprinterin gab endlich den Blick auf die durchgedrückten Knie der Hochspringerin frei, die Handflächen berührten dabei gleichzeitig den Boden. Bis zum Beginn des Sprungtrainings verschwanden die Beine in einer ausgebeulten Jogginghose. Raya lugte vorsichtig in seine Richtung und zog ihr Mobiltelefon aus der Tasche. Anton atmete tief ein, die nächsten Sekunden entschieden über Glanz oder Elend des Tages. Der Trainer, er glich zwischen den jungen Frauen einem verirrten Trüffelschwein, schnüffelte von der Sonne geblendet in seine Richtung. Er hatte ihn entdeckt, zeitgleich ploppte auf seinem Gerät ihre erlösende Zusage zu einem kurzfristigen Stelldichein auf. Bevor die hektisch alarmierten Häscher seine Verfolgung aufnahmen, sprintete Anton durch die Katakomben hinaus ins grelle Licht und über tückisch gewellte Asphaltflächen vor dem Stadion bis hinter schützende Fernwärmerohre auf der anderen Seite.

Nach der Massage sprang Raya ungeduscht in seinen Wagen, er hatte die Wartezeit genutzt, um in einem Hotel am Stadtrand ihr bewährtes Versteck zu reservieren.

Anara kam ohne Vorankündigung direkt vom Flughafen in Miras Küche, wo sie auf Anton traf, der zu dieser späten Stunde ein Omelett mit Kräutern zubereitete und dabei Filmmusik von Schostakowitsch lauschte. Nachklingende Wonnen eines Nachmittags mit Raya, er nippte versonnen an einem Rara Neagrǎ aus Moldawien. Verblüfft betrachtete er seine erschöpfte Kollegin. Anara war gezeichnet von den Strapazen eines sechzehnstündigen Horrortrips, der aus zwei miefigen Flugstrecken, elendigen Taxitransfers und einem konspirativen Treffen mit der zwielichtigen Figur im Ministerium bestanden hatte. Sie umarmte Anton, in ihrem Mantel hing noch der Geruch eingelegter Gurken, der die Kabinenluft auf Inlandsflügen dominierte. Matt deutete sie auf das Omelett. Er verteilte es auf zwei Teller, brach ein Baguette in Stücke und reichte ihr ein Glas Wein. Innerhalb einer Viertelstunde wandelte sich die Abgekämpfte wieder in die resiliente Kriegerin, die er so schätzte. Doch anstatt die Identität des Verräters endlich preiszugeben, erkundigte sich Anara nach Mira.

»Die liegt um diese Zeit im Bett und brütet wahrscheinlich darüber nach, wie sich die letzten Schneeleoparden besser vor Wilderern schützen lassen.«

»*Kruta*, ich werde sie morgen anrufen.«

»Spann mich nicht weiter auf die Folter.« Er schenkte ihr Wein nach.

»Fehlanzeige, er ist es nicht gewesen.«

»Soll das ein Witz sein? Warum glaubst du ihm?«

»Er ist fast in Ohnmacht gefallen, als ich ihn auf dem Parkplatz abpasste.«

»Wo hast du ihn verhört?«

»In einem Café, der Typ hat die ganze Zeit geschlottert.«

»Hast du ihn bedroht?«

»Ich habe behauptet, wir hätten die Geldübergabe mitgeschnitten. Da ist er aufs Klo gerannt.«

»Hat er dich bedroht?«

»Kein bisschen. Er hat mich angefleht, ihm zu glauben. Der war kurz davor, das Geld freiwillig wieder rauszurücken. Ich schwöre dir, der Feigling war es nicht.«

»Schwören? Was für ein Schwachsinn. Etwa auf die Bibel?«

»Nein!«

»Nein? Du hast also Zweifel?«

»Nein. Ich bin Muslima.«

»Das wusste ich gar nicht.«

»*Sehr* gemäßigte Sunnitin.«

»Das ist ja hochinteressant. Mira etwa auch?«

»Vermutlich, betrifft hier fast alle. Der Papst schaute neulich aber trotzdem vorbei.«

Alisha, Gulenka, Raya und Xenia also ebenfalls. Vielleicht sollte er einfachheitshalber konvertieren. Aber bevor er sich in den Gedanken hineinsteigern konnte, hatte ihn die massive Vertrauenskrise wieder im Griff.

»Außer dir kannte nur der Anwalt die exakte Summe«, sagte Anton, was einer persönlichen Bankrotterklärung gleichkam.

Um verfahrenstechnische Fehler auszuschließen, hatte er den lokalen Ableger einer englischen Wirtschaftskanzlei mit der Abwicklung ihrer Teilnahme am staatlichen Tender beauftragt.

Anaras pechschwarze Augen signalisierten abwechselnd Verachtung oder Spott für seine verheerende Entscheidung.

»Es war meine Schuld«, bestätigte er leise.

»Erst den Typen in Astana bestechen, damit der *keine* Straftat begeht, und dann diese ausländischen Rechtsverdreher engagieren.«

»Unfassbar, ich habe es völlig vermasselt«, stammelte er.

»Um sauber und ehrlich zu bleiben«, fügte Anara höhnisch hinzu.

»Bitte verzeih mir, ich zweifelte sogar kurz an dir.«

»Ob ich das Geld übergeben habe? Wenn das wahr ist, kündige ich.«

»Bitte nicht. Lass uns lieber zusammen den Anwalt umbringen.«

»Das wäre der dritte Fehler in dieser Affäre«, sagte sie resigniert.

Wie in Trance fischte er eine für berufliche wie private Tiefpunkte reservierte Flasche Wodka aus dem Eisfach. Nach ein paar Gläsern schworen sie Rache, wobei außer Mord alle Varianten auf den Tisch kamen.

Der nächste Tender fand in zwei Monaten statt, und obwohl die zugefügte Schmach an Anton nagte, bestand er stoisch auf eine erneute Teilnahme unter Verzicht auf jegliche illegale Mittel. Anara reagierte auf seine Pläne mit offener Meuterei. Er hatte noch eine Zeit lang gehofft, der Gewinner des letzten Tenders würde sich als waghalsiger Spekulant herausstellen und ihm gegen einen Aufschlag die Schürfrechte doch noch verkaufen, aber dieser hatte andere Pläne, er benötigte das Erz für ein Stahlwerk östlich des Urals. Den Anwalt stellte Anton nicht zur Rede, sein Protest würde an dem Panzer aus habitueller Arroganz abprallen, der Teil der DNA internationaler Wirtschaftskanzleien war. Es wurde einsam um ihn, außer Mira spotteten alle über seine korruptionsfeindliche Standfestigkeit. Für eine konstruktive Unterhaltung stand sie aber nicht zur Verfügung, neben der Rettung von Schneeleoparden und Dissidenten blieb keine Zeit für *kommerzielle Banalitäten*, wie sie sich ausdrückte. Nur einmal regte sie sich beim Anblick des in der Küche vor sich hin grübelnden Anton über ihren Standeskollegen auf.

»Ich bin dem Arschloch mal in der Anwaltskammer begegnet. Erinnere mich noch gut, wie der nach Hybris stank.«

»Hybris macht blind«, murmelte Anton vor sich hin. Verwundert, wie trivial die Lösung war, sah er Mira entgeistert an. Sie gab ihm einen Kuss auf die Stirn und deutete auf das Telefon, damit er Anara anrief.

Er erreichte sie beim Einkaufen in einer Mall und fuhr sofort hin. Der Pizzastand mit Blick auf eine Eislaufbahn voller Kinder bot die anonyme Kulisse für ihr vertrauliches Gespräch. Anara musterte ihn skeptisch.

»Mit einer Ausnahme werden wir es wieder so machen«, verkündete Anton.

»Endlich ist bei dir der Groschen gefallen. Der Typ soll die Umschläge öffnen, damit wir im letzten Augenblick das höchste Angebot abgeben.«

»Schlag dir das aus dem Kopf. Wir wollen uns an dem Anwalt rächen, oder? Der hält sich mittlerweile für unverwundbar, aber wir lassen ihn sein eigenes Grab schaufeln.«

»Ha – im Gegensatz zu uns ist er wirklich unverwundbar.«

»Nicht mehr lange! In der finalen Runde des Tenders ist neben uns nur noch ein anderer Bieter übrig. Aber diesmal werden wir zwei Umschläge abgeben. Einen wie gehabt über den Anwalt und einen direkt, von dem nur wir wissen«, sagte Anton.

»Der Anwalt wird wie beim letzten Mal unser Gebot an die Konkurrenz verraten ...«, sagte Anara.

»... die trotzdem verlieren wird. In einem zweiten Umschlag erhöhen wir unser ursprüngliches Gebot um elf Dollar.«

Eine elegante wie raffinierte Lösung. Sie malten sich genüsslich aus, wie die betrogenen Betrüger mit dem Anwalt verfahren würden. Die zurückgewonnene Initiative machte ihre Versöhnung möglich, erleichtert schlenderten die beiden durch das Einkaufszentrum, ein Ort, den Anton für gewöhnlich mied. Das Warenangebot überraschte ihn. Gemessen an den hier vertretenen internationalen Ketten war in den vergangenen zwei Jahren westeuropäisches Niveau erreicht worden. Nicht nur Kazmet, das ganze Land schien prächtig zu gedeihen. Stetig steigende Rohstoffpreise und die Entdeckung von immer neuen Gasvorkommen am Kaspischen Meer verhießen eine goldene Zukunft. Wohlstand für alle, versprach das Regime auf farbenfrohen Bannern an jeder Straßenecke. Staatlich alimentierte Einfaltspinsel prognostizierten, das Land sei auf dem besten Weg, in wenigen Jahren mit Norwegen gleichzuziehen. Derweilen gewöhnte sich die Welt an Chinas hemmungslose Expansion, das neue globale Grundrauschen. Es war nur eine Frage der Zeit, bis Indien, Südamerika und danach Afrika das nächste ökonomische Feuerwerk zünden würden. Wandel durch Handel, die Welt schien bereits zu klein für all die Euphorie.

Wie immer hatte sich Boris auf das wöchentliche Briefing von Anton gewissenhaft vorbereitet. Im Anschluss würde seine Frau Ludmilla und Alisha zu ihnen stoßen, um den Abend in einem italienischen Restaurant zu verbringen.

Gleich zu Beginn wartete Boris mit der Lösung eines Langzeitproblems auf, dem landesweiten Defizit an technischem Sauerstoff, der für das Schneiden von Stahl auf schmelzofentaugliche Maße benötigt wurde.

»Du weißt doch, wir haben diesen Vertrag mit dem Verteidigungsministerium.«

Von dem ahnte Anton nichts. Boris streute gerne Exotisches in seine Berichte, um den Unterhaltungswert für ihn anzureichern.

»Mehr Schrott als die Armee hat niemand, die sind zurzeit unser größter Lieferant«, fuhr Boris fort.

Anton nickte zufrieden. Er würde Mira gegenüber erwähnen, wie aktiv sie die Abrüstung des Landes vorantrieben und so nebenbei ein paar Karmapunkte sammeln.

»Beim Militär herrscht Langeweile. Alle paar Wochen nötigt mich ein Major, mit seinem Hubschrauber einen anderen Stützpunkt anzufliegen. Wir inspizieren dann den dortigen Schrott.«

»Klingt nach reichlich Wodka.«

»Naturgemäß. Aber eine Raketenbasis hatte es in sich! Da standen schicke Container nebeneinander, in denen sie Stickstoff von Sauerstoff trennen.«

»Bravo, genau was wir brauchen. Für Raketen viel zu schade.«

»Und das Beste war, die hatten ein weiteres halbes Dutzend solcher Anlagen aus Sowjetzeiten eingemottet rumstehen.«

»Ha, lass mich raten: Nach zwei weiteren Flaschen gehörten die uns.«

»Sie stehen bereits in den Filialen! Aber das ist noch nicht alles: In der Provinz verfügen die Krankenhäuser über zu wenig künstlichen Sauerstoff in Flaschen. Die beliefern wir jetzt ebenfalls.«

Karmapunkte auch hier! Nachdenklich schenkte sich Anton

eine weitere Tasse Tee ein. Solche Reality Checks entlarvten die vertrottelte Schimäre, hier bald Norwegen einzuholen.

»Tu mir einen Gefallen und nimm für die paar Flaschen kein Geld von den Kliniken.«

»Keine Angst, die haben sowieso keines.«

Boris fuhr routiniert fort, die Punkte auf seiner Liste abzuarbeiten.

»Die Stahlpreise sind derart gestiegen, dass jetzt jede Menge Taugenichtse auf die fahrenden Waggons klettern. Das so geklaute Material verkaufen sie uns dann noch einmal.«

In Norwegen auch unüblich, beschied Anton.

»Wenn Xenia die erwischt, sind sie fällig«, sagte er, nicht ohne insgeheim die draufgängerischen Wegelagerer zu bewundern.

»Ab nächsten Monat begleiten bewaffnete Wächter die Züge.«

»Du baust eine kleine Privatarmee auf?«

Dies würde Mira gar nicht gerne hören, sie pochte auf ein staatliches Gewaltmonopol.

»Nein, das Verteidigungsministerium leiht uns echte Soldaten. Kommt billiger.«

Anton war beeindruckt, Boris hatte den Laden im Griff. Das Chefbüro schien seit der Vertreibung des Belutsch vor anderthalb Jahren unverändert, nur die Flagge war ins Vorzimmer verbannt worden. Auf der Fotografie über dem Sideboard schüttelte jetzt Boris die Hand von Nasarbajew. Die Aufnahme war offenbar anlässlich einer dieser trübsinnigen Empfänge für Wirtschaftshonoratioren entstanden, vor denen sich Anton grundsätzlich drückte. Es folgten noch die ein oder andere positive Umsatzprognose und Rentabilitätskennziffer. Anton war hochzufrieden, aber die Erfolgsmeldungen näherten sich der Sättigungsgrenze.

»Du machst deinen Job ausgezeichnet. Lass uns essen gehen.«

»Danke, aber eine Sache gibt es noch.«

Anton setzte sich wieder.

»Karaganda. Unser dortiger Direktor ist spurlos verschwunden.«

»Der Tschetschene?«

»Nein, sein Nachfolger. Den Tschetschenen habe ich vor sechs Wochen rausgeworfen. Du erinnerst dich, wir hatten die Kontrolle über die Filiale verloren. Als er auch noch das Firmenschild abmontierte, musste ich handeln. Sein halber Clan hatte die Firma infiltriert.«

»Vielleicht taucht der Direktor wieder auf.«

»Unwahrscheinlich. Die Polizei vermutet einen Racheakt für den Rauswurf.«

»Armes Schwein. Hätten die etwas Anstand, wären sie direkt zu uns gekommen«, sagte Anton.

»Du meinst wohl eher, zu mir. Die Anlage steht jedenfalls still, vor lauter Angst erscheint niemand mehr zur Arbeit. Und es gab ein paar höhnische Anrufe hier, ob wir den Vorgänger nicht wieder einstellen wollen.«

»Ich kenne die Vögel aus Moskau, das Problem wird nicht von selbst verschwinden. Kann dein Major nicht ein Wachbataillon nach Karaganda entsenden?«

»Vergiss es. Der ist zwar zu jeder Schandtat bereit, aber um Tschetschenen macht er einen großen Bogen.«

Sie beschlossen, sich erst einmal um die Familie des Verschollenen zu kümmern und ansonsten abzuwarten. Karaganda war eine tschetschenische Hochburg, was unkomplizierte Lösungen ausschloss.


Das Restaurant gehörte einem ambitionierten Süditaliener, wie man sie überall in den kulinarischen Schwellenländern des

Ostens antraf, wo sie unermüdlich ihre missionarische Sendung erfüllten. Gianni gab beim Anblick der zwei Paare den sprachlos Glücklichen. Tignanello und Gaja stehen bereit, Signori, vorher einen Bellini für die Belle Donne? Seewolf und Langusten eben erst vom Flughafen eingetroffen. Oder doch wieder ein Ossobuco für Dottore? Theatralisch trug er die Mäntel der Frauen wie eine Trophäe durch den Saal. Der Könner zog alle Register, und die vielen Modernisierungsgewinner der Stadt schätzten den Botschafter des gehobenen Bella-Italia-Kitsches dafür.

Dies traf nicht auf Boris zu, der sich in der Öffentlichkeit zunehmend ernst und gravitätisch gab. Für gewöhnlich überging er Giannis Späße und Komplimente mit einem gequälten Lächeln, darauf bedacht, nicht den Eindruck zu erwecken, ein Generaldirektor verbrüdere sich mit einem Wirt. Anton erklärte sich diese tradierte Haltung mit einer tiefen Sehnsucht nach Bürgerlichkeit, ein verbreitetes Phänomen innerhalb der neuen oberen Mittelschicht. Gianni schwänzelte um Ludmilla herum, die ihn um das Geheimnis seiner Zabaione bat. Alisha wies Anton diskret auf Boris' bedrohlich verstockte Miene hin.

»Lass dem Papageno seinen Spaß, es ist nur ein Spiel«, sagte er zu Boris.

»Jemand sollte den distanzlosen Possenreißer auf seinen Platz stellen.«

Alarmiert durch die rustikale Redewendung – *jemanden auf seinen Platz stellen* signalisierte die Bereitschaft zum Duell –, klopfte Anton ihm kumpelhaft auf die Schulter.

»Entspann dich, Gianni ist nicht satisfaktionsfähig.«

»Hergelaufener Zitronenpflücker! Kennst du die Kriegsflagge der Makkaroniki?«

»Äh, nein«, sagte Anton.

»Weißer Adler auf weißem Grund. Satisfaktionsfähig oder nicht, der braucht eins auf den Hals.«

»Das reicht, Boris«, sagte Alisha mit der Autorität seiner Retterin. Ohne ihre damalige Intervention keine neue Bürgerlichkeit, dachte Anton amüsiert.

Gianni kam mit einem stattlichen Schneebesen aus der Küche geeilt, den er Ludmilla feierlich als Geschenk überreichte. Selbst Boris grinste kurz über die gelungene Szene. Der Meister nahm die Bestellung auf, und nach der ersten Flasche Wein schien die Idylle eines arglosen Abendessens zweier befreundeter Paare nicht mehr gefährdet. Gianni tänzelte um andere Tische, den russischen Sauertopf mied er instinktiv. Anton folgte der Unterhaltung über den neuesten Klatsch des Präsidentenclans, dankbar, dass ihn Alisha zu dieser monatlichen Pflichtveranstaltung begleitete. Aus der spröden Ludmilla wurde er nie schlau, sie war klug und gebildet, blieb ihm gegenüber aber distanziert. In der Gegenwart von Alisha blühte sie phasenweise auf, so wie jetzt, als sie einen harmlosen Streich schilderte, den ihr Sohn nachmittags seinem Klavierlehrer gespielt hatte.

»Schmeiß ihn raus«, sagte Boris.

»Weshalb, Liebling? Er ist ein toller Pädagoge«, protestierte Ludmilla.

»Ich möchte diese tschetschenische Ratte nicht mehr in meinem Haus sehen.«

Das ratlose Schweigen wurde durch ungläubiges Lachen von Alisha beendet, und Anton murmelte etwas von beruflichen Problemen mit Tschetschenen. Einen Augenblick später starrten sie in Richtung Boris, der aufgestanden war, sein Glas erhob und »Auf Putin!« rief, um es in einem Zug zu leeren.

Fragende Blicke von allen Seiten, derlei Verlautbarungen kamen an den Nachbartischen miserabel an.

»Reiß dich zusammen«, sagte Anton, der als Nächstes laut-
starke Details zum zweiten Tschetschenienkrieg befürchtete.
Oder dass der Untergang der Sowjetunion die Tragödie des Jahrhunderts gewesen sei, eine Auffassung, die in diesem Etablissement ebenfalls nicht mehrheitsfähig schien. Da er nicht betrunken war, gab es für Boris keine mildernden Umstände. Der hob
schon wieder sein Glas.

»Auf Grosny!«

Alisha schlug ihm das Glas aus der Hand, was durch Bravo-
Rufe aus der Tiefe des Raums kommentiert wurde. Anton
kapierte sofort; da hier jeder jeden kannte, musste sie als rang-
hohe Mitarbeiterin im Wirtschaftsministerium ein Zeichen setzen. Boris gab sich unbeeindruckt.

»Putin hat ein Drittel von den Schwarzärschen erledigt, das verdient Anerkennung. Ha, Grosny sieht aus wie Berlin im Mai '45.«

»Du bist und bleibst ein kleines sowjetisches Arschloch. Sorry,
Ludmilla«, sagte Alisha.

»Sowjetisch ja, Arschloch nein«, rief Boris, was am Neben-
tisch mit Gelächter honoriert wurde.

»Was ich dich schon immer fragen wollte: Trauerst du eigentlich nur der Sowjetunion nach oder auch Lenin und der bolsche-
wistischen Revolution?«, wollte Anton wissen.

»Der Sowjetunion«, sagte Boris nach kurzem Nachdenken.

»Es ging bei der Sowjetunion immer nur darum, Menschen
kleinzumachen. Davon abgesehen – sollte jemand eine Zabaione nehmen, würde ich mich anschließen«, sagte Anton.

»Ich bin dabei. Was ist mit Stalin, Boris? Hast du den auch ein
klein wenig lieb?«, fragte Alisha.

»Nein. Aber der Feldherr Stalin hat den Krieg gewonnen.«

»Und die Tschetschenen nach Karaganda umgetopft«, gab
Anton zu bedenken.

»Wo gehobelt wird, da fallen Späne. Nicht wahr, Boris?«, sagte Alisha.

»Die Ratten haben ihren schönsten Schimmel Hitler geschenkt. Da blieb ihm keine Wahl als Deportation. Eine andere Sprache versteht der Tschetschene nicht.«

»Wegen eines Gauls fehlt jetzt unser Direktor?«, fragte Anton.

»Klar. Ihr Deutschen seid schuld. Wie immer«, sagte Boris.

»Wenigstens verherrlichen wir keine starken Männer mehr.«

»Russen verzeihen alles außer einen schwachen Zaren«, sagte Boris.

»Je wahrer eine Plattitüde, desto schmerzhafter. Ich nehme das Cassis Sorbet«, sagte Ludmilla, um nach einem wehmütigen Lächeln hinzuzufügen: »Und jetzt beruhigen wir uns alle wieder, immerhin hat selbst Sartre sich nicht entblödet, Stalin zu preisen.«

Das Konferenzzimmer von TTP – *Theodore Thomas & Partners* oder wie Anara bevorzugte: *Terrible Traitors & Parasites* – war geschmackloser gestaltet als vergleichbare internationale Wirtschaftskanzleien. Man setzte hier kompromisslos auf Folklore. Anton betrachtete einen mit Lederriemen festgezurrten Klumpen aus kastanienbraunem Fell, der die gegenüberliegende Wand zierte, neben Artefakten aus gedengeltem Kupfer und durchgescheuerten Gebetsteppichen als Teil des plumpen Anbiederungsversuchs, bei ortsansässigen Mandanten durch Lokalkolorit heimische Gefühle zu wecken. Ein unter Ausländern verbreitetes Missverständnis. Einheimische Mandanten wollten gerade nicht durch verfilzte Shydrak-Teppiche an die Nomadenvergangenheit ihrer Vorfahren erinnert werden. Bei Stundensätzen von 800 Dollar erwarteten sie die gleiche

Kunst wie in der Londoner Zentrale. Auf dem Tisch vor Anton lächelte Theodore Thomas kahlköpfig von einer Hochglanzbroschüre und verkündete:

*TTP ist stolz, Kasachstan auf seinem Weg zur führenden Wirtschaftskraft der Region zu begleiten. Unser Schwerpunkt liegt im interkulturellen Dialog. Stets hands on, wenn es um tragbare Lösungen geht, das kann ich Ihnen versichern.*

Verspätet und verschwitzt kam der Verräter in einem ausgebeulten Anzug zur Tür hereingestürmt. Er streckte Anton seine feuchte Hand entgegen. Der Businesslunch habe sich hingezogen. Theodore Thomas erkundigte sich nach Antons Frau und Kindern und fragte dann, ohne eine Antwort abzuwarten, wann der Deutsche endlich Mitglied im Golfclub werden würde. Alle ausländischen Leistungsträger träfen dort in zwangloser Atmosphäre auf die lokale Elite. Networking sei *the name of the game.* Anton sah demonstrativ auf seine Uhr, für derlei Small Talk zu bezahlen war bitter.

»Unerhört, den Tender wegen zehn Dollar zu verlieren. Ich rate Ihnen dringend, eine formale Beschwerde bei der Behörde einzureichen. Wir übernehmen das gerne für Sie.«

»Nicht nötig. Aus informeller Quelle wissen wir bereits, wer im Ministerium unser Angebot an den Konkurrenten weitergab. Noch einmal wird er die Gelegenheit dazu nicht bekommen«, sagte Anton.

Der Anwalt reagierte mit einem saturierten Lächeln.

»Das freut mich. Jeder Schlag gegen die Korruption tut dem Land gut.«

»In zwei Monaten ergibt sich die nächste Chance. Wir zählen bei der Abwicklung wieder auf TTP.«

»Ihr Vertrauen ehrt mich. Von unserer Seite werden wir das so erledigen wie beim letzten Mal.«

»Etwas anderes habe ich von Ihnen nicht erwartet. Geben Sie wieder Ihr Bestes!«

Zum Abschied machte der Anwalt Anton auf einen neu eröffneten englischen Pub aufmerksam, wo man demnächst feuchtfröhlich den Geburtstag der Queen begehen würde, was zu allem Überfluss auch noch mit einem Staatsbesuch von Tony Blair zusammenfiele.

Anton näherte sich in diesen Monaten seinem Idealzustand an. Statt gewissenhaft zu arbeiten, erweiterte er seinen Horizont. Da er über zwei Büros in unterschiedlichen Vierteln der Stadt verfügte, fiel niemandem auf, wie wenig Zeit er tatsächlich mit beruflichen Aufgaben verbrachte. Unter der Tarnkappe des geschäftigen Managers ließ sich nachholen, was er in seinem bisherigen Leben versäumt hatte.

Die beschaulichen Nachmittage waren für Zeichenunterricht, Klavierstunden oder Fremdsprachenstudien reserviert. Pensionierte Professoren hießen ihn in ihren Wohnungen willkommen, um so ihre kargen Altersbezüge aufzubessern. Er war der Labung durch schöngeistige Dinge bedürftig, nicht unähnlich einem Mafiosi, den es zwischen zwei Morden in die Oper zieht, um das Schicksal der Carmen aufrichtig zu beweinen. Es waren glückliche Umstände, die derlei Ausgleich für seinen beruflichen Verdruss ermöglichten. Zum einen delegierte er hemmungslos Aufgaben an kompetente Mitarbeiter. Zum anderen verdächtigte ihn schlicht niemand des Müßiggangs. Noch immer schien den meisten ein fauler Deutscher so unwahrscheinlich zu sein wie ein ehrlicher Politiker. Deutsche galten grundsätzlich als fleißig, ordentlich, zuverlässig und belastbar. Sie waren selten brillant, nie charmant, steckten aber in einer grundehrlichen Haut. Im Gegensatz zur russischen Kolchose kannte die benachbarte deutsche keine Missernten, wurde ihm regelmäßig versichert.

Wer immer zu diesem Ansehen beigetragen hatte, er dankte ihnen von Herzen. Ob von Katharina nach Russland gelockte Wolgadeutsche, Gutenberg, Kant oder Diesel, sie schufen eine Wertschätzung, die Anton nicht verdiente.

Den Auftakt für seine Treffen mit Gulenka bildete immer ein unverfängliches Tennisspiel im Club, nach dem sie sich artig wieder trennten. Als Nächstes galt es, auf unterschiedlichen Routen eine Tiefgarage anzufahren, aus der ein Aufzug direkt in ihr Apartment führte.

Dort oben gestand sie Anton eine Haupt- und eine Nebenrolle zu, wobei die Wichtigere nicht die des Liebhabers war. Zu Beginn ihrer Affäre versicherte sie ihm, auf zehn passable Lover käme ein guter Zuhörer. Anton wurde schnell klar, dass dies absolute Verschwiegenheit einschloss.

Im Gegensatz zu den meisten Menschen hatte Gulenka etwas zu erzählen. Sie musste viel loswerden, und er war ihr dankbar für die tiefen Einblicke in eine verborgene Welt. Die Kissen, auf denen sie sich bis eben geliebt hatten, wurden zurechtgerückt, damit ein Tablett mit Tee und Canapés Platz fand. Dann lagen sie in seidenen Morgenmänteln nebeneinander.

Im Zentrum der Fortsetzungsgeschichte stand zunächst M., der im neuen Kasachstan sein Unwesen trieb. Protegiert vom Präsidenten, Gulenka nannte diesen schlicht *Khan*, kaufte M. in den Neunzigerjahren mit Krediten einer staatlichen Bank zu einem lächerlichen Preis staatliche Bergbauunternehmen. Gulenka schilderte ihn etwas holzschnittartig, offenbar war er ein naher Bekannter oder Verwandter, dessen Identität sie nicht preisgeben wollte. Stattdessen erweiterte sie den

Kreis der Akteure. Das Panoptikum umfasste bald Oligarchen, Politiker und Banditen samt deren Anhang. Die Verteilungskämpfe um das ehemalige Staatsvermögen wurden erbittert geführt: in Chefsessel eingenähtes Uran, unverhoffte Jagdunfälle, Autobomben und notorische Todeskommandos. Regelmäßig tauchte ein Spray aus KGB-Beständen auf, der innerhalb von einer Stunde jedes Herz zum Stillstand brachte, ohne die geringsten Spuren zu hinterlassen. Doch Anton interessierten derart reißerische Momente wenig, er kannte das Repertoire aus seiner Zeit in Moskau.

Auf seinen Wunsch hin sezierte Gulenka manche der Protagonisten ausführlicher. Ob komisch oder schauerlich, sie hatte ein Talent, Fiktion mit Realem zu verweben. Manchmal bat Anton sie bis zum nächsten Treffen um Züchtigung der ein oder anderen Bestie. Ein drei Zentner schwerer Oligarch, der seine Häscher aussandte, um für ihn im ganzen Land Jungfrauen zu rauben, war so ein Fall. Sie stimmte zu, prompt vergaß ein Mechaniker kurz darauf seinen Schraubenzieher im Triebwerk von König Dickbauchs Businessjet.

Anton drängte Gulenka, die Machtmechanismen präziser zu schildern. Sie entpuppte sich als intime Kennerin der Feudalgesellschaft. Der Deutsche staunte, für welch perfide Dienste der Khan Lehen in Form von Provinzen verlieh. Dem so Belohnten, nun mit dem nichterblichen Titel *Akim* ausgestattet, wurden die Landstriche bis auf Widerruf zur beliebigen Plünderung überlassen.

Der Blick auf die Elite glich einer Endlosschleife aus Heiratspolitik, Intriganten- und Mätressentum. Die Zustände am Hof des Khans erinnerten an einen Kostümfilm, der wenig mehr als Kostüme bot. Anton fand dies bald eintönig. Die Frage, nach welchen Prinzipien die wichtigen Entscheidungen im Land getroffen wurden, erschien ihm aufregender. Selbstredend waren Wahlen, Parlament und Regierung in dieser Autokratie eher machtloses Blendwerk. Blieb noch der Khan selbst. Wie tickte er? Die einfachsten Fragen waren immer die besten. Anton stellte sich ihn als klassische Schnittstelle vor, der konkurrierende Interessen ausglich, um sich so an der Macht zu halten. Gulenka lachte bitter, von *autoritär, aber fair* halte der Alte nichts. In dessen Weltbild gebe es entweder bedingungslose Loyalität oder Vernichtung. Derart dumpfes Lagerdenken erstaunte Anton. Die modernisierte Fassade des Landes hatte offenbar seinen Blick auf den archaischen Kern des Regimes getrübt. Architekten von Weltruf errichteten in Astana futuristische Gebäude, in denen Behörden effizienten Rechtsstaat vorgaukelten. Während die Sowjetunion leicht an ihren Grautönen zu erkennen war, präsentierten sich die nachfolgenden Regime farbenfroh und westlich durchdesignt.

Ein Abschiedskuss entließ ihn in den Schacht nach unten, der neben seinem Fahrzeug endete. Das Verlassen der Tiefgarage glich jedes Mal Platons Höhlengleichnis: die nächtliche Stadt vor ihm als Projektion einer Wirklichkeit, nach der er sich unter Gulenkas Baldachin umdrehen durfte.

Aus der Küche drangen Stimmen nach oben. Anton hatte den Sonntagnachmittag im Bett mit Dostojewskis *Dämonen* verbracht, weshalb ihm jetzt Gesellschaft willkommen war. Er lauschte eine Zeit lang dem Getrappel der Mäuse, die seit ein paar Wochen die Wände des Hauses heimsuchten und ihn so an seine frühere Datscha bei Moskau erinnerten. Er hatte noch keines der Tiere zu Gesicht bekommen, erkannte aber manche bereits am Gang, wenn sie wenige Zentimeter an seinem Ohr vorbeirannten.

Auf der Treppe schlug ihm der Geruch von Fleischbouillon entgegen. In dieser Beziehung unterschied sich hier nichts von anderen kasachischen Haushalten, wo meist Suppenfleisch vor sich hin brodelte. Er holte tief Luft, öffnete die Küchentür, durchschritt rasch den Raum und riss das Fenster auf. Erst dann küsste er Anara und Alisha zur Begrüßung, um neben Mira auf der Sitzecke Platz zu nehmen.

»Versucht ihr, den Sudel zu inhalieren?«

Niemand reagierte auf die Reklamation, stattdessen bekam er eine Tasse Tee hingestellt, den er schweigend trank. Er war heilfroh, dass ihm die Frauen zumindest einen Beobachterstatus zustanden und nicht zu den Dämonen zurückschickten. Doch so, wie ein Anthropologe durch seine passive Anwesenheit das Verhalten der von ihm beobachteten Objekte unweigerlich verändert, wandten sich die Freundinnen nach und nach ernsteren Themen zu. Das passte zur nahrhaften Suppe, die sie jetzt alle löffelten. Und zur jüngsten Verkündung von George W. Bush, den Krieg im Irak siegreich beendet zu haben. Merkwürdigerweise tat er dies auf einem Flugzeugträger, zu dem er im Kampfjet anreiste.

»Putzige Einlage, wie der da in Pilotenkluft und Helm stand«, sagte Anara.

»Als hätte Tom Cruise eine Midlife-Crisis«, grinste Alisha.

»Jetzt übernimmt das Showbusiness endgültig die Politik«, seufzte Mira.

»Kasachstan ist Mitglied in der *Koalition der Willigen*, wir haben auch ein bisschen gewonnen«, sagte Anara.

»Ein Fortschritt, bis auf Anton wurden wir alle noch im *Reich des Bösen* geboren«, sagte Mira.

»Er hat heute dennoch nichts zu feiern: Deutschland war bei den *Unwilligen*«, sagte Alisha.

»Aber kein Mitglied bei der *Achse des Bösen*«, präzisierte Anton, als liefe er Gefahr, gleich nach oben zu den dort lauernden Dämonen verbannt zu werden. Seit dem Auftritt von Powell vor dem UN-Sicherheitsrat vor drei Monaten nahm er Politik nicht mehr ernst.

»Wir haben andere Probleme«, sagte Mira zu seiner Erleichterung. Gleichzeitig hoffte er, die Unterhaltung würde nicht in den Niederungen kasachischer Innenpolitik münden.

»Ein Richter hat diese Woche zwei Wilderer laufen lassen«, fuhr Mira fort.

Je näher in geografischer Hinsicht ein Ereignis stattfindet, desto mehr Aufmerksamkeit wird ihm zuteil. Das Schicksal der Schneeleoparden entschied sich dreißig Kilometer weiter, das der irakischen Zivilisten dreitausend.

»Warum gehst du nicht in die Politik?«, fragte Anara.

»Ja, und mit nur einem Thema: Korruption. Von links bis rechts würden dich die Leute wählen«, sagte Anton.

Alisha schwieg an dieser Stelle vielsagend. Obwohl ihr offizielles Gehalt bei monatlich tausend Dollar lag, tauchte sie selbst hier bei den Treffen mit den Freundinnen wie eine Botschafterin von Cartier auf.

»Vielleicht eines Tages. Bin als Anwältin bis auf Weiteres voll ausgelastet«, brummte Mira.

»Du verdienst am wenigsten von uns und machst den wichtigsten Job«, sagte Alisha. Das war die Wahrheit, Mira ging es in finanzieller Hinsicht miserabel. Weder Schneeleoparden noch die unter dem neuen Terrorparagrafen willkürlich angeklagten Dissidenten beglichen ihre Rechnungen. Anton und Anara vermuteten, beim letzten Zahlungseingang von Mira handelte es sich um ihre Dienste bei der Wanzenaffäre im Hotel.

»Um deine Aktivitäten zu unterstützen, haben wir etwas

Subversives ausgeheckt, und ein Nein wird nicht akzeptiert«, sagte Anara.

Mira hob bei *subversiv* interessiert den Kopf.

»Wir schließen mit dir einen Beratervertrag auf fünf Jahre ab«, fuhr Anara fort.

»Blödsinn«, sagte Mira.

»Du erhältst eine monatliche Pauschalzahlung für juristische Dienste. So können wir es über die Bücher laufen lassen. Das Finanzamt wird nicht kapieren, dass keine Gegenleistung erfolgt«, sagte Anton.

»Coole Aktion«, sagte Alisha.

»Mega cool – ihr seid total verrückt«, sagte Mira.

»Nein, du tust uns einen Gefallen: wir setzen die Rettung der Schneeleoparden von der Steuer ab«, sagte Anara.

Die Idylle trog ein wenig, Anton war sich seiner Scheinheiligkeit bewusst. Die Rettung dieser Großkatzen war auch für ihn längst eine Metapher für Widerstand gegen das korrupte Regime, aber er vermochte sich nicht aufzuraffen, selbst eine aktive Rolle zu spielen. Stattdessen delegierte er dies mit einem Batzen Geld wohlfeil an Mira. Keine Identifikation mit gar nichts. Mira blinzelte ihn an, sie stimmte ihrer Rolle in dem Ablasshandel zu, was allerdings kein Freibrief war. Absolution würde sie nur selektiv erteilen, ein humanes Maß an Moralfaulheit wurde ihm dabei zugestanden. Ein schmaler Pfad: den korrupten Anwalt zu ruinieren ging in Ordnung, doch auch für den Konflikt in Karaganda musste er eine unblutige Lösung finden.

Zwei Monate später verkündete das Ministerium den Zuschlag für den Tender. Danach stand der Anwalt für Termine nicht mehr zur Verfügung. Er weile für unbestimmte Zeit im Ausland, so die lapidare Auskunft der Kanzlei. Anara und Anton lobten sich gegenseitig für ihre Strategie, transparent und ehrlich gehandelt zu haben. Doch ein paar Stunden nach dem erlösenden Anruf aus dem Ministerium erhielt Anton einen zweiten, diesmal auf sein Mobiltelefon. Höflich forderte ihn eine männliche Stimme auf, sich abends in einem Hotel einzufinden. Er lehnte ebenso höflich ab, man möge einen Termin mit seiner Sekretärin vereinbaren.

»Sekretär bin ich selbst. Allerdings der des Premierministers.«

Anton stöhnte, der Zusammenhang zwischen dem Wunsch nach einem Treffen und dem gewonnenen Tender lag auf der Hand.

»Ich benötige Ihren Namen«, sagte er.

Den bekam er, verbunden mit der Anweisung, allein zu kommen. Er legte auf und schickte eine Nachricht an Alisha, die kurz darauf den Namen des Anrufers bestätigte. Ein weiteres Detail ließ die Angelegenheit unangenehm glaubhaft erscheinen: Bei dem Treffpunkt handelte es sich um ein auf Staatskosten renoviertes Luxushotel aus Sowjetzeiten, welches damals der Nomenklatura vorbehalten gewesen war. Auch jetzt stiegen dort meist Apparatschiks ab, die entweder umsonst beherbergt wurden oder das gehobene Flair von gestern schätzten. Wer dieser Kaste nicht angehörte, mied die bleierne Schwere des Anwesens konsequent.

Die Sicherheitskontrolle am Eingang fiel penibler aus als am Flughafen. Auf schwarzem Granit spiegelten sich Metalldetektoren und Männer mit verkabelten Ohren. Alisha hatte ihm ein Foto des Kasachen gemailt, den er schnell in der leeren Lobby ausmachte. Er war keine dreißig Jahre alt, hatte in Amerika studiert, und die Tuchfühlung zur Macht tat ein Übriges zum souveränen Händedruck. Für gewöhnlich brillierten junge Einheimische gerne mit ihrem Englisch, doch das Gespräch wurde

auf Russisch geführt. Offenbar interessierte ihn Antons Sprach-
niveau.

»Sie sind bereits seit über zwei Jahren bei uns, hat man mir
berichtet.«

»Es gefällt mir ganz gut bei euch.«

»Das freut mich. Damit es so bleibt, sitzen wir hier zusammen.«

Er reichte ihm eine hübsch gestaltete Visitenkarte, die in eng-
lischer Schreibschrift unter staatlichen Symbolen seine Position
bestätigte.

»Danke. Handelt es sich hier eigentlich um ein offizielles
Gespräch?«

Der Kasache lachte wohlwollend und sah kurz auf seine Uhr.
Anton überlegte beim Anblick der raren Patek, welches Modell
der Premierminister wohl trug, um sich von seinem Unterge-
benen abzusetzen. Jede der Gesten des Sekretärs signalisierte
mühelose Dominanz über das Schicksal des Ausländers.

»Wer in Russland zehn Jahre mit Rohstoffen zu tun hatte,
kann sich kaum auf Naivität berufen. Haben Sie sich nie gefragt,
warum man Sie hier unbehelligt reich werden lässt?«

»Verraten Sie es mir.«

»In groben Zügen: Der Chef und der vorherige Generaldirektor von Kazmet sind Jugendfreunde. Der eine stieg in der
Politik auf, der andere in der Industrie. Nach der Unabhängig-
keit des Landes bildeten sie ein erfolgreiches Tandem. Der eine
hielt seine Hand über Kazmet, damit der andere es in Ruhe …
Wie soll ich sagen …«

»… ausplündern konnte«, ergänzte Anton.

»In etwa. Sie haben die Beute jedenfalls geteilt.«

»Warum haben die russischen Aktionäre das zugelassen?«

»Da bin ich überfragt. Eventuell hatten die eine Vereinbarung mit dem Chef. Vielleicht war es Politik, deren Nähe zum Kreml ist ja bekannt. Oder sie haben die Aussichtslosigkeit ihrer Position erkannt. Immerhin ist dies nicht mehr ihr Territorium.«

»Kazmet war pleite, als wir übernahmen.«

»Das war Ihr Glück, sonst hätten wir uns früher gemeldet. Mit diesem Tender haben Sie es allerdings übertrieben.«

Das *früher gemeldet* schmerzte ihn, beantwortete aber auch die Frage, warum der Premier die Vertreibung des Belutsch damals nicht verhindert hatte. Man benötigte Anton als nützlichen Idioten, um die Sanierung durchzuziehen. Genau genommen zwei Idioten, der Belutsch und er wurden schlicht instrumentalisiert. Schon aus Selbstachtung musste er jetzt Widerstand leisten.

»Lief alles legal ab.«

»Legal? Wir befinden uns in Kasachstan. Die Zusage kann durch einen Anruf annulliert werden.«

Ehrlich währt am längsten, dachte Anton zunehmend verstört.

»Warum bin ich eigentlich hier?«, fragte er.

»Der Chef erwartet, dass das ursprüngliche Beteiligungsschema fortgesetzt wird.«

»*Ihr* Chef, nicht meiner. Freundlicherweise hat er mit seinen Forderungen die erfolgreiche Sanierung abgewartet.«

»Zu der er Ihnen übrigens ausdrücklich gratuliert.«

»Ihr stellt euch das zu einfach vor. Ich vertrete Investoren.«

»Dann teilen Sie denen Folgendes mit: ein Drittel der Aktien und des Gewinns. Zahlbar wohlgemerkt monatlich. Im Gegenzug wird der Chef weiterhin seine Hand über Kazmet halten.«

»Arrangieren Sie ein Treffen zwischen dem Premierminister und mir. Immerhin habe ich den Laden saniert.«

»Sie stellen hier keine Bedingungen.«

»Wir sollten das Gespräch an dieser Stelle abbrechen.«

»Wie Sie wünschen.«

Sie standen auf und reichten sich die Hand. Der Mann war Anton nicht unsympathisch, er tat seinen Job und verzichtete auf offene Drohungen. Einschüchterungsversuche waren überflüssig, Gulenkas Schilderungen der Symbiose aus organisierter Kriminalität und Staat hatten ihn gegen Illusionen imprägniert.

Vom Parkplatz aus warnte er Boris und Anara vor der staatlichen Pranke, die ab jetzt jederzeit zuschlagen konnte. Sie überspielten ihren Schock mit lakonischen Kommentaren und schalteten auf Krisenmodus. Es blieben ihnen ein paar Stunden, um kompromittierendes Material zu vernichten. Anton versprach den beiden, das Land nicht zu verlassen.

Dann sandte er eine verklausulierte Nachricht nach New York, die darauf hinauslief, dass es hier lichterloh brannte.

# VIII

## DIE SCHWARZALBEN

Am nächsten Morgen erinnerte Mira ihren Mitbewohner daran, dass es tragenden Figuren totalitärer Regime an Feinjustierung mangele, sie vielmehr raubeinigen Kindern glichen, die ihrem Teddybären ein Ohr abreißen. Er solle nicht auf wohldosierte Nadelstiche hoffen, deren Ziel es sei, ihn umzustimmen. Wer sich gegen Unterwerfung entscheide, dem drohe hierzulande Vernichtung.

Und in der Tat: Die politische Elite Kasachstans kopierte stumpfsinnig die in Russland üblichen Methoden der Enteignung. Den Auftakt bildete stets die öffentlichkeitswirksame Stürmung einer Firmenzentrale. Im Fall von Kazmet fiel an diesem Junimorgen in Almaty aber alles zwei Nummern mickriger aus als bei vergleichbaren Aktionen in Moskau, wo monumentale Verwaltungsgebäude von Konzernen, deren Eigentümer sich gegenüber den Kleptokraten im Kreml unkooperativ verhielten, dem Fernsehpublikum eine stattlichere Kulisse boten.

Der Staatssender hatte sich für eine Liveschaltung entschieden. Anton und Anara folgten auf dem Bildschirm den vermummten Sondereinheiten mit ihren Sturmgewehren bis in Boris' Chefbüro. Dieser erwartete die Truppe mit erhobenen Armen in der Mitte des Raums. Nachdem sich die Fernsehkamera endlich in Position gebracht hatte, schlug ihn einer der

198

Vollstrecker nieder. Anton stöhnte entsetzt auf, Anara ergriff seine Hand. Der Uniformierte grinste empört, vermutlich weil er bei derlei Einsätzen grundsätzlich auf keine Gegenwehr stieß. Um die Dramatik der Szene zu unterstreichen, wackelte die Kamera kurz. Dann saß der Schläger, einem vom Jagdglück beseelten Großwildjäger gleich, auf dem gefesselten Boris. Wie immer auf solchen Schnappschüssen machte die Trophäe dabei die bessere Figur. Trotz blutverschmiertem Gesicht blickte Boris herablassend in die Linse, leicht abwesend, gar nachdenklich, wie der von ihm so geliebte Thelonious Monk zu seinen besten Zeiten. Die Kamera schwenkte zu einer weiteren Person am Boden, die pausenlos angebrüllt wurde. Sie hatten Boris' Rechtsbeistand die Nase gebrochen, derartige Kollateralschäden waren bei hoheitlichen Übergriffen nicht unüblich. Die Nachrichtensprecherin erwähnte den Verdacht auf eine Steuerstraftat, der professionelle Zugriff auf die Täter sei als voller Erfolg zu werten. Boris und sein Anwalt wurden durch das Gebäude geschleift und bei strahlendem Wetter in ein vergittertes Fahrzeug gestoßen. Es handele sich um den Drahtzieher und einen Mittäter, erläuterte die Stimme im Duktus einer Komsomolzin. Auf der Straße rief ein Schaulustiger in das hingehaltene Mikrofon, endlich werde durchgegriffen. Er sei hundertzwanzigprozentig dafür. Wir hier unten, die dort oben. Das *oben* nahm die Kamera zum Anlass für eine Totale der Zentrale, um hurtig in das oberste Stockwerk zu zoomen. Schnitt. Ein Chor von Pensionären stimmte enthusiastisch dem Hochprozentigen zu und skandierte *Gegen Korruption – gegen Korruption*, gefolgt von *Für Kasachstan – für Kasachstan*. Anara und Anton lachten resigniert auf; der Himmel war plötzlich bewölkt und die Zentrale von Kazmet durch ein anderes Gebäude ersetzt worden. Die

Sprecherin glich dieses Manko aus, indem sie pausenlos *Firmenzentrale Kazmet* sagte.

»Anderer Anlass in anderer Stadt. Die hatten für die Abschlussszene wohl noch Material von einer Demo gegen die Regierung.«

»Volkes Stimme kann nicht irren«, sagte Anara und schaltete den Fernseher aus, wo auf die Misshandlung von Boris und dem Anwalt eine lateinamerikanische Telenovela mit dem Titel *Auch die Reichen weinen* folgte.

»Möglich, dass sie als Nächstes hier auftauchen. Lass uns besser alle nach Hause schicken«, sagte Anton.

Die Mitarbeiter hatten es eilig, heil rauszukommen. Es kam zu hastigen Abschiedsszenen, manch einer war überzeugt, man sehe sich nie wieder. Bei Umfragen unter der Bevölkerung der ehemaligen Sowjetunion stand *Stabilität der Lebensverhältnisse* ganz oben auf der Wunschliste für eine bessere Zukunft. Die Leute waren wütend, keiner schien der Sache mit dem Steuerdelikt Glauben zu schenken. Details interessierten ebenfalls niemanden, sie betrachteten sich als wehrlose Opfer der immer gleichen Verteilungskämpfe, die ihre Existenzen seit anderthalb Jahrzehnten dominierten.

»Wir sollten auch gehen«, sagte Anton zu Anara, als alle weg waren.

Sie fuhren zu Boris' und Ludmillas Haus, vor dem ein paar Journalisten herumlungerten. Da es nichts zu berichten gab, interviewten sie sich gegenseitig über das, was sie im Fernsehen gesehen hatten. Vermutlich waren sie hierherbeordert worden, um den Druck auf Ludmilla und die Kinder zu erhöhen. Diese wirkte gefasst, Boris hatte sie eine schlaflose Nacht lang auf die Katastrophe vorbereitet. Und ihr klugerweise das Bargeld aus dem Firmensafe gegeben, welches Gesetzeswächter bei Durchsuchungen üblicherweise mitgehen ließen. Da auch ihr Besuch von den Behörden drohte, hatte sie die Kinder und das Geld bei einer Freundin versteckt. Demonstrativ hielt sie weder Fragen, Bitten oder Vorwürfe für Anton bereit, was er ihr hoch anrechnete. Er verstand das Signal: Schonung als Verpflichtung, das Problem zu lösen.

Sie tranken Tee aus einem Samowar, eine Seltenheit. Zu Dekorationszwecken degradiert, verstaubten Samoware in Russland für gewöhnlich in einem abgelegenen Regal; derlei slawophile Bräuche wurden heimwehbedingt hauptsächlich in der Diaspora von Brighton Beach, Charlottengrad oder eben Almaty gepflegt. Ausgelaugt durch die Fernsehbilder, war Anton für Nostalgie anfällig. In solchen Momenten spielte er mit dem Gedanken, sich einen Rauhaardackel anzuschaffen. Diese hatten den Englischen Garten seiner Kindheit in München geprägt, waren aber mittlerweile von Jack Russel und Rhodesian Richbacks verdrängt worden.

Der Tee war ausgezeichnet, und die Kasachin begann mit der Russin über Reiseziele zu sprechen. Fernweh ergriff auch Anton. Bemüht, ihn in das Gespräch zu integrieren, stellten die beiden Frauen ihm Fragen zu Venedig, wo er im Frühjahr mit Alisha ein Dirty Weekend verbracht hatte. Wenig bedacht schilderte er eine zwar leidlich originelle, für die aktuelle Situation aber völlig deplatzierte Begebenheit, die damit endete, dass Alisha ihre alten durchgetanzten Ballettschuhe auf Djagilews Grabstein legte. Immerhin lachte Ludmilla nach der Friedhofsszene verwundert auf, bevor sie die fragend dreinblickende Anara über den Gründer der Ballets Russes aufklärte. Diese konnte es sich nicht verkneifen, Alishas Kalkül zu erwähnen, dem sentimentalen Deutschen ein derartiges, von langer Hand geplantes Rührstück zu bieten. Anton schwieg, er war Anara für die kleine Gehässigkeit dankbar. Die schmalzige Szene hatte ihn damals trotz Wissen um Alishas Durchtriebenheit mitten ins Herz getroffen. Ludmilla verteidigte Alisha, die dies auch ohne Anton getan hätte. Es zeuge von einer schönen Seele. Anton schluckte, erzbanaler Seelenkitsch, um Gedanken an Boris' Qualen abzuwehren, verwirrte ihn. Ein Anruf von Mira beendete die elegische Sackgasse, in die er die Teerunde mit seinem unbedachten Geplauder manövriert hatte. Er stellte auf Lautsprecher. Mira versuchte verzweifelt, den Anwalt aus der Untersuchungshaft freizubekommen, und Anton befürchtete, die Behörden könnten auch Mira wegsperren, doch stattdessen wurde ihr Anliegen unter Verweis auf eine obskure Geheimhaltungspflicht ignoriert.

Die einzige echte Hilfe kam nach einigen Stunden von einem Mitglied des repressiven Systems selbst: Alisha hatte herausgefunden, wohin Boris und der Anwalt gebracht worden waren. Seine Opfer an unbekannte Orte zu verschleppen gehörte zum Standardrepertoire des Regimes. Mira, die pausenlos dafür sorgte, dass die Festnahme des Anwalts in liberal gesinnten Kreisen hohe Wellen schlug, streute sofort das Wissen um den Aufenthaltsort unter ihren empörten Verbündeten. Daraufhin traten vereinzelte Parlamentsabgeordnete aus der Deckung, um öffentlich, wenngleich äußerst verhalten, gegen die Verschleppung des Anwalts zu protestieren. Die Behörden ließen ihn um Mitternacht unter dem Hinweis laufen, der Anwalt sei für das Missverständnis selbst verantwortlich, da er sich gegen seine Festnahme gewehrt habe.

Am nächsten Tag sperrten die Banken, ob in vorauseilendem Gehorsam oder aufgrund richterlicher Anweisungen ließ sich nicht klären, die Firmenkonten von Kazmet. Parallel wurden sämtliche Filialen durchsucht, was wiederum lokale Fernsehsender live ausstrahlten. Wer trotzdem weiterarbeitete, dem wurde der Strom abgestellt. Die Zeitungen berichteten von Steuerdelikten und weigerten sich standhaft, Gegendarstellungen zu veröffentlichen.

Anton versetzte etwas anderes in Panik: Anara war verschwunden. Er flehte Alisha an, Jurbol zu aktivieren. Der Wirtschaftsminister lehnte ab, nachdem ihm klar wurde, wer Anton zusetzte. Alisha ließ nicht locker, und um dem drohenden Liebesentzug zu entgehen, knickte Jurbol ein und führte ein riskantes Gespräch mit den Verantwortlichen. Als Konsequenz wurde Anaras Verhör in einem Kellergewölbe nach sechs Stunden abgebrochen. Ein anonymer Anrufer teilte Anton kommentarlos eine Adresse im Zentrum mit, wo er Anara apathisch auf der Bank einer Bushaltestelle sitzend fand. Zwischen zwei Weinkrämpfen bat sie darum, zu Mira gebracht zu werden.

Gegen Morgen hing ihr Mantel noch im Eingang. Mira traf er in der Küche an.

»Darfst du mir sagen, was sie mit ihr gemacht haben?«

»Sie wollten eine Aussage gegen dich. Irgendeinen strafrechtlich relevanten Schwachsinn. Als sie nicht kooperierte, musste sie sich ausziehen. Sie zwangen sie, nackt in einem Raum zu stehen, durch den regelmäßig Männer spazierten. Dann wurde sie wieder verhört. Sie drohten ihr an, sie zu vergewaltigen. Was immer Jurbol unternommen hat, es kam zur rechten Zeit.«

Anton ging nach oben, übergab sich und wählte die Nummer des Sekretärs. Er erreichte ihn auf einer Regierungskonferenz in Kiew, ein Treffen mit Anton sei erst in ein paar Tagen möglich. Frohgemut, im Hintergrund ertönte eine dieser plumpen neuen Nationalhymnen, bot er an, dem Chef etwas auszurichten. Er hoffte wohl, die Festung sei bereits sturmreif geschossen.

»Sage ihm, dass die Folterung meiner Mitarbeiterin seine Karriere beenden wird.«

»Das werde ich nicht tun.«

»Schon klar, das hätte auch etwas Mut vorausgesetzt. Also noch eine Nachricht, diesmal an dich persönlich: Vor mir liegt eine zerlegte Glock 17. In tristen Momenten diese halbautomatische Waffe zu reinigen hilft mir. Ihre Präzision und Magazinkapazität verhalten sich zur Makarow eurer Sicherheitskräfte wie ein Audi S8 zu einem Lada. Du ahnst es bereits, es handelt sich um eine weitere Drohung: Noch ein Fall von Folter während unseres Konflikts, und ich werde dich erschießen.«

»Sie sind wahnsinnig.«

»Ich stecke in dieser zähen Sinnkrise. Dich zu töten würde sie sofort beenden. Nach nichts sehne ich mich mehr, als endlich etwas Sinnvolles mit meinem Leben anzufangen.«

Die Kapelle fiel in einen flotten Marsch, da legte der Kasache auf. Selbst als sich die Schockstarre löste, bereute Anton den Anruf nicht. Er fuhr damit fort, ein weiteres Paar Schuhe zu polieren, die vor ihm aufgereiht auf dem Tisch standen. Als er sich seinem Ruhepuls näherte, überflog er mit Grauen ein halbes Dutzend zorniger Nachrichten von Xenia. Ihre verengte Perspektive auf die Kampfzone beschränkte sich auf den totalen Lieferstopp. Nach kurzem Zögern bestätigte er ein Treffen in zwei Stunden, wohlwissend, wie schwer ihm die Chinesin zusetzen würde. Er wollte gerade ein Update nach New York senden, da rief der Anwalt an. Er wartete auf die Genehmigung, Boris im Gefängnis zu treffen, diesmal als Rechtsbeistand anstelle als Häftling. Der Mann hatte immer wieder Aussetzer bei Namen und Orten und erwähnte zum Ende des Gesprächs, dass sein Konto mittlerweile ebenfalls gesperrt worden sei. Anton versprach ihm, Bargeld vorbeizubringen, und legte auf. Cash war kein Problem, vorsorglich hatte er nach der ersten Unterhaltung mit dem Sekretär eine prall gefüllte Kriegskasse im ausrangierten Klohäuschen versteckt.

Anara saß in Miras Morgenmantel gehüllt in der Küche. Er schilderte das Telefonat mit dem Sekretär, worüber sie den Kopf schüttelte. Dann schlug er vor, sie zu ihren Eltern aufs Land zu bringen oder einen Termin mit einer Psychologin zu vereinbaren oder die geplante Weltreise anzutreten. Sie winkte ab, es würde ihr schon helfen, jetzt nicht allein zu sein. So bot er das Treffen mit Xenia als Therapieersatz an, womit sie einverstanden war.

Vorher wollte sie in ihrer Wohnung vorbeischauen. Sie bat ihn, mit hochzukommen, da sie fürchtete, die Häscher könnten nochmals auftauchen. Oben begann sie zusammenzusuchen, was sie für die kommenden Tage benötigte. Er staunte so lange über den Zustand der drei Zimmer, die sie allein bewohnte. Eine Behausung der Sechzigerjahre ließ sich nur mit radikalen Mitteln von dem erniedrigenden Mief jahrzehntelangen Mangels befreien. Dies war Anara gelungen, sie hatte absolut alles weiß gestrichen, die lichtfressenden Balkonverkleidungen entfernt und das Parkett abgeschliffen. Sonnendurchflutete Leere im Inneren als maximaler Kontrast zu der verdreckten Fassade des von Autoleichen umzingelten Wohnblocks, dem vollgekotzten Treppenhaus und dem dauerdefekten Lift, der nur zu existieren schien, um den Geruch von ranzigem Gleitfett auszudünsten. Er musste daran denken, wie Anara vor zwei Jahren an der Tristesse des halb leeren Büros litt. Jetzt war es dort gemütlicher als hier. Vielleicht hatte sie die neutral-weiße Grundierung ihrer Wohnung gewählt, um ohne Ablenkung *ihre* Farben zu finden. Anton war nach der schlaflosen Nacht so erschöpft, dass er sich sogar derlei banale Küchenpsychologie verzieh.

205

Sich gegen den Teufel und seinen Sekretär zu stemmen bedeutete nichts weiter als die Niederlage hinauszuzögern und die zwei dabei nach Möglichkeit etwas zu ärgern. Mehr als die Duftmarke eines Zwergenaufstands zu setzen war nicht möglich. Er hoffte, die Nachricht der ungeplanten Entlassung Anaras aus dem Folterkeller würde sie zwischen den Hauptgängen des Staatsbanketts für einen winzigen Moment verstimmen.

Er beobachtete, wie Anara ihre Sachen packte und dabei vor sich hin summte, was einen überbelichteten Augenblick an Glück auslöste. Mochte das toxische Duo seine Bahnen in der seelenlosen Ödnis aus Gier nach Gold und Macht ziehen, den kaltblütigen Schwarzalben aus Wagners *Ring* gleich, ihm hingegen waren die lichten Wärmeschübe von Anara, Mira und Alisha vergönnt.

Auf dem Weg zu Xenias Büro malten sie sich aus, welch orkanartige Protestwelle wegen der eingestellten Lieferungen dort über sie hereinbrechen würde. Die Chinesin hatte für diese bereits einen zweistelligen, nun auf Konten festgefrorenen Millionenbetrag geleistet. Gleichzeitig drohten ihr aus China Strafen, da sie ihre Verträge nicht erfüllte.

Mit Anara bei ihr aufzutauchen war unüblich, Xenia erkundigte sich nach dem Grund. Das erschien Anton gar kein übler Einstieg zu sein.

»Boris wollte auch mitkommen, aber seine Verhaftung ist dazwischengekommen.«

»Mich haben sie gerade noch rechtzeitig für den Termin hier entlassen«, sagte Anara.

»Furchtbar«, sagte Xenia.

Das Angenehme an der Zusammenarbeit mit Chinesen war das totale Fehlen von Illusionen, wenn es um staatliche Verhörmethoden ging. Anton erklärte mit wenigen Worten den Frontverlauf des Kriegsschauplatzes. Auch dies war für Xenia kein Neuland, Bonzen der kommunistischen Partei hatten sich erkleckliche Teile Chinas mit vergleichbaren Methoden gesichert. Anton erhoffte sich von Xenia einen Funken an Solidarität, als müssten die Lichtalben der Globalisierung bei Tiefschlägen durch garstige Regime kollegial zusammenhalten.

»Wie geht es weiter? Könnt ihr mir als Sicherheit für die Vorauskasse ein paar Filialen überschreiben?«

Das war das Unangenehme an der Zusammenarbeit mit Chinesen.

»Bravo, wir können zwischen Tod und Teufel wählen, an wen wir die Firma verlieren möchten«, sagte Anara an Anton gewandt.

»Tod und Teufel?«, fragte Xenia.

»Mit Teufel bist du gemeint. Warum hast du mir vor zwei Jahren nicht gesagt, dass der Belutsch gemeinsame Sache mit einem Gouverneur machte?«

»Der es dummerweise mittlerweile zum Premierminister gebracht hat«, ergänzte Anara.

Anton zog keine Befriedigung aus dieser Bloßstellung, wusste aber nicht, wie sich der verfrüht zur Leichenfledderei ansetzende Raffzahn anders stoppen ließ. Xenia reagierte mit einer Schweigeminute, während der es ihr gelang, nicht rot zu werden.

»Niemand schweigt so vielsagend wie du. Dann eben ich: Für unseren Pakt hast du mich nonchalant über die Klinge springen lassen. Dir war klar, dass ich nach dieser Information niemals dort eingestiegen wäre, du also früher oder später alles verloren hättest. So etwas kann man sportlich sehen, ein branchenüblicher Vertrauensbruch eben. Tragisch nur, dass jetzt Boris statt einem von uns beiden im Folterkeller sitzt«, sagte Anton in die Stille.

»Schwierige Situation«, sagte Xenia.

Ob sie damit die vor zwei Jahren meinte, die gegenwärtige von Kazmet und Boris oder ihre eigene, blieb offen.

»Wir arbeiten an einer Lösung. Schicke deinen Abnehmern ein paar Zeitungsartikel über Kazmet und berufe dich auf höhere Gewalt«, sagte Anton.

»Die Verluste werden von uns nicht kompensiert werden, immerhin trifft Sie eine Mitschuld«, ergänzte Anara.

»Ich werde eine radikale Lösung finden«, zischte Xenia.

Anton suchte Augenkontakt mit Anara, die ebenso überrascht war wie er.

»Du planst, dich an Kazmet zu vergreifen?«

Sie verließen den Raum vor Ablauf der neuerlichen Schweigeminute.

Mit der Gewissheit, sich ab sofort an einer zweiten Front verteidigen zu müssen, fuhren sie kreuz und quer durch die Stadt, um stoisch eine Liste dringender Telefonate abzuarbeiten. Anara weigerte sich, eines der Büros oder sonst einen Ort zu betreten, an dem *sie* lauern könnten. Ihr Mobiltelefon schaltete sie erst wieder ein, nachdem sie eine anonyme Prepaid-Karte gekauft hatten. Nur in Miras Haus und auf der Toilette verzichtete sie auf Blickkontakt zu Anton. Einmal bot er ihr an, über das Verhör zu sprechen. Sie lehnte dies mit einem leichten Tremolo in der Stimme ab, wofür er als notorischer Verdränger Verständnis zeigte.

Die Ablenkung durch einen hohen Stresspegel half den beiden, Normalität zu simulieren, was für Anara das Wichtigste zu sein schien. Die fieberhafte Betriebsamkeit durch Dauertelefonate und das Aufsuchen aller nur denkbaren Persönlichkeiten, die vielleicht helfen könnten, glich rasendem Stillstand. Da es noch immer keine Möglichkeit gab, mit Boris in Kontakt zu treten, spielten sich in ihren Köpfen Schreckensszenarien ab. Der Anwalt schilderte in Andeutungen die Vernehmungsmethoden, Protokolle kasachischer Dissidenten auf der Website von Amnesty International gaben ihnen den Rest. Anton kannte nur noch ein Ziel: Boris die Nachricht zu überbringen, dass er bei seinen Aussagen keine Rücksicht auf ihn oder die Firma nehmen sollte.

»So einfach ist das nicht«, sagte Anara.

»Es ist nur Geld, und mich werden sie ohne großes Tamtam abschieben.«

»Pah, ich habe ein von denen vorbereitetes Protokoll unterschrieben, weil sie versprachen, mich dann laufen zu lassen.«

»Was stand da drin?«

»Dass wir gemeinsam Firmengelder veruntreuen.«

»Stimmt ja auch, die häufigen Restaurantbesuche sind ein Skandal.«

»Anstatt mich rauszulassen, legten sie mir anschließend ein zweites Protokoll vor.«

»Und was stand da drin?«, fragte Anton, obwohl die Antwort auf der Hand lag.

»Dass du mich dauernd vergewaltigst. Ich weigerte mich zu unterschreiben. Daraufhin drohten sie mir, das jetzt nachzuholen.«

»Du hättest es gleich unterschreiben sollen.«

»Du verstehst nicht. Ich war mir sicher, dass die mich ohnehin vergewaltigen werden. Egal ob ich unterschreibe oder nicht.«

»Erlaubt dein Verfolgungswahn einen Barbesuch? Ich brauche Alkohol.«

»Ich ebenfalls.«

Auf dem Weg zu einer Lounge Bar schlugen sie Mira, Alisha und Ludmilla vor, sich dort zu treffen. Alle Tische waren belegt oder reserviert, sie warteten an der Bar, bis Alisha eintraf. Deren formidables Standing in den besseren Gastronomiebetrieben der Stadt ermöglichte, dass das Kriegskabinett kurz darauf in einer abgeschiedenen Nische auf tiefen Sofas tagte. Reduziertes asiatisches Design: Sitzmöbel in schmutzigem Orange vor mattschwarzen Wänden, an denen jene irritierenden Fotografien von Daido Moriyama und Noboyoshi Araki hingen, die mit steigendem Alkoholspiegel immer besser wurden. Hongkong, Tokio oder Seoul standen Pate, südostasiatische Lounge-Musik und raffinierte Gerichte, die Länder von Indien bis Malaysia repräsentierten.

Mira und Ludmilla trafen sich zum ersten Mal, was sich daran ablesen ließ, dass Mira nicht wie sonst die Rolle der weisen wie resoluten Glucke einnahm. In ihrer gewohnt schlabbrigen und leicht schmuddeligen Kluft, der Zutritt zu dem Etablissement wurde ihr erst auf Alishas Intervention hin gewährt, machte sie auf Ludmilla mit Sicherheit einen befremdlichen Eindruck. Die vier Frauen deckten in modischer und weltanschaulicher Hinsicht ein erstaunlich breites Spektrum ab, fiel Anton auf, der nach dem ersten Whisky angetrunken war. Anara hatte ebenfalls seit dem Frühstück nichts mehr gegessen und bestellte ausschließlich Gerichte, die Seetang enthielten.

Ludmilla sprach zunächst wenig, erst als die Wirkung des Alkohols einsetzte, schwand ihr Tunnelblick. Für Bitterkeitsparaden war sie zu diszipliniert. Sie hielt sich an Alisha, die sie seit Studientagen kannte und von deren Nähe zu den Drahtziehern des Regimes sie sich Neuigkeiten über die Situation von Boris erhoffte. Anton betrachtete die beiden, ein Pott Katong-

Laksa hatte ihn wieder aufgerichtet. Anara erhob ihr Glas, um auf Boris anzustoßen, was Ludmilla dazu verleitete, ihr einen verwundert-abschätzigen Blick zuzuwerfen. Anara erschien ihr wohl zu jung und unbedeutend für derlei Initiativen. Der Blick streifte auch Mira, verharrte dann auf Anton. Sie leerten dennoch die Gläser. Ludmilla neigte den Kopf zur Seite und lächelte, was vermutlich als Bitte um Nachsicht gemeint war. Alisha schickte sich an, sie zu umarmen, was Boris' Frau zurückweichen ließ. Sie stand auf und verschwand in Richtung Toilette. Anara folgte ihr rasch.

»Mitleidsbekundungen zu akzeptieren war noch nie ihre Sache«, sagte Alisha.

»Wie hält sich Anara?«, fragte Mira Anton.

»Erstaunlich gut. Sie möchte ein paar Tage bei uns unterschlüpfen.«

»Ich auch. Aber nur für eine Nacht«, sagte Alisha in Richtung Anton.

»Das ist sehr gütig von dir«, antwortete ihr dieser ohne die geringste Spur von Ironie. Durch Mitleid wissend. Die Usbekin als Schutzschild gegen nächtliche Dämonen. Er warf ihr einen dankbaren Blick zu, dem sie mit einem aphrodisierenden Augenaufschlag begegnete, der Araki zu einer Polaroidserie inspiriert hätte.

Ludmilla und Anara kamen zurück. Abermals wurde auf Boris getrunken, jetzt auf Initiative von Ludmilla. Den Augenblick bleierner Nachdenklichkeit, der sich anschloss, beendete sie selbst: »Wusstet ihr, dass in Kriegszeiten die Zahl der Selbstmorde und Magengeschwüre signifikant zurückgeht?«

Anton erkannte allmählich, was Boris an dieser spröden Frau gefiel, die der Deutsche nur in einem Zustand verhaltener Melancholie kannte. Sie hielt sich Anton auf Distanz. Wann immer dessen unbeschwerter Hedonismus durchzuschimmern drohte, verengten sich ihre Augen kaum wahrnehmbar zu einem verächtlichen oder, in günstigeren Fällen, herablassend-amüsierten Blick. Sobald diese Krise überstanden war, würde er ihr sagen, wie ausgezeichnet ihr diese Blicke standen.

»In unserer Armee bringen sich zu Friedenszeiten prozentual fast so viele Soldaten um wie in der russischen«, sagte Mira.

Rückblickend gab dies das Signal zu einem kolossalen Besäufnis, in dessen Verlauf Anara mithilfe eines Dutzend Cocktails ihren Verfolgungswahn überwand. Anton und Alisha hakten sich bei ihr unter, damit sie es bis zum Wagen schaffte. Mira schlug Ludmilla vor, auf einen Joint zu ihnen mitzukommen. Nach kurzem Zögern lehnte sie dies ab, Boris' Fahrer würde sie nach Hause bringen. Anara kletterte wieder aus dem Fond, um sich in einen schick lackierten Kübel mit Bambusstauden zu übergeben. Damit sie die Details nicht mitbekam, sah Ludmilla in den nächtlichen Himmel, was ihr kurz darauf die anderen gleichtaten, und sagte: »Wir betrachten alle die Sterne, aber eine liegt in der Gosse.«

»Frei nach Oscar Wilde. Der saß auch unschuldig im Kerker«, meinte Mira.


Bevor er die E-Mail für New York in Angriff nahm, überlegte er lange hin und her, was genau er Hennessy und Jack neben den aktuellen Wasserstandsmeldungen über das sinkende Schiff mitteilen sollte. Vermutlich stellten ein oder zwei Absätze mit dramatischen Details der Abwärtsspirale sicher, dass die Nachricht aufmerksam weitergelesen würde, aber klammerte man für einen Moment die unerfreulichen Rahmenbedingungen aus und betrachtete die Situation rein finanziell, so bereitete sie eigentlich kein Kopfzerbrechen. Der Return on Investment, einer Kennziffer, deren Huldigung in Finanzkreisen der des jungen Nietzsches für Wagner glich, lag jenseits von Gut und Böse. Sie war astronomisch hoch und würde es, wenngleich deutlich verringert, bleiben, sollten sie die Schwarzalben durch monatliche Zahlungen von weiteren Verbrechen abhalten. Banale wie unbefriedigende Arithmetik.

Anton klappte das MacBook zu und betrachtete die in ihrer Trübseligkeit nie enttäuschende Hotelhalle. Aus unerfindlichen Gründen zog es ihn regelmäßig hier in die Lobby mit ihren altgedienten Prostituierten, melancholischen Haudegen des Ölsektors und Lufthansa-Piloten, die aussahen wie Schlagersänger. Immerhin hatte er hier Boris kennengelernt. Er nahm dies zum Anlass, den Anwalt anzurufen, um sich nach Neuigkeiten zu erkundigen. Ein sinnloser Aktionismus, dieser würde sich von selbst melden. Er klappte wieder das MacBook auf, was einen jungen Kellner dazu verleitete, sich angesichts des illuminierten, angebissenen Apfels zu nähern. Aus dem Internet wusste er alles über Macs, hatte aber noch nie einen in den Händen gehabt. Für Anton die willkommene Entschuldigung, nicht weiter an der E-Mail für New York zu feilen. Das gesprächige Landei war erst vor Kurzem nach Almaty gekommen und hatte sofort Arbeit gefunden. Er schwärmte von der Stadt und seinem Job. Ob Anton schon einmal auf dem chinesischen Markt gewesen sei, wo es außer Macs alles gäbe? Gefälschte PCs ja, aber keine Macs. Anton fragte ihn, ob der Mann zwei Tische weiter ein Hotelgast sei. Der Kellner, er klickte sich bereits durch vertrauliche Fotos, sah kurz auf und verneinte. Anton klappte das Display nach unten und verlangte die Rechnung.

Kaum erkannte der Fremde seine Absicht aufzubrechen, legte er einen Geldschein auf den Tisch und erhob sich. Am Rand der Lobby stand ein Kiosk, der neben Souvenirs und Reiseführern Kleinkram verkaufte. Anton entdeckte in der Auslage eine englische Ausgabe von Abais *Buch der Worte*, kurz musste er an Irina denken, die er vor anderthalb Jahren im Camp der Bergsteiger getroffen hatte. Wie vermutet war ihm der Mann von vorhin gefolgt, aber in dem winzigen Raum war nicht genug Platz für sie beide. Anton zahlte für das Buch und wartete draußen in der Lobby, bis der Tschetschene mit einer Schachtel Zigaretten in der Hand aus dem Laden kam und sich ihm rasch mit ausgestrecktem Arm und einem übergriffigen Lachen näherte.

»Sie haben mich erkannt?«, rief er Anton entgegen.

»Dass Sie mir folgen, nicht wer Sie sind.«

»Iskander, aus Karaganda.«

Sein Dauergrinsen wurde durch eine makellose Rasur und ein unerbittlich moschuslastiges Rasierwasser verstärkt. Animalisch männliche Frische Mitte vierzig in einem feinen dreiteiligen Anzug, spitz zulaufenden Schuhen und ohne Krawatte. Jemand, der in Moskau gelebt hatte, erkannte einen wohlsituierten Tschetschenen problemlos. Dieses Exemplar litt vermutlich an einer Überproduktion von Testosteron, sein Händedruck grenzte an Körperverletzung.

»Karaganda? Lassen Sie mich damit in Frieden.«

»Nur auf eine Tasse Tee, das können Sie mir nicht verwehren. Ehrensache, ich bin extra angereist, um Sie zu treffen.«

In Fragen der Ehre galten nicht nur tschetschenische Verbrecher als hypersensibel. Besser, man überwand sich zu einer Tasse Tee, um Scherereien zu vermeiden.

»Wie haben Sie mich gefunden?«, fragte Anton.

»Sie wohnen seit Jahren in diesem Hotel, das spricht sich herum.«

Ob es sich um Irrtum, Lüge oder Zufall handelte, erschien Anton irrelevant. Er hütete sich von jeher vor kleinen Männern, und Iskander überragte er um eine Kopflänge. Sie setzten sich rasch an den ersten freien Tisch. Der Tschetschene lächelte noch eine Spur breiter, ab jetzt auf Augenhöhe.

»Ich bin ganz Ohr«, sagte Anton.

»Fühlen Sie sich wohl in Kasachstan?«

»So läuft das nicht. Sind Sie hier wegen der Filiale von Kazmet in Karaganda?«

»Sie können nicht so mit mir sprechen.«

»Ist der Direktor noch am Leben?«

»Ich bin eine zentrale Figur in der kaukasischen Gemeinschaft.«

Das Lächeln ging in ein Zähneknirschen über, durch die mahlende Seitwärtsbewegung des Unterkiefers wirkte der Schädel noch quadratischer. Nicht minder furchterregend war der Umstand, dass zwei weitere männliche Mitglieder der kaukasischen Gemeinschaft, die fraglos zu Iskanders Gefolge zählten, in unmittelbarer Nähe Aufstellung nahmen.

»Das respektiere ich«, sagte Anton pathetisch.

»Gut.«

Verbal passierte längere Zeit nichts mehr. Iskander zündete sich eine Zigarette an, wurde daraufhin vom Personal auf das Rauchverbot hingewiesen, das wiederum von einem Mitglied seines Gefolges verscheucht wurde. Der Sicherheitsdienst des Hotels entschied sich dafür, den Zwischenfall zu ignorieren, und ein Teil der Piloten zog sich auf ihre Zimmer zurück.

»In Karaganda herrschen andere Regeln«, sagte Iskander.

»Für Raucher oder Kazmet?«

»Kazmet. Erst war nur die Filiale in Karaganda geschlossen, jetzt sind sie alle dicht. Es ist möglich, die in Karaganda sofort wieder zu öffnen.«

»Der Premierminister wird das nicht zulassen.«

»Die Behörden unternehmen garantiert nichts gegen uns.«

»Wieder einer aus Ihrem Clan als Direktor? Der letzte hat uns betrogen.«

»Wir zwei handeln die Bedingungen aus, und ich garantiere für die Einhaltung.«

Die Vorlage für diese Art der Verhandlungsführung verortete Anton in einer Geschichte von Karl May.

»Ich brauche ein Zeichen, damit ich Ihnen vertrauen kann.«

»Der verschwundene Direktor?«

Anton nickte, seiner Stimme misstraute er in diesem Zustand höchster Erregung. Seine zitternden Hände verbarg er unter dem Tisch und atmete tief ein, wobei er verzweifelt versuchte, den nachdenklichen Strategen zu mimen. Iskander betrachtete ihn eine Weile. In seiner aufgesetzten Denkerpose hielt Anton den toten Augen stand, eine Fähigkeit, die Angehörige von Kriegerkasten gerne überschätzen. Da weiter nichts geschah und der dramatische Moment von sich gegenseitig anstarrenden Männern rasch verblasst, erhob sich Anton.

»Setzen Sie sich wieder«, sagte Iskander und winkte einen der beiden Männer her. Anton blieb stumm stehen, ohne Vorleistung würde er sich nicht mehr setzen. Prompt erhob sich Iskander, um ihm Ruslan mit dessen Verwandtschaftsgrad vorzustellen. Neffe oder Cousin, das korrekte russische Wort fiel ihm nicht ein. Alles Familie, Sie verstehen. Ruslan war größer und hatte die gleichen dichten, kurz geschnittenen Haare wie Iskander, die auf der Stirn zu kleben schienen. Drahtig und hellwach steckte er in einer schwarzen Pferdelederjacke. Halblaut sagte ihm Iskander etwas in seiner Sprache, was der andere sich reglos anhörte. Sie ließen Anton stehen, um sich Nummer drei zu nähern, der auf die Entfernung leicht mit Nummer zwei zu verwechseln war. Synchron klappten sie ihre Mobiltelefone auf, flache, pechschwarze Razr von Motorola. Offensichtlich diente dieses metallene Modell dem Clan in Karaganda als Erkennungszeichen. Sie hielten sich beim Telefonieren kerzengerade und beendeten ihre Gespräche nach wenigen Minuten, um gemeinsam die Lobby zu verlassen. Anton setzte sich wieder, Iskanders goldenes Feuerzeug lag noch auf dem Tisch. Er beschloss, eine halbe Stunde zu warten, bevor er das hübsche Dunhill einstecken würde. Die Frist war fast abgelaufen, da kehrte Ruslan allein zurück.

»Wir erledigen es heute.«

»Was erledigt ihr heute?«, fragte Anton.

Statt zu antworten, nahm Ruslan das Feuerzeug an sich und ging.

»Wo ist Iskander?«, rief ihm Anton hinterher.

Der Tschetschene drehte sich um, kam die paar Schritte zurück und sagte in einem bizarr abgehackten Englisch: »Don't worry, be happy!«

Dies war leichter gesagt als getan. Anton simulierte Normalität und kauerte statt Boris hinter dessen Schreibtisch. Der Rest der Mannschaft war winzig, außer den Putzfrauen hatte kaum noch jemand etwas zu tun, und diese wollten mit ihm über das Schicksal der zahlreichen Topfpflanzen sprechen, die nicht mehr gewässert wurden.

Um sie sich vom Leib zu halten, schlug er das *Buch der Worte* auf und verfiel nach wenigen Seiten dem Zauber seines Verfassers, des Humanisten Ibrahim Qunanbajuly, genannt Abai. Der wichtigste Denker des Landes stammte aus den Tschingis-Bergen, wo er auch starb – nicht weit von der Stelle, an der die Sowjets fünfundvierzig Jahre später ihre erste Atombombe zündeten. Als Poet, Schriftsteller und Denker schrieb er im 19. Jahrhundert gegen die Willkür der Autokratie und der Verkommenheit seiner Landsleute an.

*Ich habe noch keinen Menschen getroffen, der seinen geraubten Reichtum für etwas Gutes verwandt hat. Was unredlich erworben wurde, wird unredlich verwendet werden. Nichts von diesem Reichtum wird bleiben außer Enttäuschung, Wut und Qual des Geistes.*

Anton verwuchs mit dem schmalen Buch, Abai hatte seine Weisheiten durchnummeriert und schlicht *Worte* genannt.

*Es ist nicht möglich, einen Kasachen ohne Bedrohung und Bestechung zu überzeugen. Ihre Ignoranz erben sie von ihren Vorfahren, saugen sie durch ihre Muttermilch ein, sie sickert durch ihre Knochen und merzt alle Menschlichkeit in ihnen aus.*

Sicher, um 1880 neigte man zur Verallgemeinerung. Das Wissen um die banale Erkenntnis, dass es stets Ausnahmen von der Regel gibt, konnte damals beim Leser vorausgesetzt werden. Anton nahm sich vor, regelmäßig Blumen am monumentalen Denkmal von Abai, der Beiname stand für *der Kluge*, im Zentrum von Almaty abzulegen. Ansonsten hoffte er weiter auf ein Wunder.

Kurz darauf, am späten Nachmittag des zehnten Tages seit Beginn der Katastrophe, ereigneten sich innerhalb von einer Stunde zwei. Boris' Sekretärin rief durch die offene Tür »Karaganda« und stellte die Frau des verschollenen Direktors durch. Ihr Mann war vor fünf Minuten an der Haustür aufgetaucht. Unverletzt. Statt weiterer Details hielt sie den Hörer in jubelndes Kindergeschrei und legte auf.

Wenig später meldete sich der Anwalt mit Boris' Haftprüfungstermin. Es war ihm gelungen, einen Richter zu überzeugen, diesen anzuordnen. Der Anwalt dämpfte den aufkeimenden Optimismus von Anton sofort, eine ergebnisoffene Prüfung sei undenkbar, und Boris würde in Haft bleiben, solange Astana dies wünsche. Astana war das Kürzel für alles, was einen Rechtsstaat verhinderte. Dennoch, es würde ab jetzt Besucherzeiten für Boris geben, und in das Untersuchungsgefängnis ließen sich gegen Bestechung selbst Mobiltelefone schmuggeln.

Iskander begrüßte ihn am nächsten Tag mit der heimtückischen Herzlichkeit eines Verbündeten, der an eine Bringschuld erinnert, indem er sie nicht erwähnt. Er hatte auf ein Treffen in der Zentrale von Kazmet gedrängt, wohl um den offiziellen Charakter ihrer neuen Geschäftsbeziehung zu unterstreichen. Das Schicksal des Direktors wurde nicht angesprochen, und es blieb unklar, ob Iskander in dessen Verschwinden vor zwei Monaten verwickelt war. Durchaus möglich, dass er ihn von anderen Tschetschenen freikaufte – eine Anschubinvestition, um die Filiale von Kazmet zu übernehmen. Diese Version könnte die Telefonate im Hotel erklären.

Der Tschetschene beantwortete keine Fragen, die Rückschlüsse auf seine Intelligenz oder Kompetenz zuließen. *Dafür haben wir unsere Leute.* Einzig mit der Passkopie des neuen, von ihm auserwählten Direktors bot er Konkretes. Selbstredend handelte es sich um einen weiteren Neffen oder Cousin.

»Hatte der schon einmal etwas mit Metall zu tun?«, fragte Anton.

»Dafür hat er seine Leute.«

»Wir schicken ihm in den nächsten Tagen einen Kollegen, der ihn einweisen wird. Anschließend fahren wir den Betrieb wieder hoch.«

»Nicht notwendig. Die Filiale arbeitet bereits seit gestern wieder.«

»Die beladen bereits Waggons für China? Leider gibt es da

einen kleinen Schönheitsfehler: Beladen könnt ihr sie, aber das Eisenbahnministerium boykottiert uns. Die werden keine Lokomotiven schicken.«

»Dafür haben wir unsere Leute.«

»Fein, denn wir werden der Filiale nur Geld für jene Waggons überweisen, die an der chinesischen Grenze ankommen.«

»Wir liefern, und ihr zahlt.«

Das griffige Credo beflügelte Antons Gedanken. Der symbolische Wert jedes Waggons, der dem Bannstrahl der Schwarzalben trotzte, um sich heroisch bis in Xenias Heimat durchzuschlagen, war unbezahlbar. Die kriminelle Energie des Tschetschenen-Clans auf die der Schwarzalben prallen zu lassen würde seine eigenen Ressourcen schonen. Branchenüblich boten sich als Brandbeschleuniger motivationsunterstützende Incentives an.

»Hunderttausend Dollar Prämie, sollten bis Ende der Woche zehn Waggons die Grenze erreichen.«

»Respekt.«

»Aus Respekt für Ihren Kampf gegen den gemeinsamen Feind.«

Respekt, Kampf und Feind in einem Satz, Iskander drückte zum Abschied ergriffen Antons Hand.

Er fuhr nach Hause, um dort den Anruf des Anwalts zu Boris' Haftprüfungstermin abzuwarten. Mira und Anara werkelten in der Küche vor sich hin, die Schilderung seiner neuerlichen Begegnung mit Iskander schien ihm eine willkommene Abwechslung zu sein. Er schmückte die Geschichte aus und gab eine Groteske zum Besten, die vor Klischees triefte und alle Vorurteile gegen Tschetschenen aufbot.

»Tschetschenische Mafia! Du bist wohl auch noch stolz darauf, die rote Linie zu überschreiten«, blaffte ihn Mira an.

»Zählt der wiederaufgetauchte Direktor etwa gar nichts?«

Sie nickte zögerlich, und er hoffte, sie würde ihn nun unbehelligt über einer Tasse Tee schmollen lassen.

»Ich möchte jetzt über deine beschissen launenhafte Sorglosigkeit sprechen«, verkündete Mira.

»Du auch?«, fragte er Anara.

»Jawohl, ich auch.«

»Ich liege bereits am Boden, müsst ihr auch noch auf mir rumtrampeln?«

»Okay, du Verdrängungskünstler. Dein Jahresvisum läuft bekanntlich in drei Wochen ab. Wenn sie dich loswerden wollen, verlängern sie es einfach nicht«, sagte Anara, die im Gegensatz zu Anton eine Wiedervorlagemappe führte.

»Spielen wir das mal in Ruhe durch«, übernahm Mira. »Du sitzt dann im Ausland und versuchst, gegen die Behördenwillkür hier vorzugehen.«

Anton winkte ab.

»Vielleicht nimmt sich sogar ein Journalist hier oder anderswo der Geschichte an. Du versuchst Druck aufzubauen.«

Anara und er lachten resigniert auf, was Mira ignorierte.

»Und jetzt passiert die wahre Katastrophe: Du hast völlig überraschend Erfolg, man wird auf die Sauerei aufmerksam. Selbst die *New York Times* schreibt einen Leitartikel mit allen Details. Ein EU-Kommissar rügt Kasachstan. Ausländische Politiker mahnen anlässlich ihrer Staatsbesuche Aufklärung an.«

»Katastrophe?«, sagte Anton. Derart wütend kannte er sie nicht.

»Katastrophe! Statt klein beigeben würden sie zurückschlagen. Ein Gericht nach dem anderen würde Prozesse gegen dich eröffnen. Von Wirtschaftsverbrechen über Kindesmissbrauch bis Mord. Verteidigung zwecklos, die Urteile stehen bereits fest. Kapierst du? Rechtskräftige Urteile!«

»Wäre das nicht ein wenig offensichtlich? Ich meine, für den Rest der Welt?«, sagte Anton.

»Dann sieh dir mal an, was mit Dissidenten passiert, die sich gegen das Regime von außen wehren.«

»Red Notice?«

»Genau, Red Notice! Das Regime wird dich bei Interpol zur Fahndung ausschreiben lassen.«

»Deutschland würde mich nicht ausliefern.«

»Das stimmt. Aber die Kasachen würden Amtshilfe beantragen und den Behörden stapelweise ihre sogenannten Beweise schicken, warum sie dich verurteilten.«

»Die würden dich mit ihrem Verleumdungsdreck zuscheißen«, sagte Anara.

»Interpol ist eine Behörde. Ob eine Bananenrepublik oder eine blühende Demokratie jemanden international sucht, spielt nur eine Nebenrolle. Gut, manche Staaten weigern sich trotz einer Red Notice, nach Kasachstan auszuliefern. Die nehmen dich dann erst mal fest, und du bekommst einen Anwalt.«

»Toll, wer sich hier als Ausländer wehrt, verzichtet für den Rest seines Lebens auf Fernreisen?«, sagte Anton, dem es davor grauste, lebenslang in Deutschland eingesperrt zu bleiben.

»Jede Reise. Selbst Italien wäre ein Risiko«, sagte Mira.

»Es gibt keine Grenzkontrollen zwischen München und Mailand«, sagte Anton, der hoffte, dass sich wenigstens noch die Scala risikolos erreichen ließe.

»Na und? Eine Verkehrskontrolle oder ein Meldeschein im Hotel genügen, und du würdest festgenommen.«

Anton verstummte angesichts des Schreckensszenarios, das sich aus einem unschuldigen Visaproblem entwickelte. Ginge es nur darum, die kasachischen Behörden auszutricksen, könnte er sich problemlos für ein paar hundert Dollar einen russischen Pass besorgen. Russische Staatsbürger benötigten kein Visum für Kasachstan. Doch die Folgen dieser Lösung waren tückisch, da deutsche Behörden wenig von Doppelstaatsbürgerschaften hielten. Kamen sie dahinter, war die deutsche Staatsbürgerschaft in Gefahr, aberkannt zu werden. Die Russen wussten das natürlich und entschieden willkürlich, wem sie Pässe ausstellten, ermöglichte es doch willkommene Wege der Erpressung.

Er verwarf den Gedanken, diese Variante den Frauen gegenüber zu erwähnen. Sie zweifelten ohnehin an seiner Fähigkeit, den Ernst der Lage einzuschätzen.

»Warum erzählt ihr mir das alles?«, fragte er.

»Du musst dich sofort mit dem Premierminister einigen«, sagte Anara.

Mira ließ ihre warme weiche Hand durch seine Haare gleiten. »Das ist keine deiner Opern, wo auf heldenhaften Widerstand ein Happy End folgt«, sagte sie sanft.

»Gib ihnen, was sie wollen, bevor sie uns alle in die Tonne treten.«

Anton starrte abwechselnd die beiden Frauen an, sie hatten genauso viel Angst wie er.

»Angst macht klein und hässlich«, flüsterte er.

»Du schickst jetzt eine E-Mail nach New York.«

»Und dann rufst du den Sekretär an«, sagte Anara.

An die Nachricht für New York machte er sich sofort, aber er stellte Hennessy und Jack nicht vor vollendete Tatsachen. Vielmehr schilderte er nüchtern und ausführlich den Status quo. Anara und Boris erwähnte er ebenso wie Iskander. Selbst auf die Gefahr, sein Visum nicht verlängert zu bekommen, und die

Abgründe einer Red Notice ging er ein. Ein solides Risk Assessment. Gegen Ende empfahl er, mit dem Premierminister zu verhandeln, und bat hierfür um grünes Licht. Der Umstand, dass er selbst Anteile an der Firma hielt, verlieh seiner Empfehlung ausreichend Gewicht, so hoffte er. Er verschlüsselte die E-Mail und wollte sie gerade abschicken, da klopfte Mira an seine Türe. Der Anwalt hatte sich gemeldet. Boris war dem Haftrichter vorgeführt worden und machte einen stabilen Eindruck. Seine Entlassung wurde aber kategorisch abgelehnt, obwohl sie eine schwindelerregend hohe Kautionssumme geboten hatten.

»Ich kenne den Richter, er ist in Ordnung. Aber einer klaren Ansage von oben muss er sich fügen.«

»Verstehe – heldenhafter Widerstand zwecklos et cetera«, sagte Anton.

»Sie instrumentalisieren ihn völlig ungeniert. Nachdem er den Beschluss vorgelesen hatte, wandte er sich noch einmal an Boris. So etwas kommt selten vor.«

»Wie mitfühlend! Aufbauende Worte für ein armes Schwein.«

»Nein, eher an deine Adresse gerichtet: Nach verbindlicher Regelung offener Fragen stehe einer Entlassung nichts mehr entgegen.«

»Das hat er wirklich gesagt?«

»Rechtspflege in Kasachstan, Darling. Hast du die Amis informiert?«

Als er wieder allein war, öffnete er die E-Mail noch einmal, um sie mit den neuesten Entwicklungen anzureichern. Und er bat um eine Entscheidung innerhalb der kommenden Stunden, was durch den Zeitunterschied kein Problem schien. Erst dann würde er sich bei dem Sekretär melden. Die Verschlüsselung der Nachricht mit einem Tool, welches sich Pretty Good Privacy nannte, gestaltete sich umständlich, galt aber als absolut zuverlässig. Telefonate waren es nicht; deren Mitschrift würden die Schwarzalben vermutlich kurz darauf in ihren Händen halten.

Nach einer Stunde wurde er von jemandem aus dem IT-Department aufgefordert, die Nachricht noch einmal zu senden, diesmal unverschlüsselt. Die Existenz eines IT-Departments war ihm genauso unbekannt wie der Name des Unterzeichners. Dies verstieß gegen alle Instruktionen, die er von Jack erhalten hatte. Er versuchte vergeblich, ihn an seinem Platz in der Firma oder auf dem Mobiltelefon zu erreichen. Jemand von der Telefonzentrale bot ihm an, seine Nummer zu hinterlassen. Anton verlangte, mit Peter Hennessy verbunden zu werden. Sie fand den Namen nicht im Telefonverzeichnis der Firma. Er hinterließ eine Nachricht und begann zu warten.

Gegen vier Uhr nachts meldete sich ein Mann, drei seiner Kollegen waren mit in der Leitung, wenngleich auf unterschiedlichen Kontinenten. Die Private-Equity-Gesellschaft war vor einem Monat von einer anderen übernommen worden, Hennessy und Jack seien nicht mehr an Bord. Man sei gerade dabei, alle Off-Shore-Aktivitäten der aktiven *operating companies* an das neue Overseas-Team mit Sitz in London auszugliedern, das zukünftig als globale *investment management company* fungiere. Sobald dies geschehen sei, würde sich jemand vom Team bei ihm melden.

»Ich benötige eine sofortige Entscheidung. Es geht um die Existenz der Firma«, sagte Anton.

»Entscheiden Sie das selbstständig«, sagte eine Frauenstimme nach längerer Pause.

»Lesen Sie erst mein Memo hierzu. Ich faxe es Ihnen.«

»Das ist nicht notwendig. Sie entscheiden selbst.«

»Gut, aber ich brauche das schriftlich von Ihnen.«

»Wenden Sie sich hierfür an London.«

»Geben Sie mir bitte den Namen der Person und wie ich sie erreichen kann.«

»Wie schon erwähnt, der Ausgliederungsprozess läuft erst an. Die entsprechende Person wird sich bei Ihnen melden. Bis dahin entscheiden Sie selbst.«

»Kann ich Unternehmensanteile auf Dritte übertragen?«

»Versuchen Sie es. Wir sind nicht mehr für Sie zuständig.«

Das Gespräch war beendet.

Für den Rest der Nacht grübelte er darüber nach, ob es ihm überhaupt möglich sein würde, Anteile an Kazmet zu übertragen. Deren Muttergesellschaft war auf den British Virgin Islands registriert, ein Briefkasten, der bei einer dort ansässigen Kanzlei hing. Diese Kanzlei wiederum führte aus, was die Treuhänder der Aktionäre, seien es weitere juristische oder private Personen, ihr auftrugen. Würde zum Beispiel ein in Luxemburg ansässiger Treuhänder bereit sein, Aktien auf eine Gesellschaft des Schwarzalben übertragen zu lassen, wenn Anton dies von ihm verlangte? Und wenn nicht, von wem würde er Anweisungen entgegennehmen? War Hennessy doch noch im Spiel? Oder niemand mehr? War es möglich, dass Firmen niemandem mehr gehörten und das keinem auffiel? Nur, *niemandem* war inkorrekt, Anton kontrollierte seine Anteile über einen Treuhänder in Guernsey. Aber die restlichen achtzig Prozent steckten vielleicht in einem Briefkasten, von dem niemand wusste, wo er hing und wann er das letzte Mal geleert worden war.

Er drückte sich noch einige Tage vor dem Anruf mit dem Sekretär, Gründe für Prokrastination waren schnell gefunden. Kasachische Gefängnisse wurden durch Trampelpfade von Schmugglern durchzogen, die auch Boris' Zelle kreuzten. Anton füllte einen MP3-Spieler randvoll mit sorgfältig ausgewählten Jazz- und Klassikaufnahmen. Zwischen Nina Simone und Giulietta Simionata platzierte er eine Sprachnachricht für seinen Freund. Statt mit schalen Durchhalteparolen bestückte er den digitalen Kassiber mit Zitaten von Abai und Iskander, Hymnen über Lud- milla und einer Ankündigung seines unmittelbar bevorstehen- den Kniefalls vor den Schwarzalben.

Seine Recherchen zu den neuen Herren in New York zeig- ten, wie lichtscheu Private-Equity-Firmen agierten. Unbemerkt pochten durch deren weltweit verlegte Aorta dreistellige Milli- ardenbeträge, die nach Firmenanteilen gierten. Über jede Spar- kassenfiliale in Lappland sonderte das Internet mehr Informa- tionen ab.

Erfreulich furchterregend profilierte sich Iskander mit drei Waggons, die achtundvierzig Stunden nach Auslobung der Prä- mie die chinesische Grenze erreichten. Der kosmetische Ach- tungserfolg verstimmte die Schwarzalben, ein Teil der Vergel- tungsmaßnahmen bildete die Beschlagnahmung von Antons Fahrzeug. Kompensiert wurde dieser Verlust durch Xenia, die nach einem Canossagang zu Antons Büro versprach, ihre juris- tischen Schritte gegen Kazmet vorläufig auszusetzen.

Das Telefonat war kurz. Als Bedingung für die Kapitulation ver- langte er ein persönliches Treffen mit dem Premierminister und den sofortigen Stopp des Terrors.

Astana hieß bis vor fünf Jahren Aqmola, was *weißes Grab* bedeu- tet. Aus der Steppe rund um die zweitkälteste Hauptstadt der Welt peitschten Winde durch ein hypermodernes Viertel auf der einen Flussseite und ein zerschlissenes sowjetisches auf der anderen. Unübersehbar ragte ein futuristischer Turm über einen menschenleeren Platz. In dessen Spitze bot ein goldener Handabdruck des Khans die Möglichkeit, die eigene hineinzulegen. Mit ähnlich schlichter Symbolik seiner Sozialutopien verfolgte der Autokrat Besucher im ganzen Regierungsviertel. Hinzu kamen hartnäckige wie unerklärliche Migräneattacken, die Neuankömmlinge in der Stadt meist tagelang heimsuchten.

Im Vergleich zum Khan residierte der Premierminister in einem bescheidenen Amtssitz. Er bestand darauf, sich hier am helllichten Tag mit Anton zu treffen, als habe man nichts zu verbergen. In der Eingangshalle prüfte ein Mann in weißer, mit goldenen Quasten behängter Operettenuniform seinen Ausweis. Nach ein paar Minuten stand der Sekretär vor ihm, einen Metalldetektor später der Premierminister. Jedenfalls vermutete Anton dies, die zugezogenen Vorhänge in dem schalldichten Raum ließen zunächst nur die Umrisse eines mittelgroßen schlanken Manns erkennen, der bis eben auf einer Liege geruht hatte. Der Sekretär knipste eine Tischlampe an und wartete, bis sich die beiden Männer gesetzt hatten, um dann den Raum zu verlassen. Das Gespräch fand im Halbdunkel statt.

»Gefällt es Ihnen in unserem schönen Kasachstan?«

Im ersten Augenblick vermutete Anton, dass eine Verwechslung vorlag. Er nahm sich Zeit, um das Gesicht zu studieren, aber es handelte sich zweifelsfrei um den Schwarzalben.

»Bis vor zwei Wochen gefiel es mir ausgezeichnet.«

»Ab jetzt wird wieder alles gut.«

Etwas stimmte nicht, außer den Lippen bewegte sich nichts. Anton sprach mit einer Maske. Alisha hatte eine schwere Alkoholkrankheit erwähnt, aber der Mann vor ihm schien in seiner autistischen Schlichtheit mit Psychopharmaka ruhiggestellt.

»Geht es Ihnen nicht gut? Ich könnte morgen wiederkommen?«, sagte Anton, der etwas Graues mit schwarzen Punkten fixierte, das an der Wand über der Liege hing.

»Unser schönes Kasachstan gefällt uns also.«

»Ihre Schergen haben meine Mitarbeiterin gefoltert. Eine junge Kasachin.«

Er hob seine Hand zu einer atavistischen Geste, die Anton dahingehend interpretierte, dass dies auch im Keller des Ministeriums möglich sei.

»Deutscher?«

»Ja.«

»Unser schönes Kasachstan gehört uns. Alles. Uns.«

Anton wartete, ob noch etwas kam.

»Wer ist uns?«, fragte er schließlich.

»Große, mittlere und kleine Horde.«

Der Mann hatte immense Schwierigkeiten zu sprechen. Er starrte sehnsüchtig in Richtung der Liege. Antons Augen hatten sich inzwischen an die Dunkelheit gewöhnt, er entdeckte ein Foto mit Leistungssportlern, das neben ihm an der Wand hing. Raya lächelte ihn an. Eins weiter stand der Nationalheld Winokurow, der in Sydney olympisches Silber für unser schönes Kasachstan geholt hatte. Der Schwarzalbe stieß beim Versuch, mit dem Finger auf das Bild zu zeigen, gegen ein leeres Glas, das den Tisch entlangrollte, um unversehrt auf einem zentimeterdicken Teppich zu landen.

»Team …«

»Nationales Sportteam?«, half Anton.

Unendlich langsam bewegte der Hals die Maske nach links und rechts.

»Team Astana … Die Zukunft.«

Dies schien das Codewort zu sein, der Sekretär kam durch die

Tür, um Anton nach draußen zu komplementieren. Die Maske starrte weiter auf das Foto.

»Steuern Sie den?«, fragte Anton auf einem blendend weißen Flur. Er setzte seine Sonnenbrille auf.

»Morgen begibt er sich wieder in eine Klinik am Genfer See.«

»Noch übler als ein Zombie als Premier ist die Trophäe, unter der er vor sich hin dämmert.«

»Immer ruhig Blut – die war mein Geburtstagsgeschenk für den Chef.«

»Haben Sie manchmal Angst, dass Ihnen das alles auf die Füße fällt?«

»Angst? Vor wem?«

»Vor der Öffentlichkeit?«

»Himmel, Sie leben hier seit bald zwei Jahren und haben noch immer nichts begriffen.« Er klopfte Anton jovial auf die Schulter.

»Bitte lasst den Geschäftsführer noch heute frei.«

»Das lässt sich einrichten. Wir zwei sehen uns kommende Woche wegen der Anteile an Kazmet.«

Aufgeräumt schüttelte er Anton zum Abschied die Hand.

# IX

## GÄHNENDE HÖHEN

Zwei Jahre nach den erniedrigenden Begleitumständen der teilweisen Enteignung versank Anton immer öfter in jener Behaglichkeitsfalle, die in einem totalitären Regime auf privilegierte Nutznießer lauert. Kleptokratien folgen der banalen Binnenlogik, geradlinigen Opportunismus zu honorieren und oppositionelles Trotzverhalten mit Sanktionen zu belegen. Die Kunst bestand darin, sich selbst und den Rest der Welt davon zu überzeugen, kein Opportunist zu sein und gleichzeitig von den unappetitlichen Zuständen zu profitieren. Anton neigte selten zur Selbstgeißelung, distanziertes Mittun hatte seit jeher seinen beruflichen Alltag geprägt. Hiervon abgesehen betrachteten die allermeisten Mitarbeiter den Schutzschild, der sich durch die erzwungene Allianz mit dem Premierminister über ihnen wölbte, als Arbeitsplatzgarantie. Kein völlig irrationales Kalkül, deckten sich doch ihre Interessen nach bescheidenem Wohlstand nun mit denen der Schwarzalben nach stabilen Pfründen. Selbst Boris registrierte befriedigt, dass sich die unstillbare Gier subalterner Beamten nach Schmiergeldern mit dem dezenten Hinweis, wen sie letzten Endes zu bestehlen wagten, eindämmen ließ. Kurzum, jeder richtete sich in dieser längeren Periode des Friedens mehr oder weniger behaglich ein. Die Fakten schienen dies zu rechtfertigen, immerhin wurde mit dem Baubeginn des Stahlwerks vor einem Jahr das nächste Kapitel einer vorzeigbaren wie beeindruckenden klassischen Fortschrittsgeschichte aufgeschlagen, die mit der Errichtung von derlei Monumenten noch immer verbunden wird.

Plagten Anton Zweifel an seiner Rolle, bot ein Gespräch mit Alisha Linderung, die gegen Gewissensbisse immun zu sein schien.

»Lass die Schnappatmung, Liebling, verglichen mit dem Rest von Zentralasien ist Kasachstan ein freies Land.«

»So wie Kuba?«

»Du stierst immer nur auf die Dissidenten. Was ist mit den Millionen, denen es jedes Jahr besser geht?«

»Um die muss man sich offenbar keine Sorgen machen.«

»Einmal an der Macht, würden deine Dissidenten das Land ins Chaos stürzen. Keiner von diesen Intellektuellen könnte ein Ministerium führen.«

»Nicht alle sind naive Idealisten. Davon abgesehen, du klingst wie Putin oder Mugabe.«

»Ich unterstütze Mira und andere, die ihre Finger in die Wunde legen. Aber es geht nur in Trippelschritten. Reförmchen von oben. Übrigens würde das Volk den Khan mit absoluter Mehrheit wählen.«

»Warum fürchtet er sich dann vor freien Wahlen?«

»Weil der alte Esel als Ex-Kommunist Angst vor dem Volk hat.«

»Du sagst immer nur, dass es noch viel schlimmer sein könnte.«

»Jedenfalls sorgt der Khan dafür, dass es hier keine Sklavenhaltung gibt wie in den Backsteinfabriken von Dagestan. Oder Brautraub wie in Kirgisien. Da, wo ich herkomme, sind übrigens Sprengstoffgürtel der letzte Schrei.«

»Unter den Blinden ...«

»Bitte lass das. Deine Gleichgültigkeit gegenüber objektiver Wahrheit ist bezeichnend. Für mich macht es einen sehr konkreten Unterschied, ob die Scharia gilt oder nicht.«

»Warum gibt es keinen einzigen unabhängigen Richter im Land?«

»Den wird es irgendwann geben. Der wird dann deine Geliebte wegen Veruntreuung verurteilen.«

»Du hättest es verdient. Sollen wir über Weihnachten auf die Malediven fliegen?«

Sie antwortete ausweichend, obwohl Jurbol das Fest der Liebe im Kreise seiner Familie begehen würde, Alisha also auf dessen Priorität bei der Urlaubsgestaltung kaum Rücksicht nehmen musste.

Für sein größtes Problem fand sich jedoch kein angemessener Gesprächspartner. Vielleicht wäre der japanische Soldat Hiroo Onoda so einer gewesen, der im Zweiten Weltkrieg aufgrund fehlender Kommunikation mit seinen Vorgesetzten noch 29 Jahre nach der Kapitulation seines Landes auf einer philippinischen Insel weiterkämpfte. Auch Anton hatte seit zwei Jahren keinen Kontakt mehr zu seinen Auftraggebern. Niemand meldete sich aus London oder von sonst wo. Nur Geldströme kommunizierten mit ihm: Die Kontostände der ihm anvertrauten Firmen, die er während schlafloser Nächte am Computer verfolgte, schwollen regelmäßig an. Die Herkunft der Mittel verlor sich in Delaware, einer skurrilen Enklave des anonymen Kapitals in den USA. Um den Nachrichtenoffizier Onoda zur Kapitulation zu bewegen, wurde sein ehemaliger Vorgesetzter reaktiviert, der ihm 1974 im Dschungel der Insel Lubang persönlich befahl, die Waffen niederzulegen. Anton hätte sich mit einer formlosen E-Mail von Hennessy begnügt.

Nach den Erfahrungen mit den Schwarzalben sprach wenig für den Bau des Stahlwerks, doch er stoppte das Mammutprojekt nicht. Dies zu tun hätte seine Anwesenheit in Kasachstan überflüssig gemacht, was zwar für den beruflichen Lebenslauf besser gewesen wäre, aber die Entwicklung der dubiosen Karriere Antons verhielt sich umgekehrt proportional zu den Wonnen seines Privatlebens. Auch waren weitere einfältige wie konventionelle Argumente schnell zur Hand, um nicht auszusteigen. Zum Beispiel, dass man eine Sache, zu der man sich einmal verpflichtet hat, auch zu Ende führt. Oder, um Zweifel am Sinn des Unternehmens im Keim zu ersticken, darauf hinzuweisen, man könne eine Sache auch um ihrer selbst willen tun. Da Anton unter dem milden Matriarchat von Mira und Alisha als gemäßigter Exzentriker galt, erschien derart antiquiertes Berufsethos nicht unglaubwürdig. Davon abgesehen wurden die merkwürdigsten Dinge nur verwirklicht, da es möglich war, dies zu tun. Ihm gefiel der Gedanke, dass das Stahlwerk in der Provinz Pawlodar an der Grenze zu Sibirien nur deshalb unverdrossen vor sich hin wuchs, weil keine technischen oder finanziellen Hürden dies verhinderten. Nicht, da jemand ein Interesse daran hatte, sondern weil niemand eines hatte, es zu verhindern. Das ganze Unterfangen glich ein wenig jenen pompösen öffentlichen Behörden, deren einzige Tätigkeit darin bestand, sich selbst zu verwalten. Rein ökonomisch betrachtet galt der Bau des Stahlwerks bei zu erwartenden Energiekosten von unter einen halben Cent pro Kilowattstunde als rationale Meisterleistung. Davon abgesehen gestattete die Entwicklung auch einen Blick in Antons Krämerseele: Er verdiente fulminant daran, die Dinge einfach laufen zu lassen.

Seine Tage verliefen alle ähnlich angenehm; meist hing er irgendwelchen Gedanken nach und verlor sich darin. Auslöser konnte alles Mögliche sein, wie zum Beispiel Schuberts *G-Dur Sonate* auf dem Weg zur Arbeit. Dann erinnerte er sich, was Swjatoslaw Richter über die *G-Dur-Sonate* gesagt hatte, und danach, was Glenn Gould sagte, als er Richter 1957 in Moskau diese Sonate spielen hörte. Und so immer weiter. Für Antons hohen Grad an Zufriedenheit, die mitunter einförmige Züge aufwies, gab es neben dem materiellen und sinnlichen Überfluss – sein Sexualhaushalt war stets ausgeglichen – einen weiteren Grund: Mit Erreichen seines fünfundvierzigsten Lebensjahrs – der Zeitpunkt erschien ihm für eine erste schonungslose Bilanz günstig – hatte er die Suche nach Glück endgültig eingestellt. Stattdessen strebte er auf Anregung Schopenhauers danach, nicht unglücklich zu sein, was die Abwesenheit von Schmerz, Not und Langeweile bedeutete. Rückblickend schienen ihm Glück und Liebe maßlos überschätzt oder gar unerreichbar, was aufs Gleiche herauskam. Aber er hatte ein Talent, nicht unglücklich zu sein, während die meisten seiner Bekannten noch immer vergeblich diversen Formen von Glück hinterherhechelten.

Ob Mira zu ihnen gehörte, blieb ihm ein Rätsel. Er vermutete, dass sie unter der Abwesenheit von Anara mehr litt, als sie sich eingestand. Diese hatte vor einem Jahr die Gelegenheit ergriffen, in die Vereinigten Staaten zu verschwinden, um auf einer der dortigen besseren Business Schools ihren MBA zu absolvieren. Aus sporadischen Telefonaten und E-Mails wurde rasch klar, dass die junge Kasachin nicht vorhatte zurückzukehren. Sie bestätigte damit den Trend der Begabtesten und Motiviertesten der ehemaligen Sowjetunion, ihr Talent nicht der Hoffnungslosigkeit des Ostens zu opfern. Das von Nepotismus verseuchte

Zentralasien hatte Anara nichts zu bieten, wohingegen im Westen Weltfirmen solche High Achiever bereits auf dem Campus mit unwiderstehlichen Angeboten verfolgten. Aber der wirkliche Grund, der Anara von einer Rückkehr abhielt, hieß Respekt. In ihrer Heimat lauerte ein lächerlich abgehängtes Regime, das nur mit Verachtung und Demütigung lockte.

Mira machte in dieser Zeit beständige Fortschritte auf dem Weg, ein echtes Original zu werden. Diese Entwicklung war umso bemerkenswerter, als die Gesellschaft insgesamt nicht nur immer weniger skurrile Typen hervorbrachte, sondern die Vorhandenen zunehmend ächtete. Was vor fünfundzwanzig Jahren noch als akzeptabel oder liebenswürdige Spinnerei angesehen wurde, lief jetzt Gefahr, von der öffentlichen Meinung als verrückt etikettiert zu werden. Mira durchlebte eine kurze esoterische und eine längere anthroposophische Phase, ehe sie in vermeintlich rationalere Gefilde zurückkehrte, um die Misere der Welt zu erklären, unter der sie fürchterlich litt.

Anton bat sie vergeblich, ihn wenigstens während des Frühstücks mit den abstrusen Gedanken zu verschonen, die sie im Morgengrauen heimsuchten.

»Nur ganz kurz. Erzähl mir doch nicht, dass dies Zufall ist: 1941 – Beginn des Zweiten Weltkriegs; 1951 – *Der Fänger im Roggen* erscheint; 1961 – Bau der Berliner Mauer; 1971 – Greenpeace wird gegründet; 1981 – Reagan wird Präsident; 1991 – Ende der Sowjetunion; 2001 – 9/11.«

»Doch Mira, es handelt sich um Zufall«, sagte Anton.

»Aber dann ist alles Zufall. Und nichts. Was wird 2011 passieren?«

Verzweifelte Zahlenspiele angesichts einer als unbefriedigend empfundenen Gesamtsituation. Er betrachtete sie ratlos-einfühlsam.

»Geht es heute Morgen wieder um Ökologie oder um den Unsinn des Lebens?«

»Schlauberger, sag etwas über den Unsinn.«

»Das Sein ist das Nichts.«

»Entsetzlich destruktiv. Dann besser was zur Ökologie.«

»Ich habe mal gelesen, in der Evolution gäbe es Zufall und Notwendigkeit. Das hat auf meine Nerven immer beruhigend gewirkt. Soll ich dir Literatur hierzu bestellen?«

»Du sprichst über Darwins Finken, während hier seit Monaten kein Schneeleopard mehr gesichtet wurde?«

»Der Rückgang an Artenvielfalt bedrückt mich auch. Ich gehe nur anders damit um.«

»Keine Identifikation mit gar nichts! Mehr fällt dir nicht ein.«

»Das trifft es. Es geht darum, die Zeit bis zum Tod möglichst schmerzfrei zu gestalten. Nimm noch ein Croissant!«

Sie warf es ihm an den Kopf, was er zum Anlass nahm, seine Arme um sie zu legen und den pudrigen Duft ihres Nackens einzusaugen. Nonverbale Empathiebekundungen erschienen ihm hilfreicher als gefühlsbetonte Einwände.

Mit der Zeit verklärte sich das von dem Premierminister aufgezwungene Korsett aus konstanter Erpressung und gelegentlichen Vergünstigungen in der Außenwahrnehmung zu einer klugen strategischen Kooperation zwischen Anton und den Schwarzalben. Hauptvertreterin dieser Sichtweise war Xenia. Sie hatte ihr Ziel, es bis zu ihrem dreißigsten Geburtstag auf drei Kinder und ein Nettovermögen von hundert Millionen Dollar zu bringen, bereits übertroffen. Ihre Effizienz war erschütternd, ein Xenia-Jahr entsprach vier Anton-Jahren. Nichts schien sicher vor ihrer Investorenwut, längst war sie in das Reich des Handels mit Buntmetallen vorgestoßen, und ein Portfolio von Immobilien und Ackerland erstreckte sich bis zum Steppenhorizont, an dem eine Kette ihrer Kesselwagen entlangzog, welche die Provinz Xinjiang mit Dieselkraftstoff versorgten.

So abgesichert, veränderte sie ihre Garderobe, trug lässig geschnittene, mit Pelz gefütterte Lederjacken über halbkurzen Rollkragenkleidern und Stiefel, die über die Knie reichten.

Anton machte dem Vielfraß Komplimente für die opulente Diversifikation und mahnte die erste Milliarde bis zum vierzigsten Geburtstag an.

»Keine Chance: Ich treffe immer wieder dumme und einfältige Entscheidungen. Sollte ich so weitermachen, ist meine Zeit bald vorbei«, sagte Xenia. Wenn sie mit Anton allein war, frönte sie seit einer Weile der chinesischen Sitte zur verbalen Selbsterniedrigung. Das war im Umgang mit Sowjetmenschen undenkbar, sahen diese doch in jeder Form von Selbstkritik eine Schwäche, die es umgehend auszunutzen galt.

»Niederträchtig und seicht bin ich auch. Aber dein Ehrgeiz macht dich wunderbar paranoid.«

Er hätte ihr gerne gesagt, wie apart ihre hohe Stirn war und wie ihn ihr kleiner, halb spöttischer, halb fragender Mund für die Augen entschädigte, vor denen er sich aberwitzig fürchtete. Aber Xenia reagierte bei Verdacht auf Galanterie mit Fragen nach dem Verschuldungsgrad von Kazmet oder der Entwicklung des Dollars.

»Handel hat wenig Zukunft. Etwas marginal günstiger zu erwerben, um es anschließend etwas teurer zu verkaufen, kann bald jeder. Die Gewinnspannen schrumpfen bereits rapide. Ich bin einfach zu dumm«, sagte sie.

»Die Märkte werden reifer, das ist normal. Genau genommen ist China kein Entwicklungsland mehr.«

»Um wirklich zu wachsen, müsste ich eine Kupfer- oder

Zinkmine kaufen. Aber das ist drei Nummern zu groß für mich.«

»Selbst wenn dir die Bank of China eine Milliarde gibt, bräuchtest du hier in Kasachstan ganz oben Verbündete.«

Sie schnaubte süffisant, offenbar war dies nicht ihr Problem.

»Hat sich Bo etwa in den Dunstkreis des Khans vorgearbeitet?«, fragte Anton.

Sie nickte, er hatte wohl einen Zufallstreffer gelandet. Bo stammte zwar ebenfalls aus China, verfügte jedoch über den entscheidenden Vorteil, ein Mann zu sein.

»Aber das ändert nichts. Alles ist verteilt, selbst ein paar Milliarden würden mich nicht in die erste Liga befördern. Keine der Rohstoffgesellschaften steht zum Verkauf. Bei den Preisen für Buntmetalle drucken die alle Geld. Und ein neues Vorkommen zu entwickeln würde acht Jahre dauern. Bis dahin ist der Boom vorbei«, sagte sie.

»Kopf hoch, Xenia, du hast noch ein paar fette Jahre.«

»Pah, die großen kasachischen Unternehmen gehen bereits in London und New York an die Börse. Das kann ich nie mehr aufholen. Ich Dummkopf bin zu spät hier aufgetaucht.«

»Als hier der kommunistische Nachlass verteilt wurde, warst du noch nicht volljährig. Bist du eigentlich Mitglied in der Kommunistischen Partei Chinas?«

»Klar, was denkst du denn.«

»Ha, deshalb behältst du immer recht. Aber nimm dich in Acht, irgendwann erlebt ihr auch eure erste kapitalistische Rezession.«

»Wirtschaftskrisen wie bei euch wird es kaum geben. Das chinesische Volk hat einen Deal mit der kommunistischen Partei: Solange der Wohlstand steigt, bleibt sie an der Macht.«

Daseinsekel befiel Anton nur, wenn physischer Kontakt mit den Schwarzalben drohte. Diesmal trafen sie sich in einer Suite des gleichermaßen bedrückenden wie schicken Sowjethotels in Almaty, wohin Anton, eingerahmt von zwei Sicherheitsleuten, die ihn in der Lobby erwarteten, gebracht werden sollte. Offenbar bevorzugte der Premierminister kompakte Nussknacker, die mindestens eine Handbreit kleiner waren als er selbst. Nachdem Nussknacker Nummer eins Anton nach Waffen durchsucht hatte, drückte Nussknacker Nummer zwei die falsche Taste im Aufzug. Als klar wurde, dass man sich nicht auf dem Stockwerk mit dem Premierminister befand, entbrannte ein heftiger Streit zwischen Nussknacker Nummer eins und Nussknacker Nummer zwei, den es Anton nicht zu schlichten gelang. Nussknacker Nummer drei erschien mit gezogener Pistole, woraufhin auch Antons Begleiter ihre zückten. Erst als der Sekretär des Premierministers mit Nussknacker Nummer vier und fünf aus dem Treppenhaus auftauchte, entspannte sich die Situation. Er monierte die gezückten Waffen, woraufhin diese wieder in Holstern verschwanden. Das klappte recht gut, lediglich Nussknacker Nummer eins ließ seine Makarow dabei auf den Boden fallen.

»Ach, da sind Sie ja! Haben sich unsere Jungs mal wieder verlaufen«, begrüßte der Sekretär Anton mit dem legeren Handschlag eines feschen Hauptstadtfilous. Mit einer gleichgültigen Armbewegung entließ er die Tollpatsche, was es ihm und Anton ermöglichte, die Räume der Schwarzalben ungefährdet zu erreichen.

Entweder erinnerte sich der Premierminister nur verschwommen an seine frühere Begegnung mit Anton, oder aber er versuchte den desolaten Ersteindruck durch einen vitaleren zweiten Anlauf verblassen zu lassen. Sein letzter Entzug lag erst wenige Wochen zurück. Derart rundum erneuert war er einige

Monate in der Lage, einfachere Regierungsarbeiten zu erfüllen, bevor es wieder Zeit für einen Aufenthalt im Sanatorium wurde.

»Recht so«, hieß er Anton willkommen.

Der Sekretär übernahm die Regie des Gesprächs. Mit hoch konzentriertem Blick öffnete er den Reißverschluss einer albernen Schreibmappe, die vortäuschte, bedeutende Depeschen zu beherbergen.

»Wir haben Sie hergebeten, um über das im Bau befindliche Stahlwerk zu sprechen«, begann der Sekretär.

»Das bei Pawlodar«, präzisierte der Premierminister, bemüht, Kompetenz auszustrahlen.

In groteskem Kontrast zu seiner geistigen Verfassung steckte der Suchtkranke in einer perfekten Schale. Manche Schneider und Schuster verbrachten wahre Wunder, konnten für einen flüchtigen Moment bei den von ihnen Eingekleideten Substanz vorgaukeln. Solange selbst hohlste Objekte nur dastanden und nichts sagten, ließ sich so die Diskrepanz zwischen Hülle und Inhalt kaschieren. Der Kleiderständer vor ihm, der einzig und allein nach noch mehr Raubgut gierte, bestätigte Abais vernichtende Thesen trefflich. Für seine Attrappenregierung wählte der Khan mit Bedacht derart loyale wie politisch ambitionslose Gestalten, die, abgesehen von unwesentlichen Befugnissen, über keine staatliche Macht verfügten. Ihnen wurde einzig persönliche Bereicherung zugestanden. Hier ließ er sie gewähren, wenn auch unter einem diffizilen Geflecht an Einschränkungen. Bevor der Schwarzalbe Ländereien, Immobilien oder Unternehmen zu rauben vermochte, hatte er sicherzustellen, dass er nur solche auswählte, deren Eigentümer weiter vom Khan entfernt waren als er selbst. Am einfachsten verhielt es sich mit dem Staatsetat, hier konnte er sich relativ ungestört bedienen, obwohl Anton vermutete, dass es auch hierfür klare Richtlinien gab. Aber die Entwendung von fünfzig Millionen Dollar pro Dienstjahr ohne Einspruch von oben schien möglich. Doch selbst der Khan verfügte über keine uneingeschränkte Macht. Er saß wie eine Spinne im Netz von Interessen Dritter, die es finanziell zu berücksichtigen galt, bevor er wieder gefahrlos eine Milliarde für sich abknapsen konnte. Die Mechanismen der Konfliktregulierung auf der Ebene der Eliten langweilten Anton unsäglich. Er nahm sich vor, dies hinter leidlich konstruktiver Kommunikation zu verbergen.

»Ach dieses«, sagte er, als hätte er über das Land verstreut ein Dutzend Stahlwerke im Bau.

»Stahlwerk und Eisenerzvorkommen: Wir benötigen 51 Prozent davon für uns«, sagte der Sekretär, als handele es sich um einen Kabinettsbeschluss zwecks Landnahme für die Errichtung einer Strafkolonie an der Grenze zur Mongolei.

Der Premierminister, im Vergleich zu ihrer letzten Begegnung schimmerte die Maske eine Nuance silbriger, unterstrich mit zeitversetztem Nicken seine Zustimmung. Ein gütiger Hinweis, dass durchaus auch eine Forderung von zwei Drittel denkbar wäre, Anton also wegen guter Führung vergleichsweise günstig wegkam.

»Dagegen spricht nichts, solange Ihre Seite 51 Prozent des Investitionsvolumens einbringt«, sagte Anton kampfeslustig.

Die zwei Schwarzalben nahmen die Forderung verschnupft zur Kenntnis, ganz als erwiderte der impertinente Ausländer die Ehre eines formlosen Meinungsaustauschs im erlauchten Kreis mit Majestätsbeleidigung. Der Sekretär schien gerade anzusetzen, Anton an den Ausgang ihrer letzten Auseinandersetzung zu erinnern, da zuckten die Mundwinkel der Maske unkontrolliert nach oben.

»Sie haben gut gegeben ...«, sagte er.

Knapp neunzehn Millionen Dollar, überschlug Anton die Summe der bisher erpressten Zahlungen. Der Schwarzalbe hatte noch nicht geendet.

»… die Nationalbank kann es richten.«

»Ich habe keine Erfahrung mit diesem Institut«, sagte Anton.

»Wir könnten einen Kredit über die Nationalbank einfädeln.«

Das war eine miserable Idee. Selbstredend hatte keiner der Schwarzalben vor, als Bürge in Erscheinung zu treten. Bürgen müsste das Stahlwerk selbst. Nach einer Schamfrist würde sich die Bank den Übernahmegelüsten von Antons Feinden bereitwillig beugen, indem sie den Kredit kündigten, um ihnen auf diesem Weg die verbleibenden 49 Prozent der Aktien zuzuschanzen. Aber er hatte Zeit gewonnen, die Nationalbank rekrutierte sich aus Beamten, auf deren tranige Arbeitsmoral Verlass war.

»Das klingt doch vielversprechend. Wir reden über ein Investitionsvolumen von 335 Millionen Dollar. Also sind für Ihre 51 Prozent von der Nationalbank etwa 170 Millionen zu bewilligen.«

Für einen Augenblick schienen die beiden verdattert zu sein. Anton hatte bisher 200 Millionen in das Projekt investiert. Das war zwar Geld aus unbekannter Herkunft, aber, nun ja, definitiv Geld. Und auch wenn unklar war, um wessen Kapital es sich handelte, so musste es dennoch vor dem Zugriff der Schwarzalben geschützt werden.

»Wir setzen uns zeitnah mit dem Entscheidungsträger der Nationalbank in Verbindung«, sagte der Sekretär um Haltung bemüht.

Anton ergötzte sich kurz an den zwei übertölpelten Gierhälsen. Mehr als diese ein wenig zu ärgern war nicht drin.

»Bestens. War es das?«, fragte er.

Anton vermochte sich nicht vorzustellen, dass die Maske feste Nahrung zu sich nahm, was prompt bestätigt wurde, da keine Einladung folgte, gemeinsam einen Snack aus der Hotelküche einzunehmen.

Antons vorzügliche Mitarbeiter machten sich einen Spaß daraus, für den Abgesandten der Staatsbank eine professionelle Präsentation vorzubereiten, so, als handele es sich um einen ernst zu nehmenden Investor. Das Institut schickte ihnen die klischeehafte Inkarnation des ebenso gierigen wie inkompetenten Jungbankers, der sich ganz auf die Aura seiner Staatsbankexistenz verließ. Obwohl dies ohnehin klar war, ließ er zu Beginn durchblicken, dass einer seiner Onkel eine herausragende Position in der Administration des Khans bekleidete. Jeder von Antons Mitarbeitern hätte den Job des Bankers besser gekonnt, aber allen mangelte es an dem entsprechenden Verwandtschaftsgrad, der einzig relevanten Qualifikation für ein zukunftsträchtiges Amt im Staatsapparat. Der Banker gefiel sich in der Attitüde des gelangweilten Berufszynikers, dem Zahlen oder Konzepte gleichgültig waren. Nach der Präsentation verlangte er, allein mit Anton zu sprechen.

»Hübsch, was ihr da zusammengestellt habt. Bin mächtig beeindruckt, vor allem von der Kleinen, die zum Schluss kam. Aber völlig …«

»Sabira«, unterbrach ihn Anton.

»Was?«

»Die Analystin heißt Sabira. Ihr Name stand groß neben den Diagrammen.«

»Ach so. Verstehe. Aber völlig irrelevant, das wissen Sie.«

»Vielleicht war das Niveau etwas hoch. Fragen Sie einfach, wenn Sie etwas nicht verstanden haben. Hier ist noch eine Zusammenfassung.« Er reichte ihm einen schmalen Ordner.

»Reichlich Zahlenmaterial«, sagte er verärgert und schob die Papiere weit von sich.

»Nach der Aufführung einer Oper beschwerte sich der Kaiser mal bei Mozart über zu viele Noten.«

»Was hat das damit zu tun?«

»Mozart antwortete mit ›gerade so viele als nötig‹.«

»Unverschämtheit.«

»Meinen Sie damit den Kaiser?«

»Natürlich nicht! Jedenfalls brauche ich keine Noten.«

»Was benötigen Sie dann von uns?«

»Endlich kommen Sie zur Sache: Fünf Prozent der Kreditsumme vorneweg.«

»Achteinhalb Millionen Dollar? Für was?«

»Damit wir uns der Sache annehmen.«

»Eine erfolgsunabhängige Bearbeitungsgebühr?«

»Korrekt, auf ein Konto in Dubai. Plus zehn Prozent bei Auszahlung der Kreditsumme.«

»Träum weiter«, lachte Anton und deutete in Richtung Tür.

Auf prinzipielle Zustimmungsverweigerung zu stoßen, überforderte den Staatsdiener. Empört presste er ein »Wie Sie wollen« hervor und brach grußlos auf.

Natürlich solidarisierten sich die Schwarzalben mit dem Abgesandten der Staatsbank, und der Sekretär bestellte Anton zu einem weiteren Gespräch ein. Diesmal gegen Mitternacht und ohne den Premierminister, was vermutlich als Maßregelung für ungebührliches Verhalten gedacht war, Anton aber gefiel. Ganz wie ein renitentes Kind, dem ein Zoobesuch gestrichen wird, worüber sich dieses jedoch freut, da ihm die fade Stimmung im Primatengehege längst zum Hals heraushängt.

»Alles etwas schwierig mit Ihnen. Da stoßen wir für Sie

das Tor zur Staatsbank weit auf, und Sie vermasseln es total«, begrüßte ihn der Sekretär.

»Meinen Sie wirklich, ich gebe diesem Äffchen ein paar Millionen, damit er das Projekt in Betracht zieht?«

»Und meinen Sie, ich hätte nichts Besseres zu tun, als mich mit Ihrem Dickkopf herumzuschlagen?«

»Ja, leider«, sagte Anton.

»Das ist eine Unverschämtheit, wer glauben Sie eigentlich, wer Sie sind? Ich komme direkt von einem Treffen der GUS-Staaten hierher, um für Sie die Kuh vom Eis zu holen«, sagte er mit staatstragender Miene. Er hatte auf dem Rückflug wohl zu trinken begonnen.

»Keiner zwingt euch, mich zu erpressen.«

Der Sekretär nickte abwesend, er schien gezeichnet von all den bedeutenden Aufgaben, die ihm das Schicksal aufbürdete. Eine resignierende Gebärde mit beiden Händen und ein mattes, um Verständnis heischendes Grinsen leitete den Versuch ein, es von Mann zu Mann zu probieren.

»War ein harter Tag. Ich stand direkt hinter der Tymoschenko. Sie können sich nicht vorstellen, wie die stinkt.«

Anton zuckte zusammen, dies war noch unerträglicher als räuberische Erpressung. Die Autokraten des Ostens zitterten vor Julija Tymoschenko, deren goldblonder Zopf gleichzeitig als lasziver Heiligenschein und Symbol der orangenen Revolution diente.

»Sie meinen dies sicherlich metaphorisch«, sagte Anton kühl.

»Ganz und gar nicht. Die Schlampe wäscht sich wochenlang nicht. Ist allgemein bekannt.«

»Stank sonst noch jemand? Schätze alle, die auf dem Majdan-Platz aufbegehrten.«

»Das Drecksweib hat sich in den Neunzigerjahren mit Milliarden bestechen lassen und macht jetzt auf Oppositionsikone. Korrupter als die ist keine.«

»Werfen Sie Tymoschenko Korruption oder Opportunismus vor?«

»Mangelnde Körperhygiene. Scheißthema. Geben Sie dem Typen seine acht Millionen und sichern Sie so den Kredit. Oder wenigstens fünf. Der muss doch auch leben.«

»Auf keinen Fall. Ich brauche weder den Kredit noch euch als Aktionäre.«

»Seien Sie vernünftig. Der Chef tobt, er gibt Ihnen die Schuld. Jetzt erwartet er die sofortige Überschreibung der Aktien ohne weitere Bedingungen.«

»Warum die Eile, das Stahlwerk ist erst halb fertig?«

Ein diffiziles Thema für die Schwarzalben, die versuchten, alles zusammenzuraffen, solange sie an der Macht waren. Anders als der Khan wurden die Premierminister periodisch ausgetauscht. Er bat Alisha regelmäßig, Erkundigungen einzuholen, wie realistisch eine Ablösung der beiden in nächster Zeit war. Doch selbst wenn er Glück hatte, sie würden umso verbissener kämpfen, je näher ihre Ablauffrist rückte.

»Sofortige Übertragung! Machen Sie gefälligst, was man von Ihnen erwartet. Ich kann sonst nichts mehr für Sie tun.«

»Sie haben noch nie etwas für mich getan. Und was die Aktien für das Stahlwerk betrifft: Time out für sechs Monate.«

»Sie sind wahnsinnig.«

»Und sollte es jetzt wieder mit Repressalien losgehen, wird euch Kazmet kein Geld mehr zahlen.«

Der Sekretär raffte sich zu einem letzten Versuch auf und appellierte vergeblich an Antons gesunden Menschenverstand.

Kasachstan als Karikatur.

# X

# KARAGANDA

Das Einzige, was für eine Tschetschenenhochzeit in Karaganda sprach, war die Aussicht, sich auf ihr nicht zu langweilen.

Die Einladung wurde von Iskander persönlich überbracht, indem sein Fahrzeug Anton auf charmant-bedrohliche Art nötigte, zur Hauptverkehrszeit im Zentrum Almatys anzuhalten. Gravitätisch entstieg der Tschetschene seiner mobilen Festung, und ein Blick in den Rückspiegel bestätigte Antons Vermutung, dass er nun den mittleren Teil einer kaukasischen Sandwichformation bildete. So eingekeilt, bat ihn Iskander um Einlass. Einmal auf dem Beifahrersitz, trieb er Anton mit seinem unangenehm vertraulichen Tonfall in die Enge, indem er sich in umständlichen Erklärungen erging, dass ein Neffe oder Cousin zweiten Grades demnächst heiraten werde und *Freunde der Familie* dazu eingeladen seien. Außerdem müsse er ihm bei dieser Gelegenheit etwas in der Filiale in Karaganda zeigen und vor Ort besprechen. Vergnügen und Arbeit lasse sich so bestens verbinden. Antons Frage nach dem exakten Datum wirkte angesichts des Hupkonzerts im Hintergrund kleinlich. Statt konkreter Details folgte eine wortreiche Beschreibung tagelanger Feierlichkeiten, deren verwirrende Rituale Anton zwar nicht verstand, in die er als Ehrengast aber integriert werden würde. Im von ihnen verursachten Rückstau organisierte sich inzwischen Widerstand wegen der Blockade, erste Verkehrsteilnehmer schlugen mit der Faust gegen die Seitenscheiben. Die Insassen der beiden Fahrzeuge öffneten daraufhin seelenruhig ihren Kofferraum, um Baseballschläger zu präsentieren, was zur Folge hatte, dass sich die Situation wieder beruhigte und der Hochzeitswerber seine Überzeugungsarbeit ungestört fortsetzen konnte. Kaum gab sich Anton geschlagen, schickte sich Iskander an, dem Deutschen seine unverbrüchliche Freundschaft zu demonstrieren, was sitzend nicht ohne unwürdige Verrenkungen möglich war. Daher stieg er aus und schritt gemächlich um das Gefährt, wo er auf Höhe der Fahrertür selbstgefällig verweilte, als wollte er denen im Stau vorführen, wie unbedeutend sie seien. Dann öffnete er Antons Tür, dem nichts anderes übrig blieb, als auszusteigen, damit der Tschetschene ihn zum Abschied ostentativ umarmen konnte. So umklammert entdeckte er die Bergsteigerin Irina auf der gegenüberliegenden Straßenseite, was das Unbehagen an seiner ohnehin misslichen Position nur noch steigerte. Das Camp der Bergsteiger als maximalen Kontrast zum exaltierten Auftritt des Kaukasiers löste einen stechenden Sehnsuchtsschub nach dem Biotop der Alpinisten aus. Als Iskander sein barockes Zeremoniell endlich beilegte und von ihm abließ, war Irina jedoch bereits in einem Hauseingang verschwunden.

Sobald er Boris von Ziel und Zweck der bevorstehenden Reise berichtete, erlitt der Russe eine seiner gewohnten Chauvinismusattacken. Er stand noch unter dem Schock des vor drei Wochen erneut aufgeflammten Konflikts mit den Schwarzalben. Zwar verhielten sich diese bisher still, was Boris allerdings als lange Ruhe vor einem umso vernichtenderen Sturm interpretierte.

»Du fliegst auf keinen Fall zu der Festung der Schwarzärsche. Denen ist nicht zu trauen.«

»Das ist ein wenig unfair, Iskander und seine Leute halten sich penibel an ihre Vereinbarung mit uns. Ihn jetzt zu kränken wäre nicht smart.«

»Diesen Vertrag hättest du damals niemals eingehen dürfen.«

»Sag dies der Frau des Direktors, der von den Toten auferstanden ist.«

»Ich denke lieber an meine eigene Frau und Kinder. Du bist da ja weniger verwundbar.«

»Schon gut, mein Freund. Warum steigst du nicht aus und setzt dich in Russland zur Ruhe? Genug verdient hast du ja mittlerweile.«

»Dich jetzt hängen lassen? Du machst Witze.«

»Humbug! Du wirfst nicht hin, weil dich die Herausforderung nicht loslässt. So wie Xenia, Alisha oder mich. Warum sind wir eigentlich so ambitioniert? Finanziell ist keiner von uns gezwungen weiterzumachen.«

»Ambitioniert? Du bist noch schlimmer. Den Premierminister zu ärgern dient nur deinem exaltierten Ego.«

»Und du mit deiner Sklavenmoral schluckst alles, was von oben kommt.«

»Es gibt zwei Arten von Menschen: Diejenigen, welche Probleme schaffen, und die, die sie lösen. Ich bin mir nicht mehr sicher, zu welcher Kategorie du zählst.«

Das war sich Anton selbst nicht, allerdings bereits seit seiner Einschulung.

»Ich kann dem Premierminister nicht die Hälfte des Stahlwerks schenken, nur damit du deine Ruhe hier hast.«

Boris gab dem Kellner ein Zeichen, eine weitere Flasche Wein zu bringen, was Anton als versöhnliche Geste deutete.

»Etwas stimmt nicht mit der Einladung. Warum ausgerechnet jetzt?«, grübelte Boris.

»Warum nicht? Nur für drei Tage. Und so pompös wird da wohl selten geheiratet.«

Boris schaute zweifelnd. »Fahr nicht, es gibt zu viele unbekannte Faktoren.«

»Du bist schon so paranoid wie Xenia.«

»Von den Chinesen lernen heißt siegen lernen. Zwar unwahrscheinlich, aber vielleicht steht doch alles in einem Zusammenhang. Was sagen eigentlich Alisha und Mira dazu?«

»Die sind natürlich dagegen.«

Flaubert empfiehlt in seinem Wörterbuch der Gemeinplätze unter *Reisen*, man solle diese schnell hinter sich bringen. Es gab zwar einen Direktflug nach Karaganda, aber Anton bereute die Reise bereits, noch bevor er sich in den halb herausgerissenen Sitz der verdreckten Tupolew fallen ließ. Der Gestank nach ranzigen Milchprodukten und nassem Hund war überwältigend. Auf diesen Inlandsflügen ging es darum, flach atmend den Zeitraum zu überbrücken, bis die Belüftung zu arbeiten begann, was meist erst unmittelbar vor dem Abheben eintrat. Außerdem hatte er das Pech, eine der letzten noch nicht ausrangierten sowjetischen Maschinen erwischt zu haben. Seine Sitznachbarin bekämpfte die Ausdünstungen, indem sie mit Kölnisch Wasser nicht nur die kontaminierten Sitze und Teppiche besprenkelte, sondern auch Mitreisende wie Anton und eine Stewardess. Es stellte sich heraus, dass es sich bei ihr um eine Spätaussiedlerin handelte, die, in Karaganda geboren, nun einen florierenden Blumenladen in Kaiserslautern betrieb und auf dem Weg war, Verwandte in ihrer Geburtsstadt zu besuchen. Anton gefiel das antiquierte Deutsch der in Würde gealterten Schönheit.

Der haarsträubende Zustand des Flugzeugs schien sie nicht zu betrüben, bestätigte er doch die Klugheit ihrer Entscheidung vor fünfzehn Jahren, die Heimat zu verlassen.

Sie hatten mittlerweile die Reiseflughöhe erreicht, in der viel zu warmen Kabine rutschte der Kopf eines schnarchenden Sitznachbarn auf die Schulter der Frau, woraufhin sie neuerlich ihren Flakon zückte. Auch Anton bedachte sie bei dieser Gelegenheit mit ein paar weiteren Tropfen, bevor sie ähnlich resolut fragte, was ihn denn in die *Steinwüste* trieb.

»Die Einladung zu einer tschetschenischen Hochzeit.«

»Wir hatten damals tschetschenische Nachbarn«, erinnerte sie sich. »Als Kinder haben wir gemeinsam gespielt. Heimlich, denn meine Eltern waren dagegen.«

»Mein Geschäftspartner riet mir auch davon ab.«

»Dann ist der gewiss ein Russe. Für die handelt es sich bei den Tschetschenen um ein archaisches Bergvolk, das bei der geringsten Respektlosigkeit völlig irrational reagiert. Was auch stimmt. Aber gleichzeitig galten sie bei uns als ziemlich einfältig und opportunistisch.«

»Und was dachten die Tschetschenen über euch Deutsche?«

»Für die waren wir miesepetrige Gesellen, man ging sich aus dem Weg. Dabei traf 1941 alle das gleiche Schicksal: aus Viehwaggons in die Steppe gekippt.«

Der Knall glich einem Pistolenschuss, gefolgt von schrillen Pfeiftönen, im nächsten Augenblick brüllte jemand *Luke*. Eiskalte Luft strömte herein, das Pfeifen wich einem ohrenbetäubenden Zischen, und Anton sah, wie sich ein Mann der Besatzung an der Außentür zu schaffen machte, vielleicht der Navigator oder Bordmechaniker, die in diesen altertümlichen Flugzeugen als dritte Person mit im Cockpit saßen. Er hängte sich mit seinem ganzen Gewicht an den Hebel der Luke, um den winzigen Spalt zu schließen. Nach einigen Versuchen gab er auf und begann mit hektisch herbeigeschafften Wolldecken die Türe notdürftig abzudichten, worauf wenigstens der schneidende Lärm etwas leiser wurde. Anton saß mit der Frau in der ersten Reihe, wo man Ausländer üblicherweise platzierte, was jetzt aber der ungünstigste Ort in der Kabine war. Die Temperatur fiel innerhalb weniger Minuten um mehr als dreißig Grad, panisch rissen die Passagiere Jacken und Mäntel aus den Ablagen. Das Flugzeug verlor rasch an Höhe, wer nicht vor Kälte schlotterte, stöhnte wegen der Nadelstiche, die durch die Augen bis ins Gehirn vordrangen. Eine erste Durchsage war unverständlich, sei es durch den Ohrendruck oder wegen des Lärms. Anton spürte seine Füße nicht mehr, während Migräneattacken liefen ihm Tränen über die Wangen. Schließlich hörte der Sinkflug auf, und der Lärmpegel nahm so lange ab, bis eine weitere Durchsage erfolgte, diesmal verständlich.

»Hier spricht der Kommandant. Wir haben ein technisches Problem. Wegen des Druckausgleichs wird jetzt tiefer geflogen. Aber auch nicht zu tief, da sonst das Kerosin bis Karaganda vermutlich nicht … kchchch … ausreicht … kchchchchchchchchch … Einen Ausweichflughafen gibt es nicht.«

Die Frau neben ihm folgte gefasst der Durchsage. Wegen der heruntergezogenen Ohrenklappen ihrer Uschanka konnte Anton nur noch die tiefrote Nase und den vibrierenden Kiefer erkennen.

»Be-be-bekanntlich sind unsere Piloten die be-be-besten überhaupt. Die Be-be-besatzung wird uns trotz dieser Hudelei sicher nach Karaganda bringen«, rief sie ihm zu, der ihr wie ein vom frühzeitigen Frosteinbruch überraschter Gimpel lauschte. Das Flugzeug geriet in Turbulenzen, das Pfeifen wurde wieder lauter, und eine andere Stimme bellte aus dem Lautsprecher, es wäre nun doch Zeit, die Sauerstoffmasken anzulegen. Die beiden lugten ungläubig nach oben, wo sich allerdings keine Klappe öffnete. Anton fummelte erfolglos an der Ablage herum, dann beugte er sich vor und spähte unter den Sitz, entdeckte aber lediglich eine vermoderte Schwimmweste. Allerdings fiel ihm auf, dass es unter dem Sitz wärmer war und weniger zog. Dumpf starrte er auf seine blauen Hände und hockte sich schwer unterkühlt mit dem Rücken gegen die Bordwand auf den Boden. Die Frau betrachtete ihn aufmerksam, wollte es ihm gleichtun, schaffte es aber nicht, sich aus dem Sitz zu erheben. Er rappelte sich wieder auf, um der Steifgefrorenen herunterzuhelfen, wo sie schließlich Rücken an Rücken kauerten. Zum Dank reichte sie ihm mit letzter Kraftanstrengung ein Kräuterbonbon über die Schulter. Anton musste an Schilderungen von erschöpften Bergsteigern denken, die den nahenden Kältetod als derart behaglich beschrieben, dass sich manch einer gegen die herbeigeeilten Retter wehrte. Dies beschäftigte ihn eine ganze Weile, bis das Zischen wieder grausig anschwoll und er sich einbildete, die Luke öffne sich zehntelmillimeterweise weiter. Plötzlich landete das Flugzeug unendlich sanft, jaulte noch einmal auf und kam zum Stillstand. Nach kurzer Schockstarre erfolgte eine letzte Durchsage: Man sei in Karaganda gelandet und hoffe, die Passagiere hätten einen angenehmen Flug gehabt. Auch wünsche man sich, die Mitreisenden bald wieder an Bord dieser Maschine begrüßen zu dürfen.

Die Luke wurde geöffnet, ein Windstoß blies trockenen Pulverschnee herein. Anton umklammerte entrückt seine Tasche und sog gierig die eisige Steppenluft ein, während aus den Laut-

sprechern ein patriotischer Sänger Freud und Leid des Soldatenlebens beschwor.

Auf dem Weg nach draußen stand zwischen Luke und Toilette ein bestens gelaunter Pilot, der den Passagieren wohlwollend zulächelte.

»Warum ordnen Sie denn das Aufsetzen von Sauerstoffmasken an, wenn gar keine vorhanden sind?«, fragte ihn Anton.

Der Pilot beugte sich konspirativ vor und sagte verschmitzt:
»Zu dumm für Sie, ich hatte eine.«

Am Ende der schneeverwehten Treppenstufen harrte in
einer Rußwolke aus Dieselgestank ein Bus aus, daneben zwei
Boomer, was in der ehemaligen Sowjetunion tiefschwarze
BMW-Limousinen mit zwielichtigen Insassen hinter getönten
Scheiben bedeutete. Ruslan, Iskanders Neffe oder Cousin, wartete bereits etwas abseits. Anton verabschiedete sich von der
Frau aus Kaiserslautern, die rasch im Bus verschwand, nachdem sie aus den Augenwinkeln Antons Begrüßungskomitee
wahrgenommen hatte. Ruslan stand jetzt neben dem geöffne-
ten Kofferraum.

»Don't worry, be happy?«, fragte ihn Anton.

Er nickte und nahm die Tasche mit der Lässigkeit von jemandem, der mühelos auf das Vorfeld eines internationalen Flughafens vordringt, nur um am Ende der Gangway einen Hoch-
zeitsgast abzuholen.

»Alles in Ordnung?«, fragte er im Wageninneren.

»Die Luke öffnete sich ein klitzeklein wenig, deshalb die Ver-
spätung.«

»Die verdammten Ziegenböcke haben das noch immer nicht
repariert? Vor drei Wochen ist mir dies auf dem Flug nach
Almaty auch passiert.«

Er sagte etwas zu dem Fahrer, kurz darauf erklang Iskanders

Stimme aus den Lautsprechern. Man werde sich erst abends zur traditionellen Suppe vor der eigentlichen Hochzeit treffen. Bis dahin solle sich Anton in seiner Unterkunft ausruhen.

Das Hotel, ein ausladend menschenleerer Komplex, der wohl erst vor Kurzem saniert worden war, nannte sich schlicht Sanatorium und lag außerhalb der Stadt in einer sogenannten ökologischen Zone. Die Rezeption war unbesetzt, Ruslan brachte ihn auf ein luxuriöses Zimmer und verschwand. Es gab keinen Empfang für Mobiltelefone, aber ein Spa mit Pool und einer medizinischen Abteilung, wo ihn eine Masseuse anderthalb Stunden durchknetete. Er hatte sich während des Flugs offenbar nicht erkältet, mehrere einsame Saunagänge lösten die letzten Verspannungen. Ein Kellner stellte Fruchtsäfte, Espresso und Sandwiches auf ein Tischchen neben seine Liege am Pool, verweigerte aber jeglichen Small Talk. Niemand fragte nach seiner Zimmernummer oder präsentierte eine Rechnung. Er schien der einzige Gast zu sein, Verwechslungsgefahr war in dieser öden und leeren Oase ausgeschlossen. Die parkähnliche Landschaft hinter den Panoramascheiben verschwand langsam in der Dämmerung, und er nickte ein. Nur um aus einem Albtraum zu erwachen, dessen Finale eine in einer Steinwüste zerschellte Tupolew bildete. Benommen starrte er auf Lichtbänder an der Decke, wo unablässig antiseptische Pastelltöne miteinander verschmolzen. Das psychedelische Adagio ließ den Traum ausklingen, bis er Zigarettenrauch wahrnahm, der sich mit den Chlorausdünstungen des Pools verband.

Iskanders Blick ruhte auf ihm, er stand im Mantel vor der Liege.

»Zieh dich an, wir fahren in die Stadt.«

Anders als in Almaty bewegte sich Iskander hier in Karaganda ohne Begleitung, seine Obsession für ein stets blitzblankes Fahrzeug aber war unverändert, was bei dem allgegenwärtigen verdreckten Schneematsch keine geringe Herausforderung war. Selbst nach einer kurzen Fahrstrecke war der Mercedes der S-Klasse völlig verschmutzt.

Während er telefonierte, fuhr Iskander äußerst aggressiv, im Fahrzeuginneren dominierte eine auf Sandelholz basierende Lederpolitur und tschetschenisches Liedgut neben russischen Pop-Sternchen. Zwischen zwei Telefonaten erhielt Anton Informationssplitter über die Abendgestaltung.

»Eine Tradition bei uns. Am Abend vor der Hochzeit treffen sich die Männer und essen Chasch.«

»Chasch?«

»Kennst du nicht? Eine Suppe aus Abfällen. Sehnen, Hufe, Schwänze, Magen, Kopf und Knoblauch.«

Rituelle Müllsuppe ohne Frauen, Anton schwieg betroffen.

»Warum Abfallsuppe?«, fragte er.

In etwa lief die Erklärung darauf hinaus, es möge dem Brautpaar zukünftig so gut ergehen, dass sie niemals diesen Mist essen müssten.

Sie hielten vor einem zweistöckigen Gebäude, das alle Gerüche ausdünstete, die gegen die Menschheit sprachen. Der schmucklose Zweckraum im ersten Stock diente wohl ausschließlich dem Verzehr des weißlichen Sudels, der im Erdgeschoß gebraut wurde. Ein Traditionslokal, die Aussonderungen der tagelang vor sich hin brodelnden Hufe penetrierten die Gemäuer offensichtlich seit Jahrzehnten, wodurch sich eine dünne Schicht Gelatine auf die Wände gelegt hatte.

Etwa vierzig schweigende Männer wischten mit Lavasch-Fladen in Tellern herum oder fingerten lefzenartige Fleischfetzen aus ihnen heraus, nachdem sie über diese eine Tinktur aus Knoblauch und Essig geträufelt hatten. Iskander hielt sich auffällig zurück, nötigte Anton aber, kräftig zuzulangen. Die eigentliche Herausforderung beim Verzehr des nicht unter die Kategorie Lebensmittel fallenden Männergerichts war, sich erst außerhalb des Speisesaals in einen hierfür vorgesehenen Bottich zu übergeben. Iskander empfing ihn nach Rückkehr mit einem Wasserglas Wodka. Sich dieser Suppe zu stellen war vergleichbar mit dem Männlichkeitsritual junger Massaikrieger, einen Löwen zu töten. Eine größere Mutprobe wäre es allerdings gewesen, angesichts der grimmig dreinblickenden Kaukasier das Gericht als absolut ungenießbar abzulehnen. Gesprochen wurde kaum, und wenn, dann war es ein meist auf Halbsätze reduziertes Gemurmel, das sich auf Familienmitglieder bezog: wo ein Kind oder ein Bruder jetzt lebte sowie die Zahl der Nachkommen, nach Geschlechtern gegliedert. Die Männer gehörten zum engeren Familienkreis und waren teilweise von weit angereist, um hier einer tagelangen Pflichtveranstaltung beizuwohnen. Anton versuchte, einem stämmigen Mittfünfziger neben ihm mehr Details zum aufgetischten Gericht zu entlocken.

»Was die Reichen übrig ließen, das wurde von den Habenichtsen aufgesammelt und die ganze Nacht in Wasser gekocht. Chasch isst man zum Frühstück.«

Obwohl es spätabends war, erhob er sein Glas, um auf den Koch der Nachtschicht zu trinken. Auch dies ein Ritual, jeder zweite Toast entfiel auf den Küchenmeister des Grauens.

Auch Iskander war nicht sonderlich inspirierend, wie er über seiner Suppe brütete. Sagte er etwas, was selten geschah, vermied er grundsätzlich Angaben zu Uhrzeit, Namen und Orten. Er zelebrierte das Unverbindliche, ein provokanter Verzicht auf

konkrete Details, was ihm abwechselnd vertrottelte Schlichtheit oder verschlagene Kaltblütigkeit verlieh. Wenn er Anton
jemanden aus der Männerrunde vorstellte, dann sagte er, es
handele sich um einen guten Freund von *uns*. Erwähnte er zu
einem späteren Zeitpunkt noch einmal die betreffende Person,
diesmal mit Vornamen, setzte er voraus, dass dieser Anton
bekannt sei. War dies nicht der Fall, ließ er es teilnahmslos
auf sich beruhen. Um nicht aggressiv zu werden, versuchte er
sich auf der Rückfahrt in das Sanatorium einzureden, Iskanders
Beliebigkeit sei vielleicht gar keine schlechte Voraussetzung für
eine Hochzeit, auf der er niemanden kannte, einschließlich des
Brautpaars.

Am nächsten Morgen sollte die sehr junge Braut von Abgesandten der Familie des Bräutigams aus einer winzigen Wohnung
abgeholt werden, in der sie mit ihren Eltern und Geschwistern
Kindheit und Jugend verbracht hatte. Der bedrohliche Pulk an
Luxuslimousinen wirkte vor der bröckelnden Wohnanlage mit
Etagenklos so deplatziert, wie sich Anton inmitten des Spekta-
kels fühlte. Trommler waren vorausgeschickt worden und kün-
deten nun die Ankunft der Männer. Die traditionell gekleidete
Braut stand verlegen da, Mutter, Großmutter und Vater sahen
den Eindringlingen eingeschüchtert entgegen. Ohne Zweifel
war die Vermählung mit einem sozialen Aufstieg für die Frau
verbunden. Ein Zeremonienmeister wachte über korrektes
Verhalten bei allerlei Frage- und Antwortritualen und gab bei
zaudernden Beteiligten die Antworten selbst. Es folgte ein trä-
nenreicher Abschied der weiblichen Angehörigen, wobei die
Ältesten bei der wiedereinsetzenden Trommelei so demonstrativ schluchzten, wie es Anton bisher nur von Beerdigungen in
der Region kannte. Schließlich wurde die Braut in einer schauri-

gen Aschenputtelprozession die engen Stufen hinunter zu einer fürstlichen Karosse geleitet.

»Schamhaft-rein«, grinste Iskander.

Ein Autokorso eskortierte die wertvolle Fracht in ihr neues Domizil und artete bald in eine sogenannte *Wilde Jagd* quer durch die verschneite Stadt aus. Iskander lachte jedes Mal auf, wenn sich Fußgänger vor dem Tross durch Sprünge auf die Gehwege retteten.

»Früher demonstrierten Tschetschenen bei Hochzeiten ihre Reitkünste«, johlte er. »Das hier ist fast so gut!«

Während der Fahrt näherten sich immer wieder stattliche Fahrzeuge dem Bentley mit der Braut, um ihre Aufwartung zu machen. Eine Phalanx aus drei oder vier Wagen schoss so in ständig wechselnder Formation nebeneinander die breite Straße entlang. Besonders haarsträubende Manöver spornten die nächsten dazu an, den ganzen Irrsinn noch zu übertreffen. Ein übermotivierter Grünschnabel klopfte bei über hundert Stundenkilometern an die Windschutzscheibe der Braut, worauf beide Fahrzeuge zu schlingern begannen.

»Hoho, sieh dir den Bengel an!«, kommentierte Iskander anerkennend die Aktion weiter vorne, als handelte es sich tatsächlich um Kunststückchen bei kaukasischen Reiterspielen, und wich im letzten Moment einem von der Phalanx abgedrängten Lada auf seinem Weg in einen Zeitungsstand aus. Dann ließ er einen verlängerten Boomer passieren, durch dessen Schiebedach Freudenschüsse in die Rauchwolken des in der Nähe gelegenen Stahlwerks abgegeben wurden.

»Hitzköpfe allesamt!«, schmunzelte Iskander und betätigte, um dem Schabernack zuzustimmen, die Lichthupe, woraufhin weitere Salven folgten. Für den Fall, dass Anton sich der ausgelassenen Ballerei anschließen wollte, deutete er auf das

Handschuhfach. Von einer Verkehrsinsel aus salutierten zwei devote Polizisten, was noch mehr Vollgas und Gehupe zur Folge hatte. Eine längere Gerade provozierte einen Zwischenspurt, wobei immer wieder gemächlich vor sich hin kriechende Trolleybusse die Rennstrecke einengten. Ein eingemummtes Kind beugte sich an der Hand eines Mannes, vermutlich seines Großvaters, von dem Bordstein der Haltestelle auf die Straße, wohl um die Nummern der ankommenden Busse zu entziffern. Für den Bruchteil einer Sekunde blickte Anton in die aufgerissenen Augen des jetzt allein an der Haltestelle stehenden Greises. Wie eine Strohpuppe wirbelte das Kind vor ihnen durch die Luft, bevor ein zweites Fahrzeug es erfasste. Der Tross verlangsamte sich, um kurz darauf noch entschlossener die Fahrt wiederaufzunehmen. Anton gelang es nicht, seine in die Sitzpolster verkrallten Finger zu lösen.

»Dieser alte Narr hat nicht aufgepasst«, zischte Iskander.

»Halt sofort an!«, schrie Anton.

»Wozu? Dem Kind hilft das nicht mehr.«

»Ihr seid ja alle völlig irrsinnig!«

»Bleib ruhig – irrsinnig verantwortungslos war der Alte.«

Iskanders mahlender Unterkiefer ließ sich leicht interpretieren, es galt das schlechte Omen für die Hochzeit nicht unnötig aufzubauschen. Dazu gesellte sich Unbehagen gegenüber Anton, den der Zwischenfall ernstlich mitzunehmen schien.

»Fahr mich bitte zurück ins Hotel.«

»Ruhig Blut, so etwas passiert eben. Keine Sorge, wir haben Leute, die sich darum kümmern werden. Kein Grund, dem Brautpaar die Feier zu verderben. Stell dich also nicht so an.«

In einem Vorort kam der Tross vor der Mauer eines schlichten, wenngleich jüngst renovierten Anwesens zum Stehen, vor dem die Trommler bereits wieder mit niederschmetterndem Ernst wüteten. Die Braut wurde bei ihrem Einzug in ihr neues Heim nur von einer Schwester begleitet, die anderen Verwandten waren in der schäbigen Wohnanlage zurückgeblieben.

Entlang der Wände des größten Raums saßen Männer nebeneinander auf Polstern. Gegenüber dem Eingang wurde die Braut platziert, die zuvor die Schwelle des Hauses mit einem Besen gereinigt hatte, was mit Geldgeschenken gewürdigt wurde. Das Ganze vollzog sich unter den reglosen Blicken älterer Frauen, denen die Braut mit Unterwerfungsgesten huldigen musste. Nachdem sie diese freudlose Hürde passiert hatte, machten zahllose Nachbarn ausgiebig von der Möglichkeit einer stummen Besichtigung des eingeschüchterten Objekts Gebrauch. Anton versuchte Iskander Informationen über die unter Tschetschenen üblichen Hochzeitsbräuche zu entlocken, doch dieser winkte ab; bei der Braut würde es sich wohl um eine Aserbaidschanerin handeln. Sein Interesse galt dem Bräutigam, der mit den Männern zusammensaß, wo er gefoppt wurde, was er teilnahmslos über sich ergehen ließ. Immer wieder erläuterte man die Vor- und Nachteile der Braut, neben der jetzt ein stummer Bub stand.

»Damit sie nur flotte Jungs gebärt«, kommentierte Iskander.

Körperkontakt zwischen dem jungen Paar sah die Tradition erst in drei Tagen vor, nachdem ein Mullah ihnen die Aufgaben in einer Ehe erklärt haben würde. Iskander rückte mit derlei Informationen nur unwillig heraus und beantwortete Antons Fragen mit spöttischem Unterton. Sie hatten bereits zwei Stunden auf einem durchgesessenen Sofa verbracht, wobei der Vater des Bräutigams dem Deutschen regelmäßig die enorme Bedeutung von Gastfreundschaft ins Gedächtnis rief. Dieser konnte sich nicht erinnern, wann er das letzte

Mal in einer derart quälend tranigen Situation gefangen war. Antons Rücken schmerzte, und er drohte an Langeweile zu ersticken.

»Kannst du mich zurück ins Hotel bringen lassen?«, fragte er Iskander, als sich die rituelle Schlachtung von diversen Säugetieren im Hof der Anlage abzeichnete, was die überwiegend vergreiste Runde in enorme Vorfreude zu versetzen schien.

»Wir fahren gleich. Heute Abend steigt dann die eigentliche Hochzeit.«

Iskander nutzte den Wunsch des undankbaren Ausländers, auch selbst der zähen Tristesse zu entkommen. Vielleicht dachte er an das tote Kind, jedenfalls fuhr er zunächst demonstrativ gemächlich durch den Vorort zurück in die Stadt.

»Heiraten ist bei euch eine ernsthafte Angelegenheit«, sagte Anton, um das Schweigen zwischen ihnen zu brechen.

»Die Sitte, du verstehst. Heute Abend wird es aufregender.«

»Das Kind geht mir nicht aus dem Kopf.«

»Hör auf damit. Ich habe andere Sorgen. Meine Schwester sitzt seit einem Jahr im Gefängnis.«

»Ich dachte, für so etwas habt ihr eure Leute.«

»Die haben schon geholfen, aber bei zweihundert Kilo Heroin wird es schwierig. Und dann haben sie ihr noch einen Mord untergeschoben.«

»Klingt nach lebenslänglich.«

»Vier Jahre. Ein Baum von einer Frau, neulich hat sie drei Wärterinnen verprügelt. Mich hat sie als Teenager auch ständig versohlt«, sagte Iskander. Seine Augen glänzten, der Unterarm schnellte von der Armlehne nach oben. Die unbeholfene Bewegung war die erste ungefiltert menschliche Regung, seit Anton ihn kannte.

»Wie oft kannst du sie besuchen?«

»Einmal pro Monat. Sie sitzt in Almaty ein.«

»Warum nicht hier?«

»Dort ist es im Winter weniger kalt. Hier erfrieren sie schneller.«

Anton schwieg betroffen, und Iskander übertünchte mit einem entschlossenen Tritt auf das Gaspedal seinen emotionalen Ausrutscher. Der schwere Wagen brach auf dem Flickenteppich aus Eisplatten immer wieder aus.

»Plagt dich eigentlich Todessehnsucht?«, fragte Anton.

Iskander war ein miserabler Fahrer, der die fünfhundert Pferdestärken für kindische Männlichkeitsrituale missbrauchte. Er grinste. »Angst?«

Anton nickte. Es war keine große Kunst, die Überlebenschancen auszurechnen, sollten die knapp drei Tonnen bei einhundertsechzig Stundenkilometer auf ein festes Hindernis treffen. Wer wie der Tschetschene fuhr, kompensierte wohl mehr als Erektionsprobleme.

»Steig endlich vom Gas und sag mir, was dein Problem ist.«

Iskander schwieg eisern, bis das Sanatorium auftauchte. Offenbar litt er unter der selbst verursachten emotionalen Blöße. Dabei bot doch gerade das rührende Idyll der mordenden Schwester in ihrer kalten Zelle genug Potenzial, um gemeinsam mit Anton an der Bar weiter aufzutauen.

»Kommst du mit rein auf einen Whisky?«, fragte Anton.

»Keine Zeit. Abends holt dich jemand ab. Zwei meiner Leute sitzen in der Lobby, solltest du etwas brauchen.«

Anton grinste spöttisch. Der kindisch plumpe Hinweis, gar nicht erst zu erwägen, sich heimlich davonzumachen, amüsierte ihn. Warum sollte er das tun? Um das hier zu erleben, war er schließlich hergekommen.

Die vielen britischen Luxuslimousinen vor dem verschneiten Kuppelbau ließen den Verdacht aufkommen, ein Belle-Époque-Kasino sei von der Riviera an den Polarkreis gebeamt worden, wobei auffällig viele Nummernschilder auf Grosny oder Moskau hinwiesen. In der Ferne färbte flüssiges Eisen aus dem offenen Schmelztiegel des einst zweitgrößten Stahlwerks der Welt, welches sich Inder aus der Konkursmasse der Sowjets gesichert hatten, den Himmel rot. Temperaturen um minus dreißig Grad, warmes Licht durch mit Eisblumen überzogene Fenster und fremdartige Musik vermischten sich zu kunstvoller Exotik ganz nach Antons Geschmack. Neben Iskander schritt er auf Granitplatten bis in eine Halle, über die sich die Kuppel wölbte, unter der hinter einer kniehohen Absperrung ein Zeremonienmeister ekstatische Tänze beaufsichtigte. Gehilfen des Oberaufsehers geleiteten Ehrengäste zu thronähnlichen Stühlen, die leicht erhöht auf einem Podest neben der Tanzfläche standen. Verfolgt von forschen Männerblicken, die zu Hunderten dicht gedrängt hinter der Barriere und auf einer Galerie unterhalb der Kuppel standen, nahmen sie Platz. Die Augenpaare glitten zurück zu den drahtigen, verschwitzten Tänzern in eng geschnittenen, dreiteiligen Anzügen. Immer wieder wurde die ohrenbetäubende Musik einer traditionellen, durch Lautsprecher verstärkten Kapelle mit Anfeuerungsrufen aufgeputschter Männer übertönt.

Das bizarre Treiben auf der Tanzfläche, wo archaische Szenen von Leidenschaft und Verweigerung gegeben wurden, faszinierte Anton. Ein stampfender Gockel näherte sich einer Frau, die ihn ignorierte und so sein Balzen anstachelte. Daraufhin stampfte ein weiterer, noch entschlossenerer Freier herbei. Aber die Frau nahm auch von dem zweiten Gockel keine Notiz, was das Publikum zur Raserei trieb. Eine geschlossene Formation an Frauen näherte sich verächtlich den beiden männlichen Tänzern, was diese endgültig überforderte. Das unablässige Stampfen ließ den Boden erzittern. Der Zeremonienmeister drängte Zuschauer, die die Absperrung durchbrachen, mit Stockschlägen zurück. Diese spontane Integration des Publikums in das Spektakel bot fantastische Szenen an Chaos und Komik. Gelegentlich gab es auch Schläge für die tanzenden Gockel, wenn diese sich den Frauen zu stürmisch näherten, was wiederum die grotesk enthemmten Männer auf der Galerie in den Wahnsinn stürzte. Iskander machte Anton auf verzweifelte Verzückte aufmerksam, die am Sprung von der Balustrade auf die Tanzfläche abgehalten werden mussten, was dort oben jedes Mal Tumulte auslöste. Als wirklich ein Körper in der Manege aufschlug, empfing ihn der Zeremonienmeister mit Rutenschlägen, bis der Besinnungslose aus dem Rund geschleift wurde. Ob Narr oder Held, der Abtransport des Schwerverletzten wurde durch Pfiffe und Bravorufe begleitet, während das Ensemble die ganze Zeit verwegen weitertanzte.

Iskander erhob sich nach einer Stunde, die irrwitzige Musik führte in Verbindung mit dem nie abebbenden Gestampfe zu tranceartiger Erschöpfung, von der man sich in weitläufigen Gängen, an denen Separees aneinandergereiht lagen, erholen konnte. Die Feierlichkeiten boten Iskander reichlich Gelegenheit, auf Chefs anderer Clans zu treffen. Hierbei von einem exotischen Gast wie Anton begleitet zu werden, war seinem Status offenbar dienlich. Den stattlichen Stammesfürsten stellte er den Deutschen mit *unser Freund* vor. Gleichzeitig zählte er für Anton deren Verdienste in den beiden Tschetschenienkriegen auf, gefolgt von dem Territorium, das der Betreffende heute mit organisierter Kriminalität heimsuchte. Die Fürsten gaben sich Anton gegenüber milde gestimmt, was spontane Angebote einschloss, eine ihrer Kusinen zu heiraten, deren Schönheit sie recht einfältig durch Halbsätze an Superlativen schilderten. Mit einigen dieser Gebieter fand sich Anton an einem Tisch wieder, in dessen Sichtweite ihr Gefolge stehend ausharrte. So im kleinen Kreis versammelt, legten sie nach ein paar Gläsern Kognak ihr halbwegs zivilisiertes Verhalten ab und gaben sich für ihre Verhältnisse ungezwungen, also offenherzig blutrünstig. Das Gespräch streifte bald Putin, dem zu Antons Verblüffung Ehrfurcht und Respekt entgegengebracht wurde.

»Hat der nicht ein Drittel eurer Bevölkerung ausradiert?«, fragte er in die Runde.

»Und wenn schon! Unsere Frauen setzen genug Kinder in die Welt, um das schnell wieder auszugleichen«, sagte einer unter dem zustimmenden Gelächter der anderen.

»Jelzin war ein versoffener Jammerlappen!«

»Abgeschlachtet haben wir den Iwan!«

»Russische Generäle verrieten gegen Bakschisch ihre eigenen Truppen an uns.«

»Was für ein Blutbad! Russland war am Ende.«

Offenbar bezog sich die Erfolgstory auf den ersten Tschetschenienkrieg.

»Bis Putin kam – was für ein Kerl! Der hat zurückgeschlagen, bis Grosny eingeebnet war. Habe selbst einen Sohn verloren.«

»Ich gleich zwei!«

»Auf Putin, das Monster!«

Sie tranken tatsächlich mit leuchtenden Augen auf den Mann im Kreml. Aber nicht auf den tschetschenischen Präsidenten Kadyrow, der die Seiten gewechselt hatte, um Moskau zu dienen, bis er vor zwei Jahren einem Anschlag zum Opfer fiel. Im Telegrammstil wurden Namen und Taten diverser Rebellenführer abgehakt, die Anton noch nicht einmal dem korrekten Jahrhundert des uralten Konflikts zuzuordnen vermochte. Es stellte sich heraus, dass die meisten am Tisch mehr Zeit in der Hauptstadt ihres Todfeinds Russland verbrachten als in Tschetschenien selbst. Sie prahlten vor Anton mit ihren Moskauer Geliebten und Villen an der Rublowka, dem Hort der Reichen und Mächtigen vor der Stadt. Obwohl sie Russen abgrundtief verachteten, dienten sie sich Behörden und Geheimdienst an, um von Tschetscheniens Wiederaufbau zu profitieren, den die Moskauer Zentrale finanzierte, um Ruhe in die abtrünnige Region zu bringen.

Iskander hielt sich mit Wortmeldungen zurück und antwortete nur, wenn er direkt angesprochen wurde, was kaum geschah. Am Tisch der Honoratioren schien er lediglich wohlwollend geduldet zu sein. Zwar war er eine lokale Größe und wurde hierfür geachtet, im Vergleich zu den merkwürdig assimilierten Clangrößen war er allerdings bedeutungslos, und in Moskau hätte man ihn vermutlich an den Katzentisch verwiesen. Doch auch hier in der Provinz, wo er formal auf Augenhöhe mit einflussreicheren Anführern thronte, als er selbst einer war, wurde er ständig an seine unbedeutende Nebenrolle erinnert. Dies lag an der Unsitte der selbstherrlichen Clanchefs, bei ihren Zuhörern Wissen vorauszusetzen, das, wenn überhaupt, nur in Moskau bekannt war. Iskander konnte ihnen schlicht nicht folgen. Reglos ließ er diese Form demütigender Ausgrenzung über sich ergehen, als die Großen der Verbrecherszene Anekdoten zum Besten gaben. In ihrer vertrottelten Selbstbeweihräucherung ließen sie alle Hemmungen fahren, obwohl mit Anton ein Kastenfremder mit am Tisch saß.

»Also, wir sitzen mit Vlad und den anderen von den Sonnigen beim Italiener an der Klimaschkina. Friedlich. Um uns auszusprechen. Damit nichts eskaliert wie damals, ihr wisst schon.«

Anton vermutete, dass hier die Rede von Vladimir Anatoljewitsch war, der in seiner Moskauer Zeit bei einem barbarischen Kartell als Nummer zwei fungierte.

»Ich rede also nicht lange um den heißen Brei und sage Vlad auf den Kopf zu, dass seine Grupperowka im letzten Monat zwei meiner Jungs ausgeknipst hat. Zwar nur Fußvolk und vermutlich ein Missverständnis, aber immerhin.«

»Ha, Moskau glaubt den Tränen nicht«, zitierte einer ungelenk den Titel eines Kinofilms.

»Für Tränen lag kein Grund vor, es handelte sich um zwei Russen. Aber es waren *meine* Russen.«

Russen als Fußvolk kam ebenfalls gut an, selbst Iskander grinste zustimmend.

»Und wie reagiert Vlad? Er sagt seelenruhig, ich könnte mir zwei aus seinem Fußvolk aussuchen. Aber keinen der Scharfschützen!«

»Haha, aus seinem Fußvolk. Als Kompression!«

Er meinte wohl Kompensation, was keinem der Anwesenden auffiel; sprachliche Details schienen nicht ihre Sache zu sein.

»Und du darauf?«, fragte ein Narbengesicht mit Habichtaugen.

»Kein Problem, Vlad – Scharfschützen habe ich selbst genug.«

Die mittelmäßige Pointe wurde innerhalb der männerbündlerischen Runde mehrmals wiederholt. Allmählich kehrten die Lordsiegelbewahrer der Riten von Ehre und Respekt wieder in ihren stabilen Aggregatzustand zurück, nämlich dem würdevollen Schweigen in betont aufrechter Sitzhaltung. Anton nahm sich vor, zukünftig Hochzeiten zu meiden, bei denen auf die Anwesenheit von Frauen verzichtet wurde.

Gegen drei Uhr nachts füllte sich das Hotel mit Hochzeitsgästen, die sich als überaus gesellig herausstellten, da immer wieder jemand auf der Suche nach einem Landsmann an Antons Tür polterte. Im Halbschlaf dazwischen suchten ihn gütige Dämonen heim, die die Tristesse des furchtbaren Orts milderten. Denn auf diesem Teil der eisigen Erdkruste, wo sich die größte Provinzhauptstadt des Archipel Gulag befand, war zweifelsfrei alles schon einmal schlimmer gewesen als jetzt. Im Grunde hatte es sich damals bei dem ganzen Landstrich um einen einzigen gigantischen Gulag gehandelt, der nicht großartig bewacht werden musste, da Flucht den sicheren Tod in der Steppe bedeutete. Allein im Lager Nr. 8 für politische Häftlinge, das irgendwo da draußen gelegen hatte, darbten vierzigtausend Menschen in Kohlebergwerken und Steinbrüchen vor sich hin, darunter Solschenizyn. Jeder Quadratmeter hier war kontaminiert mit bizarrem Leid. Nach dem Überfall der Wehrmacht auf die Sowjetunion wurden ohne Vorankündigung Hunderttausende Wolgadeutsche und Tschetschenen hierher zwangsumgesiedelt. Wer nicht während des Transports in Viehwaggons verreckte, wurde in der eisigen Steppe ausgeladen, wo sich die Elenden Erdlöcher gruben, um nicht sofort zu erfrieren.

Erleichtert betrachtete er im Morgengrauen die Umrisse des qualmenden Stahlwerks am Horizont, dieser Dreckschleuder würde er gottlob in ein paar Stunden ebenso entkommen wie seinem Gastgeber. Die bizarren Hochzeitsfeierlichkeiten zogen sich zwar noch mehrere Tage hin, aber an dieser Front hatte Anton seine Pflicht übererfüllt. Vor der Heimreise wollte Iskander ihm die modernisierte Filiale von Kazmet vorführen, was genau genommen auch der Grund für die Reise war. Während des Frühstücks auf dem Zimmer versuchte er vergeblich, Nachrichten an Mira und Alisha zu senden, inständig hoffend, sie würden sein Flehen nach Katharsis erhören und einem gemeinsamen Abendessen zustimmen.

Iskander traf er auf dem Flur. Zu Antons Überraschung hatte er die Nacht im gegenüberliegenden Zimmer verbracht, obwohl er vor ein paar Stunden bei der Verabschiedung behauptet hatte, nach Hause fahren zu wollen. Antons fragenden Blick ignorierte er mit fahriger Geschäftigkeit und meinte, es sei Zeit aufzubrechen. Das war es nicht. Für diese lästige wie überflüssige Besichtigung blieb ihnen noch ein halber Tag. Drohte eine weitere Demonstration von übergriffiger Gastfreundschaft? Vielleicht hatte Iskander eine feucht-fröhliche Bewirtung mit Angestellten der abgelegenen Betriebsstätte vorbereiten lassen. Verdrossen packte Anton seine Tasche, gesellige Abschiede uferten traditionell zu obsessiven Gelagen aus, in deren Verlauf regelmäßig der Rückflug verpasst wurde.

Eine pittoreske Neuschneeauflage milderte jenen Weltschmerz, den brachliegende Landschaften sowjetischer Schwerindustrie bei Anton zuverlässig auslösten. Vor dem Zusammenbruch der UdSSR schluckten Rüstungsprojekte etwa zwei Drittel ihrer Produktion, und Iskander raste an den kilometerlangen Ruinen vorbei, als gelte es, vor den Dämonen dieser Mahnmale politischen Wahns zu flüchten.

»Wir haben die meisten bereits ausgeweidet. Viel mehr als Backsteine und Glasscherben ist da nicht mehr zu holen«, erläuterte er.

Im Zerfleddern der ehemaligen Kombinate spiegelte sich die neue gesellschaftliche Dynamik. Aufgeweckte Schlauköpfe sicherten sich rasch die Kronjuwelen, das Kupfer, leicht zu rauben und auf den Weltmärkten gefragt wie Gold. Bereits etwas mühsamer gestaltete sich der Griff nach Eisenbahnschienen, Stahlträgern und Maschinen auf den weitläufigen Arealen. Endgültig bestraft wurden all die abgehängten Zauderer und Nachzügler, die sich mit Krümeln in Form von Backsteinen und Holzbrettern abspeisen ließen, um sie für ihre armseligen Behausungen zu benutzen.

Sporadisch ragten Schornsteine, empörten Ausrufezeichen gleich, aus der schneeverwehten Topografie des Scheiterns. Die Tragödie der Sowjetunion als irrwitzige Verschwendung an Ressourcen, ausgelöst durch ideologische Spitzfindigkeiten.

»Als kein Kupfer mehr übrig blieb, bist du also auf Stahl umgestiegen«, sagte Anton.

»Der reicht noch für ein paar Jahre«, bestätigte Iskander, der gelangweilt auf eine Gruppe vermummter Frauen am Straßenrand deutete, die mit Hämmern den Mörtel herbeigekarrter Backsteine abklopften.

Eine akkurate Mauer aus vorfabrizierten Betonelementen, gekrönt von gewundenem Stacheldraht, kündigte von der Filiale von Kazmet. Wie in ihren zwei Dutzend über das Land verteilten Schwestern wurden hier die Überbleibsel sowjetischer Schwerindustrie verschrottet, um den Aufbau der aufsteigenden Supermacht China voranzutreiben. Der Wagen rollte durch das halb geöffnete, unbewachte Tor, vorbei an einer verlassenen Brückenwaage, und kam vor dem Verwaltungsgebäude zum Stehen. Anton hatte über die Jahre genug ähnliche Betriebe besichtigt, um den hier herrschenden totalen Stillstand sofort zu registrieren. Auf dem Vorplatz, wo sonst LKWs auf ihre Abfertigung warteten, stand einsam ein weißer Landcruiser mit laufendem Motor. Das Gebäude war vermutlich menschenleer und ohne Fahrzeug aus dieser gottverlassenen Gegend wegzukommen schlicht unmöglich. Kommentarlos stieg Iskander aus und ging zu dem Landcruiser hinüber. Vier Türen öffneten sich, vier schwarze Lederjacken stiegen aus, was Antons Hoffnungen auf einen ereignislosen Zwischenstopp auf dem Weg zum Flughafen weiter eintrübte. Wer in der Verwaltung solcher Betriebe beschäftigt war, trug Lammfellmäntel, die Arbeiter wattierte Overalls. Anton registrierte anschwellende Panik, als letzte, wenngleich etwas windige Option blieb ihm der Inhalt des Handschuhfachs. Er würde die Pistole einstecken und auf der Fahrt zum Flughafen zurücklegen. Iskander hatte sie ihm am Vortag lässig präsentiert, eine Walther PPK, handlich klein mit der Patina früher James-Bond-Filme. Ein letzter Blick in Richtung Iskander, der noch immer den im Halbkreis vor ihm strammstehenden Schwarzjacken Anweisungen gab, dann klappte Anton das Handschuhfach auf und tastete, ohne hinunterzusehen, nach der Waffe. In diesem Moment drehte Iskander sich um und kam zurück. Anton starrte in das ausgeleuchtete Fach. Keine Pistole.

»Alles in Ordnung. Wir drehen eine Runde, und dann bekommst du die neuen Pressen zu sehen.«

Gefolgt von dem Landcruiser ruckelten sie vorbei an Schrottbergen und Hallen, wo niemand Metall schnitt, sortierte oder in Eisenbahnwaggons verlud. Anton warf einen ratlosen Blick auf das Display seines Mobiltelefons, doch im Funkloch versank jegliche Hoffnung, die Koordinaten des Aufenthaltsortes an Boris oder Alisha zu senden, verbunden mit der Bitte, die Kavallerie vorbeizuschicken.

»Kleine Zwischenfrage: Warum arbeitet hier niemand?«

»Wegen der Hochzeit haben wir sie eine Woche heimgeschickt.«

»Und den Direktor? Bekomme ich den wenigstens zu sehen?«

»Keine Ahnung, was dem dazwischenkam. Ein Cousin, wir rufen ihn später von seinem Büro aus an.«

»Und wozu folgt uns ein Sondereinsatzkommando?«

»Kümmert sich um die Sicherheit. Da vorne kommen gleich die Pressen.«

»Endstation Metallpresse?«

»Mobile Pressen aus Italien. Hoher Wirkungsgrad. Exakt eine Tonne pro Paket, sechzig von denen passen in einen Waggon.«

»Wir haben sie für diesen Zweck gekauft und hierhergeschickt, Iskander. Und ich habe diese Biester schon woanders in Aktion erlebt. Sag mir endlich, was los ist.«

Obwohl die Luftfederung keinerlei Probleme mit der ruppigen Wegstrecke zeigte, simulierte der Tschetschene die verkrampfte Konzentration eines um seinen Unterboden besorgten Fahrzeughalters. Selbst als sie kurz darauf im Neonlicht nebeneinander eine gigantische Halle entlanggingen, konnte sich Anton nicht entscheiden, ob gleich ein Gewaltverbrechen oder mehr von Iskanders autistischem Einerlei folgen würde. Nüchtern betrachtet erschien das Erstere wahrscheinlicher, die vier Männer folgten ihnen mit wenigen Schritten Abstand, ebenfalls schweigend. Was Anton vorläufig davon abhielt, auf Knien um sein Leben zu betteln, war die Tatsache, dass es keinen Grund gab, ihn in einer dieser ferrarirot lackierten Pressen weiter vorne zu entsorgen. Es musste sich lediglich um eine theatralische Demonstration von Iskanders Bedeutung handeln, die es unerschrocken zu ertragen galt, bevor er sich in der VIP-Lounge des Flughafens über die Episode amüsieren konnte. Wenigstens würden die vier in Schwarz sich dabei erkälten, wobei Iskanders mit Zobel gefütterter Kaschmirmantel sicher ähnlich gute Dienste leistete wie Antons üppige Daunenjacke. Zobel war in Miras Haushalt undenkbar, wohingegen Alisha darauf schwor, während Anara in Kalifornien ihre Lammfellkutte kaum vermissen würde.

Leicht angewinkelter Arm auf Brusthöhe, Iskander hielt die Pistole korrekt.

»Warum?«, fragte Anton.

»Viel Feind, viel Ehr. Respekt!«

»Steck das Ding weg und lass uns endlich reden. Was es auch ist, ich bin flexibel. Aber du und dein Clan seid verloren, wenn mir hier etwas passiert.«

Klingt immer gut und funktioniert nie. Aber warum eigentlich nicht? Und warum viel Feind, viel Ehr? Schließlich war nur der Schwarzalbe sein Feind, streng genommen sogar ein gemeinsamer Feind, seitdem Iskander vor zwei Jahren begonnen hatte, trotz des strikten Verbots, beladene Waggons an die Grenze nach China zu schmuggeln. Der Tschetschene wartete geduldig, bis Anton von selbst darauf kam.

»Hat dich der Premier umgedreht?«

»Auch ich bin flexibel.«

Anton überlegte, ob sie vorhatten, das Stahlpaket mit seinen Überresten im Hochofen der lokalen Dreckschleuder einzuschmelzen oder es nach China zu schicken.

»Was ist nur los mit euch opportunistischen Ratten? Kein Wunder, dass eure verdammte Pechsträhne seit dreihundert Jahren anhält!«

Das war nicht wirklich originell und noch dazu ziemlich unverständlich herausgebrüllt. Erbärmliche letzte Worte eben. Statt einen Schuss hörte Anton, wie weiter hinten eine Häckselmaschine von imposanten Ausmaßen ansprang, die wohl als Fleischwolf fungieren sollte. Metallisches Knirschen dröhnte durch die Halle, während draußen Windböen gegen ein loses Blech peitschten.

»Bitte werft mich da nicht lebend rein«, stotterte er.

Iskander musterte ihn aus kalten Augen, drehte sich dann um

und schritt durch die Halle zurück. Auf vier Schwarzjacken verteilten sich zwei teleskopische Schlagstöcke und zwei Pistolen, die ihn im Halbkreis in Richtung des gierigen Schlunds trieben. Anton wich zentimeterweise rückwärts, bis aus der bebenden Öffnung hinter seinen Schuhabsätzen der Geruch frisch zerriebenen Metalls aufstieg. Wenigstens blieb da unten kaum Zeit, sein merkwürdiges Leben noch einmal im Zeitraffer vorgeführt zu bekommen. Dem ersten Hieb wich er halbwegs geschickt aus. Jemand nieste mehrmals hintereinander, was ein paar verwirrte Sekunden Aufschub auslöste, bevor die vier Männer gleichzeitig in sich zusammensackten.

Anton sah in Richtung Iskander, der sich ruckartig in der Mitte der Halle nach ihnen umdrehte. Zögerlich hob er die Pistole. Dann knickten auch seine Knie ein, der offene Mantel stob auf wie gespreizte Rabenflügel, bevor er eine halbe Körperdrehung später stürzte, sich aber wieder erhob. Er stand seitlich zu Anton, als zwei weitere Projektile beim Austreten den Mantel kaum sichtbar aufplusterten.

Anton schwankte zwischen den Körpern zu seinen Füßen umher. Eine der Pistolen aufzuheben oder wegzurennen kam ihm nicht in den Sinn, er versuchte stattdessen krampfhaft, nicht ohnmächtig zu werden. Kniend übergab er sich in den Schlund. Erst jetzt realisierte er, dass das Dröhnen aufgehört hatte. Er blickte auf, von der gegenüberliegenden Seite des Schlunds beobachteten ihn zwei Männer. Einer von ihnen bewegte sich auf ihn zu.

Eine Ohrfeige löste die Erstarrung.

»Francis. Stets zu Diensten.«

»Streif, Kandahar, Saslong, Lauberhorn«, erwiderte Anton apathisch.

Der Mann mit angegrauten Haaren zog ihm Daunenjacke

und Jackett aus. Die Nadel drang durch das Hemd in den Oberarm, dann half ihm jemand zurück in die Kleidung.

»Das war gegen den Schock. Hören Sie mich?«

Anton nickte benommen.

»Fein. Wie ich sehe, sind Sie unverletzt. Dann kurz zum weiteren Ablauf. Sie setzen sich jetzt in das Fahrzeug, mit dem Sie herkamen, und bleiben dort, bis wir hier aufgeräumt haben. Diesen Ort verlassen wir anschließend alle gemeinsam. Etwa vierzig Kilometer von hier wartet ein Flugzeug. In weniger als neunzig Minuten werden wir uns in Luft aufgelöst haben.«

»Sie ... ihr habt fünf Männer erschossen?«

»Plus drei in der Stadt. Schaffen Sie es allein bis zum Wagen?«

Auf dem Weg durch die Halle kam ihm der dritte Mann entgegen, der den toten Iskander an den Armen in Richtung der Pressen schleifte. Das Dröhnen der Häckselmaschine setzte abermals ein. Draußen hatte sich zu den beiden Fahrzeugen ein biederer Nissan Maxima mit lokalem Nummernschild gesellt, dessen Türen und Kofferraum offenstanden. Es musste vorhin wohl schnell gehen. Anton ließ sich in den warmen Sitz des Mercedes fallen und nickte sofort ein. Als er wieder zu sich kam, steuerte Francis den Wagen mit der vorgeschriebenen Höchstgeschwindigkeit zwischen den beiden anderen Fahrzeugen. Anton betrachtete sein Profil, das sich, ähnlich wie der Hauch eines südlichen Akzents, schwer einer Nation zuordnen ließ. Vielleicht Argentinier oder Franzose.

»Weltbürger«, sagte Francis.

Anton hätte hierauf gerne etwas Geistreiches geantwortet, aber der Fremde legte seinen Zeigefinger an die Lippen. Sie bogen von der Staatsstraße ab, um kilometerlang halb verschneiten Reifenspuren durch eine topfebene Landschaft zu folgen, bis ein offener Schlagbaum und verfallene Kasernen eine ehemalige Militärbasis ankündigten. Die Fahrt durch die Geistersiedlung dachloser Zweckbauten führte an einer chromblitzenden Propellermaschine vorbei und endete direkt in einem halb eingestürzten Hangar. Anton packte seine Reisetasche und stapfte hinter Francis auf einen Piloten zu, der neben der herausgeklappten Treppe wartete, um sie ins Innere zu geleiten. Durch ein Fenster beobachtete Anton, wie im Laufschritt zwei lange, schmale Hartschalenkoffer aus dem Heck des Nissans gebracht und im hinteren Teil des Flugzeugs verstaut wurden. Sie warteten nur noch auf den dritten Mann, der noch immer im Hangar mit den Fahrzeugen beschäftigt war. Anton sah ungläubig auf den kurzen wie holprigen Streifen, von dem das geräumige Flugzeug mit nur einem Propeller vor dem Cockpit gleich abheben sollte.

»Eine Pilatus – mit dem Acker hat sie keine Probleme«, sagte Francis, der ihm gegenübersaß.

Der dritte Mann stand bald darauf im Gang, nickte Francis zu und setzte sich weiter hinten zu seinem Kollegen. Minuten später hoben sie in einer Wolke aus Pulverschnee ab, um in einer weiten Schleife zu den Ruinen der Militärbasis zurückzufliegen.

»Dreißig Sekunden«, rief der dritte Mann nach vorne. Francis deutete in Richtung Fenster. Wo gerade noch der Hangar gestanden hatte, stieg ein Feuerball auf.

Francis wartete das Ende des Steigflugs ab, bevor er aus einem schmalen Kühlschrank abgepackte Sandwiches und Mineralwasser fischte.

»Weder Stewardessen noch Hoheitszeichen bei dieser Airline«, sagte er und stellte den Snack auf den Tisch zwischen ihnen.

»Danke für alles«, sagte Anton.

»Bedanken Sie sich bei den beiden da hinten. Das waren schwierige Bedingungen in der Halle.«

»Was passiert als Nächstes?«

»Wir landen in etwas über einer Stunde in Almaty und fliegen direkt weiter. Ohne Sie.«

»Ich bin fertig mit Kasachstan. Setzen Sie mich an einem internationalen Flughafen ab.«

»Dies ist kein Taxi. Ich habe klare Anweisungen.«

»Der Tschetschene handelte im Auftrag des Premiers. Der wird es wieder versuchen.«

»Unwahrscheinlich. Sie haben gerade an Statur gewonnen, die Sache lief miserabel für den Auftraggeber.«

»Man wird mich mit dem Verschwinden der fünf in Verbindung bringen.«

»Ebenfalls unwahrscheinlich. Niemand von den Behörden wird wegen vermissten tschetschenischen Banditen aktiv. Und selbst wenn, Sie waren auf dieser Hochzeit und sind mit der Linienmaschine zurückgeflogen. Zwei Stunden vor dem Abflug sind Sie aus dem Hotel mit einem Taxi zum Flughafen gefahren. Ihr Name erscheint auf der Passagierliste.«

Er reichte ihm einen Umschlag mit Bordkarte und Taxi-Quittung.

»Oh, danke! Das ist unglaublich aufmerksam. Und hilfreich, wenn sich jemand von denen wegen Blutrache meldet.«

»Bei Ihnen? Das ist der Vorteil des Milieus: Man verdächtigt grundsätzlich die Konkurrenz. Den braven Manager, der im Alleingang acht Schwerverbrecher ausschaltet, gibt es nicht.«

In diesem Punkt stimmte er Francis uneingeschränkt zu.

»Das alles ist nie passiert. Sie werden mit niemandem darüber sprechen. Es ist einfacher, als man denkt, glauben Sie mir.«

Anton blickte aus dem Fenster und konzentrierte sich auf das sonore Dröhnen des Propellers.

»Ich habe noch eine Frage«, sagte er.

»Und ich keine Antwort. Versuchen Sie noch eine Runde zu schlafen, bevor wir da sind.«

Francis wickelte ein Sandwich aus, biss hinein und erhob sich in Richtung Cockpit. Anton hielt ihn am Arm fest.

»Für wen arbeiten wir beide? Ich habe seit zwei Jahren keinen Kontakt mehr mit der Zentrale.«

»Na und? Führen Sie Ihre letzte Anweisung aus.«

»Ist Hennessy noch im Spiel?«

»Wer soll das sein?«

»Er hat mich vor viereinhalb Jahren in New York eingestellt.«

»Der Name sagt mir nichts. Bitte entschuldigen Sie mich jetzt.«

»Ohne Antwort steige ich in Almaty nicht aus. Also noch mal: Für wen arbeiten wir?«

Francis platzierte das Sandwich behutsam auf einer Ablage, um sich wieder zu setzen. Offenbar war er auch im Umgang mit Nervensägen hervorragend geschult.

»Sie können es sich aussuchen«, sagte er mit der nachdenklichen Frische eines engagierten Schulpsychologen.

»Bitte direkt zur Wahrheit.«

»Was soll das sein, Wahrheit? Soll ich Ihnen jetzt etwa den Philosophen machen?«

Francis sah ihn vorwurfsvoll an. Seine demonstrative Unbekümmertheit war niederschmetternd.

»Einfach etwas Handfestes zur Organisation würde ausreichen«, bat Anton.

»Okay, was haben wir denn da alles? Ableger der CIA, Iskanders Gruppierung plante ein Attentat auf unsere Militärbasis in Kirgisien.«

»Nicht wirklich.«

»Wie wäre es damit: Ihr Hennessy ist ein unverbesserlicher

Liberaler, der mit den Gewinnen, die Leute wie Sie für ihn erwirtschaften, versucht, das Schlimmste auf der Welt zu verhindern.«

»Hmm«

»Der Kreml will über anonyme Industriebeteiligungen in ehemaligen Satellitenstaaten Einfluss zurückgewinnen. Hierfür bedient er sich überbezahlter westlicher Manager.«

»Ganz nett.«

»Wir beide arbeiten für ein Joint Venture früherer Geheimdienstoffiziere des Ostblocks, die in Geld schwimmen. Stasi, Securitate und der ganze Rest.«

»Weiter.«

»Jährlich werden 280 Milliarden Dollar an Schwarzgeld gewaschen. Unser Arbeitgeber hat daran einen Marktanteil von 27 Prozent und kassiert für diese Dienstleistung 12,5 Prozent der betreffenden Summe. Macht jährlich rund zehn Milliarden.«

»Ein wenig mehr Wahrheit. Bitte.«

Francis blickte über Antons Schultern auf die mit Schlafmasken und Kopfhörern isolierten Spezialisten.

»Lachen Sie nicht, ich kenne sie selbst nicht. Der Unterschied zwischen uns beiden ist lediglich, dass es mich nicht mehr interessiert. Meine Anweisungen erhalte ich anonym. Ich glaube, es gibt keine Antwort. Jedenfalls nicht für uns.«

»Francis, da löst sich doch glatt die Realität auf! Natürlich glaube ich Ihnen kein Wort.«

»Glauben Sie, was Sie wollen, in Almaty endet Ihre Reise mit uns.«

Das Flugzeug kam auf dem Vorfeld zum Stehen, schon kurz darauf verdeckte ein Tankwagen die Sicht zum Terminal. Anton nahm seine Tasche und warf noch einen letzten Blick auf das Waffenarsenal daneben, das sich in Taschen verbarg, wie sie Snowboarder bevorzugen. Als er sich umdrehte, stand Francis vor ihm. Anton umarmte den Graufuchs, was dieser professionell regungslos über sich ergehen ließ.

»Gehen Sie bis zum Finger von Gate 5. Die Türe steht offen. Und lächeln Sie auf dem Weg durchs Terminal in die eine oder andere Überwachungskamera.«

Um sich an die Dunkelheit zu gewöhnen, verharrte Anton vor dem Flugzeug einen Moment in der Kerosinwolke. Neben ihm nutzten Francis' Männer den Zwischenstopp für Leibesertüchtigungen, einer von ihnen näherte sich im Handstand, bis ihn der Lichtkegel aus der Luke einrahmte. Der andere dehnte daneben seine Oberschenkel. Anton dankte den beiden knapp für den exzellenten Service. Sie nickten seitenverkehrt wortlos, ein Handschlag schien weder angebracht noch möglich. Für die Dauer eines Wimpernschlags, so bildete er sich ein, lächelte einer der Zwillinge in Schwarz ansatzweise, was natürlich undenkbar war. Er machte sich auf den Weg zum Terminal, die dünne Schneeschicht unter dem mondlosen Himmel glich einem Teppich, der ihn zur Tür am Ende der Treppe leitete, von wo aus er in einen lichtdurchtränkten Gang eintauchte, den Duty-free-Geschäfte säumten.

# XI

## CHINESISCHE VARIANTE

Francis sollte recht behalten, das Massaker hatte nie stattgefunden. In Boris' wöchentlichen Berichten tauchte nichts auf, was auf Turbulenzen in der Filiale von Karaganda hinwies. Wer immer das von Iskander hinterlassene Vakuum ausfüllte, er tat es lautlos und tauschte klugerweise den Direktor nicht aus, sodass von außen betrachtet alles beim Alten blieb. Anton zog zweierlei Nutzen aus der Affäre, wie er sich ein paar Tage später eingestand. Zum einen lebte er noch, zum anderen war ihm nun klar, dass er mit dem Stahlwerk gescheitert war. Er musste es also schleunigst loswerden, bevor die Schwarzalben aus ihrer Schockstarre aufwachten, in die sie ihr misslungener Anschlag fraglos versetzt hatte. Allerdings war die Chance, einen Käufer für den halbfertigen Koloss zu finden, verschwindend gering. Und gänzlich unmöglich, sobald ein potenzieller Investor von den Gelüsten ranghoher Regierender Wind bekam. Das Herausforderndste bildete die Notwendigkeit, absolut diskret vorgehen zu müssen, bestand doch Antons einzige Chance darin, die Gegenseite vor vollendete Tatsachen zu stellen.

Die Ablenkung durch die diffizile Suche nach einer Lösung war ein Segen, so konnte er die Bilder aus der Halle in Karaganda einigermaßen ausblenden. Das Angenehme an existenziellen Momenten liegt ohne Zweifel im glasklaren Erkennen der Prioritäten: Francis' mobile Einsatztruppe wollte Anton nie mehr in Anspruch nehmen müssen. Er war ihm zwar dankbar, so wie man einem Chirurgen nach erfolgreichem Eingriff tiefste Dankbarkeit entgegenbringt, verbunden mit der Hoffnung, ihm nicht mehr zu begegnen.

Einzig Mira fragte ihn gelegentlich, ob alles in Ordnung sei, er wirke etwas zutraulicher als sonst. Er erwiderte dann, dass es *kompliziert* sei, so wie er früher bei Wanderungen, wenn von Unbekannten nach dem Namen eines Berges in der Ferne gefragt, grundsätzlich mit *Hochkopfspitze* antwortete, um sich anschließend von den so Zufriedengestellten rasch zu entfernen. Vor Mira das Desaster hinter einer Floskel zu verbergen war zwar ein schmerzlicher Verrat an ihrem Vertrauensverhältnis, doch er sah keine Alternative.

Einen Weg zu finden, sich diskret von dem Projekt zu trennen, um all die Plagen loszuwerden, erschien ihm nach ersten Recherchen derart aussichtslos, dass Anton bereits wenige Tage später resigniert dazu überging, gar nichts zu unternehmen. Immerhin dominierte diese Taktik auch fünfzehn Jahre nach Zusammenbruch der Sowjetunion weite Bereiche des staatlichen wie privatwirtschaftlichen Sektors. Während die Managementlehre im Westen einen proaktiv-zupackenden, geradezu hyperaktiven Ansatz bei der Lösung existenzieller Probleme propagierte, hielt sich zumindest östlich des Urals der feste Glaube, die allermeisten Fragen lösten sich von selbst, wenn man sie nur lange genug verdrängte. Denn nur wer sich in diesen überkommenen Strukturen konsequent unkollegial, teamschwach und unfähig zu delegieren verhielt, also im angelsächsischen Raum als *low performer* aussortiert worden wäre, überlebte hier.

So auch Anton, den Bo zwei Tage vor Weihnachten mit einem

unverhofften Anruf aus der einerseits vernünftigen und andererseits quälenden Lethargie holte, in die er sich auf seinem Zimmer mit Unterstützung von Koslowskis *Lohengrin* in der göttlichen Aufnahme von 1949 hineinsteigerte, während Mira ein Stockwerk tiefer über den Grund der fortschreitenden Kokonisierung ihres Mitbewohners grübelte. Der Chinese wollte sich mit ihm treffen, von Xenia war merkwürdigerweise keine Rede. Anton kannte Bo nur in deren Begleitung, und bei ihren raren Begegnungen gab er sich derart penetrant der Kunst der Selbstverzwergung hin, dass es an Angeberei grenzte. Manchmal bat er Anton um einen Gefallen, zum Beispiel um die Kontaktdaten irgendeines Ansprechpartners in Genf oder Zug, und noch nie hatte sich anschließend jemand über ihn beschwert. Bo war ein seriöser, tendenziell geheimnisumwitterter Mann, der um nichts in der Welt Antons Zeit verschwenden würde.

Sie trafen sich auf Bos Anregung hin an Heiligabend im Petroleum Club. Warum er diesen Ort wählte, wurde nach einem flüchtigen Blick in Richtung der ellenlangen Bar klar, an der ausschließlich Prostituierte mit Weihnachtsmützen oder plüschigen Elchgeweihen hockten. Der Chinese hatte einen Ort für ihr Treffen gewählt, wohin sich Xenia kaum verirren würde. Um ganz sicherzugehen, nicht ertappt zu werden, lenkte er Anton zu einer Sitzecke, die er, weit abgelegen vom tristen Treiben des Sexgewerbes, auf einer Empore verborgen für sie reserviert hatte.

Sie bestellten Scotch, der genauso ungenießbar war, wie das Schälchen Erdnüsse daneben aussah. Die Musik bestätigte das Niveau, von den Schönheiten an der Bar abgesehen erinnerte vieles an die Disco einer deutschen Kleinstadt in den Achtzigerjahren.

»Toller Schuppen, Bo! Kommst du regelmäßig her?«, rief Anton, der sich bereits zurück zu Koslowski sehnte.

»Nein. Ich dachte, du bist ständig hier.«

»Weil ich ein Expat bin?«

»Du hast viele Probleme, hier kommt man auf andere Gedanken.«

Um sein Englisch zu verbessern, sah sich Bo offenbar Hollywoodstreifen an, in denen weiße Männer Mitte vierzig unablässig Barkeepern ihre Misere schilderten, um anschließend mit einer Prostituierten abzuziehen.

»Mit den Problemen liegst du richtig.«

»Xenia sagt, das Stahlwerk sei politisch am Ende.«

Anton nickte, das Politikverständnis der Chinesin neigte zu erfrischender Klarheit.

»Nun ja«, sagte er, »Xenias Interessen sind klar: Sollte es nie in Betrieb gehen, wird Kazmet weiterhin sie beliefern.«

»Jeder folgt seinen Interessen.«

Das war weniger originell. Jedenfalls, wenn es sich auf das Verhältnis zwischen Xenia und Anton bezog. Da Bo nicht zu Plattitüden neigte, blieb nur die brisante Schlussfolgerung, ihn und Xenia geschäftlich nicht automatisch als Einheit wahrzunehmen.

»Verstehe. Ich schätze deine Offenheit«, sagte Anton und widerstand der Versuchung, sich zu weit aus dem Fenster zu lehnen. Um Komplikationen mit Xenia zu vermeiden, sollte er die Initiative besser Bo überlassen.

»Bist du bereit zu verkaufen?«, fragte der Chinese ohne Umschweife.

»Das Stahlwerk? An dich? Sofort, aber dann hättest du den Premierminister am Hals.«

»Meine politischen Kontakte sind gut.«

Anton nickte. Bo zelebrierte ihm gegenüber wohl diese Tief-
stapelei, um den Eindruck zu neutralisieren, die seine Schwäche
für problematische Statussymbole wie diamantbesetzte Feuer-
zeuge, Uhren und sogar Mobiltelefone hervorrief.

»Nur der Khan selbst könnte dich vor diesen Taugenichtsen
schützen«, sagte Anton.

»Der Khan ist die einzige Konstante hier. Und sehr teuer.«

»Ich könnte vielleicht durchhalten, bis der Premier abgelöst
wird.«

»Vielleicht. Aber dann würde dir ein anderer Schwierigkeiten machen.«

»Ha, wahrscheinlich du selbst.«

Bo lächelte beifällig, das Gespräch verlief in seinem Sinne.
Und in Antons.

»Du zahlst die bisherigen Investitionen einschließlich der Erz-
vorkommen. Kazmet bekommst du nicht, das kann ich Xenia
nicht antun.«

»Ich auch nicht«, sagte Bo.

Angesichts der Weihnachtsbescherung durch den Chinesen
blieb Antons Euphorielevel in den folgenden Tagen konstant
hoch. Statt Koslowski dominierte nun Leonskaja mit dem
zweiten Klavierkonzert von Schostakowitsch. Um das Überra-
schungsmoment gegenüber den Schwarzalben nicht zu riskieren, gingen sie die Zahlen in konspirativer Eintracht auf Hotel-
zimmern durch. Bo fütterte einen Spezialisten in Peking mit
den Informationen, damit dieser sie verschwiegen verifizierte.
Der dreistellige Millionenbetrag schien ihm kein Kopfzerbrechen zu bereiten, es ging ihm um die Gewissheit, dass Projekt-
studie und Projekt in Einklang mit dem halbfertigen Stahlwerk
zu bringen waren. Als dies auf dem Papier genug Sinn für ihn

machte, begab sich der Spezialist vor Ort, wo er sich unter der Tarnkappe eines angeheuerten Ingenieurs für Umwelttechnik davon überzeugte, dass Anton kein Luftschloss in die Steppe gesetzt hatte.

Zehn Tage später wurde eine Briefkastenfirma als Eigentümer durch eine andere ersetzt, nachdem Bos Zahlung auf das Konto der nie versiegenden Geldquelle in Delaware geleistet worden war. Rein buchhalterisch glich die Transaktion einem unschuldigen Nullsummenspiel, keine Seite verlor oder gewann etwas hinzu. Lediglich die übertölpelten Schwarzalben hatten alles von dem verloren, was ihnen nie zugestanden hatte.

Naturgemäß waren sie anderer Auffassung. Im Selbstverständnis der hoheitlichen Gauner handelte es sich bei dem Verkauf eindeutig um Diebstahl, eingefädelt und vollzogen durch Anton. Dieser hatte genug Zeit, sich auf die nächste Konfrontation einzustellen, benötigten die Schwarzalben doch volle zwei Wochen, bevor sie von der Transaktion Wind bekamen. In ihrer trägen Selbstherrlichkeit konnten sie sich den naheliegenden Schachzug nicht vorstellen. Ein derart krasser Fall von Ungehorsam, der Sekretär sprach gar von Respektlosigkeit gegenüber staatlichen Autoritäten, verstieß gegen alle Regeln der Kleptokratie und schrie danach, unerbittlich geahndet zu werden.

Kaum hatten sie herausbekommen, dass es sich bei dem neuen Eigentümer um einen dahergelaufenen Chinesen handelte, schöpften sie wieder Hoffnung, ihre Pfründe doch noch sichern zu können. Schlichtes Denken dominierte ihr Handeln auch dieses Mal; statt Nachforschungen anzustellen, veranlassten sie die vorsorgliche Stürmung von Bos bescheidenen wie menschenleeren Büroräumen. Wie gut dieser bereits seine Schutzmacht in Stellung gebracht hatte, wurde dem Premierminister am nächsten Tag bewusst, als er in den Palast des Khans

zitiert wurde, um sich von diesem persönlich eine blutige Nase
zu holen. Der fulminante Rüffel wurde gar in die Öffentlichkeit getragen, die Beziehungen zu China seien durch das Versa-
gen einiger hochrangiger Bürokraten aufs Spiel gesetzt worden.
Autokraten lieben es, ihre Büttel bloßzustellen, auch in Russland
war immer die Regierung und nie der absolutistische Zar verantwortlich gewesen.

Doch auch Anton hatte sich verkalkuliert. Zwar jaulten die
Schwarzalben mit eingezogenen Schwänzen auf, räudigen
Hyänen gleich, die im letzten Moment durch einen stattlichen
Löwen, in diesem Fall einem chinesischen Drachen, vom köst-
lichen Kadaver verscheucht wurden. Aber kaum hatten sie von
dem bereits sicher geglaubten Stahlwerk abgelassen, rächten
sie sich an älterer Beute, die nicht unter dem Schutzschild des
Khans stand: Kazmet. Das gehörte ihnen zwar teilweise, aber
eben nur teilweise. Die Schmach saß tief, blindwütig schreckten
sie vor keinem Tabu zurück, die selbst in Kleptokratien den Kitt
bildeten, der alles notdürftig zusammenhielt.

Sie liefen schnurstracks zum zentralen Aktienregister und
gaben dort die Anweisung, sämtliche Anteile an Kazmet auf
eine ihrer Off-Shore-Firmen zu übertragen. Der von vorauseilendem Gehorsam beseelte Behördenleiter fügte sich unter-
würfig der Bitte nach Enteignung der lästigen Ausländer. Nachdem er eine erkleckliche Bestechungssumme eingestrichen
hatte, bewies er bei der Fälschung der notwendigen Dokumente
große, wenngleich dilettantische Tatkraft, wie die lausige Nach-
ahmung von Antons Unterschriften belegte.

In Unrechtsstaaten ereignet sich nach solchen Aktionen entweder nichts oder aber etwas sehr rasch. Anton erhielt einen
Anruf des Beamtenflüsterers, dem die Manipulation des Regis-
ters sofort durch einen seiner Maulwürfe innerhalb der Behörde

gemeldet worden war, verbunden mit der Versicherung, die illegale Übertragung der Aktien sei unumstößlich besiegelt, bevor hastig aufgelegt wurde.

Vorsorglich hatte sich Anton schon den größtmöglichen GAU ausgemalt, um gewappnet zu sein. Jetzt schien er geradezu erleichtert, bestätigte die neuerliche Katastrophe doch, dass in dieser absurden Republik alles möglich war. Allerdings schienen die Mechanismen der Enteignung eine Spur zu grotesk. Selbst vor einem kasachischen Gericht sah Mira eine realistische Chance auf Korrektur des Unrechts. Es war schlichtweg undenkbar, dass selbst ein Premierminister mit dem plumpen Manöver durchkam.

Anton nutzte gemeinsam mit Boris den Informationsvorsprung, um bis zu ihrem bevorstehenden Rauswurf durch die Schwarzalben in wenigen Stunden das Geld der Firmenkonten zu verteilen.

»Wir beginnen mit einer Prämie für deine geleisteten Dienste«, sagte Anton feierlich und bestätigte die Überweisung mit einem beschwingten Mausklick am Bildschirm auf Boris' Schreibtisch. Dieser lächelte süffisant, sogar im hochpreisigen Moskau könnte er sich jetzt zur Ruhe setzen. Vorsorglich hatte er längst Konten im Ausland eröffnet.

»Als Nächstes ein Vorschuss an Miras Kanzlei, einen Rechtsbeistand werde ich bitter nötig haben.«

Sie hatten gut gewirtschaftet, die pompösen Kontostände wirksam zu verringern, ohne sich persönlich dabei zu bereichern, erforderte Kreativität. Die seriöseren NGOs und Opferverbände wurden mit Spenden überhäuft. Einen Schwerpunkt bildeten Umweltbelange, für die Rettung jedes noch verbliebenen Schneeleoparden stand das Dreifache dessen zur Verfügung, was die Trophäen auf dem Schwarzmarkt brachten. Politische Parteien bedachten sie nicht, da diese längst gleichgeschaltet worden waren.

Nachdem die Verteilungsorgie abgeschlossen war, warteten sie die Bestätigung der Überweisungen ab und reichten den Beschluss des Aufsichtsrats nach, der die Prämie von Boris bestätigte, sicherheitshalber datiert auf den Vortag. Dann blieb noch das selektive Löschen der einen oder anderen Festplatte und die Sicherstellung persönlicher Gegenstände. Auf dem Weg nach draußen wiesen sie das Wachpersonal an, auf keinen Fall Widerstand zu leisten, wenn demnächst potenziell übergriffige Barbaren Einlass forderten.

Kaum saßen sie im Wagen, legte sich eine nostalgische Stimmung über die Szene, was es ihnen unmöglich machte, sofort aufzubrechen, um ein nun überfälliges, von Weltschmerz umnebeltes Besäufnis in Angriff zu nehmen. Stattdessen beobachteten sie von der gegenüberliegenden Straßenecke zu Automatenkaffee und Jimmy Smiths grooviger Hammondorgel, was wohl als Nächstes geschehen würde.

»Hast du dich bereits nach einer Wohnung in Moskau umgesehen?«, fragte Anton.

»Nicht nur umgesehen. Um die Ecke vom alten Staatszirkus schon gekauft. Mit Tiefgarage.«

»Gästezimmer?«

»Zwei. Ludmilla möchte noch ein Kind.«

»Hmm, dann reserviere mir besser ein Zimmer im Metropol.«

»Du bist und bleibst ein Snob.«

»Als solcher hätte ich mich damals kaum mit dir eingelassen, du arbeitsloser Chauvinist. Wann fliegt ihr?«

»Wenn möglich morgen. Alle haben bereits russische Pässe.

Für die Kinder wird es ein ziemlicher Schock werden.« Nach einer kleinen Pause fuhr Boris fort: »Und wie sind deine Pläne?«

»Ich werde diese lächerlich illegale Übertragung der Aktien anfechten. Mir persönlich gehörten immerhin zwanzig Prozent von dem Elend da drüben.«

»Die haben dir nie wirklich gehört. Nichts gehört einem hier jemals richtig. Das habe ich dir doch vor fünf Jahren schon mal gesagt.«

Sie schwiegen, Anton kannte kaum jemanden, mit dem es sich so angenehm schweigen ließ wie mit Boris.

»Wir konnten hier nur scheitern«, sagte Boris schließlich in die Stille.

»Ach, mit dem Grad unseres Scheiterns kann ich gut leben.«

»Und ich erst!«

Als drei Fahrzeuge vor dem Eingang der Zentrale von Kazmet zum Stehen kamen, richteten sie sich gebannt auf. Mit offenen Mündern verfolgten sie, wie der Belutsch mit Stolz geschwollener Brust seiner alten Wirkungsstätte entgegenstolzierte.

»Der Premier hat ihn offenbar reaktiviert. In einem Jahr sind die wieder pleite«, sagte Boris teilnahmslos, bemüht, den Eindruck zu erwecken, das Ganze berühre ihn bereits nicht mehr.

Anton legte den Rückwärtsgang ein. Jetzt, da sie Boris' Nachfolger kannten, wurde es höchste Zeit für ein letztes gemeinsames Besäufnis in der unseligen Stadt.

Anton hatte Beratungsbedarf, doch Mira und Alisha vertraten vollkommen konträre Meinungen. Während die eine zum Kampf riet, was sich mit seinen Plänen deckte, empfahl die andere, er solle die Niederlage akzeptieren.

»Take your chips and go home«, sagte Alisha mit der Weisheit einer Stütze des Systems, was ihn aus der postkoitalen Müdigkeit holte. Er hätte lieber noch länger ihren Bauchnabel betrachtet, neben dem sein Kopf ruhte, doch der Aphorismus warf gleich drei missliche Fragen auf.

»Chips? Meine Anteile waren bis gestern etwa zwanzig Millionen wert.«

»Du hast in den fünf Jahren gut verdient.«

»Nach Hause gehen? Wo soll das sein?«

»Jedenfalls kaum hier«, kicherte sie, da seine Zungenspitze jetzt den Bauchnabel erkundete.

»Wie uneigennützig du bist. Wir würden uns nicht mehr sehen.«

»Was Kasachstan betrifft, ja.«

»Derlei Fernbeziehungen verlaufen rasch im Sand.«

»Das tun sie. Es gab eine Zeit, da wartete ich auf ein Zeichen von dir. Ich sage das jetzt nur, damit du mich nicht fragst, ob ich mitkomme.«

»Die Eule der Minerva beginnt erst mit der einbrechenden Dämmerung ihren Flug.«

»Genau, mein Liebling. Lass uns essen gehen, allzu oft wird sich die Gelegenheit nicht mehr ergeben.«

Obwohl er sie bat, jetzt nicht gleich im Bad zu verschwinden, hob sie seinen Kopf mit beiden Händen und stand auf.

Antons widriger Perspektive, neben einer kommerziellen auch gleich noch eine persönliche Niederlage akzeptieren zu müssen, setzte Mira einen ausgefeilten Plan entgegen, in dessen Zentrum zu seiner Verblüffung ausgerechnet die Antikorruptionsbehörde auftauchte, die niemand ernst nahm. Er sah sie ungläubig an.

»Diese Behörde ist für den Khan ein fester Bestandteil seines Als-ob-Theaters«, protestierte er.

»Ja, als ob es einen Rechtsstaat gäbe. Völlig zahnlos ist sie allerdings nicht.«

»Du willst mich nur ein wenig aufrichten – ich glaube dir kein Wort.«

»Es ist einen Versuch wert. Natürlich wird auch diese Behörde vom Khan instrumentalisiert. Wenn du Glück hast, sucht er einen Grund, den Premierminister loszuwerden.«

»Klingt weit hergeholt. Alisha empfiehlt, ich soll das Weite suchen.«

»Und was sagt dir dein Gefühl?«

»Völlig taub vor Wut.«

»Und deine Gurus? Was empfehlen die Herren Nietzsche und Schopenhauer bei Aktienbetrug?«

»Hmm, Nietzsche würde wohl zu einem Blutbad tendieren. Lieber sterben als ein Hahn, als leben wie ein Huhn. Leider ist das Duell aus der Mode gekommen.«

»Besser so. Und der andere?«

»Schon schwieriger. Er empfahl definitiv, sich risikoavers zu verhalten. Allerdings hatte er um seine finanziellen Interessen gekämpft, Mutter und Schwester wurden von ihm kaltblütig ausgebootet, als es um eine Erbschaft ging. Was nun seine Aphorismen zur Lebensweisheit betrifft, so finden sich ...«

»Zu viel Information, mein Guter. Du musst dich entscheiden.«

»Ich habe nichts zu verlieren.«

Er dachte dabei an alles, was er auf keinen Fall verlieren wollte, also Mira, Alisha und das merkwürdige, bis vor Kurzem noch überaus angenehme Arrangement hier.

»Gut. Dort arbeiten ein paar exzellente junge Ermittler, die den Glauben noch nicht aufgegeben haben. Ich werde denen gleich einen feinen Schriftsatz senden.«

Alles zu verlieren verursachte viel Arbeit. Anträge auf einstweilige Verfügungen oder tägliche Protestschreiben an das Aktienregister ließen eine Dynamik anschwellen, der einerseits etwas Hilfloses anhaftete, andererseits aber verhinderte, dass Anton sich dem Ausmaß des Betrugs stellte, was unweigerlich zu Selbstmitleid geführt hätte. Wenigstens konnte Boris mit seiner Familie problemlos ausreisen, er meldete sich in aufgeräumter Stimmung aus Moskau. Anton war gerührt; abgesehen von der gelungenen Resozialisierung des Russen, fiel die Bilanz seiner vergangenen fünf Jahre in Almaty vernichtend aus, und so war lediglich Boris wegen der bekannten russischen Schwäche für lebenslange Freundschaften ein Lichtblick.

Er machte sich auf, Xenia zu besuchen, um sich einer ersten Welle an Vorwürfen zu stellen. Zu seiner Überraschung traf er sie gnädig gestimmt an, für den Verkauf des Stahlwerks an Bo hinter ihrem Rücken gestand sie ihm angesichts der jüngsten Entwicklungen wohl mildernde Umstände zu.

»Hast du dich schon mit dem Belutschen getroffen?«, fragte er.

»Diese Zeiten sind vorbei. Ich habe einen Mitarbeiter hingeschickt.«

»Boris hat sich nach Moskau abgeseilt.«

»Nachdem er die Konten geplündert hat. Auf Russen ist Verlass.«

»Die Prämie stand ihm zu.«

Sie warf desinteressiert einen Blick auf einen Prospekt für Tunnelvortriebsmaschinen, als handele es sich um ein längst durchgeblättertes Frauenmagazin.

»Ich möchte nicht deine Zeit stehlen. Melde dich, wenn du

mal essen gehen möchtest. Du weißt, ich bin dein größter Fan«, sagte Anton.

»Fan? Dann geh mit Bo essen, der ist Fan von Manchester United.«

»Ich liebe deine grimmige Effizienz.«

»Hör schon auf, schöne Worte zu machen. Bo das Stahlwerk zu verkaufen war ein Coup.«

»Die Initiative ging von ihm aus. Außerdem fehlen dir die Verbindungen nach ganz oben.«

»Schon gut. Hätte ich es gewollt, wäre ich vor Bo zu dir gekommen.«

»Natürlich. Ich gehe jetzt besser.«

»Nicht so rasch. Was unternimmst du wegen Kazmet?«

»Alles, was juristisch möglich ist.«

»Gut. Auch wenn es sinnlos scheint. Du gewinnst zumindest Zeit.«

»Was bleibt mir sonst schon übrig?«

Sie stand auf, öffnete die Tür zu einem Balkon und ging voran. Als er neben ihr stand, zog sie die Türe hinter sich zu. Sie betrachteten den vorbeifließenden Verkehr tief unter ihnen. Er fingerte eine Schachtel Zigaretten aus dem Jackett.

»Dieser Wicht in der Registrierungsbehörde, der dich mit einem Handstrich enteignet hat …« Sie stockte.

»Was soll mit dem sein? Ich hoffe, es gibt ein Happy End und er landet im Gefängnis.«

»In China wird so jemand exekutiert. Und hier? Im besten Fall wird er versetzt«, sagte sie.

»Vermutlich befördert.«

»Keine Rachegelüste? So jemand ist eine Gefahr für uns alle. Ich könnte ein abschreckendes Beispiel an ihm arrangieren lassen.«

»Auf keinen Fall. Ich habe bei so etwas zivilisatorische Bedenken. Du verstehst schon, die Dekadenz des Westens. Allerdings nehme ich dein Angebot als Liebesbeweis.«

»Freundschaftsbeweis.« Sie lachte untypisch laut auf.

Er starrte sie überrascht an.

»Zum ersten Mal verdeckst du nicht den Mund, wenn du lachst.«

»Bilde dir nichts ein, mein Gebiss wurde neulich generalsaniert.«

»Schon klar. Bin spät dran. Termin beim Anwalt.«

»Halte mich auf dem Laufenden.«


Die lokale Zweigstelle der Antikorruptionsbehörde befand sich in einem soliden Gebäude aus Sowjetzeiten, wie sie gerne als Kulisse für Fernsehproduktionen ausgewählt werden, wo in trostlosen Amtsstuben attraktive Kriminalbeamte eisern ihre Pflicht erfüllen. Obwohl sich Anton fest vornahm, keinen Augenblick an der Unmöglichkeit einer rechtsstaatlichen Institution in diesem Land zu zweifeln, gelang dem Ermittler gleich zu Beginn ein Paukenschlag, der alle guten Vorsätze wegwischte.

»Wir ermitteln wegen Verdachts auf Bildung einer kriminellen Vereinigung.«

Der Kasache hinter dem zugeklappten Laptop war um die dreißig Jahre alt. Vor ihm lag der Schriftsatz von Mira, der minutiös die illegale Übertragung der Aktien nachwies.

»Wie wird kriminelle Vereinigung definiert?«

»Mindestens drei schließen sich zusammen, um planvoll ein Verbrechen zu begehen.«

»Der Premierminister, sein Sekretär und der Leiter der Registerbehörde. Das macht drei.«

»Ich werde die drei auffordern, sich zu den Anschuldigungen

zu äußern. Vernehmen kann ich nur den Leiter der Behörde. Und vielleicht den Sekretär.«

Anton ermahnte sich vergeblich, den jungen Mann mit dem klaren Blick nicht allzu sympathisch zu finden. Er schien keine Zweifel zu haben, dass die Straftat von dem Trio begangen wurde. Genauso vehement bestätigte er Antons Bedenken, dass sich seine Behörde im systemimmanenten Korruptionssumpf freischwimmen konnte.

»Stellen Sie sich unsere Tätigkeit als Schattentheater vor, bis jemand die Lampe ausknipst.«

Diese Offenheit erschütterte Antons Weltbild. Wie war es möglich, dass sich in dem verkommenen System derartige Lichtgestalten tummelten?

»Wie halten Sie das aus? Je besser Sie arbeiten, desto folgenloser?«

»Nicht zwangsläufig. Meine Berichte verschwinden nicht einfach. Manchmal führen sie zu Anklagen und Verurteilungen. Meine Kollegen und ich liefern handwerklich erstklassige Untersuchungsergebnisse. Forensisch keinen Deut schlechter als die von Kollegen in Ihrer Heimat.«

»Ihre Berichte sind also keine Perlen vor die Säue?«

Der Ermittler zog die Brauen nach oben. »Das habe ich nicht gehört. Verhalten Sie sich sprachlich korrekt.«

Ein lakonischer Blick fixierte Anton, bis dieser nickte.

»Gut. Zu Ihrer Frage: Ob mein Bericht Konsequenzen hat oder nicht, unterliegt Entscheidungen, die, wie soll ich sagen, willkürlich anmuten«, sagte er ruhig. Sollte er sich für seinen Staat schämen, so verbarg er dies souverän. Er verströmte ein altmodisches Berufsethos, das ihm etwas gab, was Anton fremd war. Dieser Sisyphos schien mit seiner Rolle nicht unglücklich zu sein.

»Eine Chance zu nutzen, die man nicht hat, geht für mich in Ordnung«, sagte Anton.

»Dann haben wir das geklärt. Ich benötige Sie als Zeuge. Wir beginnen damit morgen. Da Sie Ausländer sind, muss ein Übersetzer dabei sein.«

Wohlpräpariert durch Mira, um sich nicht selbst zu belasten, schilderte Anton am nächsten Tag das Vorgehen der Schwarzalben. Der Ermittler unterbrach ihn kaum, er schien wenig überrascht. Zweimal schlenderten sie gemeinsam zu einem Kaffeeautomaten im Erdgeschoss, während der Übersetzer so lange im Hof rauchte.

»Sie haben sich mit dem Premierminister in seinem Amtssitz getroffen. Mit etwas Glück bestätigt uns dies der Sicherheitsdienst.«

»Aber nicht, worüber wir sprachen.«

»Das ist ein anderes Problem. Die werden ohnehin abstreiten, der neue Eigentümer von Kazmet zu sein.«

»In der Karibik nachzufragen, wem die Firma gehört, können Sie sich sparen. Die halten dicht.«

»Klar, eine Sackgasse. Ich konzentriere mich auf das Konto der Off-Shore-Gesellschaft. Die Banken müssen seit ein paar Jahren auch bei anonymen Firmen den endgültigen Nutznießer des Kontos festhalten.«

Sie kamen gut miteinander aus, der Ermittler machte sich einen Spaß daraus, seine eigenen Münzen in den Automaten zu werfen, als gelte es, einen Bestechungsversuch von Anton abzuwehren. Er war verheiratet, hatte zwei Kinder und das Einkommen lag bei 900 Dollar im Monat plus Zulagen für Dienstreisen innerhalb des Landes. Seine Offenheit war entwaffnend, ein Patriot, der einem System diente, das ihn nicht verdiente.

Unbeeindruckt von Antons Aufmüpfigkeit fuhren derweil die Schwarzalben fort, Fakten zu schaffen. Ohne eine Versammlung einzuberufen – es fanden sich Notare und Anwälte, die über derlei Spitzfindigkeiten in den Statuten der Gesellschaft hinwegsahen –, verlor er seinen Posten als Aufsichtsratsvorsitzender. Auch dies focht er umgehend an, was wiederum vom Aktienregister ignoriert wurde. Mira reichte weitere Anträge auf einstweilige Verfügungen bei den Gerichten ein, die diese verschreckt ablehnten.

Erst als es ihr gelang, einen Journalisten für die Geschichte zu interessieren, provozierte dies eine erste Reaktion in Form von zwei ungelenken Drohanrufen bei Anton, er möge die Angelegenheit auf sich beruhen lassen, um Schlimmeres zu verhindern. Vergleichbar wenig originell fand er tags darauf die Reifen seines Wagens zerstochen.

Als gelte es derlei Trübsinn etwas entgegenzusetzen, wartete der Ermittler mit dem Bankkonto der Off-Shore-Gesellschaft auf.

»Die Bank befindet sich in Lettland. Ich habe einen Antrag auf Amtshilfe gestellt.«

»Warum fliegen Sie nicht hin?«

»Das habe ich nicht genehmigt bekommen. Kein gutes Zeichen.«

Man ließ den wackeren Ermittler noch ein Weilchen weiter galoppieren, und der Zufall generierte einen Teilerfolg, der von dessen Vorgesetzten sicher nicht eingeplant war. Jemand in Riga meldete sich telefonisch, um den Kontoinhaber ohne Einhaltung des Dienstwegs preiszugeben: Es handelte sich um die Schwester des Premierministers. Diese Information erreichte Anton bereits nur noch als Nachricht auf dem Telefon, von dem Ermittler hörte er nie wieder. Um die Schwarzalben wenigstens etwas zu ärgern, streute Mira daraufhin Details aus Antons offizieller Aussage unter meinungsbildenden Persönlichkeiten, die, wenngleich sie keinen Hang zu öffentlicher Empörung verspürten, den Klatsch schätzten, der damit verbunden war.

Eventuell gelangten einige dieser Tratschpartikel gar bis an das Ohr des Khans oder verärgerten die Schwarzalben auf banalere Weise, jedenfalls erfolgte die Rückmeldung prompt, indem Anton einen Tag später von drei Schlägern beim Joggen verprügelt wurde. Da im Nahkampf unerfahren, hatten die strammen Raufbolde leichtes Spiel mit ihm. Offenbar lautete ihr Auftrag, keine bleibenden Schäden zu verursachen, es handelte sich eher um eine warnende Abreibung mit dem obligatorischen abschließenden Tritt in die Weichteile des bereits auf der löchrigen Tartanbahn liegenden Anton. Er sah ihnen in gekrümmter Haltung nach, wie sie beschwingt über den Rasen des Ovals von dannen zogen. Eine Schulklasse betrat die Szene als Nächstes, der dazugehörige Lehrer half ihm, eine Bank zu erreichen, auf der er nicht weiter störte. Ein paar schmerzende Rippen und der metallische Geschmack im Mund irritierten ihn noch eine ganze Weile, während er abwechselnd die diszipliniert trabenden Kinder und die Bergkulisse am Horizont anstarrte. Einer seiner Klassenkameraden in der Grundschule war von dessen Vater einmal pro Woche ohne konkreten Anlass verdroschen worden. Der fürsorgliche Mann wollte so vorbeugend Vergehen ahnden, die der Junge begangen haben könnte, die aber nicht aufflogen. Anton überlegte, ob er selbst nicht eben völlig zu Recht verprügelt worden war. Anstatt sich in Aktionismus zu stürzen, um ein verlorenes Aktienpaket zurückzuerobern, wäre nach der Tragödie von Karaganda Katharsis angebracht. Die Schläger hatten seinen Kopf zwar nicht völlig, aber doch weitgehend verschont, gerade genug, um seine Synapsen anzuregen, nach Schmerz auf Klarsicht zu schalten. Er blickte noch immer benommen auf die Gipfel des nördlichen Tian Shan, wo es zwar kein katharsistaugliches Kloster gab, aber immerhin das Camp der Bergsteiger mit Irina lockte. Jedenfalls fiel ihm kein Grund ein, warum sich dort etwas geändert haben könnte. Er sehnte sich nach einer Zone der Leere, wo es ohne Ablenkung möglich wäre, seine wirren Gedanken schichtweise freizulegen. So wie er den Ort in Erinnerung hatte, konnte man dort ungestört einen Fuß vor den anderen setzen, was seine bevorzugte Art war nachzudenken.

Sein jämmerlicher Zustand überzeugten Mira und Alisha rasch von der Notwendigkeit einer unbefristeten Auszeit. Eine rustikale Herberge in alpiner Lage sei jetzt genau das Richtige, Begriffe wie Flucht und Versteck wurden tunlichst vermieden. Pragmatische Aspekte wie mangelnde Ausrüstung rückten sogleich in den Vordergrund. Anton fand ein beengt-düsteres Geschäft für Alpinisten mit Fotos an den Wänden, auf denen Denis Urubko und Anatoli Bukrejew die Betrachter fixierten, wie es nur die Freiesten der Freien vermögen. Hierdurch demütig gestimmt, folgte er den Empfehlungen des Ladeninhabers. Selbstredend handelte es sich um einen intimen Kenner der Szene, der einen enormen Rucksack mit Stiefeln, Steigeisen und sonstigen hochfunktionellen Dingen vollstopfte, die er als absolutes Minimum für *da oben* bezeichnete. Sein abschließendes »Grüß den Denis von mir, wenn du den Hund da oben triffst« machte Anton Lust auf mehr, was immer es auch war. Er wollte keine Stunde länger hier unten verharren. Es galt nur noch,

Mira bei einem Notar mit Vollmachten auszustatten, damit sie ihn während seiner Abwesenheit vertreten konnte.

Alisha wartete bereits gut gelaunt auf ihn in einer Barbour-Jacke, die für hochalpine Ausflüge bestimmt war, solange man dabei das Fahrzeug nicht verließ. Kaum stob ihr prächtiger Range Rover noch forscher als sonst die Serpentinen entlang, wurde Anton klar, wie erleichtert Alisha und Mira über seinen Aufbruch waren. Doch nicht nur sie und die Schwarzalben wollten ihn loswerden, er sich selbst mittlerweile auch.

»Ich habe mich jetzt doch für die Wohnung in Chelsea entschieden«, schnatterte Alisha.

»Diese Jacke passt gut in das Viertel«, sagte er abwesend.

»Du kannst einen Schlüssel haben. Als Übergangsasyl – es kann hier schnell ungemütlich werden.«

»Du meinst, noch ungemütlicher.«

»Wobei wir bei meinem Notfallplan wären: Ich werde die Ohren offen halten, ob sie dich zur Fahndung ausschreiben. In diesem Fall bringe ich dich über die grüne Grenze nach Bischkek. Wildromantisch, nachts durch einen breiten Fluss.«

»Dein alter Schmuggelpfad als Drogenkurierin?«

»Ich verweigere die Aussage. Die Kirgisen würden dich allerdings ausfliegen lassen.«

Er wollte gerade sagen, dass er dies alles auch für sie tun würde, da versperrte ein Schlagbaum die letzten Kilometer bis zum Camp der Bergsteiger.

»Von hier sind es nur noch zwanzig Minuten zu Fuß.«

Er lud den grotesken Rucksack und zwei Plastiktüten mit Grundnahrungsmitteln aus. Seine Rippen schmerzten, er war sich nicht mal sicher, ob er den Weg bis in das Camp packen würde. Auch bei Alisha schienen sich erste Zweifel zu melden. Ein beherzter Abschiedskuss beendete die Unschlüssigkeit.

»Ach, mein Liebling, diese ganze Tristesse scheint wie für dich geschaffen!«

Sie versuchte, ihn zu umarmen, was der Rucksack, den er bereits inbrünstig hasste, verhinderte. Dann stapfte er los und drehte sich erst um, als der Weg eine Biegung machte. Kaum noch erkennbar winkte ihm Alisha nach.

# XII

# TUYUK-SU

Nach einer halben Stunde elender Schlepperei wackelte das schmale Brett über den Bach noch bedenklicher als bei seinem ersten Besuch vor mehr als vier Jahren. Er wankte im schwindenden Licht zu der angerosteten Behausung, einem Bauwagen, der durch den Anbau eines Vorraums zur fest verankerten Bleibe geworden war. Ein Mann mit freiem Oberkörper hackte davor Holz. Beim Anblick dieser sehnigen Vitalität fühlte sich Anton plötzlich uralt. Die Axt blieb im Baumstumpf stecken, spöttisch wurde der urbane Packesel mit seiner abstrus neuen Ausstaffierung gemustert.

»Ich bin Anton. Ist Irina hier?«

»Nein, unterwegs. Was ist in den Tüten?« Der Mann stemmte die Fäuste gegen die Hüften, der Sonnenbrand auf seiner Nase sah nicht gut aus, was auch auf Antons geschwollene Wangenknochen zutraf.

»Essen, Wodka und Zigaretten.«

»Interessant.« Er pfiff schrill, ohne seine pfeilgerade Körperhaltung zu ändern.

»Kann ich ein paar Tage hierbleiben?«

»Jeder kann da hinten zelten.«

»Ich habe kein Zelt. Wie wäre es mit einer Koje da drin?«

Vier weitere obszön sehnige männliche Körper gesellten sich

zu ihnen, auf die die Tüten ebenfalls eine enorme Faszination ausübten. Das Einzige, was störte, war ihr Besitzer. Der mit der Axt deutete auf die Tüten. »Überlass uns die, und du kannst in Irinas Koje schlafen.« Anton nickte bedächtig, woraufhin ihm die Beute aus den Händen genommen wurde. Naturalien gegen Schlafplatz, niemand hier schien von Mitleidsschüben gequält zu werden. Drinnen wurde der Inhalt der Tüten auf dem Tisch ausgebreitet und kommentiert. Einer erinnerte sich an den Amerikaner aus dem Kosmodrom Baikonur, wie er sich ausdrückte, und fügte hinzu, jener Besuch habe stattgefunden, bevor eine Lawine Wowik verschüttet habe. Anton wurde schnell klar, dass Wolodjas Unglück als Fixpunkt diente, von dem der Zeitpunkt weiterer Ereignisse abgeleitet wurde. Ein anderer meinte, Phil sei zwischen Wowiks Tod und dem Sieg von Irina bei der Speedklettermeisterschaft hier gewesen. Antons Frage, wann exakt Wowik verstorben sei, wurde ignoriert. Stattdessen deutete einer unmissverständlich auf Irinas Koje.

Deren Inspektion war rasch abgeschlossen, es galt lediglich einige Bücher, Textilien und einen Toilettenbeutel ans Fußende zu verbannen. An Schlaf war aber nicht zu denken, die Männer zechten lautstark am Tisch. In diesen Kojen fanden nur komatös Erschöpfte unter Verwendung von Ohrstöpseln Ruhe. Das tiefe rhythmische Atmen in unmittelbarer Nähe verriet die Anwesenheit eines Unsichtbaren, der so ein Fall zu sein schien. Teilweise wurde die missliche Situation durch ein Kopfkissen kompensiert, in dem sich Anton einbildete, einen Hauch von Yves Saint Laurents *Opium* aufzuspüren. Ein wenig erinnerte ihn die Schlafabteilung an die Schiebegräber, wie er sie aus Italien kannte. Er befand sich also in einer Vorstufe zu dem Reich, wohin ihn die Schwarzalben befördern wollten.

Langsam stellten sich erste klare Gedanken ein. Das Biotop der verwilderten Abenteurer eignete sich gut, um unterzutauchen. Solange er regelmäßig die Gemeinschaftskasse auffüllte, würden sie ihn wohlwollend ignorieren. Oder gar schützen, um den Verlust des Zahlmeisters zu verhindern. Tagsüber könnte er einsame Wanderungen unternehmen, ein Vorrat an klebrigen Müsliriegeln befand sich im Rucksack, Sozialkontakte ließen sich also auf ein Minimum beschränken.

Er dämmerte mit Mahlers dritter Sinfonie vor sich hin, dem iPod kam hier oben eine Bedeutung ähnlich der einer Stirnlampe zu. Zu Beginn des vierten Satzes verstummte die Tischrunde endgültig. Das Letzte, was er noch wahrnahm, war Christa Ludwig, die das merkwürdig pathetische Nachtwandlerlied aus dem Zarathustra sang, welches ihn auf Meereshöhe zwar überforderte, jetzt aber aufrichtete.

*Oh Mensch! Gib Acht!*
*Was spricht die tiefe Mitternacht?*
*›Ich schlief, ich schlief –,*
*Aus tiefem Traum bin ich erwacht: –*
*Die Welt ist tief,*
*Und tiefer als der Tag gedacht.*
*Tief ist ihr Weh –,*
*Lust – tiefer noch als Herzeleid:*
*Weh spricht: Vergeh!*
*Doch alle Lust will Ewigkeit –,*
*– will tiefe, tiefe Ewigkeit!‹*

Gegen Morgengrauen rissen ihn Geräusche aus einem Albtraum, in dem er sich mit den Schwarzalben wilde Kämpfe geliefert hatte. Vorsichtig schob er einen Vorhang beiseite, mit dem sich die einzelnen Abteilungen des Matratzenlagers verhüllen ließen, und beobachtete drei Männer, die wortlos Tee tranken, dabei bedächtig Kascha löffelten und nebenher ihre Kletterausrüstung inspizierten. Sie taten dies so konzentriert und routiniert, dass Zweifel an ihrem Vorhaben gar nicht aufkamen – jemand musste schließlich da raus, um Todeswände zu durchsteigen.

Im fahlen Licht konnte Anton seine Umgebung besser erkennen als am Vorabend und erschrak angesichts der ärmlichen Behausung. Über einem Kanonenofen waren Stiefel, Wäsche und Jacken bis unter die Decke geschichtet, um zu trocknen. Zwei der Männer am Tisch trugen eine Kofia, vielleicht waren die zylindrischen Mützen Souvenirs von Expeditionen. Einer begann im Licht der Petroleumlampe zu lesen, seine linke Gesichtshälfte war in geschwollenes Blauschwarz getaucht. An den Hälsen von allen baumelten Kruzifixe, bereits am Vorabend war Anton ein Gruppenfoto mit einem Popen in der Mitte aufgefallen, das an prominenter Stelle im Eingang hing.

Schließlich brachen die drei auf. Die nun eingekehrte Ruhe in der Rumpelkammer gestattete zwei weitere Stunden Schlaf, bevor ihn jemand an der Schulter berührte.

»Warum liegst du in Irinas Koje?«, fragte eine männliche Stimme, in deren Richtung er sich erst wälzen musste. Sie gehörte einem sympathisch verwuschelten Blondschopf Ende zwanzig.

»Ich bin Anton. Wenn du Kaffee machst, erkläre ich es dir.«

Der andere folgte dem Vorschlag kommentarlos, etwas später rührten sie in einem schwer genießbaren schwarzen Gesöff.

»Ich habe Irina vor ein paar Jahren hier kennengelernt und wollte mal wieder vorbeisehen. Hast du einen Namen?«

»Igor. Irina kommt demnächst zurück.«

»Hat keine Eile. Ich werde mir so lange mit leichten Wanderungen die Zeit vertreiben.«

»Kennst du dich hier aus? Ich gehe später zum Amangeldu, unserem Übungsberg. Von dort aus kannst du das Hochtal entlangspazieren.«

Anton hatte nicht erwartet, nach dem rabaukenhaften Ersteindruck des Kollektivs auf einen derart angenehmen Typ zu treffen. Igor hatte seine gestrige Ankunft wohl verschlafen.

»Hast du das viele Essen mitgebracht? Ich koche uns Kascha.«

Während sie den Haferbrei löffelten, gesellten sich zwei weitere Spätaufsteher, es war bereits acht Uhr, zu ihnen an den Tisch. Bald darauf setzte ein geschäftiges Treiben ein; Bergsteiger, die woanders im Camp ihre Bleibe hatten, schauten herein, um sich über die Wetterlage auszutauschen oder Nachrichten zu hinterlassen, wohin sie aufbrechen würden.

Kurze Zeit später marschierten auch Igor und Anton auf einer breiten, groben Schotterstraße mit löchriger Schneeauflage bergauf, die, von zwei oder drei Spitzkehren abgesehen, schnurgerade in ein Hochtal führte. Wie alle erfahrenen Bergsteiger ließ es Igor auf den ersten Kilometern langsam angehen, was Anton Gelegenheit gab, ihn über das Camp auszufragen.

»Tuyuk-Su? Das Lager gehört dem Sportclub CSKA und ist die Basis des kasachischen Nationalteams. Komisch, dass du das nicht weißt.«

»Es gibt eine Bergsteigernationalmannschaft?«, sagte Anton und überlegte, ob andere Nationen auch über so etwas verfügten.

»Aber sicher! In dieser Disziplin kann das Land international mithalten.«

»Bist du auch Mitglied?«

»Nein. Warum fragst du?«

»Bin ziemlich verblüfft über diesen offiziellen Organisations-grad. Ich dachte, im Lager sind alles Einzelkämpfer. So wie Reinhold Messner oder Hans Kammerlander.«

»Einige schon.«

»Denis Urubko?«

»Der auf jeden Fall. Und Anatoli Bukrejew war es. Es ist ein Spagat, der Staat rühmt sich gerne mit nationalen Teamleistun-gen. Und das Team hat geliefert, die kasachische Flagge wehte für das PR-Foto bereits auf den meisten Achttausendern.«

Igor steigerte das gemächliche Tempo. Je höher sie kamen, desto mehr dominierten Brauntöne. Manche mokkafarbe-nen Felsvorsprünge schienen zur Hälfte aus Eisen zu bestehen. Anton bevorzugte jedoch Kalk und Dolomit gegenüber Limo-nit, oder was immer das hier war.

»Ich habe noch nie so viel braunes Geröll auf einem Haufen gesehen.«

»Nördlicher Tian Shan. Jungpaläozoisches Falten-Schollen-gebirge.«

»Wow! Bist du Geologe?«

»Mineraloge. In dieser Richtung geht es zum Gletscher.«

»Wie hoch sind die Gipfel da hinten?«

»Das sind alles Viertausender. Die Siebentausender liegen etwa zweihundert Kilometer weiter in diese Richtung.«

Sie trennten sich an einem Pfad, der zum Fuß einer der klei-neren Berge führte, wo Igor klettern wollte. Anton wanderte das gigantische Plateau entlang, einmal stieß er neben dem Weg auf einen ausgeweideten Panzer. Als er nach drei Stunden das erste Mal auf den Höhenmesser sah, zeigte dieser 3600 Meter an. Erst als er Begriffe mit diesem bizarren Abschnitt der Erd-kruste verband, wirkte sie weniger Furcht einflößend. Er befand sich in einem Gebirge namens Tansili-Alatau, das wiederum Teil des Tian Shans war, dem sich eine Kette an weiteren Gebirgen anschloss, die über Tibet bis zum Himalaja und Karakorum führten. Allein der Tian Shan, dieses *Himmlische Gebirge*, war zweieinhalbtausend Kilometer lang. Angesichts dieser Dimensionen verblassten nach wenigen Stunden seine irdischen Probleme mit den Schwarzalben. Warum deren Relevanz mit jedem zusätzlichen Höhenmeter abnahm, beschäftigte ihn nicht, er gab sich ganz einem nebulösen Glücksgefühl über den Perspektivwechsel hin.

Tags darauf fragte er Igor auf dem Weg zum Hochtal nach dem Grund der schwierigen Versorgungslage im Lager.

»Eigentlich sollte jemand aus der Stadt wöchentlich für das Nationalteam Essen hochschaffen. Aber manchmal kommt der einfach nicht.«

»Es steht doch ein Niva am Bach. Warum fährt niemand nach Almaty zum Supermarkt?«

»Die Jungs wollen ihr Training in der Höhe nicht unterbrechen. Außerdem lauern in der Stadt Versuchungen: Frauen, Alkohol, Marihuana. Manchmal fährt doch einer runter und taucht erst nach zehn Tagen schwer lädiert wieder auf.«

»Also lieber darben?«

»Die ticken anders. Verglichen mit den wochenlangen Entbehrungen in einem Zelt auf viereinhalbtausend Metern bietet das Lager Luxus. Selbst wenn es zwei Wochen nur noch Pasta mit Öl gibt.«

Igor nahm im Lager eine Ausnahmestellung ein, offiziell gehörte er nicht zur Elite der professionellen Extremsportler, wurde aber als erstklassiger Kletterer akzeptiert. Einer, der dazugehören könnte, jedoch keinen Wert darauf legte. Als Konsequenz blieb ihm die Teilnahme an den aufwendigen staatlichen Expeditionen zu den Achttausendern im Himalaja und Karakorum verwehrt. Auf einigen der höchsten und schwierigsten Gipfel im Tian Shan, wie dem Khan Tengri und dem Pik Pobeda, war er allerdings schon gestanden, womit klar war, dass er *dazu*gehörte.

Anton marschierte eine Woche lang täglich durch das Hochtal, bevor sich Igor erbarmte und ihm vorschlug, zusammen einen der technisch anspruchslosen Viertausender zu besteigen. Damit ihre Bezwinger nicht in die Versuchung kamen, sich etwas darauf einzubilden, trugen die für Anton geeigneten Gipfel Namen wie *Schüler* und *Pionier.*

»Gibt's keinen Kindergartler?«, fragte er, um seine Dankbarkeit zu überspielen, endlich für Höheres auserwählt worden zu sein.

»Nomen est omen. Der höchste Gipfel in Usbekistan hieß bis vor Kurzem *Berg des 22. Kongresses der Kommunistischen Partei.*«

Typisch an Igor war dessen Neigung, sich die Leute durch freundlich-verbindliche Art auf Armlänge zu halten. Meist sagte er nur etwas, wenn er dazu aufgefordert wurde oder er es nicht vermeiden konnte. Im Lager saß er mit den anderen zusammen, ohne groß an ihren Gesprächen teilzunehmen. Wenn es sich nicht umgehen ließ, doch mal ein paar Sätze abzusondern, wählte er seine Worte mit sozialverträglichem Bedacht. Als begabten Schweiger gelang es ihm so, keine Aggressionen in der Enge des Lagers auf sich zu ziehen und gleichzeitig in den Genuss des Vorteils zu kommen, den hartnäckiges Schweigen mit sich bringt, nämlich im Zweifelsfall als intelligenter zu gelten, als man in Wirklichkeit ist.

Am nächsten Morgen inspizierte er Antons Ausrüstung und deutete dann auf Seil, Klettergurt, Karabiner, Zwischensicherungen, Reepschnur, Biwaksack, Steigeisen und Müsliriegel. Anton war vor zwanzig Jahren das letzte Mal in den Alpen geklettert, eine eher harmlose Route im dritten Grad bei bestem Sommerwetter, noch dazu mit einem alten Südtiroler Bergführer, der ihn mit rustikalem Charme und psychologisch einfühlsam auf die mittlere der Drei Zinnen geführt hatte. Um den Bonus des blutigen Anfängers nicht zu riskieren, erwähnte er dies Igor gegenüber mit keinem Wort.

»Bist du über das Bergsteigen an die Mineralogie geraten oder umgekehrt?«, fragte er stattdessen an der ersten Kehre über dem Lager.

»Mineralogen sind gefragt. Ich bin an einem Institut beschäftigt, ein krisenfester Job«, sagte Igor gelassen, offenbar darauf bedacht zu betonen, dass Leidenschaften nicht die Wahl des Berufs bestimmen sollten.

Nach zwei Stunden erreichten sie den ersten Bergsockel. Tief hängende Wolken und Nebelschwaden ließen Anton an der Unternehmung zweifeln, als Igor am Rand eines Schneefelds hielt. Gewandt schlüpfte er in seinen Klettergurt, legte die Steigeisen an, während er aus den Augenwinkeln beobachtete, ob Anton mit seiner Ausrüstung zurechtkam, und gab knappe Anweisungen.

»Wird das Wetter halten?«, fragte Anton und versuchte, seine Stimme fest klingen zu lassen.

»Wenn nicht, können wir jederzeit abbrechen.«

Sie stapften ein steiles Schneefeld entlang, bis hinter einem Felsvorsprung vereiste Platten nach oben führten. Anton, der keine Erfahrung mit Steigeisen hatte, war begeistert von der traumwandlerischen Trittsicherheit, die diese ermöglichten. Igor seilte ihn an.

»Leichte Kletterei mit zwei machbaren Schwierigkeiten.

Wenn du Probleme bekommst, sichere ich dich auf Zug. Dreißig Meter bis zum ersten Stand, folge mir erst, wenn ich rufe.«

Niemand konnte Igor einen Hang zur Geschwätzigkeit vorwerfen, statt weiterer Anweisungen drang nur noch das grausige Kratzen von Stahlzacken auf Felsoberfläche an Antons Ohren. Auch übersprang Igor den im Alpenraum üblichen »Staaand«-Ruf nach Erreichen desselben, das einzige Seilkommando bildete der Imperativ »Naaachkommen«. Zu Beginn kostete es Anton Überwindung, nur mit den horizontalen Frontzacken, die über die Stiefelspitzen herausragten, auf schmalen Felstritten zu stehen. Der erste Stand war komfortabel breit, er klickte seinen Karabiner am Bohrhaken ein und reichte Igor die Expressschlingen der Zwischensicherungen, die er auf dem Weg eingesammelt hatte.

»Sah von oben ganz gut aus. Versuche, mit der Hüfte näher am Felsen zu bleiben«, wies Igor ihn an.

Bereits während der zweiten Seillänge lösten sich hinderliche Sicherheitsbedenken auf, Igor im Vorstieg ermöglichte rhythmisches Genussklettern an feuchten Felsplatten. In der Rinne hingen milchige Schwaden, die keine Orientierung nach unten oder oben zuließen. Surreale Farben eloxierter Karabiner leuchteten Anton alle paar Meter im sepiatrunkenen Zwielicht entgegen. Der Nebel wurde dichter, Fels, der eben noch einen Griff bot, war bereits nicht mehr sichtbar. Die Kletterstellen wandelten sich von trivialer Natur in wunderliche Artefakte, so wie manche Klavierstücke ein eingängiges Motiv aufnehmen, um in bizarre Disharmonien überzugehen. Er musste dies beim nächsten Stand loswerden.

»Einfach göttlich. Das ist die Stimmung der fünften Klaviersuite von Rodrigo.«

»Keine Euphorie jetzt. Der Quergang ist vereist.«

Der Nebel entschärfte weiterhin ausgesetzte Stellen und

ließ harmlose dramatischer erscheinen, was Anton im Fall des exponierten Quergangs zugutekam, bis eine Windbö für einen Moment den Blick nach unten freigab.

Eine halbe Stunde später saßen sie nebeneinander auf dem Gipfel. Anton verzichtete aus Mangel an Fernsicht auf ein Foto, Igors anerkennender Händedruck war ohnehin die bessere Trophäe. In absoluter Windstille kauten sie andächtig auf den Müsliriegeln herum.

»Danke. Schätze, so etwas machst du allein in der Hälfte der Zeit«, sagte Anton.

»Ja, dann friere ich auch nicht. Das letzte Mal zu zweit unterwegs war ich mit meiner damaligen Freundin.«

»Ich hoffe, ihr habt euch nicht in einer Wand getrennt.«

»Nein, aber als Folge einer Tour. Sie war völlig überfordert und gab sich die Schuld, obwohl es eindeutig meine war.«

»Ich war vorhin auch überfordert und gebe dir die Schuld.«

»Siehst du, deshalb klettere ich lieber allein.«

»Ich wette, du lebst auch allein.«

»Genau.«

Vermutlich um dem Thema auszuweichen, erhob sich Igor zum Aufbruch, im Gegensatz zu Anton hinterließ der Aufstieg bei ihm keinerlei konditionelle Spuren. Anton hätte sich gerne selbst abgeseilt, aber Igor bestand darauf, ihn abzulassen, um das von einem Dilettanten ausgehende Risiko selbst zu kontrollieren. Nebel und Abwesenheit von anderen Kletterern milderten diese recht unwürdige Situation, Anton fügte sich der partiellen Entmündigung durch den erfahrenen Alpinisten. Nach anderthalb Stunden stapften sie durch dieselben Spuren im Schnee zurück. Sie würden vor Einbruch der Dunkelheit den breiten Weg erreichen, der zum Lager führte, stellte Igor zufrieden fest.

Die Reisetasche traf ihn gegen neun Uhr morgens am Kopf. Das zweite, was er nach zehn Stunden Tiefschlaf wahrnahm, war das ungläubige Lachen von Irina.

»Sorry, aber wer bist du und was machst du in meinem Bett?«

Sie hatte ihr Gepäck quer durch den Raum in die Düsternis ihrer Schlafstätte geworfen.

»Ich bin Anton, wir kennen uns von früher. Nur dein Bett war frei.«

»Ich gebe dir fünf Minuten, daraus zu verschwinden.«

Ohne zu Zögern folgte Anton der klaren Ansage und setzte sich unter Irinas prüfendem Blick in Boxershorts und einem Fleece an den Tisch.

»Brav. Jetzt erkenne ich dich. Du warst vor Ewigkeiten mal hier mit diesem Ami.«

»Und habe die Vorauskasse für eine Tour geleistet.«

»Nicht so hastig. Mein Trainingsplan ist völlig durcheinander, ich musste wegen einer grässlichen Baustelle dringend für zwei Wochen nach Petersburg.«

Anton überlegte, welche Sorte Notfall sie nach Russland getrieben hatte.

»Private oder geschäftliche Baustelle?«

»Das geht dich absolut nichts an. Jedenfalls kann ich mich da auf absehbare Zeit nicht mehr blicken lassen.«

»Schon gut, wir haben alle unsere kleinen Geheimnisse. Die Forderung kannst du übrigens als verjährt betrachten.«

»Wir werden sehen. Croissant? Ich habe auf dem Weg vom Flughafen eingekauft.«

»Sehr gerne. Hier oben verlor ich bereits ein paar Kilo.«

»Das ist kein Nachteil. Welche von den Jungs sind zurzeit hier?«

»Igor, Serik, Damir, Sergei, Sascha, Viktor, Narbe, Timur. Und noch zwei Namenlose.«

»Hmm, fast alle. Dann wird's hier drin eng. Heute Abend finden wir ein Plätzchen für dich in einem der Container. Ich muss gleich los. Zum Amangeldu, Ausdauertraining ist heute noch drin.«

»Kann ich ein Stück weit mitkommen?«

Es gelang ihm kaum, ihr die fünfhundert Höhenmeter zu folgen, bis sie am Fuß des Bergs Jogginghose und Sweatshirt auszog, unter der sie klettertaugliche Funktionskleidung trug. Während sie die brünetten Haare unter dem verwaschenen Rot eines Kopftuchs bändigte, lachte sie in Antons Kamera.

»Du hast nichts zum Klettern dabei?«, fragte dieser.

»Berglauf. Siehst du die Strecke?«

Der Zeigefinger ihrer ausgestreckten Hand folgte einem steilen Geröllfeld bis zu einem Felssporn, hinter dem eine verschneite Rinne bis unter den Gipfelstock führte.

»Da rennst du jetzt hoch?«

»Sieben Kilometer, 1500 Meter Höhenunterschied. Der Rekord liegt bei einer Stunde und sechs Minuten. Stammt allerdings von einem Mann.«

»Ich passe so lange auf deinen Rucksack auf.«

Sie lächelte spöttisch, machte noch ein paar Dehnübungen und spurtete los. Anton versuchte das Kopftuch möglichst lange im Blick zu behalten, das wie ein Banner der Freiheit zwischen Gesteinstrümmern wippte.

Vermutlich war es Irina gar nicht bewusst, wie positiv sich ihre Rückkehr in zivilisatorischer Hinsicht auswirkte. Im Lager wurde nun nicht nur weniger geflucht, gedroht und gebrüllt, auch das permanente Foppen der Männer untereinander, eine nervtötende Harmlosigkeit zwischen Spaß und Ernst, verstummte auf den Schlag. Die physische Existenz einer Frau erhöhte die Lebensqualität in der Höhle um mindestens die Hälfte. Natürlich nicht irgendeiner Frau; Irina war das einzige weibliche Mitglied des offiziellen Nationalteams.

Aus Mangel an erzählenswerten sportlichen Leistungen erwähnte Anton ihr gegenüber am nächsten Tag, inzwischen Abais *Buch der Worte* gelesen zu haben. Das war nicht sonderlich geistreich und auffällig bemüht, traf bei Irina aber auf so viel Interesse, dass sie anbot, eine lauwarme Dose Bier mit ihm zu teilen, die sie vor den Männern in ihrem Schlafsack versteckt hielt. Sie setzten sich hierfür vor den Container, in den Anton mittlerweile ausquartiert worden war und der wenig mehr bot als ein Feldbett aus Armeebeständen und vergilbte Playboy-Poster nackter Frauen, über deren altertümliche Muschifrisuren sich Irina krummlachte.

»Es kommt noch schlimmer. Ich vermisse meinen Eispickel«, sagte Anton.

»Der wurde sicher geklaut.«

»Ich dachte, hier existiert ein kameradschaftlicher Ehrenkodex.«

»Weitgehend. Aber geklaut wird wie verrückt. In Tibet am Cho Oyu in Lager 3 fehlte plötzlich meine Isomatte.«

»Ha, Abai würde sich bestätigt fühlen.«

»Beim Speedklettern ist man wenigstens vor Dieben sicher«, grinste Irina.

Sie öffnete die Dose Bier, während Anton einen winzigen Lautsprecher an den iPod anschloss.

»Wie wäre es mit Red Hot Chili Peppers?«, fragte er.

»Stehe zurzeit mehr auf The Smiths. Du glaubst nicht wirklich, alle, die klettern, hören abends zum Joint RHCP, um wieder runterzukommen?«

»Und lesen im Schlafsack *Zen and the Art of Motocycle Maintenance*.«

»Kitsch as kitsch can. Ich bin so froh, wieder da raufrennen zu können.« Sie zeigte in Richtung der braunen Trostlosigkeit aus kompaktem Gestein.

»Sehnst du dich nicht manchmal nach grünen Wiesen und grauen Felsen mit einem See davor?«

»Anstatt all diesem Braun mit den gelegentlichen schwefelgelben Flechten darauf?«

»Nur so zur Abwechslung.«

»Das Gras des Nachbarn ist immer grüner. Dafür müsstest du zu den Merzbacher-Wiesen in Kirgisien. Gelber Mohn, Rittersporn, weißer Enzian und Vergissmeinnicht, wohin du siehst.«

»Vielleicht im Sommer. Die Marslandschaft hier lenkt weniger ab, eine perfekte Gegend, um beim Wandern ungestört nachzudenken.«

»Worüber?«

»Über die Ausgesetztheit.«

Bevor er sein Schopenhauer entliehenes Geplapper fortsetzen konnte, zog Irina eine ironische Grimasse.

»Deine Wanderungen führen durch gefahrloses Terrain.«

»Keine Kletterpassagen – über die Ausgesetztheit des Lebens.«

»Ach diese. Warum gleich so pathetisch? An gar nichts zu denken hat für mich den größten Reiz«, sagte Irina. Sie massierte ihre nackten Füße, an denen Flipflops baumelten.

»Das ist das Schwerste, so weit bin ich noch nicht. Aber ich mache Fortschritte, die Empörung an der Ausgesetztheit schwindet allmählich.«

»Stellt sich von selbst ein. Der Lifestyle im Lager ist hierfür ideal.«

»Es ist so wundervoll eintönig hier, dass man sich früher oder später wieder nach etwas Ausgesetztheit sehnt. Merkwürdiger Webfehler, oder?«

»Mag sein. Ich verheddere mich selten in solchen Gedanken. Jedenfalls nicht hier oben.«

»Igor und du habt eine Sonderrolle, die anderen trainieren gemeinsam«, sagte Anton.

»Dieser Einsiedler verweigert sich doch allem. Ich hänge gerne mit den Jungs ab. Aber Speedklettern hat bei mir Priorität, während das Team weiter alle Achttausender besteigen soll. Mir lassen die Funktionäre den Alleingang durchgehen, als Mann hätte ich keine Wahl.«

»Alles zur Glorie Kasachstans.«

»Na und? Wenn Astana unbedingt auf diesen Wipfeln die Flagge mit einer Frau daneben flattern sehen möchte, dann geht das in Ordnung. Ich meine, solange sie mir vorher und nachher dieses Leben hier ermöglichen.«

»Eine Frau auf dem Gipfelfoto macht sich einfach besser.«

»Ha, einmal mussten wir alles präparieren, damit Nasarbajew auf einem Gipfel stand. War ganz witzig.«

»Du schuldest mir auch noch einen Gipfel.«

»Ich sollte mich jetzt ganz auf mein Training konzentrieren. Vorschlag: Sascha schuldet mir noch einen Gefallen, wäre eine zweitägige Tour mit dem für dich in Ordnung?«

Das Gegenteil von Reizüberflutung konnte genauso schmerzhaft sein, erst nach zwei Monaten beruhigte sich alles, und auf seinen Wanderungen verschmolz die Marslandschaft endgültig mit seinem Gemütszustand. Die diffusen Emotionen schwollen ab, allmählich löste er sich aus seiner garstigen Grübelschleife. Bis dahin hatte er einem Wiederkäuer unverdaulicher Gedanken geglichen, der ziellos zwischen Schuttablagerungen einer Moräne umherirrte. Worüber er exakt nachsann, ließ sich nicht recht sagen, offenbar flüchtete er sich in abstraktes Territorium, als wollte er gar keine Antworten finden, da diese zu schmerzhaft sein könnten. Nun aber gelang es ihm, endlich darüber nachzudenken, was er konkret tun sollte, um das Chaos zu beenden. Komischerweise rückte die sukzessive Wiedergewinnung an Souveränität die Schwarzalben in ein besseres Licht, auch Richard Wagner soll gelegentlich für das Duo Alberich und Mime Sympathie empfunden haben. Die lebensfeindliche Topografie stimmte Anton milde, zuweilen gestand er ihnen gar ein legitimes Interesse zu, ihn zu beseitigen. Ihr schaurig vitaler Wille nach immer mehr Raubgut, dem das totalitäre Regime freie Entfaltung bot, verlor endlich an Schrecken. Und als seine Abscheu gegenüber den Verursachern der grässlichen Welt da unten in Mitleid umschlug, löste dies einen grotesk befreienden Schauder aus.

Sascha willigte ein, anstelle von Irina den Neuling auf eine zweitägige Tour mitzunehmen. Ihr Ziel war eine pittoreske Pyramide, benannt nach einer Nachwuchsorganisation der kommunistischen Partei der untergegangenen UdSSR. Für die Bewohner des Camps handelte es sich dabei um eine harmlose Erhebung von 4376 Metern, die im Sommer von zeltenden Ausflugstouristen frequentiert wurde, denen man selbstredend den Status ernstzunehmender Bergsteiger verweigerte. Eine Winterbesteigung galt als weniger rufschädigend, was an den Schneemassen lag, die zu überwinden waren, bevor auf einer Gletschermoräne das Biwak aufgeschlagen werden konnte.

Seit Stunden versanken ihre Oberschenkel mit jedem Schritt

im Neuschnee. Sascha spurte und fluchte einige Meter vor Anton. Dank der Massen des für Normalsterbliche unpassierbaren Weiß ging die Tour für ihn als leichtes Training durch. Außerdem würde der Deutsche ihm vielleicht aus Dankbarkeit seinen schicken Höhenmesser schenken, der am Handgelenk des nicht unsympathischen Dilettanten so lächerlich wirkte wie ein Rennanzug bei einem Skianfänger. Natürlich handelte es sich bei Sascha um das Gegenteil eines um das Wohlergehen seines Schützlings sorgenden Bergführers. Beruflich sozialisiert in Seilschaften, die im sechsten Grad bei Winterbesteigungen unterwegs waren, behandelte er Anton wie ein durch Steinschlag geschwächtes Teammitglied. Aufbauende Worte für den Erschöpften schienen ihm wohl dessen Verweichlichung zu fördern. Auf einer Scharte wartete er im hüfthohen Schnee.

»Bin mir nicht sicher, ob wir das packen. Das steilste Stück beginnt in einer Stunde, und morgen wird es eher schwieriger«, verkündete er gut gelaunt.

Anton japste verzweifelt, das *wir* nahm er als erniedrigende psychologische Raffinesse wahr. Er erwog, Sascha hundert Dollar für jedes Kilo anzubieten, um das dieser seinen Rucksack erleichterte. Doch der russischstämmige Kasache befand sich bereits wieder außer Rufweite. Anton folgte grimmig, die Schinderei zu verherrlichen gelang ihm zwar nicht, aber die Sinn- und Nutzlosigkeit der Unternehmung faszinierte ihn. Einen Marathon zu laufen war ein Klacks im Vergleich mit dieser tranceartigen Tortur den Gletscher hinauf. Ein Rollenwechsel – statt der Natur war plötzlich er verletzlich. Ob auch vergleichbar schützenswert, bezweifelte er angesichts der freiwilligen Plagen. Die Natur als reizender Feind. Dennoch stimmte Anton Epikur nicht zu, der behauptete, der Mensch sei dann glücklich, wenn er sich niemals etwas vornehmen müsse, dessen Erreichen ungewiss sei.

In der einbrechenden Dämmerung schaufelten sie einen Platz für das winzige Zelt, das von brachialen Schneemassen umgeben in seiner Kuhle der Nacht harrte. Sascha schmolz Schnee in einem Alutopf, an dem sie sich die Hände wärmten. Ein kalter feuchter Abend, die mühselige Ausbeute an Wasser durch Schneeschmelze war lächerlich wenig. Bis zu den Hüften in Schlafsäcken steckend, beugten sie sich abwechselnd alle paar Minuten aus der runden Öffnung des Zelts, um Nachschub zu ertasten. Einen Liter Wasser auf diese Art zu gewinnen gestaltete sich als abendfüllende Beschäftigung. Allerdings bestand ein Vorteil des Flüssigkeitsmangels darin, in der Nacht Schlafsack und Zelt nicht verlassen zu müssen.

»Das nächste Mal lieber im Sommer«, sagte Anton, der vor lauter Müdigkeit nicht einschlafen konnte.

»Schneemassen sind einfach geil-selektiv. Auf dem K2 standen bereits über 200 Menschen – aber noch keiner im Winter.«

»Dein Traum?«

»Ja, zusammen mit den Jungs vom Team.«

Anton wurde neugierig, gruppendynamische Prozesse siedelte er im Vorhof der Hölle an. »Ich dachte, das ultimative Ziel sei der Alleingang mit einem Minimum an Ausrüstung.«

»Ich stand schon auf vier Achttausendern ohne Sauerstoff. Aber mit dem ganzen Team. Das ist immer unser Ziel.«

»Kameradschaft als Schicksalsgemeinschaft?«

»Mach dich ruhig darüber lustig.«

»Ich bin halb eifersüchtig, halb verstehe ich die Faszination nicht.«

Natürlich würde jetzt etwas von Geborgenheit in der Gruppe kommen, was ihm angesichts der rauen Individualisten im Team wenig glaubhaft erschien.

»Niederlagen, es sind die Niederlagen«, sagte Sascha.

Anton rappelte sich auf, um vergeblich seinen Gesichtsausdruck zu erhaschen. Nachdenklich rührte dieser mit einem Löffel im schmelzenden Schnee.

»Niederlagen? Da kann ich mitreden«, sagte Anton. Sascha deutete auf einen Aufnäher, der auf seinem Fleece prangte: K2 – Expedition 2003. »Nach vier Wochen gaben wir auf. Als Team, verstehst du?«

»Ich scheitere am liebsten allein.«

»Wenn ich Niederlagen mit den Jungs teile, werden sie kleiner.«

»Und die Triumphe größer?«

»Sagen wir, die Freude über einen Erfolg, ja.«

Der Gedanke, Sascha bedeute die Nestwärme seines Teams mehr als Gipfelerfolge, fand Anton gleichermaßen befremdlich wie schön und entschädigte ihn dafür, dass die viertausend Meter Höhe kaum Schlaf zuließen. Zwar kannte er Menschen, die nicht in Kategorien von Sieg oder Niederlage dachten, doch waren diese für gewöhnlich notorisch erfolglos. Sascha hingegen war ein Träger des äußerst prestigeträchtigen Schneeleopard-Ordens, der an jene verliehen wurde, die alle fünf auf dem Gebiet der ehemaligen UdSSR gelegenen Siebentausender-Gipfel bezwungen hatten.

Als sie im ersten Licht des nächsten Morgens vor dem Zelt standen, schlotterte Anton zwar erbärmlich, aber der Rucksack war federleicht. Bis auf etwas Wasser, Müsliriegel und die Kletterausrüstung ließen sie alles im Zelt zurück. Nach zwanzig Minuten Anstieg, es hatte bis Mitternacht geschneit, ging die lähmende Unterkühlung in ein wohliges Schwitzbad über. Sonnenstrahlen zauberten kristallines Geglitzer auf Pulverschnee. Anton blieb stehen und nahm die Schneebrille ab. Gleißendes Weiß vor galaktischem Blau, der steil ansteigende Gletscher glich einer Rampe in den Kosmos. Die Natur überzog lustvoll, er spürte, wie ihn silbriges Glück durchströmte. Unter der Anstrengung in der dünnen Luft setzte bei ihm ein milder, nie abreißender Flow ein. Ob man wohl Musik hier oben anders wahrnahm? Der iPod blieb im Rucksack, Sascha, eine Zigarette im Mundwinkel, hantierte bereits vor schneeverwehten Felsformationen mit dem Seil.

Sascha beim Klettern zu beobachten war faszinierend. Auf einer ausgesetzten Rinne prüfte er tänzelnd mit ausgetrecktem Arm gegen die Wand gelehnt das Eis unter dem Schnee für den nächsten Tritt. Anton prägte sich die Griffe ein, niemals wäre er in der Lage gewesen vorauszuklettern. Einmal fluchte Sascha laut und rief hinunter, das letzte Mal habe sich an dieser Stelle noch ein Griff befunden. Anton blieb das Lachen im Hals stecken. Nach einem Kamin, in dem sich immer wieder die Steigeisen verkanteten, wurde der Blick auf vier winzige Punkte frei, die sich langsam einen gewaltigen, sonnenüberfluteten Hang hochbewegten, der sich steil von der anderen Seite des Gletschers erhob, wo ihr Zelt stand.

»Snowboarder, sie kampieren am Fuß des Gletschers. Ich glaube, zwei Mädels sind auch dabei. Die schauten mal im Lager vorbei«, sagte Sascha.

»Für eine Abfahrt zurück ins Zelt steigen die einen halben Tag auf?«

»Genau. Unten warten ein Joint und Chill-out-Musik. Happy rich kids.«

»The kids are alright«, rief Anton.

Nach einer weiteren Stunde lustvoller Schinderei blickten sie vom Gipfel auf das fünfundzwanzig Kilometer Luftlinie entfernte Almaty.

»Wegen den Bedingungen gibt's einen Schwierigkeitsgrad

mehr«, sagte Sascha, während er sich die Gipfelzigarette anzündete.

Anton winkte ab, im Nachstieg mit Sascha war das Kompliment Augenwischerei. Trotzdem war es ein grandioser Tag, er wollte Sascha gerade mit gespielter Feierlichkeit seinen Höhenmesser überreichen, da klingelte dessen Telefon. Das Signal drang wohl von der Gipfelstation des Skigebiets Tschimbulak bis hier hoch. Anton stöhnte, er sehnte sich nach der Ruhe der Welt vor Erfindung des Mobiltelefons. Anstelle eines gemeinsamen Bildes fotografierte er den telefonierenden Sascha und nahm sich vor, das nächste Mal wenige Meter unter dem Gipfel umzukehren. Die Vorstellung, am höchsten Punkt zu stehen, schien ihm reizvoller, als es tatsächlich zu tun. Sein Held war jener fiktive Bergsteiger, der kurz vor dem Gipfel aller vierzehn Achttausender aus freien Stücken umgekehrt ist.

Abends zurück im Lager kommentierte man ihren Ausflug gutmütig, der Achtungserfolg wurde nach kurzer Abstimmung mit einer Einladung Antons zur sogenannten traditionellen Heldengedenkfeier honoriert, die demnächst stattfinden sollte. Dieser war zu erschöpft, um Irina oder Igor zu fragen, was es damit auf sich hatte. Der absolvierte Gipfel war offenbar mit einem Upgrade seines Status von bloßer Duldung auf verhaltene Akzeptanz verbunden. Ein wenig herablassend wurde in der Runde erörtert, ob vielleicht als Nächstes für ihn bereits ein Fünftausender infrage komme. Anton sehnte sich nach seinem vorherigen Status zurück, als man ihn hier schlicht ignorierte.

Ein paar Tage später fanden sich alle an der Gedenkstätte für die verunglückten Bergsteiger ein, wo Anton mit dem Amerikaner Phil vor Jahren die Plaketten auf den Felsbrocken entziffert hatte. Die Mitglieder des Nationalteams trugen Jacken mit Aufnähern, die wie Orden von der heroischen Teilnahme an Expeditionen kündigten. K2 – Nanga Parbat – Broad Peak. Hartgesotten und mit natürlicher Lässigkeit ließ die Runde keinen Zweifel aufkommen, dass hier künstlicher Sauerstoff als Doping für Weicheier galt und Normalrouten im Sommer keine wirkliche Herausforderung waren. Das Team mit Irina im Zentrum ließ sich auf Holzbalken direkt am Lagerfeuer nieder, Igor und Anton abseits auf einer Bank, profanen Wanderern gleich, die zufällig vorbeikamen und als Gaffer geduldet wurden, solange sie sich still verhielten. Von dem Ranghöchsten wurde eine kurze Rede gehalten. Man trank auf all diejenigen, die »oben geblieben« sind. Dann, nach allerlei erwartungsfrohem Gemurmel, erfolgte ein Toast auf Anatoli Bukrejew.

»Shakespearesche Figur. Er ist zweimal gestorben: einmal am Everest und dann an der Annapurna«, flüsterte Igor.

Es folgte Toast auf Toast, zunächst noch mit den Namen der Verunglückten. Dann auf Hinterbliebene, Veteranen und Ausländer, wobei hiermit alle die gemeint waren, die von jenseits der untergegangenen UdSSR stammten. Wer immer im Tian Shan umkam und zu Hause längst vergessen war, seiner und seinen Verwandten wurde hier gedacht.

Nachdem dies mit Ernst und Haltung vollbracht war, dehnten die Teammitglieder erleichtert ihre Glieder, und man ging zum geselligen Teil der Veranstaltung über. Frische Scheite wurden ins Feuer geworfen, gutmütige Balgereien und eine kleinere Rangelei ließen sich schnell schlichten, derweil jemand eine Gitarre aus dem Lager holte. Irina löste sich aus der Kerntruppe, um Igor und Anton mit einer Flasche Wodka Gesellschaft zu leisten. Der mit der Klampfe sang, was man ihm zurief, meist russische Chansons à la Okudschawa und Wyssozky, die von Unterwelt und Gefangenenlagern handelten und in Verbindung mit Wodka hartnäckige Schübe an Melancholie auslösten. Die Lieder über das tragische Schicksal sozialer Außenseiter heizte die Identifikation mit dem der verunglückten Bergkameraden an. Genial verdichtete Atmosphäre, das Flackern der Flammen leckte an den Felsen im Hintergrund mit den Namen der Toten.

»Hast du ihm erzählt, wie es enden wird?«, fragte Irina an Igor gewandt.

»Nein. Aber der Berg wird uns alle holen«, erwiderte dieser launisch.

»Ich bin ganz angetan. Mein erstes kultisches Fest«, sagte Anton.

Etwa zu dem Zeitpunkt, als die Anzahl der geleerten Wodkaflaschen die des bisher äußerst homogenen Alpinistenrudels übertraf, brach der erste Faustkampf aus, offensichtlich ein fester Bestandteil des archaischen Rituals.

»Na also, es geht los«, stöhnte Irina.

Kurz darauf schlugen sich alle da drüben gegenseitig, wobei die körperliche Konstitution der im Halbschatten auf sich einprügelnden Astralkörper keine Hoffnung auf ein nahes Ende machte.

»Diese kollektive Ekstase revitalisiert das Team«, grinste Igor.

Zu Beginn fürchtete Anton, sie würden in die kolossale Rauferei integriert werden, doch der Korpsgeist verhinderte dies zuverlässig. Wer nicht zum Team gehörte, war es nicht wert, verprügelt zu werden. Zur Sicherheit rückte er dennoch näher an Irina.

»Ha, du hast Angst«, sagte sie.

»Es ist nur die ererbte Veranlagung zur Netzhautablösung. Ein einziger dieser Faustschläge gegen den Kopf und ich erblinde vermutlich.«

Tatsächlich glich das Gebrüll der Männer einer Urschrei-Therapie. Soweit Anton dies aus der Deckung zu überblicken vermochte, kamen keine Waffen zum Einsatz. Eispickel auch nicht.

»Ich bin verblüfft, das ist alles«, stammelte er.

Irina hielt ihm den Wodka hin. Er nahm einen Schluck und bot die Flasche Igor an, was der Asket ablehnte. Anton verstand nicht, warum sich Igor und Irina diesem stumpfsinnigen Schauspiel aussetzten. Offenbar herrschte während der Heldengedenkfeier strikte Anwesenheitspflicht, und sie wollten nicht riskieren, vom Rudel zurück ins Tiefland verstoßen zu werden. Was war eigentlich schlimmer, die Schlägerei selbst oder die devote Haltung der zwei neben ihm? Er verließ das beklemmende Schauspiel vorzeitig in Richtung seines Containers, wütend, die Bergsteiger von Beginn an verklärt zu haben.

Am nächsten Tag warteten Irina und Igor am Bach oberhalb des Lagers auf seine Rückkehr von einer wohltuend einsamen Wanderung. Offenbar ging es um sein plötzliches Verschwinden am Abend zuvor. Solchen Aussprachen entzog er sich für gewöhnlich, aber die behagliche Müdigkeit nach der körperlichen Anstrengung stimmte ihn milde, und er wollte die beiden nicht kränken. Sie schlenderten in der Dämmerung nebeneinander in Richtung seines Containers.

»Halten sich die gesundheitlichen Folgen der Feier in Grenzen?«, fragte er, nachdem sie ein paar belanglose Worte über die aufziehende Wetterfront gewechselt hatten.

»In der Krankenabteilung herrscht Hochbetrieb«, grinste Igor.

»Wir haben uns gefragt, warum du so rasch verschwunden bist«, sagte Irina. Derweil fingerte Igor verlegen an einem Taschenmesser herum, was wohl daran lag, dass ihn Antons Abgang nicht sonderlich überrascht hatte.

»Das wollt ihr nicht wirklich hören.«

»Doch, wollen wir«, sagte Irina.

»Der Ablauf hatte mich etwas verstört, macht euch keine Gedanken.«

»Enttäuscht? Du dachtest wohl, das hier ist eine arschlochfreie Zone«, sagte Irina, offenbar entschlossen, den Zwischenfall lückenlos aufzuarbeiten.

»Also gut: Mir wurde klar, dass ihr genauso erbärmlich dran seid wie ich selbst. Freiheit sieht anders aus.«

»Ich bin freiwillig hier«, protestierte Irina.

»So wie ich. Ans Institut kann ich jederzeit zurück«, sagte Igor zögerlich.

»Sorry, aber den Eindruck habe ich nicht. Wir alle verkriechen uns hier oben. Du vor einer verunglückten Liebesgeschichte und Irina wegen weiß Gott welchen Komplikationen in Russland.«

»Blödsinn, der Einzige, der sich wirklich versteckt, bist allein du«, sagte Igor.

»Vor wem eigentlich?«, fragte Irina.

»Vor unangenehmen Leuten.«

»Dann können wir uns doch darauf einigen, dass wir alle Aussteiger sind«, sagte sie. Die beiden lächelten ihn unerträglich versöhnlich im Abendrot an. Anton stemmte sich gegen die Woge an Harmoniesoße, für die er zu seiner Überraschung anfällig war. Das Ganze dünstete den rührseligen Teestubenmief seiner Schulzeit in Deutschland aus, als Jugendliche höchsten Wert auf Gleichgestimmtheit legten. Verwundert stellte er fest, dass der Alltag im Camp auf ihn abfärbte, wie zuvor der in Almaty. Beides erschien ihm wenig erstrebenswert, es gab nun mal kein richtiges Leben im Falschen, wo auch immer.

»Um wirklich auszusteigen, muss ich zurück nach Almaty.«

»Mit was für Leuten hast du dich eingelassen?«, wollte Igor wissen.

»Mit Abschaum. Es ist ein teuflisches Labyrinth.«

»Aber du bist ihm entkommen. Bleib einfach hier«, sagte Irina. »Oder wandere in ein paar Wochen entlang der Täler bis nach Kirgisien.«

»Verstecken oder weglaufen ist alles, was euch einfällt.«

»Behandle uns nicht wie eingeschüchterte Zivilisationsopfer«, sagte Irina.

»Also wenn du mich fragst, dann ergibt das keinen Sinn. Du hast dich doch nicht versehentlich mit Kriminellen eingelassen, sondern bist vermutlich selbst einer«, sagte Igor mit fester Stimme.

Anton nickte verlegen, er schuldete den beiden eine Erklärung, die ruhig ein wenig pathetisch ausfallen durfte.

»Ich hoffe, ich kehre von hier als eine bessere Version meiner selbst zurück.«

»Wow«, sagte Igor und sah überrascht erst ihn und dann Irina an.

»Geht es etwas konkreter?«, fragte diese.

»Nein, geht es nicht. Noch nicht. Ich möchte mich dem allen verweigern. Also NEIN sagen. Erlösung durch Verweigerung. Warum führen wir eigentlich dieses nutzlose Gespräch? Wusstet ihr, dass Petrarca der erste Bergsteiger war, als er 1336 den Mont Ventoux bestieg?«

»Ja, wusste ich«, sagte Irina.

»Ich nicht. Anton, du bist in der dünnen Luft hier oben zu richtigen Einsichten gelangt. Weiterhelfen wird dir das da unten aber kaum«, sagte Igor.

»Warum nicht?«

»Zu viel Chaos«, sagte Irina.

Anton schwieg. Wo hatte er nur das mit der besseren Version seiner selbst her?

»Ich bin hundemüde. Wir sehen uns morgen«, sagte er fahrig und hoffte, sie würden ihn mit einem versöhnlichen Satz dem Feldbett überlassen.

»Gehe ruhig zu diesen kriminellen Elementen zurück. Du wirst grandios scheitern«, beschied ihm Igor.

»Und wenn du dann wie ein geprügelter Hund zurückkehrst, machen wir gemeinsam einen Fünftausender«, fügte Irina hinzu.

Anton fuhr fort mit seinen Wanderungen oder machte sich im Lager nützlich, es gab immer ein Dach zu reparieren und den Hühnerstall auszubessern. Häufig las er in der Mittagssonne gegen eine Kiefer gelehnt, was sich an vergilbten Klassikern unter der Küchenbank fand. Er hatte hier oben an die zehn Kilo abgenommen und schlief meist tief. Zwar nahm er sich jedes Mal vor, nach Almaty zurückzukehren, sobald die letzte Seite des aktuellen Buchs gelesen war, nur um sogleich das nächste zu beginnen. Dieser ereignislose Schwebezustand hätte womöglich noch monatelang angehalten, wäre er nicht eines Tages bei seiner Rückkehr ins Lager auf Alisha gestoßen, die, umringt von seinen Gefährten, vor der Kochstelle des Bauwagens saß. Ungläubige Männerblicke empfingen ihn, die wohl nicht nachvollziehen konnten, warum sich eine derartige Schönheit wegen des Rangniedrigsten hochbemüht hatte.

»Die langen Haare stehen dir!« Sie umarmte ihn mit einer Herzlichkeit, die im Lager unüblich war. Schlagartig betäubte ihn ihr Parfum auf warmer Pfirsichhaut, mit feuchten Augen bugsierte er sie aus dem Küchenmief, um ihre Hand erst loszulassen, als sie vor seinem Container standen.

»Das ist aber verdammt heftig hier.«

»Vom Room Service abgesehen nicht übel.«

»Das sehe ich, du bist abgemagert.«

»Und ich rieche vermutlich etwas streng. Wie geht es dir und Mira? Ich habe euch vermisst.«

»Offenbar nicht allzu sehr, sonst hättest du dich mal gemeldet. Wir fahren jetzt zu Mira, es gibt Neuigkeiten.«

»Gute oder schlechte?«

»Teils, teils, sie wird es dir erklären. Pack zusammen.«

Seine Bergsachen ließ er im Container, entweder würde er zurückkehren, oder die anderen könnten sie nach einer Schamfrist unter sich aufteilen. Von den derb witzelnden Männern des Teams verabschiedete er sich rasch, aber Igor und Irina begleiteten die beiden bis zu Alishas Wagen. Die Frauen tauschten sich über den merkwürdigen Besucher aus, ein paar Schritte dahinter folgten die Männer.

»Fremd bin ich eingezogen, fremd zieh' ich wieder aus.«

»Wieso? Du wurdest doch voll integriert«, sagte Igor.

»Gerade genug, um nicht abgelenkt zu werden.«

»Na ja, zu viele Optionen sind nur hinderlich. Ich werde den Sommer über wohl hierbleiben.«

»Mal zu deinen Optionen: Fällt dir wirklich nicht auf, wie Irina dich manchmal ansieht?«, sagte Anton.

»Jetzt hör aber auf, so etwas ist hier oben viel zu kompliziert.«

»Vielleicht ist dein spartanisches Leben eine Verschlimmbesserung.«

Statt zu antworten, umarmte Igor ihn zum Abschied. So wie auch Irina, nicht allzu innig, aber mit einem flüchtigen Kuss auf die Backe.

# XIII

## OPTIONEN

Sollte Mira ihn vermisst haben, so kaschierte sie dies hinter launigen Andeutungen über die professionellen Alpinisten des Lagers, die sie verdächtigte, Wilderer beim Aufspüren von Schneeleoparden zu unterstützen. Anton erholte sich noch von diesen ungeheuerlichen Anschuldigungen, da drohte in Mira ein aufgestauter Damm an brisanten Informationen zu bersten. Resolut dirigierte sie ihn und Alisha auf das Sofa im Wohnzimmer, um sie mit auf dem Tisch davor bedrohlich aufgetürmten Stapeln an Schriftverkehr zu konfrontieren. Derlei festgezurrt zwischen Hoffnungen und Ängsten, welche Entwicklungen in dem Papierstoß wohl verborgen waren, harrte er jener Informationspartikel, die Mira als für ihn relevant herausfilterte.

»Es gibt gute und schlechte Nachrichten«, begann sie.

Natürlich gab es diese, wie immer. Er ermahnte sich, der ewigen Wiederkunft des Gleichen positiv zu begegnen, um nicht sofort in einen weinerlichen Defätismus zu verfallen.

»Ich bin dir sehr dankbar für deinen Einsatz. Bitte zuerst die schlechten.«

»Du kennst die guten nicht aus den Nachrichten?«

»Da oben sind Radio und Fernseher tabu.«

»Der Premierminister ist vor zehn Tagen zurückgetreten. Sein Nachfolger wurde noch nicht ernannt«, sagte Alisha.

Zum Auftakt also wohliges Schaudern. Doch Antons erste Erleichterung wurde sofort von der Frage verdrängt, warum Alisha diese Sensation nicht gleich nach ihrer Ankunft im Lager verkündet hatte.

»Ich bin baff, ein wirklicher Game Changer! Wird Jurbol als Nachfolger gehandelt?«

»Ja, aber eher auf aussichtslosem Posten. Vielleicht beim nächsten Mal.«

»Kennt man die Gründe für die Abdankung?«

Mira setzte ein breites Grinsen auf, wie er es sich anlässlich seiner Rückkehr erhofft hatte, als sie ihn lediglich spöttisch musterte. Sie zog die Schultern nach oben, um dann auf Alisha zu deuten.

»Sie hat seine gesammelten Sünden systemrelevanten Leuten zugespielt«, sagte Mira.

»Vielleicht hat das ein bisschen geholfen. Was allerdings genau ablief, das liegt im Dunkeln«, wiegelte Alisha ab, um ihre Rolle in der Affäre zu relativieren. Und um vermutlich gar nicht erst den Eindruck aufkommen zu lassen, ihre Verbindungen im Apparat übermäßig für Antons selbst verschuldete Konflikte nutzen zu wollen. Alisha verfolgte ihre eigenen Interessen und setzte sich auch nur für diese ein. Es sei denn, zwei Fliegen ließen sich mit einer Klappe schlagen und ihrem Langzeitziel, Jurbol als Premierminister zu installieren, näher kommen. Vergeblich suchte Anton in ihren Gesichtszügen eine Spur von Triumph über die von ihr orchestrierte Intrige. Sie verweigerte ihm sogar jeglichen Augenkontakt. Er stöhnte auf; da hier trotz der guten Neuigkeit niemand in Feierlaune war, musste die Lösung des Problems woanders eine Katastrophe ausgelöst haben. Eine positive Botschaft verbarg sich stets zwischen zwei negativen.

»Und die andere Nachricht?«

Mira nahm die Haltung der mitfühlenden Anwältin ein, was ihr schlecht stand, die Rolle der grimmigen Aktivistin für Menschen- und Tierrechte war ihr eher auf den Leib geschneidert. »Kazmet gehört jetzt Xenia«, sagte sie betont sachlich. Dies hätte sie mir mit einer Prise Empathie beibringen sollen, dachte Anton inmitten einer Schwindelattacke. Und warum hielt Alisha eigentlich nicht seine Hand während der Verkündung dieses Armageddon?

»Das kann nicht sein.«

Die Frauen sahen ihn mitleidig an. Nach fünf Jahren in Kasachstan noch immer so etwas zu sagen, ließ auf eine flache Lernkurve schließen.

»Ich fürchte, du hast sie selbst auf die Idee gebracht«, sagte Mira.

»Was weiß ich, gut möglich. Unfassbar. Aber alle Achtung für diese irre Hinterlist«, sagte er.

»Sehr löblich, wie sportlich du das nimmst. Als der Premierminister zurücktrat, hat sie seine Schwächephase genutzt und sich am gleichen Tag die Aktien illegal übertragen lassen«, sagte Alisha.

»Also den Betrug eins zu eins kopiert.« Anton lachte hysterisch auf. Zweimal wegen derselben Sache enteignet zu werden, war einmalig bizarr.

»Was streben wir jetzt eigentlich juristisch an? Eine doppelte Rückübertragung?«, fragte er Mira, die hierauf ratlos schwieg, was Anton dem Grad an Verrat durch die Chinesin angemessen erschien. Schließlich erhob er sich.

»Wohin willst du?«, sagte Alisha.

»Wohin wohl? Ich gehe jetzt dieses verdammte Biest suchen.«

»Um was mit ihr anzustellen? Setz dich wieder hin und höre uns erst einmal an«, sagte Mira.

Er tat wie befohlen.

»Gut so. Deine Lage ist wackelig, bis vor einer Woche befanden sich deine Daten noch im Fahndungscomputer. Mit dem Abtreten des Premierministers hat sich dies erledigt«, sagte Alisha.

»Vielleicht nur vorläufig, das wissen wir nicht«, warf Mira ein.

Sein schwindendes Urteilsvermögen verunsicherte ihn. Was hatte er sich nur dabei gedacht, Xenia zur Rede stellen zu wollen? Nach so einer Aussprache fühlte sich höchstens diese besser, er wohl kaum. Oder sie würde ihn gleich wegsperren lassen. Das Aas hatte mit Sicherheit bereits die Exekutive unterwandert, sodass er auf ihren Fingerzeig hin irgendwo in Untersuchungshaft verschwinden würde, ohne dass ein einziger Richter das mitbekam.

Besser, er gestand es sich selbst ein: Nach Xenias grotesk übergriffigem Coup hatte er auf diesem Breitengrad alles bis auf seine Freiheit verloren. Vorläufige Freiheit, um exakt zu sein. Sein in den Bergen gefasster Vorsatz, nicht mehr mitzumachen, war schon jetzt umgesetzt, wenn auch äußerst unbefriedigend. Denn er hatte sich dem Ganzen nicht verweigert, sondern war übertölpelt worden. Der Schönheitsfehler schmerzte ihn zwar, aber jetzt Widerstand zu leisten bedeutete, sich einem Risiko mit tendenziell fatalen Folgen auszusetzen. Zweifelsohne schreckte Xenia vor nichts mehr zurück.

»Sprich schon, was geht dir durch den Kopf?«, drängte ihn Alisha.

»Das ist das Ende, oder?«

»Juristisch können wir uns weiter wehren, da ist noch längst nicht alles ausgeschöpft. Das bleibt immer«, sagte Mira, die ihre Resignation miserabel verbarg. Die Kaltblütigkeit der Chinesin hatte ihr wohl den Schneid abgekauft.

»Mein finanzieller Verlust wäre irrwitzig hoch«, sagte Anton. Doch in Wirklichkeit haderte er nur mit den Umständen der Kapitulation. Aus falschem Anlass das Richtige zu tun war bitter, seinen Ausstieg hatte er sich oben in den Bergen weniger zwanghaft ausgemalt. Ein würdevoller Abgang aus freien Stücken mit souveräner Ohne-mich-Geste an diejenigen, die im Morast zurückbleiben würden.

»Niemand weiß, wie lange dein Fenster zur problemlosen Ausreise offen steht«, sagte Alisha.

»Deshalb hast du mich hergebracht?«

»Nicht nur du schwebst in Gefahr. Neulich fand Mira eine tote Katze vor der Haustür. Deine chinesische Freundin drängt offenbar darauf, den Wirbel um den Aktienbetrug endgültig einzustellen.«

»Verkommene Psychopathin!«, zischte Anton.

»Und Alisha wurde klargemacht, dass ihr Kontakt zu dir als Mithilfe zu Straftaten interpretiert wird«, sagte Mira.

Vollendet manikürte Daumen und Zeigefinger hielten einen Schlüsselbund vor seine Nase. »Übergangsweise, das Apartment liegt am Cheyne Walk«, sagte Alisha.

»Sehr großzügig von dir. Wohnte da nicht mal Mick Jagger?«

Er ärgerte sich über seine altkluge Bemerkung. Tempi passati, Jagger musste mindestens doppelt so alt sein wie Alisha.

»Kann sein, bitte buche jetzt gleich einen Flug für morgen.«

Mira wich seinem fragenden Blick einen Moment lang aus, bevor sie mit einem wütenden Nicken Alisha zustimmte.

»Natürlich. Ich mache, was ihr erwartet«, sagte Anton.

Eine eigenwillige Stimmung aus Trauer und Erleichterung breitete sich aus, wobei fraglos das Zweite dominierte. Ohne dass es jemand aussprach, wollte wohl jeder verhindern, dass der letzte gemeinsame Abend in Kasachstan in sentimentaler

Trübseligkeit mündete. Da ein Restaurantbesuch als zu risikobehaftet verworfen wurde, bestellte Alisha Pizzen, zu denen sie auf Miras Wunsch hin *The Big Lebowski* ansahen. An der Stelle, als jemand »Es gibt Tage, da verspeist man den Bären, und Tage, da wird man eben vom Bären verspeist« sagte, rückten sie noch ein wenig näher zusammen.

Der Abschied am nächsten Vormittag wurde durch gegenseitige Versprechen abgemildert, sich spätestens in sechs Wochen zu dritt wiederzusehen.

»Überall, nur nicht in Absurdistan«, riefen sie im Chor und umarmten sich vor dem wartenden Taxi. Abschiede verloren in Zeiten von Billigflügen ihre Schrecken, selbst für Mira war ein Trip nach Europa mittlerweile mehr eine Frage der Zeit als des Geldes.

Um ein Gespräch mit dem Taxifahrer zu vermeiden, setzte Anton demonstrativ seine Kopfhörer auf und beobachtete ansonsten den Wagen, der zwei Häuser weiter mit laufendem Motor stand, während sie sich verabschiedet hatten. Als klar wurde, dass er ihnen folgte, war er erleichtert, Alishas Angebot, ihn zum Flughafen zu fahren, abgelehnt zu haben.

Das koreanische Allerweltsauto war unauffällig, aber seine Insassen gaben sich keine Mühe, ihr Anliegen zu verbergen. Selbst der Taxifahrer machte Anton nach ein paar Kilometern mit einem Fingerzeig Richtung Rückspiegel auf den Verfolger aufmerksam. Er nahm die Kopfhörer ab. *Dienstliches* Kennzeichen, bemerkte der Fahrer angenehm sachlich, um äußerlich unbeeindruckt und mit der vorgeschriebenen Geschwindigkeit weiterhin in Richtung Flughafen zu steuern. Als sie die Ausfallstraße erreichten und ihr Ziel nun offensichtlich war, setzten die Verfolger zum Überholen an, verringerten dann aber parallel zum Taxi ihr Tempo, sodass die Wagen nun nebeneinanderher rollten. Unterstützt von einer unsichtbaren Sirene wurde dem Taxifahrer ein gegen die Seitenscheibe gehaltener Dienstausweis präsentiert. Dieser nickte einsichtig, das hoheitliche Fahrzeug setzte sich vor sie, um auf dem Seitenstreifen zum Stehen zu kommen. Der Fahrer verharrte einen Moment und deutete dann erneut auf den Rückspiegel, um Antons Aufmerksamkeit auf einen weiteren Wagen zu lenken.

»Auch dienstlich?«, fragte Anton.

»Auch dienstlich. Und die sind nicht wegen mir hier.«

Der Fahrer griff nach hinter der Sonnenblende verborgenen Dokumenten und stieg aus, als hätte ihn jemand aufgefordert, sich auszuweisen. In gebückter Haltung offerierte er am Fenster des vorderen Wagens seine Identität. Derlei vorauseilender Gehorsam war im Umgang mit staatlichen Sicherheitsdiensten üblich, wer hündisches Verhalten verweigerte, riskierte seine Lizenz. Aber die Insassen interessierten sich offenbar nicht für ihn. Unschlüssig kam er zurück, um sich vor der Motorhaube eine Zigarette anzuzünden, sichtlich bemüht, unbeteiligt in die Ferne zu starren. Anton hätte sich gerne zu ihm gesellt, um einen letzten Blick auf den nördlichen Tian Shan zu werfen, da öffnete sich die Türe, und ein Mann in Leinenhosen und türkisem Blouson setzte sich neben ihn. Sein Rasierwasser war furchterregender als die Pistole am Gürtel. Der Dienstausweis klappte nach zwei Sekunden wieder zu, begleitet von einem genuschelten Namen, buchstabierten Dienstgrad und dem obligatorischen, etwas holprig vorgetragenen Hinweis auf Nationales Sicherheitskomitee.

»Geheimdienst? Wie aufregend!«

»Wir fahren jetzt gemeinsam zurück in die Stadt.«

Anton versuchte, eine souveräne Haltung zu bewahren. Das

Ganze erinnerte ihn an seine Zeit in Moskau, wo der Weg zum Flughafen für Ausreisewillige, die der Geheimdienst an dieser hindern wollte, regelmäßig mit fatalen, mehr oder weniger dilettantisch arrangierten Unfällen endete. Er war den hiesigen Verantwortlichen dankbar, sein Leben vorläufig verschont zu haben. Und das des Taxifahrers als Kollateralschaden.

»Ich bin deutscher Staatsbürger und möchte umgehend mit jemandem in der Botschaft sprechen.«

»Sicher. Geben Sie mir erst einmal Ihr Mobiltelefon. Und dann steigen wir gemeinsam in meinen Wagen.«

Anton gab ihm das Telefon und stieg aus. Draußen erwarteten ihn zwei weitere, tendenziell gewaltbereite Blousonträger, die ihren Hang zur geistigen Unbedarftheit nicht kaschierten. Er deutete auf den Kofferraum, was von den beiden wohl als exorbitante Aufsässigkeit interpretiert wurde. Umstandslos schlug ihm ein lindgrüner Blousonträger ins Gesicht, offenbar seine Standardreaktion, wenn er nicht sofort etwas verstand. Warum dies der beige Blousonträger zum Anlass nahm, ihn ebenfalls zu schlagen – wobei er die andere Gesichtshälfte wählte –, blieb Anton rätselhaft. Der mit dem türkisen Blouson sprach ein Machtwort, dann half er Anton, das Gepäck auszuladen.

»Ziegenböcke«, murmelte er unter die Heckklappe gebeugt.

»Ist das eine Entschuldigung oder eine Erklärung?«, sagte Anton.

»Witzbold! Meinen Sie etwa, mir bereitet das Vergnügen?«

»Ich hoffe, die zwei sind nicht bewaffnet.«

»Halten Sie jetzt die Fresse, sonst lang ich auch noch zu.«

Als ob es galt, den neuerlichen Stimmungsumschwung zu unterstreichen, wurde Anton jetzt mit gespreizten Beinen nach Waffen abgetastet, dann wurden ihm Handschellen angelegt. Eine Premiere in seinem Leben; fasziniert, kleinlaut und gefesselt fand er sich auf dem Rücksitz wieder. Sie rauschten zurück ins Zentrum. Benommen folgte er einer gereizten Diskussion zwischen Chef und beigem Blouson über die schnellste Route ans Ziel. Offenbar hatten sie nicht den Auftrag, ihn in ihre Zentrale zu befördern, und Anton kämpfte mit einer Panikattacke. Entweder waren dies keine echten Geheimdienstler, oder sie würden ihn an einen verborgenen Ort bringen, der selbst ihnen wenig vertraut war.

»Schlagt mich nicht gleich wieder, aber ihr habt euch verfahren. Hier residiert die Bank of China«, sagte Anton, als sie vor dieser zum Stehen kamen.

Seine Einlassung wurde ignoriert, stattdessen kurvten sie zum Hintereingang des Komplexes, wo sie von zwei chinesischen Männern erwartet wurden, deren Uniform auf privaten Sicherheitsdienst hindeutete. Anton überlegte, ob es sich um ein Missverständnis handelte, dem krönenden Abschluss seiner fünfjährigen Irrfahrt in Kasachstan. Einer der Chinesen schritt voran zum Aufzug, gefolgt von Anton, den der Anführer der Kasachen am Oberarm gepackt hielt. Es folgten die beiden notorisch boshaften Clowns mit seinem Gepäck.

»Falscher Film. Für die Aktion werdet ihr erst den Trottelpreis erhalten und dann eure Jobs verlieren«, sagte er auf der Fahrt nach oben, um die Stimmung aufzulockern. Doch in ihm keimte Hoffnung auf; im direkten Vergleich zum diskreten Folterkeller bedeutete die Landeszentrale einer der weltweit größten Banken einen veritablen Fortschritt. Als sich die Aufzugstüren öffneten, präsentierte sich ihnen eine stattliche Etage mit gediegen langweiligem Interieur, vorgesehen für ausgewählte Kunden, denen das gemeine Flair der Schalterhalle nicht zuzumuten war. Das staatliche Institut bemühte sich redlich, den kommunistischen Mief abzulegen und zu westlichen

Servicestandards aufzuschließen. Die Türe zu einem Konferenzraum glitt lautlos einem beigen Teppich entlang, auf dem sich neckisch-dezente Drachen tummelten.

Xenia stand in Gedanken versunken am Fenster, und es dauerte einen Moment, bis sie Antons Zustand wahrnahm.

»Warum wurde er geschlagen? Ihr hattet klare Anweisungen!«

Sie näherte sich ihm auf eine Armlänge, um im heruntergedimmten Schein einer indirekten Lichtquelle wütend sein Gesicht zu betrachten.

»Er hat sich der Festnahme widersetzt«, sagte der türkise Blouson mit der Keckheit und Autorität des erfahrenen Geheimdienstlers.

»Idioten! Und warum ist er gefesselt?«

Sie erörterten lautstark in der dritten Person Singular Antons Situation, als wäre dieser nicht anwesend, Gefängniswärtern gleich, die sich untereinander über ihre Objekte austauschen. Endlich nahm man ihm die Handschellen ab, und er konnte wieder frei denken.

Xenia. Das war noch subtiler als Folterkeller. Sie wich seinem Blick aus und scheuchte mit einem Fauchen alle aus dem Raum. Anton setzte sich und massierte seine Handgelenke; die Fesseln waren offenbar als Ouvertüre zur Folter gedacht gewesen.

Xenia beobachtete ihn mit der Türklinke in der Hand. »Mir blieb nichts übrig als zu handeln. Überstürzt. Als klar wurde, dass du ausreisen wirst.«

»Erst schwerer Betrug und dann Entführung mit Körperverletzung«, sagte Anton.

»Ich musste dich einfach noch einmal sehen.«

»Du bist ein gemeines Dreckstück. Ich habe dich immer respektiert. Und verehrt. Vielleicht war ich sogar mal in dich verliebt. Ruf mir jetzt ein Taxi zum Flughafen.«

»Verliebt? Die haben dir wohl ziemlich hart was auf den Kopf gegeben. Verlier jetzt nicht die Fassung.«

»Was trägst du eigentlich für nuttige Stiefel? Sehen aus wie Made in China. Grauenhaft, so werde ich dich nun in Erinnerung behalten.«

»Das reicht. Du kannst in zehn Minuten gehen. Bis dahin hörst du mir zu.«

»Nein«, sagte er mit verschränkten Armen, doch die bockige Geste war ihm bereits peinlich. Wütend sah er sich nach seinem Gepäck um.

»Zwecklos. Die Wärter werden dich ohne meine Zustimmung nicht aus dem Gebäude lassen.«

Im Grunde kam ihm die Zwangsanhörung ganz gelegen. Er ließ es sich zwar nicht anmerken, aber eigentlich interessierte ihn brennend, was Xenia vorhatte zu sagen.

»Lass mir erst einen doppelten Espresso, Wasser und Aspirin bringen.«

Sie griff zum Telefon, sein Wunsch wurde erfüllt. Allerdings gesellte sich zeitgleich ein Chinese im Anzug und mit Notebook zu ihnen, offenbar jemand, der hier arbeitete. Sie verteilten sich mit größtmöglichem Abstand zueinander um den runden Tisch. Der Mann starrte in Habachtstellung stumm auf seinen Bildschirm. Anton fragte ihn, ob er eine Zigarette hätte, was dieser weder auf Englisch noch Russisch verstand.

»Als dein Zeuge fällt der aus«, sagte Anton.

»Als deiner auch. Zu den Aktien: Ich muss dir nicht lange erklären, dass nach dem Rücktritt des Premiers der Moment günstig für eine Übertragung war.«

»Sie gehören meinem Arbeitgeber und mir.«

»Gehörten. Du warst unauffindbar, da habe ich zugegriffen.«

»Mit Deckung von oben?«

»Ja.«

»Durchtriebene Schlampe.«

»Durchtrieben vielleicht, Schlampe kaum. Egal. Jetzt zu dir. Das Letzte, was ich brauche, ist ein Feind im Westen, der mir ab morgen Schwierigkeiten macht.«

Er widerstand der Versuchung, ihr diese Vermutung auszureden. Selbst wenn er Xenia im Detail erklären würde, wie müde und angewidert er war und dass er alles hinter sich lassen wollte, sie könnte es weder verstehen noch glauben.

»Kurzum, die Firma gehört jetzt mir. Du bist endgültig raus. Aber ich werde dich kompensieren. Ich bin keine Diebin.«

Anton lachte nervös auf. Weniger wegen des warmen Geldregens, der sich da abzeichnete, sondern weil der mühselig erworbene Entschluss während der alpinen Katharsis bereits zu verschwimmen begann.

»Ich nehme vorläufig Dreckstück und Schlampe zurück.«

»Dann kommt jetzt der da ins Spiel.« Sie nickte in Richtung des Schweigers, der offenbar für Transaktionen zuständig war.

»Was ist Kazmet wert?«, fragte sie.

»Meinst du den Substanzwert?«

»Kasachstan hat keine Substanz. Nur der abgezinste Free Cash Flow ist interessant. Macht abgerundete fünfundsiebzig Millionen.«

Anton erwartete, dass sie diese Summe wegen des politischen Risikos gleich wieder um fünfundsiebzig Millionen reduzieren würde. Das passierte nicht, aber ihr dies zu unterstellen, bot einen verräterischen Einblick in seine Krämerseele, wie er sich verschämt eingestand.

»Auf dich persönlich entfallen also fünfzehn Millionen.«

»Wert und Preis sind nicht dasselbe. Aber in etwa liegst du richtig.«

»Fein. Dann höre dir jetzt meinen Vorschlag an: Deinen Arbeitgeber vergessen wir, der hat offiziell eh alles verloren. Stattdessen überweise ich jetzt auf deine Offshore-Firma fünfundsiebzig Millionen Dollar. Anschließend transferierst du mir sechzig Millionen auf ein Konto in Hongkong zurück.«

»Die Bank finanziert dir den Betrug?«

Sie musste hierfür ein ganzes Rudel an Verantwortlichen bestochen haben.

»Weshalb Betrug? Als Sicherheit haben sie Kazmet in den Büchern. Voraussetzung ist natürlich, dass du den Verkauf der Firma rückwirkend legalisierst.«

Sie schob einen Vertrag vor ihn hin, der auf Chinesisch und Englisch abgefasst war. Die Finger des Schweigers begannen erwartungsfroh über die Tastatur zu huschen, um die Transaktion vorzubereiten.

Anton überflog die Spalten mit der miserablen Übersetzung. Aus jeder Zeile blinzelten ihm die Schwarzalben zu. Mit seiner Unterschrift würde er endgültig in ihr Reich übertreten. Xenias Korruptionsorgie ließ selbst sie wie Unschuldslämmer erscheinen.

Sie wurde unruhig, um die wenigen Seiten zu lesen, benötigte er viel zu lange. »Was zögerst du noch? Unterschreib schon dein Happy End in Kasachstan.«

Xenia zeigte ihm ein mit seinen Kontendetails ausgefülltes SWIFT-Formular über fünfundsiebzig Millionen Dollar. Erwartungsfroh zückte sie einen Montblanc-Füller, auf dem sich ein diamantbesetzter goldener Drache mit Perle im Maul rekelte. Frivol glitten die Finger der anderen Hand entlang eines korallenroten Firmenstempels, der bereits seiner Pflicht entgegenfieberte.

»Los, wir unterschreiben gemeinsam«, forderte sie ihn auf.

Er schob den Vertrag von sich weg zur Mitte des Tisches. Zögerlich senkte sie den Füller. Sich ihrem brillanten Betrugsschema zu verweigern war ein Akt der Gewalt. Sie betrachtete ihn wie einen bedauernswerten Exoten, der unfähig war, die kommerziellen Codes der aktuellen Epoche zu verstehen. Zaghaft fingerte sie ein zweites SWIFT-Formular aus ihrer Mappe. »Drei Millionen auf dein Konto. Bedingungslos. Für fünf gute Jahre.«

Sie legte die zwei Formulare nebeneinander und zückte wieder das opulente Schreibgerät, wenngleich diesmal mit weniger Elan. Er stand auf und ging zum Fenster. Im Gebäude gegenüber befand sich noch immer das Restaurant, wo die beiden Außenseiter vor fünf Jahren ihren verwegenen Pakt geschlossen hatten.

»Letzte Chance. Welches der zwei Formulare soll ich unterschreiben«, rief sie mit dem Rücken zum Fenster.

Er lächelte, da waren sie wieder. Zwei Optionen, die ihn vor sich hertrieben, bis er in eine Ecke gedrängt die falsche wählte. Fünfzehn oder drei Millionen Dollar, selbst der Trostpreis würde ihm eine privilegierte Existenz irgendwo im verschlafenen Osteuropa ermöglichen.

»Ich warte! Welches Formular?«

»Keines«, sagte er eine Spur zu deutlich, als könnte er es selbst nicht fassen.

Sollte diese Publikation Links auf Webseiten Dritter enthalten,
so übernehmen wir für deren Inhalte keine Haftung,
da wir uns diese nicht zu eigen machen, sondern lediglich
auf deren Stand zum Zeitpunkt der Erstveröffentlichung verweisen.

Penguin Random House Verlagsgruppe FSC® N001967

1. Auflage 2022
Copyright © 2022 by Penguin Verlag
in der Penguin Random House Verlagsgruppe GmbH,
Neumarkter Straße 28, 81673 München
Umschlaggestaltung: Sabine Kwauka nach einer Idee von Maxim von Schirach
Satz: Buch-Werkstatt GmbH, Bad Aibling
Druck und Bindung: GGP Media GmbH, Pößneck
Printed in Germany
ISBN 978-3-328-60125-8
www.penguin-verlag.de

»Wer Russland heute verstehen will, sollte Norris von Schirach lesen – ein kühnes literarisches Abenteuer.« Viktor Jerofejew

Anton zieht zu Beginn der 1990er Jahre nach Moskau. Hier hofft er jene Leichtigkeit und Freiheit zu finden, die er im Westen vermisst. Engagiert wird der 32-Jährige Deutsche von einem Rohstoffhändler, der für seine riskanten Geschäfte in der rapide zerfallenden Sowjetunion einen zuverlässigen Mr Fix-it sucht. Anton ist dafür der ideale Mann: Er hat keine politische Haltung, stellt keine moralischen Fragen und beherrscht die Kunst lässig-dionysischen Gleitens. Es verlangt ihn nach schönen Frauen, der hohen Kultur und, natürlich, Geld. Schnell erhält Anton Zugang zu den neuen Eliten des Landes. Er lässt sich treiben und führt als »blasser Held« ein bizarres Leben. Sein lustvoller Gleitflug endet jäh, als Putin ein Jahrzehnt später die Szene betritt. Anton muss sich entscheiden.
Norris von Schirachs großer Roman über das Russland zur Jelzin-Zeit, zuerst erschienen unter dem Pseudonym Arthur Isarin, jetzt endlich im Taschenbuch.